灯花笑

下册

花时恨

千山茶客 著

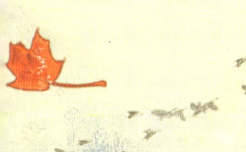

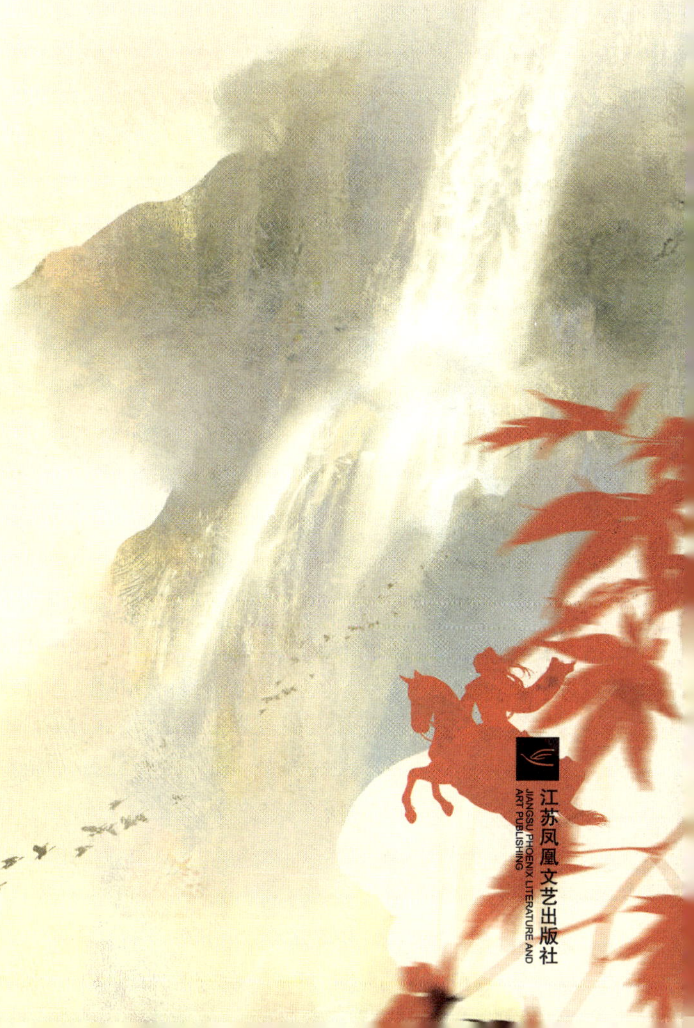

江苏凤凰文艺出版社
JIANGSU PHOENIX LITERATURE AND ART PUBLISHING

长天似水，乌衣子弟神采英拔，年轻医女柳弱花娇，倒显得他们如一双相识已久的故人。

香香歌喉清丽,翠翠舞韵绵长,卿卿一笑酬千金。

瞳瞳,你会什么?

第十七章 出鞘	583
第十八章 告别	615
第十九章 礼物	653
第二十章 瞳瞳	691

目录

551	513	475	431	395	361

第十一章　兔尸

第十二章　母子

第十三章　毒发

第十四章　陷害

第十五章　诈尸

第十六章　中秋

第十一章 兔尸

盛京过了小暑，天气越发炎热了。

西街的丝鞋铺前用锦布结了凉棚，一到傍晚，三三两两小贩会坐在凉棚下纳凉。

今日难得阴凉，晨起没了日头，杜长卿领着夏蓉蓉主仆去城里闲逛，顺带给夏蓉蓉爹娘买些土产，医馆里只留了阿城和银筝帮陆曈整理药材。

陆曈坐在医馆里，把新做好的"纤纤"摆在长柜角落，前几日她又在杜长卿手中赊了一百两银子，只能多做些药茶补贴。

银筝正在扫地，阿城去西街浆水铺给陆曈买甜浆去了。

杜长卿对陆曈的口味难以理解，但新开的这家浆水铺对陆曈来说甜得正好，两杯一共三个铜板，医馆里其他人嫌太甜，陆曈每日买了，一个人能喝两竹筒。

约莫过了半炷香，陆曈刚把药茶全部摆好，阿城回来了。

回来的阿城面色踟蹰，手里提着盛浆水的竹筒站着不动。

陆曈看了他一眼："怎么不进来？"

不等阿城说话，身后有人声陡然冒出："陆大夫！"

陆曈动作一顿，扫地的银筝也直起身来看向门外。

段小宴笑嘻嘻地从门外进来，熟稔地与几人打招呼："银筝姑娘。"

陆曈朝他看去，段小宴身后，站着个带刀的俊美青年，笑着对上了她的目光。

陆瞳心中一沉。

这人简直阴魂不散。

她顿了顿，淡声开口："裴大人怎么来了？"

裴云暎走进来："买药。"

"买药？"

段小宴转过身："近来伏天暑气重，营里的兄弟在外走动难免过了暑头，大人想买些降暑气的药茶，回头熬了给兄弟们分着喝。"他冲陆瞳一笑："这不想着都是熟人，特意来光顾陆大夫生意了嘛。"

陆瞳点头："多谢。"又对他们二人道："稍等。"

她在桌前坐下，拿纸笔写方子。

裴云暎站在药柜前，目光从她龙飞凤舞的字迹上掠过，微微挑眉。

陆瞳不曾察觉，写完后将方子交给阿城，阿城抓药去了。

银筝觑了觑二人，笑道："两位先在这里稍坐一会儿，奴婢去泡……"

"茶"字还未说出口，两杯盛甜浆的竹筒已经放在了小几上。

裴云暎抬眸。

陆瞳微笑着收回手："刚买的浆水，大人和段小公子可以尝尝。"

这是不打算给他们泡茶的意思了。

一杯甜浆喝完也不过片刻，泡茶喝茶却得好一阵子，陆瞳虽未明着说出口，却也算将逐客之意表达得淋漓尽致。

裴云暎视线从陆瞳脸上掠过，过了一会儿，他摇了摇头，好脾气地拿起盛浆水的竹筒喝了一口。

下一刻，年轻人面上笑容僵住。

身边的段小宴早已嚷出声来："呸呸呸，这也太甜了吧！陆大夫，你买的是什么？！"

"姜蜜水。"陆瞳道,"很甜吗?我觉得刚刚好,医馆里药材都是苦的,段小公子手中姜蜜水,比药水甘甜。"

她神情平静,语气没有丝毫戏谑,看不出来是不是故意捉弄。

裴云暎放下竹筒,叹了口气:"有道理。"

陆瞳看向他。

这人面上看不出来生气,态度始终客气又和煦,不知是好涵养还是好心机。

阿城还在抓药,段小宴握拳抵住唇边轻声咳了咳,没话找话道:"陆大夫,上回在范府门口见到你,本想与你多说几句,奈何当时公务繁忙……你这些日子过得如何?没人来找你们麻烦吧?"

陆瞳跟着在桌前坐下:"没有,承蒙段小公子关心。"

段小宴又咳了两声:"说起来,上回在范府,我荷包还丢了……"他试探地看向陆瞳。

陆瞳安静注视着他。

段小宴结巴了一下:"你、你看见我的荷包了吗?"

里铺里寂静一刻。

灰色阴云遮蔽长空,门前的李子树枝叶被风吹得飒飒作响。

半晌,陆瞳平静开口:"段小公子是怀疑我偷了你的荷包?"

阿城蹲在药柜前,抓药材的动静窸窸窣窣,银筝低头认真擦着桌子。

段小宴呆了一会儿,尴尬地笑起来:"怎么会?我就是随口一提。"

陆瞳点头:"段公子,我没有看到你的荷包。"

段小宴忙道:"我也觉得你没看到,应该是我掉其他地方了。"说完,桌下的手轻轻扯了扯裴云暎衣角。

裴云暎坐在一边,目光掠过药铺桌上摞着的一叠纤纤上,忽然换了个话头:"陆大夫药茶卖得不错,听说连详断官范家都主动相请了。"

"侥幸能入范夫人眼而已。"

"怎么会侥幸？"他笑，"范夫人爱惜体态，陆大夫就正好做出纤体药茶雪中送炭，要不是知道陆大夫是外地人，我还以为陆大夫是特意为范夫人准备的。"

银筝紧张地攥紧抹布。

陆曈看着他："大人言过，做出一味药茶，并非旁人眼见那般简单。况且我一介平民，与官家毫不相干，如何能左右夫人决议？"

他便点头："也是。"

他又看向桌柜前的银筝，银筝低着头，正认真把桌上散乱的白纸收起来。

裴云暎看了一会儿，伸手拿起桌上甜浆喝了一口，随即蹙了蹙眉，似是嫌浆水太甜。

他叫陆曈："陆大夫。"

陆曈应了一声。

"我记得之前几次见面，你身边那个丫头惯是能言快语，怎么这几次见面，沉默了许多。"他把竹筒重新放回桌上，不紧不慢地开口，"不会是怕说漏嘴，特意远着我？"

陆曈眉心一跳。她抬眼，朝裴云暎看去。

白日里铺不曾点灯，天色完全阴沉下来，他就坐在夏日的昏暗中，一身绯色锦服，腰间长刀凛冽，格外风姿俊雅。

只是眼底的笑意很淡。

顿了顿，陆曈平静答道："大人说笑，我们身份微贱，见了大人这般的王孙公子、贵客豪门，一时嘴笨口拙，上不得台面。还望大人勿怪。"

她一口一个"大人"说得讽刺，段小宴也察觉出气氛的微妙，当下坐立不安，装模作样地问那头阿城道："那个……药茶包好了没有啊？"

"好了好了！"阿城边吆喝着，边将两大包药茶顿在桌柜上，抹了把汗，"药茶有点多，耽误两位大人工夫了。"

"没事没事。"段小宴起身拿手扇风，"这天怎么这么热！"

他踱到桌柜前，付过银子，拎起两大包药材，催促裴云暎道："大人，这天色不早，我们也该回了，不好耽误陆大夫瞧病。"

陆瞳站起身："大人慢走。"不见丝毫挽留之意。

裴云暎静静看着她，过了一会儿，他低头笑笑，跟着站起身，走了两步，忽又想起了什么，转身将桌上那杯未喝完的姜蜜水拿起，冲陆瞳晃了晃："多谢陆大夫的姜蜜水。"

"下回见。"

待二人离开了仁心医馆，银筝挪到门口，一直等看不见他们背影时，才拍着心口松了口气。

阿城小声嘟囔："这裴大人脾气这般好，怎么每每瞧着怪瘆人的……"他自语，"一定是因为他那把刀煞气重的缘故……"

另一头，离开了医馆的段小宴与裴云暎去前头牵马。

段小宴小声抱怨："哥，我就说了今日是白跑一趟，陆大夫不可能捡到我的荷包。弄成这副尴尬境地，日后还怎么见她？"

裴云暎停下脚步："谁说不可能了？"

段小宴一愣："她在说谎？"

"看不出来。不过她的话，你信三分就是了，必要关头，三分也不要信。"

段小宴无言："哥，我总觉得你对陆大夫有偏见，我之前打听过，陆大夫在西街名声很好，都说她是人美心善的活菩萨，就你防贼一般防着她。一个弱女子，至于吗？"

"弱女子？"裴云暎哂道，"看清她今日穿的什么了？"

"穿什么?"段小宴愣了一下,"一件裙子,挺漂亮的,陆大夫长得好看,穿什么都好看。"

裴云暎看了他一眼。

段小宴莫名:"我说得不对吗?"

"我第一次见她的时候,宝香楼,她穿粗布衣。第二次,万恩寺,变成白罗裙。今日她身上衣料已换了云素纱。"

"哥,你居然记这么清楚。"段小宴不以为意,"很正常嘛,陆大夫是外地人,来到盛京,学着盛京女子打扮,爱美之心人皆有之,栀子都有好几件花裙子呢。"

裴云暎把从医馆里带出来的竹筒递给他,转身去解马绳:"粗布每匹三百文,绢罗每匹五百文,至于云素纱,一匹至少一贯钱。不到半年,陆大夫衣料花用涨了不少。"

段小宴举着竹筒茫然:"这又能代表什么?"

裴云暎解开马绳,翻身上马:"这代表,如果陆瞳是和你一道进入的殿前司,那么现在,她已经是你顶头上司了。"

他"驾"了一声,纵马而去。

段小宴在原地呆了半晌,回过神来,气急败坏道:"哥,你骂我!"

仁心医馆。

直到傍晚,杜长卿才领着夏蓉蓉主仆二人回来。

今日一番出行收获不少,杜长卿提回来的土产堆满了小半院子。似是疲累至极,他话也没与陆瞳多说,招呼阿城回家去了。

银筝将医馆铺门关好,陆瞳点起灯来,夏蓉蓉让香草过来,递给银筝一个小纸包。

银筝疑惑:"这是……"

香草笑道："是我家小姐和表少爷今日在外买的白玉霜方糕，想着陆大夫爱吃甜的，特意带了一些给陆大夫。"

银筝同她道了一回谢，提着纸包回到陆曈屋里，陆曈刚从门外进来。

"隔壁夏小姐送来的方糕。"银筝道。

"放桌上吧。"

银筝把方糕放在桌上，回身将门窗关好，拿剪子剪短灯芯，屋子里明亮起来。

陆曈将医箱收好，又弯腰从床下拎出一个小匣子，接着打开桌屉，从桌屉中拿出一个浅金色的荷包。

荷包是丝绸缎面做的，上头绣了两只戏水凫鸭，水草萦绕间意趣如生，精致极了。在这荷包的边缘，藏着一行小字——段小宴。

这是段小宴的荷包。

银筝端着油灯走过来，看着荷包轻声问陆曈："姑娘，今日段小公子来医馆，为什么不把荷包还给他呢？"

那一日在范府门口，段小宴走得匆忙，陆曈和银筝待要离开时，瞧见地面上掉了一只荷包。

荷包口还是松的，上头绣着段小宴的名字，许是他在茶摊付完茶水钱后没收好，走时掉了出来。

陆曈将荷包捡了回去收好，今日段小宴前来，银筝还以为陆曈会把荷包还回去，没料到陆曈什么都没说。

长夜静谧。陆曈指尖摩挲过荷包上凸起的刺绣，突然开口："段小宴为什么会在范府门口？"

银筝一愣，下意识答道："不是办差时路过吗？"

"既是办差时路过，为何穿着常服？茶摊前喝茶一共不过三四人，见过你我后，段小宴离开，那些人也跟着离开了，说明是一起的。"

"段小宴当时问我为何在此地,我只告诉他替人施针,但裴云暎今日一口道出我替赵氏施针,可见对我的一举一动了如指掌。"

"还有你当日叫段小宴名字,他迟迟未应,最后才转过身,好似不愿被你我发现。这是为何?"

银筝听得心惊肉跳:"姑娘的意思是……"

"他在监视我。"

陆曈平静道:"我们被盯上了。"

窗外梅枝隔着纱帘映在花窗上,一幅画便被框在了窗景中。

银筝嘴唇发白:"可是他们为何要盯着姑娘?"

陆曈垂眸:"早在万恩寺时,裴云暎就怀疑到了我身上。一路试探,无非是为柯承兴之死,只是此案已结,找不到证据,他也只能从我这处下手。"

银筝闻言,越发紧张:"他们是官家人,咱们斗不过,姑娘现在打算如何?"

陆曈拿起桌上荷包,仔细望着那两只戏水凫鸭,微微笑了笑。

"没事,就让他盯着吧。"

她伸手打开匣子,把荷包装进去,又弯腰将匣子放回床底。

一切杳无痕迹。

"对我们来说,这说不定是件好事。"她道。

小暑后十五日,盛京迎来大暑。

这是一年中最热的时候,雷雨使得地上湿热之气更重,天气闷得铺上竹簟也觉黏得慌。

暑湿之气一重,白日里上医馆的人就少了许多。

杜长卿在杂盘里装满红枣,摆在柜前桌上,招呼阿城过来吃。银筝

把喝完浆水的竹筒堆在一起,往里插了夏蓉蓉买的茉莉花,整个铺子里都是芬芳。

胡员外一大早就来了医馆,叫阿城去给他泡茶喝。

这个时节没有杨花飞舞,胡员外的鼻窒未犯,加之如今纤纤卖得好,杜长卿自己能糊口度日,胡员外也就没有刻意来照拂生意,陆曈约有大半月没见着他了。今日难得见他又来了医馆。

杜长卿从茶盘里抓了把红枣给胡员外,靠着桌柜问他:"叔,什么风把你吹来了?"

胡员外摆了摆手:"不吃,老夫牙疼了快一月了,请陆大夫给我瞧瞧。"

陆曈洗净了手,叫胡员外张嘴仔细看过,才道:"虫牙。"

"那可如何是好?"胡员外追问,"老夫这几日食不下咽,夜不能寐,实在煎熬,陆大夫可有办法?"

"我叫阿城抓点桔梗和薏苡根,胡老先生用水煎服。"陆曈在桌前坐下,提笔写方子,"细辛、苦参、恶实,并煎漱。有杏子的话,食后生嚼一二枚也行。"

她抬起头,把写好的方子递给阿城:"用上几日,覆盆子点目取虫,不难治。"

胡员外闻言,这才放下心来,边等阿城去抓药边对陆曈夸赞道:"老夫就说,整个西街就挑不出第二个陆大夫这般的,又好人物,又好技艺,年纪轻轻,医术了得,比个男子汉还胜百倍。长卿啊,你别天天只顾着风流闲耍,年纪轻轻的要长进。"

杜长卿翻了个白眼:"叔,我每日看着医馆,还要如何长进,悬梁刺股?"

胡员外恨铁不成钢地教训他:"悬梁刺股怎么了?你爹在世时,

常同我说起你是个聪明的,可惜不爱读书。你但凡把玩耍心思用在读书上,去考个功名有多好?"

"得了吧,那功名又不是我想考就能考上的。您没见着鲜鱼行的吴秀才,考了那么多年都没中。"杜长卿往嘴里扔了个红枣,"这人啊,各有各的命,什么时候做官,能做多大的官,命里都写着。"

"我命里写着我就这样了。"杜长卿嚼着红枣,"我得知足。"

这话气得胡员外胡子都竖了起来:"真是不以为耻,反以为荣!"

陆曈收起纸笔,问:"吴秀才?是住庙口鲜鱼行的那位吗?"

胡员外奇道:"不错,陆大夫怎么也认识?"

"之前他请我出诊,去他家中给他母亲治过病。"

胡员外叹了口气:"原来如此,有才倒是一直很孝顺,想考个功名教他娘高兴,可惜……唉!"

陆曈起身走到里铺,接过阿城手里的茶壶,茶壶里煮了薄荷水,清热解暑,她斟了一杯递给胡员外,问:"吴有才考了多年都不曾中榜……文章很差吗?既然很差,为何还要执着?"

这话一出,胡员外立刻跳起来:"谁说的?有才的文章那可是一顶一的好!"

屋里众人都盯着他。

胡员外接过茶盏,狠狠灌了一口,愤然开口:"有才可是老夫看着长大的,十三四岁时写的文章就很漂亮了。他资质好,记性也好,不仅是老夫,旁的小友们见了他写的文章也是心服口服。我们都说他这样的,何愁不挣个状元回来光耀门楣,谁知……唉!"

他喃喃:"怎么就考不中呢?"

在一边冷眼旁观的杜长卿看热闹不嫌事大:"所以我就说嘛,这人,各有各的命,那吴秀才命里就是个白身,年年落榜年年考,瞎折腾

什么劲儿。"

"你懂什么?"胡员外闻言大怒,"他这样书史皆通之人,又是这样的文章,考不中才是稀奇哩!许是这几年官星未至,今年保不齐就好了,回头让他去庙里给文曲星上两炷香。"

杜长卿嗤笑:"给文曲星上两炷香……你不如让他给主考官送两叠银票来得有用。"

此话一出,周围一静。

陆曈看向杜长卿。

胡员外愣了片刻才回神,抖着手指向杜长卿:"你说什么?"

"哎,这话可不是我说的,是我听别人说的。"杜长卿压低了声音,"原先我有个朋友,他表哥一字不通,比我还废物,后来居然秋闱中了榜。后来他自己喝醉了酒说漏嘴,说是买通了判卷考官。"

杜长卿道:"那卖鱼的吴秀才穷得病都看不起,又没钱打点礼部的人,活该被人顶了名额。这点都看不明白,还说什么书史皆通,书呆子吧!"

"休要胡说!"胡员外一口打断他的话,"这等毁谤之言,被别人听到你我都要有麻烦的。长卿啊,你说话须谨慎,否则惹出祸事来,老夫也救不得你!"

话虽如此,胡员外的脸上却有些阴晴不定。

杜长卿耸了耸肩,低头胡乱刨着茶盘里的红枣:"叔,我当然知道这话不能对外说。不过呢,我看吴秀才今年中榜可能也不大,年年有新人进贡,他场场名次得往后挨,这没指望的事,做了也白做,不如早点放弃。"

"你!"

陆曈问:"既有考场乱象,为何不举告天听?舞弊可是重罪。"

胡员外欲言又止。

杜长卿却无所顾忌,笑道:"没证据的事,怎么举告天听?说不准状子白日写了,写状子的人夜里就被抓了。被代替成绩的都是白身的读书人,谁经得起与官府为敌?考不中不过是没了仕途,和当官的为敌,那可是要掉脑袋的。"

他"啧啧啧"了几声,摇头叹道:"谁叫咱们无权无势?这世道,谁是主子,谁说了算。"

胡员外脸沉沉的,隐忍半响才吐出一句:"人见目前,天见久远。今后怎么样还说不定,老夫看有才定能高中,注定显达!"

杜长卿伸了个懒腰:"叔你这话骗得了谁?"他想了想,"不过我听说陛下这几年对舞弊一事有所耳闻,说不定今年严审究报,还真能给吴秀才一个出头的机会。"

这话透着敷衍的安慰,胡员外脸色并未因此好转,默了片刻,他换了个话头:"勿提此事,长卿啊,最近杏林堂那头没找你麻烦吧?"

杜长卿道:"没呢,都过了这么久,姓白的现在黔驴技穷,来杏林堂瞧病的人少了一半,他发愁还来不及,哪有心思分给我?"

自纤纤开始售卖后,杏林堂的客流少了许多,白守义先前因春水生一事,将所有黑锅推脱在周济身上,又将周济赶走。没了老大夫坐馆,来杏林堂看病的人一日比一日少。

阿城把包好的药材递给胡员外,胡员外接过药材:"那就好,他要是敢找你麻烦,老夫给你做主。"

杜长卿笑嘻嘻应了,又送胡员外上了马车,待胡员外离开后,才晃晃悠悠回了铺子。

陆瞳在看新买的医书。

杜长卿低声自语:"谁要他做主,他要是敢找我麻烦……"

373

银筝好奇:"如何?"

杜长卿谄媚地递一颗红枣给陆曈:"我就让陆大夫给我做主。"

银筝:"……"

杜长卿捧起他的茶往竹椅边走,小声嘀咕:"也不知道那老王八现在在干吗?"

白守义坐在屋子里生闷气。

近几月来,他瘦了许多,连带着那张白胖如弥勒的脸也干瘪了起来,没了往日的和善,看上去多了些刻薄。

文佑站在他身侧,小心给他递上一杯茶。

自打春水生一事过后,杏林堂声誉进项都受损,白守义不甘吃了这个闷亏,干脆找到熟药所的辨验药材官娄四,想着以熟药所名义将春水生收归官药局,没了春水生这门生意,仁心医馆自然没了进财的法子。

谁知仁心医馆的坐馆大夫陆曈竟真是个有本事的,春水生被收归官药局后,又做出一方纤纤。

纤纤比春水生名气更大,眼见着源源不断的银子往仁心医馆流去,白守义夜里都睡不安稳。

他有心想再找陆曈麻烦,那辨验药材官娄四却告诉他一个晴天霹雳的消息——陆曈竟与当今太府寺卿董家有关系!

那可是太府寺卿!

白守义面色阴沉。

娄四的话又浮响在他耳边。

"上回我前脚刚收了仁心医馆的成药官契,后脚董家的人就来为仁心医馆撑腰了,逼着我把官契还给杜长卿不说,还把我好一番恐吓。"

"后来我一打听,原来仁心医馆那个坐馆大夫给董家小少爷治了一回病，就此攀上了董家这门关系。董夫人才对她另眼相待的。"

陆曈和太府寺卿搭上关系……

那可就不是他能惹得起的了。

那杜长卿不知走了什么好运气，明明都已经快要烂到泥里，谁知道会有一个女人从天而降，将那间破医馆起死回生。让人好生眼红。

白守义思量许久，本打算另辟他径，干脆将那颇有本事的医女收于自己麾下，奈何姓陆的女人不识好歹，文佑私下里去找了陆曈几次，都被陆曈身边的丫头打发了回来。

眼见着这些日子仁心医馆蒸蒸日上，连盛京的官家都前去买药，白守义越想越是怄心，忍不住骂道："诓银子的时候说什么'钱到公事办，火到猪头烂'，出了事，拉七扯八就是不还银子，姓娄的这条吃肉不吐骨头的狗！"

文佑站在一边，大气也不敢出。如今杏林堂没了进项，白守义心烦意乱，他们这些下人不敢触霉头。

正想着，门帘被掀起，夫人童氏从屋外走了进来。

她道："老爷听说了吗？杜长卿表妹来盛京了，现今就住在仁心医馆。"

"表妹？"

童氏坐了下来，拿起桌上茶盏吹了吹，递给白守义。

"就是个打秋风的破落穷亲戚，只有杜长卿那个冤大头才拿她当亲妹子使。要我说，老爷，你整日为杜家的事吃不好睡不好，那陆曈又如此不识好歹，不如找杜长卿表妹谈谈。"

"找她能做什么？"

童氏笑了笑："那能做的事可就多了。杜家表妹住在仁心医馆赖着不走，我瞧着可不只是图那一点小恩小惠，陆曈和杜长卿又不清不

楚着……"

"杜大少爷一向风流,难免后院起火。如果杜家表妹能把陆曈赶出去……"她一笑,"没了陆曈,那仁心医馆不就不足为惧了吗?"

白守义没说话。

过了一会儿,他眯了眯眼,慢条斯理开口。

"你说得有理,是该找她谈谈。"

夜已深,夏蓉蓉主仆二人已睡下,陆曈的屋里仍亮着灯。

小院寂然无声,只有远处竹深树密处的虫鸣。银筝坐在榻边,半个身子歪着,榻上堆满了书卷。陆曈坐在桌前,在灯下细细地翻书。

这几日夜里,陆曈没有制药,一到掌灯时分便在桌前看卷轴,昼夜罕有停歇。

银筝打了个呵欠,边揉眼边道:"这范大人在元安县的案子,又多又长,件件惊心动魄,可真是比话本精彩多了。"

陆曈翻过一页:"确实比话本精彩。"

桌上的书册是范正廉在元安县做知县那几年,处理的最出名的几桩案子。

曹爷纵然再有门路,官府的案卷也拿不到手中。好在范正廉在元安县清名远播,广受爱戴,茶坊的说书先生将他做知县时处理的几桩悬案写成话本,日日在坊间传颂。陆曈就让银筝出银子把那些话本全都买了回来。

"公婆污蔑寡妇通奸案,弟妹杀兄姊案,兄弟竞取家产案,船夫溺死船客谋取财物案……加起来也能写本拍案传奇。"陆曈合上手中书卷,"范正廉这知县,做得倒是忙碌。"

银筝坐直身子:"这么多案子,范大人都桩桩不落了查了出来,瞧着真像是个好官了。"

"好官？"陆曈笑了一笑，"那你仔细看着，可见这案中苦主可有穷人？每桩案子背后的案主，又可有显贵？"

银筝愣住，低头重新翻了翻，适才看向陆曈："真是没有！您的意思是，范大人这是沽名钓誉，特意寻穷人打官司好做出清名，真正豪绅安然无恙？可是，他既能审清这么多案子，总该有几分本事吧。"

陆曈轻哂："别忘了，他身边还有一个祁川。"

祁川就是上回陆曈在范家撞见的那位"祁大人"，据说是范正廉最信任的得力助手。

范夫人赵氏的贴身丫鬟翠儿说，范正廉特意将祁川从元安县调回了盛京，可见亲近。陆曈请曹爷帮忙打听消息时，也就一并将祁川的消息打听了回来。

不打听便罢，一打听，果真叫陆曈觉出些不同寻常来。

祁川是范正廉奶娘的儿子。

他二人年纪相仿，奶娘照顾范正廉，祁川也在范府一同长大。待年纪渐长，该进学了，祁川家贫，范家又发了善心，资助祁川进学。

祁川与范正廉进的是同一家学。

范正廉进学时，学问平平，资质平庸。祁川却相反，能过目不忘，落笔成文，是真正的才华横溢。

他们既从小在一起长大，关系自比旁人亲切，到了下科时，祁川却病了一遭，没能赶上那年的秋闱。

陆曈眼底掠过一丝深意。

真巧。

范正廉先下场中榜，范正廉中榜的后几年，祁川下场，也中了榜。一前一后，一户之中，主仆之子双双中榜，放在整个梁朝也是让人惊叹的巧合。

银筝拥着锦被,问:"姑娘是猜,祁川故意称病不下科,实则在当年秋闱中帮范大人替考,范大人考中了,祁川才在后来入试。这么说也有可能,但祁川这么做到底图什么?要知道他之后的中榜名次,还不如先前范大人的名次呢。"

陆瞳笑笑:"家奴之子,若无范家资助,祁川连族学都进不了,何来下场。于情,范家对祁川有恩,帮范正廉替考也是自然。"

"至于祁川名次为何不如范正廉……秋闱试题场场更变,祁川也不能笃定次次文章做得好。再者,名次不如范正廉,范家或许还会念旧情许他门路。他若真蟾宫折桂,一举成名,且不说范家如何看待,仅凭祁家背景,背后无人支撑,未必就能仕途通达。"

"状元潦倒的事,过去也不是没发生过。"

银筝似懂非懂地点点头:"原来如此,不过这些科场上的事,姑娘是怎么知道的?"

"父亲从前还在时,年年都有进京赴考的学生。"陆瞳低眉,"我在常武县长到九岁,这期间秋闱中榜的考生凤毛麟角。"

正因如此,她才会知晓,学问平庸的范正廉能一举中第是件多么反常之事。

银筝想了想:"假如祁川先为范大人替考,后自己也中榜,却在之后也刚好调任到元安县做了县尉,会不会这县尉之职也是范家故意安排的?"

县尉低知县一等,却又能助知县一臂之力。

"十有八九。"陆瞳道,"这也能解释,为何资质平平的范正廉到了元安县就摇身一变成了明察秋毫、执法严明的青天大老爷了。"

范正廉先中榜,祁川后中榜,范正廉做了元安县知县,又通过某种途径影响祁川的调令,使得祁川也同去了元安县,做了自己的副手。

于是祁川又能像当初在族学时一般，随叫随到，帮着范正廉处理一干事务了，或者说，政务。

只怕元安县那些办得漂亮的案子，都是出自祁川手笔。

银筝若有所悟地点头："难怪范大人回京，要千方百计地将祁川一同带回，敢情是离了祁川不行啊。范大人回京后也办过不少案子，名声倒是越来越响亮，官路亨通……不过，"银筝声音一顿，"这祁川怎么到现在还只是个录事？"

短短几年间，范正廉已经从元安县知县升至了盛京审刑院详断官，而祁川作为元安县县尉，当初不过比范正廉低一品，如今却只是个审刑院录事。

录事有职无权，不过是虚名，亦没有升迁机会，一辈子多半也就止步于此了。

祁川的仕途，可比范正廉要艰难多了。

陆曈低头看着卷册的封皮，语气平静："他当然只能做个录事，他可是范正廉手里最好的一把工具。"

"范正廉不仅不会给祁川向上爬的机会，还会不留余力地打击他，控制他，让他一辈子做个碌碌无为的录事。只有这样，祁川才能为范正廉所用，永远做范正廉的垫脚石。"

银筝倒吸一口凉气："这也太狠了，那么多功劳全被抢了不说，还要被这样打压，如此为他人作嫁衣裳，这祁川怎么不反抗呢？"

陆曈望向窗外："家奴之子，自小低人一等，为人欺凌是常事。"

世胄高位者轻而易举就能摧毁平民百姓数十年的努力，祁川是，吴有才是，她陆家一门也是。

银筝叹气："真是可怜。"她问陆曈："祁川名为范正廉手下，实则为他幕僚，姑娘是想收买祁川，让他说出当初陆二少爷一案的真相，

借此为家中翻案?"

"不。"

银筝一愣。

陆曈将桌上书册收回桌屉中:"翻案不过是将这桩案子交给另一位详断官,但我已不相信盛京所有的详断官,他们也未必会帮我主持公道。"

"我有别的打算。"

她说这话时,神情变得很冷,灯火落在她漆黑眸中,像是冰封海底燃着一簇幽暗火色。

银筝呆了呆,还未开口,陆曈已换了另一个话头:"对了,明早别忘了叫阿城将药材送到吴有才家中。"

银筝应道:"好。"

陆曈微微叹息:"他娘……估计就这段日子了。"

银筝闻言,亦是心有恻然。

那个清贫儒生虽孝心可嘉,却屡次科举落第,实在令人唏嘘。陆曈隔一段日子会让阿城将他母亲的药材送去,都是西街邻坊,阿城很乐意,杜长卿也没说什么。

不过……

银筝偷偷觑了陆曈一眼,心中有些疑惑,也不知是不是错觉,她觉得陆曈待这个吴有才格外柔和。明明每日遇到的贫苦病人那么多,吴有才也无甚特殊,但陆曈每每与他说话的语气神情,都是待旁人没有的耐心宽和。就像是对着自己的亲人。

陆曈垂下眼帘。

不知为何,她总在吴有才身上看到陆谦的影子。明明吴有才温厚内敛,隐忍老实,陆谦开朗明媚,爱憎分明,他们是截然不同的性子,但每每想起那个清贫儒生,她都会想起陆谦背着书箱从学院归家时候的模样。

他会在门前停住,然后在陆瞳期待的目光中猛地拿出藏在背后的手,大笑道:"看,我新逮的蝈蝈送你!"然后在她气愤的追打中大笑着扬长而去。

但陆谦已经死了。

死在审刑院详断官范正廉的诏狱中。

陆瞳的睫毛微微颤了颤。

所有害死他们的人,都该下去陪葬。

夜里的这场雨最终还是没能落下来,第二日是个晴日。

快立秋了,伏天未出,越发炎热。陆瞳去范府给赵飞燕施诊都改成了早晨——下午热得恼人。

这是陆瞳最后一次给赵氏上门施诊。

赵氏已经瘦到了自己满意的身形,再消瘦下去,面颊便显得不丰润了。听说她在前几日的观夏宴中狠狠惊艳一把。她原本就娇艳丰腴,如今清减下去,又是不一样的美,宴上收获无数褒赞,心情自然不错。

虚荣心既得到满足,与范正廉夫妻恩爱又胜往昔,赵氏看陆瞳也顺眼了许多。临走时,她将这些日子克扣的诊金一并叫人给了陆瞳。

赵氏的丫鬟翠儿将陆瞳与银筝送到门口,又将手里的篮子交给银筝:"银筝姑娘拿好了。"

银筝笑着接过来。

翠儿见状,眼里闪过一丝轻蔑。

篮子里装的都是些旁人送的土产鸡蛋之类,范正廉和赵氏每日收的礼都是珍宝金银,只有不懂事的穷鬼才会送这些。这些腌货土产连他们

这些下人都看不上,随意堆在厨房外头的院子里,谁知陆曈从旁经过时却盯着那些腌货看了许久。

厨房本就烦这些不值钱的东西,翠儿见状干脆顺水推舟说要送给陆曈做个人情,没想到陆曈居然没拒绝,还满眼都是感激与欢喜。

外地来的乡巴佬,果真上不了台面,翠儿一边这样想着,一边将银筝与陆曈送出了门,又客套了几句才离开。

陆曈二人出了范府大门,才走了约莫十来步,迎面就撞上一人。

来人身穿发旧的长袍,身材高大,正是范正廉的得力干将——审刑院录事祁川。

陆曈与银筝停下脚步。

祁川身为审刑院录事,做的事却更像范府的管家。偶尔范府里要接个什么人,送些什么货,甚至于赵飞燕突然想喝什么地方的饮子甜浆,都会招呼祁川去办。

因此,陆曈去范府施诊时,时常会见到这位录事大人。

一来二去,祁川也知道陆曈是给赵氏施诊的大夫,偶尔路上遇见了也会打声招呼。

今日也是一样,陆曈对祁川轻声行礼,祁川客气应过,就要往范府门口走。

银筝笑着与他错身而过,手里提着的竹篮一晃一晃的,在日光下极为扎眼。

祁川脚步骤然一顿。

他回头,目光落在银筝手里提着的那只竹篮上。

竹篮是新鲜竹子编成的菜篮,里头细细铺了好几层,每一层都放了许多杂货。腌肉、鸡蛋、新鲜的山药红薯……鸡蛋一个个排得整整齐齐,用草纸裹了,免得路上磕碰。

他愣愣看着银筝手里的竹篮,直到陆曈的声音将他惊醒:"祁录事?"

他抬头,陆曈疑惑地盯着他。

祁川张了张嘴,半晌才道:"陆大夫手中竹篮……是从哪里来的?"

陆曈笑了笑:"是临走时范夫人送与我的情礼。"

"什么情礼!"银筝冷笑一声,"范夫人才不会送这种寒酸的情礼,分明是那些下人将咱们当叫花子打发呢。我当时都听见了,他们说这是穷鬼送的腌货,都放烂了,放在府里也是占地方,这才送与我们。就是姑娘您心善,才被他们胡乱唬了。"

"胡说。"陆曈斥道,又转身冲祁川歉意开口:"丫头不懂事胡言乱语,还请祁大人当作没听见。"

祁川闻言,脸色有些苍白,勉强冲他们二人笑了笑,这才离开。

见他的背影消失在范府大门后,陆曈才收回目光。

"走吧。"

银筝笑嘻嘻跟上来,语气有些得意:"姑娘,我方才演得好吧?"

"好。"

"那是自然,"银筝越发高兴,"我虽不如姑娘您聪明,可这演戏说瞎话的本事也是一流。"

在欢场挣扎度日的姑娘,别的不说,见人说人话见鬼说鬼话的能力还是要有的。

银筝说完,又喃喃道:"这样挑拨,就是不知祁川听了,心中有没有怨气。"

陆曈不置可否地一笑。

怨气……自然是有的。

明明才华本事都不比范正廉差,却因为出身,永远屈居人下。本该

在仕途上大展拳脚的人，最后却沦为在范府中打杂的下人，始作俑者却踩着自己功劳一步步往上爬，将他的价值压榨得一点不剩。

她若是祁川，她也不甘心。

祁川是个忠仆，所以这么多年里任由范正廉拿着自己的政绩升迁，对范正廉扣着他只做一个录事忍耐不提。

但人的忍耐是有限度的。

勤勤恳恳、忠心不二的得力手下，内心也会积攒多年的不甘与怨气。他之所以到了如今都一言不吭，也许依仗的是"道义"。

毕竟是自小一起长大的情分，毕竟当年祁川家贫无路时是范家资助他进了族学。

这样一点点挑拨当然不至于让祁川立刻倒戈相向，她只需要在祁川心中埋下一根刺。至于这根刺究竟会长到何种地步，就要看范正廉这些年对祁川的"照顾"了。

虚妄的"兄弟之情"与"主仆之情"迷惑了祁川的眼，那她就一点点戳破这个假象。毕竟，他二人这段脆弱不堪的"情分"本身就已充满漏洞了。

又走了一段路，陆瞳二人回到了西街。

银筝拿帕子擦过额上的汗，问陆瞳："姑娘热不热，要不要去买杯浆水？"

虽然街口新开的铺子甜是甜了点，但这样的天喝上一杯李子冰酪是挺解暑的。

陆瞳想了想，同意了。

银筝笑道："那我去问杜掌柜和夏姑娘要不要一起。"说罢朝前小跑了几步。

陆瞳跟在后面。

正是晌午，日头直喇喇倒在大街上，每一处都是热烘烘的。门口那处枝繁叶茂的李子树将医馆牢牢罩入一片阴凉。这个时候太热，整个西街几乎不会有客人。

今日却不一样。

一个熟悉身影从旁边小巷走出来，进了仁心医馆中。

陆瞳脚步一顿。

银筝见状，顺着陆瞳目光看过去，惊讶开口："那不是杏林堂的文佑吗？"

文佑从小巷中走过，虽只是短短一瞥，但陆瞳已认出他来。毕竟前些日子，这位伙计好几次趁杜长卿不在时来医馆找陆瞳，话中几次暗示陆瞳可去杏林堂坐馆，杜长卿所付月银，杏林堂可给双倍。

不过都被陆瞳拒绝了。

银筝看了看走进医馆的人，又看了看巷口，神情有些奇怪。

"刚刚那不是夏姑娘吗？文佑找夏姑娘干什么？"

夏蓉蓉又不会医术，总不能是找夏蓉蓉去杏林堂坐馆吧？

陆瞳站在原地望了一会儿，收回视线，轻声道："走吧。"

日子平静如流水般过去，医馆门口的这点小意外并未被陆瞳放在心上。

转眼就是立秋。

陆瞳每日依旧很忙，进了秋日，来买纤纤的人少了许多，但头"折桂令"的人却多了起来。

"折桂令"是陆瞳新制的一味药茶。

再过不了多久，八月初一是梁朝秋闱，儒生下科前难免紧张，一些人就去医馆买些明目清心的药茶以振精神。陆瞳顺势做了一味新药茶，

名叫"折桂令",取"蟾宫折桂"的吉兆。

新药茶虽配得不如春水生和纤纤惊艳,但冲这名字,还是有大把大把读书人前来购买——每年这时候,万恩寺求学业的佛殿都快被挤垮了,大事临门时,信吉兆的人比不信吉兆的人多得多。

陆曈把两包红纸包好的折桂令交给银筝:"这个送到鲜鱼行的吴有才家中。"

鲜鱼行的吴有才次次落第,时时下场,陆曈猜测他也会参加今年的秋试,特意为他留了几包。

银筝应了,接过药茶就要出门,被阿城追上来拦住:"银筝姑娘等等。"

"怎么了?"

"现在去见吴大哥,恐怕不是时候。"

陆曈一顿,看向阿城:"发生了何事?"

"您还不知道吗?"小伙计挠了挠头,"吴大哥的母亲……前天夜里走了。"

夜里天气凉爽了许多。

立秋后,常有一阵一阵小雨,入夜后时有凉风,吹在人身上生出几分清寒,好似一夜间就冷了下来。

院中清寂如水,檐下灯笼的光朦朦胧胧,洒下一片照在院中人脸上。

陆曈坐在石桌前,用力捣着面前银罐,秋风拂过她发梢,将那张脸映得格外柔和。

银筝坐在杌子上,一边叠着手中丝绢,一边看着正捣药的陆曈出神。

白日里阿城说起吴大娘丧讯,银筝还以为陆曈会去瞧一瞧吴有才,毕竟这些日子,陆曈隔段日子就让她给吴有才送些温养药材,看上去对吴大娘的病情颇上心。

虽然并不理解陆瞳为何要对一个贫苦儒生另眼相待，但银筝看得分明，陆瞳是真心关心吴有才家中境况。然而直到现在，陆瞳也没提起过要去看望吴有才，甚至连挽金也没送——连杜长卿都送了两匹绢帛。

不应该啊，难道是另有打算？

心中这般胡思乱想着，银筝手上动作渐渐慢了下来，纱帕落在地上也没发现。

倒是陆瞳看了她一眼，问："怎么了？"

银筝一个激灵回神，忙捡起地上纱帕，到嘴的"吴有才"三个字咽了回去，想了想，伸手指向檐下一簇萤火："我刚刚在想，京城里的萤火虫真是漂亮。"

陆瞳瞥了檐下一眼，在那里，一团碧色萤点在夜里明明暗暗。

这是阿城逮来的萤火虫。

小孩儿淘气，央银筝用细纱线缝了个四角包，四角都缀了细碎风铃，将捉来的萤虫全放了进去，挂在檐角，一到夜里，熠熠生光，真有点《晋书》中所言夏月集萤映雪之感。

可惜这里没有读书人。

银筝笑着问陆瞳："姑娘家乡也有萤虫吗？"

陆瞳摇了摇头。

常武县贫远，她小时候只在书里见过萤虫。

不过，落梅峰上萤虫却很多。

许是因为在山上，地势高凉，一过大暑一候，腐草为萤，整个山头都是碧光。

她在坟岗里替芸娘寻试药的死尸时，常在乱草间看到一大团一大团的迷离冷光，若鬼火荧荧。

那时她倒没有半分诗意浪漫之类的想法，只觉诡异，恨不得将双眼

闭上赶紧逃开。

如今再看这挂在檐下的萤虫囊袋，竟会有恍若隔世之感。

银筝将最后一方丝帕叠好，也不起身，托腮看陆曈捣药。陆曈的小药锤落在银质药罐上，发出叮叮当当的声音，在静寂夜里分外清晰。

陆曈有两只药罐，用木药罐时多，用银药罐时少。今日她用的是银药罐，罐子上刻满繁复花纹，月光落上去，银光闪烁，宝色辉煌。

陆曈落下最后一锤，把药锤留在罐子里。银筝知道她这是做完了。

陆曈抱着罐子起身，却没有立刻离开，而是在院子里逡巡一转，目光最终落到角落里半人高的竹筐之上。

她走过去，打开竹筐，从竹筐里拎出一只眼圈乌黑的白兔来。

兔子是前些日子杜长卿买的，说是在官巷肉铺里看见有姑娘在卖兔子，姑娘长得清秀，身世凄苦，杜长卿怜悯心一起，就把那一筐兔子全买了回来。买回来后也不知如何处理，银筝和香草不会做兔肉，索性就养在院子里，夏蓉蓉和香草每日会来喂这些兔子。

陆曈垂眸盯着手中兔子，兔子两只耳朵被她拎着，腿在空中胡乱蹬弹，她看了看，就带着兔子和药罐去厨房了。

平日里陆曈都在院子里做药，用厨房做药时，她都不许银筝跟着。银筝揉了揉膝盖，将刚刚缝好的丝帕摞在一起，进屋好把这些丝帕装在箱子里。

夜深了，外头很静，秋夜寒风落在窗户上，整个盛京笼在一团墨黑中。

厨房里，陆曈抓着那只兔子，垂下眼眸不知在想什么。

银药罐就放在案板旁，里头药草被捣得稀烂，乌黑一团覆在罐壁上，缓缓流下，莫名诡异。

陆曈低眉看了那兔子一会儿，突然朝罐中伸手，掏出一把乌黑黏液塞进了兔嘴中。

兔子嘴里陡然被塞了一团污物,登时剧烈挣扎起来,陆曈紧紧抓着兔子耳朵,直到那些乌黑黏液被咀嚼得差不多,她才松手。

兔子从她手里逃走,一落地得了自由,立刻在厨房里跑动起来。

她静静看着那只兔子。

一刻,两刻,三刻。

兔子四处嗅闻的动作渐渐慢下来,不再继续朝前跑动了,像是喝醉了酒般摇摇欲坠,紧接着,身子朝旁一歪,半躺在地上,四只腿费力蹬着,渐渐地不再动弹。

从兔子嘴角慢慢溢出一丝乌迹,一双瞪大的血红眼睛格外悚然。

它死了。

这只刚刚还活蹦乱跳的兔子,死了。

夜色惨淡,小厨房中残灯昏暗,一个女子,一只死去的兔子,这样静静对视,凄迷又诡艳。

正在这时,身后陡然传来一声惊呼:"啊——"

陆曈目光一寒,猛然回身。

厨房门口处,夏蓉蓉手里提着一盏灯站着,正惊惶不定地望着她。

平日里这个时间,夏蓉蓉早已睡了——夏蓉蓉珍爱容颜,坚信早睡可使女子容光焕发,从来在亥时前睡下。而现在已过子时。

陆曈皱了皱眉:"你来干什么?"

夏蓉蓉像是被吓着了,脸色苍白,下意识答道:"香草摔了一跤,我来厨房找点水。"她飞快瞥一眼地上的兔子,不敢细看般赶紧移开目光,颤声问陆曈:"这只兔子……"

"这只兔子误食了有毒药草,所以死了。"

"这、这样吗?"夏蓉蓉说着,目光又迅速扫过陆曈的手——陆曈

的左手被方才银罐中草药浸染成乌色。

陆曈看着她："不是要找水？"

"哦……是。"夏蓉蓉慌忙应了，这才想起自己要做的事，赶紧拿着盆舀水去了，路过陆曈身侧时，手抖得厉害，差点打翻水盆。

陆曈冷眼看着她端了水盆出去，直到她进了自己屋里，门隙后的灯火被合上，外头重新陷入一片黑暗。

她沉默片刻，起身走到死去的兔子身边，将兔子提了起来。

"太可怕了，你不知道我刚刚看到了什么！"

一进屋，夏蓉蓉就将水盆往旁边一扔，双腿一软瘫倒在地。

香草吓了一跳，不顾膝上刚刚摔倒留下的擦伤，赶紧起来将夏蓉蓉扶到床前坐下："发生什么事了？"

夏蓉蓉白着一张脸，目光满是惧意："我刚刚在厨房里看见了陆大夫。她、她……"她一把抓住香草的手，"她毒死了一只兔子！"

香草愕然。

"是真的！"夏蓉蓉生怕丫鬟不信，语气更加急促，将方才所见和盘托出，"我进去时，她手里的毒药还未洗净，就站在那只死兔子前，盯着尸体，像个怪物……"

香草被她的形容也骇了一跳，不过仍保持一丝理智："说不定陆大夫只是在试药？"

"不可能！什么药能把兔子毒死，况且你没瞧见她方才看我的眼神……"

夏蓉蓉想起自己不小心惊动陆曈时，陆曈回身看她的那一眼。有别于平日的温和从容，女子藏在灯火的暗色里，一双眼睛沉寂冷漠，看她的目光也像是在看一具尸体，没有任何情绪。

她忽地打了个冷战。

"不行,这里不能待了!"夏蓉蓉一下子起身,忙忙地就要收拾衣物,"我们赶紧收拾行李离开。"

"小姐,"香草拉住她,"您冷静些,咱们现在走了,表少爷怎么办?"

杜长卿?

夏蓉蓉恍然想起自己这位表兄,她喃喃道:"对,表哥还不知道,得把这件事告诉表哥。"

香草道:"如今医馆里全靠陆大夫做的药茶进益,听阿城说,陆大夫与表少爷利红对半分。这些日子住在医馆,奴婢看表少爷对陆大夫信任有加,纵然小姐说了,表少爷也未必会信。纵然信了,表少爷也未必会将陆大夫赶出去。"

陆曈就是仁心医馆的摇钱树,谁舍得将摇钱树赶出门?

夏蓉蓉一听,顿时六神无主:"那怎么办?"

她素日里也没什么主见,这次来盛京本就是为了想进杜家的门,谁知误算了杜长卿如今的家产。加之杜长卿看起来对她也没那个意思,就这么不上不下地处着。如今遇到这种事,夏蓉蓉也不知该怎么办。

"小姐,不如问问杏林堂的白掌柜?"香草突然开口。

夏蓉蓉愣了一下,白守义?

说起来,前些日子,白守义身边的那个文佑来找过她一回。

杏林堂因之前"春水生"一事和仁心医馆结下龃龉,此事夏蓉蓉也听阿城说过。白守义吃了个大亏,却将这笔账算在了陆曈头上。

奈何这么久了,白守义愣是没寻出陆曈什么把柄,于是让文佑来找夏蓉蓉,有心想与夏蓉蓉"合作"。

文佑站在夏蓉蓉跟前,道:"夏姑娘,我家掌柜说了,你不想陆大夫留在医馆,恰好我家掌柜的也想将陆大夫逐出京城,不如合作,各得

所需。"

夏蓉蓉蹙眉:"合作?"

白守义的合作法子很简单,让夏蓉蓉在陆曈平日用的药材中动些手脚。

这立刻被夏蓉蓉拒绝了。

若陆曈的药真出了问题,受损的是仁心医馆,连带着杜长卿也要遭殃。更何况夏蓉蓉看得清楚,医馆中炮制药材、整理新药一类事宜,陆曈统统不让别人过手,她那个婢女银筝又格外灵敏,根本找不到机会动手。

文佑却不死心,将一张银票塞到夏蓉蓉手中,道:"夏姑娘不必现在回答,等想通了,寻个人去我家铺子同掌柜说一声就是。"

夏蓉蓉收了银子,先前还有些忐忑,待过了些日子,也渐渐将此事淡忘了,没料到今日被香草提了起来。

她有些犹豫地看向香草:"这样好吗?"

陆曈毕竟是仁心医馆的人,将仁心医馆的事说与外人,难免不厚道。

香草叹了口气:"小姐,您今日所见虽意外,但也不能证明陆大夫就是在做害人的毒药。表少爷对陆大夫言听计从,定然站在她这边,您一说出口,反倒惊动了陆大夫,也伤了和表少爷间和气。"

"但白掌柜不一样,陆大夫先前害杏林堂出了丑,白掌柜对陆大夫怀恨在心,要是陆大夫真有什么不对劲的,白掌柜肯定不会放过她,再说——"

"再说,您之前不是拿了白掌柜银票,拿人手短,万一他们上门来讨,表少爷一定会生气的。"

想起那张银票,夏蓉蓉不由脸一红。

银子早被她买了钗环首饰花光了,要是白守义来讨,她还真不知如何应对。

香草见她意动，悄悄低下头，掩住唇边一抹笑意。

香草做夏蓉蓉贴身婢子多年，此次进京，夏家父母特意叮嘱，一定要达成夏蓉蓉与杜长卿的亲事。如今杜长卿虽家产比不得从前，但在盛京有铺子有宅院，也好过其他许多人，这门亲事是可行的。

然而这些日子待在医馆，香草算是看得分明，杜长卿对夏蓉蓉并无他意，倒是和那个陆大夫亲近有加。

她们本就是为了能和杜长卿结亲而来，此事要是做不好，不仅夏蓉蓉失望，夏家父母那头也难以交差。

她怀疑陆瞳与杜长卿私下有情，虽无证据，但陆瞳在医馆中隐隐有女主人的姿态，阿城和杜长卿都唯她是从。

香草想要将陆瞳赶出医馆，奈何一直找不出法子，谁知今夜偏叫夏蓉蓉撞见了厨房里的一幕。

这是老天送到眼前的机会。

香草顾不得腿上擦伤，一骨碌从床上爬起来，去给夏蓉蓉拿纸笔。

"小姐，您还犹豫什么？如今能帮上忙的只有白掌柜，快快给白掌柜写信，若真有问题，也好及时挽救。"

屋中灯火微弱，映照地上倾翻的水渍，夏蓉蓉望着水渍良久，咬了咬唇，终于下定决心站起身来。

"知道了。"

"我写就是。"

第十二章 母子

一连几日，夏蓉蓉都躲着陆曈。

从前陆曈在医馆里坐馆，夏蓉蓉主仆都会跟在后头帮忙，这几日却躲在院中不肯出来，撞见了也是绕道避开。这举动过于明显，杜长卿明里暗里问过几次，都被夏蓉蓉敷衍过去，他还以为她们二人背地里吵架了。

外头阴云滚滚，银筝帮着陆曈把一尊白瓷做的菩萨像搬到屋中小佛橱里。

观音像是陆曈从西街一家修香浇烛铺里请回来的，铺主称是请万恩寺大师开过光的灵物，陆曈见那尊观音小像雕得栩栩如生，又想起自己住的寝屋里还空着一处小佛橱，正好能装下此像，遂花五两银子将瓷观音带了回来。

白衣观音放进了小佛橱，小佛橱便不如先前那般空旷了。

银筝左右看了看，绽开一个笑容："大小正正好，就是缺一个龛笼，等闲了再去找找合适的。"

陆曈"嗯"了一声，又看了一眼外头院子，道："走吧。"

正是午后，空气里闷得出奇，天空阴云黯霭，似有山雨欲来。

杜长卿趴在桌上午憩，见她二人出门，懒洋洋提醒："别忘了拿伞。"

"知道了。"

待二人背影消失在医馆外，夏蓉蓉掀开毡帘从里出来，跟着往外望了望，问杜长卿："快下雨了，陆大夫这是去哪儿？"

"鲜鱼行吴秀才他娘死了。"杜长卿抹了把脸。

"她俩去送挽金。"

狂风粗暴地将檐下白纸灯笼吹得哗啦作响。

院了里，孝幔挽幛层层叠叠，纸马梳头堆积如山。长明灯摇曳暗影里，一只黑漆木棺沉甸甸停在灵堂中。

吴有才一身粗麻孝衣，正跪在棺椁前的铁盆边往火里填纸钱。

吴大娘在几日前去了，算卦的何瞎子替他娘算好了入土的吉时就走了，吴有才在盛京没别的亲人，西街邻坊帮忙办完丧事，陪着守了两日灵，说些节哀的话，也就三三两两地散去——人人都有自己的日子过。

他一个人在此地守灵。

母亲生前的衣衾都已叠好，放在一边，等入土时一同殡殓。

吴有才目光落在那方叠好的衣衾上。衣衾上绣着一丛金色花，花开六瓣，宛如笑靥。

是萱草花。

吴有才看着看着，眼眶就渐渐红了。

吴大娘节俭，极少买新衣，一件麻衣能穿十几年。有时候手肘膝盖处破了，怕补丁不好看，就捡了别人不要的线绣些花儿补上。

萱草生堂阶，游子行天涯。慈母倚堂门，不见萱草花。

萱草花是母亲花。

母亲……

儒生的眼泪滚落下来。

世上万般哀苦事，无非死别与生离。纵然早知母亲命不久矣，但当那一日来临时，吴有才仍觉突然。

明明头天傍晚时母亲还对他说,这些日子胃口不好,明日想吃绿豆冷淘浇白饭开胃,到了夜里,他去给母亲擦身时,母亲的身体已经冰凉。

来送挽金的街坊都劝他,母亲走得无知无觉,没有痛苦,是喜丧,叫他不要悲伤。但这么多日过去了,吴有才仍不能释怀。

他还没有金榜高中,还没有为母亲争得诰命,甚至未曾让母亲享过一日福、夸过一句口,怎么母亲就去了呢?

再不给他机会。

手中黄纸被捏得发皱,男子哽咽不能自已,眼泪砸进火盆里,连同纸钱一起化为灰烬。

外头风声更大了些。

长风卷起院中挂着的招魂白幡,天色阴沉似傍晚,黑云中隐隐有雷光穿梭。

就在这渐渐风声中,隐隐响起柴门被叩响的声音,吴有才一愣。

这个时候了,怎还会有人来?

来帮忙的街坊们都早已回去,最关心他的胡员外也有一家老小要照顾。西街有点交情的邻里已经送过挽金,吴家没有别的亲戚了。

他这般想着,就听外头叩门的声音一停,紧接着,吱呀一声。

门被推开,有人走了进来。

吴有才抬起头。

乌云将天色压得晦暗黑沉,灵堂寂寥惨淡,院中纸钱纷纷似雪,有人的脚步声缓缓靠近,不慌不忙。

女子全身裹在素白长裙中,狂风将她衣角吹得鼓荡,鬓间那朵霜色绢花却洁如羊脂,于摇摇欲坠的灵堂烛火中,于满院翻飞纸钱中,眉目渐渐出现,宛若匆匆幽梦,似假还真。

吴有才茫然望着面前女子，心想：她怎么也穿着孝衣？

女子在他面前停步，低眉看着他："吴公子。"

吴有才骤然回神。

"陆大夫？"

来人是仁心医馆的坐馆大夫陆曈。

他打了个战栗，忙站起身："陆大夫怎么来了？"

自母亲去世后，他浑浑噩噩，直到眼下才想起，是有一阵子没见着陆曈了。

吴有才对陆曈极是感激，先前她给母亲出诊，将母亲从鬼门关上救回一次，后来又隔三岔五让银筝姑娘送来给母亲的药材。

吴有才知道，自己给的那点药钱远远不够陆曈送他的那些，他无以为报，只能将这份感激藏在心里。

陆曈把用白布包着的挽金放到吴有才手上。

吴有才踌躇："陆大夫，我不能……"

陆曈却已走进灵堂，在燃烧的火盆前蹲下身，拿起一边的黄纸往里填烧起来。

吴有才一愣。

昼色阴晦，灵堂中灯火通明，她白衣素净，发间簪花如雪，在这冥冥阴天里，像从坟间爬出来的新娘鬼，年轻美丽，单薄森冷。

吴有才莫名觉得有些发冷。

陆曈问："下月初一秋闱，你要下场吗？"

吴有才愣了一愣，答道："要的。"

他跟着在火盆前蹲下来，与陆曈一道往里烧纸钱。活人其实是不知道死人能不能收到这些钱的，可总要有个念想。

吴有才道："可惜娘看不见了……"

过去那些年，每次他从考场归家，母亲都会在家等着他。但今年只剩下他一人，待他考完回来，屋中的窗上再不会透出光亮，等他推门，再不会看到母亲灯下缝补的身影。

他正沉浸在悲恸中，听见陆曈开口："其实这是好事。"

吴有才抬起头，不明白她这话究竟何意。

"就算你今年下场，也不会中，与其让她再一次失望，倒不如让她怀着希望离去，对她来说，这不是件好事吗？"

女子语调一如既往动听，说出的话却是与往日截然不同的刻薄。

吴有才愣了好一会儿，才明白她话里的讽刺，他愤怒地看向陆曈，脸色一下子涨得通红。

"你！"

"生气了？"陆曈微微一笑，抬手往火盆里填了一张纸钱，"你知道吗，你母亲的病并非绝症，早几年医治，不会只这几年活头。"

"可惜，被耽误了。"

吴有才的脸色骤然惨白。

他自然知道。

吴大娘刚开始身体不适时，没有告诉他。她那时一心扑在鲜鱼行，每日只想多卖几条鱼给他攒笔墨书本钱，不愿为此耽误鱼摊生意。

后来渐渐地难受起来，吴大娘倒是瞒着吴有才去看了一回大夫。大夫告诉吴大娘，这病需好好歇着，用昂贵药材调养，吴大娘舍不得，也担心误了鱼摊生意，咬牙忍了下来。

直到实在瞒不住了，吴大娘才将病情告诉吴有才。他再带吴大娘去瞧大夫时，已经太晚了，不是调养就能调养得好的。

面前人还在说话，字字句句都像是要往他心里戳："她这病，只要在一开始发现时用补养药材温养休憩就可痊愈，但因为要让你安心读书，不耽误你下场扬名，所以错过了时机。"

"是你，耽误了她。"

轰隆一声，远处有雷声忽动。

吴有才捂住脸，喉间溢出一丝痛苦低鸣。

他喃喃道："是我，是我的错……是我无能，是我没本事……"

若不是他，若不是为了他，母亲怎么会牺牲至此！他一辈子汲汲功名，自以为怀才不遇，实则就是不敢承认才学平庸，一无所成！

是他害死了母亲！

儒生脸埋在指间，泪水从指缝滴落，悲悔之意听得身侧人动容。

陆曈仰起头，看着远处长空。

平民总是如此，一遇到事情，自责、后悔，永远从自己身上找原因，恨不得将世上所有过错都归揽于自己身上。

父亲和母亲也是一样吗？

在他们得知陆柔死讯和陆谦入狱的噩耗时，会不会也辗转自责没有保护好一双儿女，会像吴有才这般难以释怀吗？会椎心泣血吗？会哭吗？

火苗舔着黄纸，将昏暗灵堂照亮。

陆曈垂目看着恸哭的男人，半晌，她说："吴有才，你十八岁第一次下场，到今已过十二年。"

"十二年了，难道你从没想过，为何一次也考不中？"

哭泣声戛然而止。

儒生抬起头，满脸泪痕，他茫然地、下意识地开口："什么？"

"如果你真是才学平庸，整整十二年，为何要坚持下场？是不是因为你相信自己的文章定能金榜题名，名扬四海。"

她从袖中摸出一方折好的纸，放到吴秀才眼前。

儒生望着眼前的纸，喃喃开口："这是什么？"

"自你第一次下场后，盛京秋闱中榜举子名单。被圈起来的，则是盛京有名的纨绔。"陆曈道，"这些人，你只需稍一打听就会知道他们学识浅薄。为何他们能中，你中不了？"

吴有才望着她，下意识重复："为什么？"

"因为运气。"她弯了弯眼眸，"你信吗？"

恍若一道亮光在他脑中闪过，吴有才隐隐猜到了什么，又不敢说出口，只盯着面前人。

"有很多种可能。"她开口了，语气依旧淡淡的，"譬如他们买通了礼部判卷官，在名次上做了文章。或者他们买通了主考官，请人替考。再或许，你的文卷与别人文卷调包，你的名次自然成了旁人的名次。"

"你只有纸笔和学问，却没有银子与门路，吴公子，就这么点东西，怎么能与别人争求公平呢？"

轰隆——

又一声惊雷炸响，瑟瑟寒风哭号着从门外刮来，像是要刮到他心里去。

吴有才摇头："不可能……这不可能……"

"为什么不可能？"陆曈笑笑，"你仔细想想，这些年下场做的文章，当真如此糟糕吗？"

犹如一个闷雷打在脸上，吴有才怎么也说不出话来。

若他不是对自己有自信，何故会坚持十二年？他并非固执不知变通之人，若真觉了无希望，自会寻其他生路——这世上哪种活法不是活，他也并不是非要一条道走到黑。

他只是不甘心。

士人朋友都说他文章华灿，旁人无所及也，他自己也是如此认为。谁知十二年过去，从意气风发的少年郎变成庸庸碌碌的中年人，一年又一年，摘取金莲仍旧遥遥无期。

　　邻人们的目光从艳羡渐渐变成了揶揄促狭，或许还有同情可怜。他无法回避那些期待，在每一个夜里问自己，他真的有才学吗？他真的还能有高中的那一日吗？

　　然而今日却有一个人，告诉他这么多年夙愿难解，是因为有人拿走了"公平"。

　　"要是真的，"儒生嗫嚅着嘴唇，目光炯炯似有烈火燃烧，"我要去举告他们，这种舞弊之风罪大恶极，礼部的人会好好彻查——"

　　"谁会信你？"

　　"官府会查！"

　　"官府自己都身在其中，难道要他们自查？"陆曈出言讥讽，"恐怕你前脚将此事举告官府，后脚连官府门都出不去。"

　　她声音轻轻的，却让吴有才的心彻底冷沉下来。

　　陆曈说得极有可能。

　　这些年，他不是没有怀疑过，但每当怀疑至此处，犹如一个禁忌般，不敢再往下细想，仿佛直觉再想下去就是无底深渊。然而今日却有一人，将虚掩的假象毫无顾忌地撕开给他看，这难以面对的、赤裸裸的现实。

　　心中思绪纷乱如麻，吴有才望着陆曈哑声开口："为什么告诉我这些？"

　　为什么要告诉他这些？

　　在浑浑噩噩中告诉他真相，又在告诉他真相后逼他承认根本不可能改变的现实，让他认清自己的无能。

"因为，"她说，"我想帮你。"

"帮我？"

陆瞳微微一笑。

棺柩是黑的，挽幛是白的，冷与暖界限一片模糊。她眉眼在灯火下娇丽得不可思议，鬓边那朵绢花却开得簌然淋漓，如那些精怪志异中披着美人皮的恶鬼，在某一个雨天，从书中走出来与人做交易。

你知道她不怀好意，但你无法拒绝。

陆瞳道："如今整个科场都被买通，礼部中人也被勾串，十二年间换过无数主考官，每一次你都落第，每一次都有不该中举之人中举，你知道这代表什么？"

"代表每一年的主考官都被人收买。"吴有才木然回答。

"是的，如果科举舞弊一事不被处理，那等你挂孝烧纸，买地茔葬母亲之后，也会如从前一般，终身蹭蹬，屈于庸流。这是你的宿命。"

这话太可怕了，吴有才忍不住打了个冷战。

他望着陆瞳，犹如望着在地狱中陡然降临的神女，目光甚至带一点虔诚，渴望对方能在这深不见底的长渊中为他指点一条明路。

"陆大夫，我该怎么做？"

陆瞳问："吴有才，你想要公平吗？"

"想。"

"如果礼部的人真被买通，这么些年你屡次名落孙山其实是因科场舞弊，你愿意将其揭发，无论付出何种代价，哪怕是自己的性命？"

"愿意。"

"好。我告诉你怎么办。"

吴有才茫然看向她。

"下场前举告，无凭无据，官府的人多半会将你抓起来，甚至灭口。除非下场后。"

"下场后？"

"不错，下场后，所有考生都在舍内，若有替考者，连人带卷人赃并获。不过……"

"不过什么？"

"不过你人微言轻，狗官沆瀣一气，说不定会找个理由将你抓起来，待秋闱后放出去，证据也就没有了。"

"那不就没有办法了？"

"也不是没有办法，只要将事情闹大。"

吴有才一愣："将事情闹大？"

"不错，"陆瞳语气轻松，"如果考场舍内出了人命，死了个把人，那就不是单单礼部能压得下来的小事。审刑院、诏狱司，甚至兵马司都会出场，人越多，越不好大事化小，各方利益一掺杂，原本简单的事也会变得复杂。"

吴有才抓住她话中关键："出人命是什么意思？"

陆瞳笑笑，没有回答。

天色更暗了，狂风在呼啸，云层中电光乍隐乍现，暴雨快来了。

吴有才看着陆瞳。

女子单薄侧影笼在素白衫裙中，纤纤掌心里，不知何时多了一方油纸包好的纸包。

她的声音也是温柔的，含着几分不动声色的蛊惑。

"那些主考官衣冠狗彘，扰乱官场，使得有才者反被无才之人凌压，若换作是我……"

吴有才喃喃："若换作是你，会怎么样？"

她微微一笑，将手心的纸包放进吴有才手中，俯身凑近他耳畔，一

字一顿地开口——

"当然是,杀了他。"

轰隆——

惊雷滚过,一道闪电照亮幽暗灵堂,也照亮了陆曈淡漠的眼。

院子里,大雨落了下来。

盛京这场雨来得急。

窗前桂树花叶被雨打得落湿一地,檐下雨帘绵密不绝,天地好似白茫茫一片。

文郡王府中,文郡王妃裴云姝站在门口,起身将外头的人迎进来。

年轻人一身绯色锦袍被雨打湿几分,从院子里进来,衣履风流,不见半分狼狈。

裴云姝拉着胞弟进屋,边埋怨:"突然来也不说一声,芳姿告诉我时还吓了一跳,外头下雨,怎么不拿把伞……"

裴云暎笑着止住她话头:"办差路过这里,顺带来看看你。"

顺带?

裴云姝看着他手下送进来的大箱小筐,抿了抿唇,没说话。

掌灯时分的夜浓如黑墨,只有沙沙雨声丝丝密密将天地包裹。

婢子芳姿给裴云暎送上干净帕子,他拿帕子擦擦身上雨痕,见不远处站着个端药的丫鬟于门口踌躇,眉头微挑:"还在吃药?"

裴云姝愣了一下,摇头道:"安胎药早已没吃了,是郡王让小厨房做的粥食。"

裴云暎点头,声音不咸不淡:"这么晚了,再夜宵可不是什么好习惯。"言罢,笑着睨一眼端药的婢子。

婢子闻言,脸色白了白。

这位昭宁公世子隔段时间就要来郡王府，说是看望长姐，实则是给不得宠的长姐撑腰，连郡王都要对他忌惮三分。别看他在家姐面前亲切随和的模样，刚才他看过来那一眼，虽是含笑，目光却十分冰冷。

婢子打了个冷战，不敢说什么，赶紧同裴云姝行礼退出院子。

待这婢女的身影消失在院外，裴云姝方叹了口气："这郡王府上上下下都被你恐吓过了。你究竟是来干什么的？"

年轻人回过头，面上寒意尽数褪去，在裴云姝面前坐下，接过芳姿手里的茶盏低头喝了一口，笑道："说了路过，顺道来看看你。"

裴云姝望着他，心头微黯。

裴云暎过来是干什么的，她比谁都清楚。

文郡王宠爱侧妃，冷落正妻，整个郡王府都知晓。如今她有了身孕，在这府中更是某些人的眼中钉。裴云暎虽厉害，却也不能时时刻刻陪在她身边，只能隔段日子上门，若有若无地警告一番。

这举动虽狂妄，但效果倒是挺好。这胎安安稳稳怀到七月，再过两个多月就能顺利生产了。

裴云姝垂目，手贴上自己隆起的小腹，目光温柔。

但愿不要起什么波澜。

裴云暎似乎看出她的担忧，只道："芳姿和琼影都在身边，有任何事尽管吩咐她们去做，不必担心。"

芳姿和琼影是裴云暎送进来的人，要往郡王府送人可不容易，倒不是怕义郡王，而是怕惹圣上猜疑。

然而如今这两个婢女，已是裴云姝在郡王府中最信任的人了。

裴云姝笑笑："我知道，我院子里清净，有她们陪我也好，倒是你自己……"她看向裴云暎，"听说前些日子枢密院的严大人在朝堂上为难你了，没出什么事吧？"

今上深谙制衡之道，枢密院和殿前司向来不对付，枢密院的指挥使严胥心胸狭隘，为人刻薄，三番五次在朝堂上给裴云暎下绊子耍阴招。

裴云暎把玩着手中茶盏，闻言轻笑一声："你这是打哪听来的谣言，一个半老头子，哪能为难得了我？"

裴云姝叹气："就怕他背后动手脚，毕竟他怨恨父亲，还迁怒上了你……"

枢密院的指挥使严胥恨裴云暎入骨，倒也不只是因为同为天子近卫，两司间微妙制衡关系，还因为枢密院的严胥严大人，曾被年少时的昭宁公夫人婉拒过亲事。

严胥对裴云暎的母亲一往情深，谁知心爱之人却另嫁他人，最后成了昭宁公夫人。严胥面上无光，又因爱生恨，将昭宁公一家子都恨上了。

而今昭宁公夫人已然故去，枢密院与殿前司关系紧张，严胥自然将仇恨延续到了裴云暎身上。听说多年以前，裴云暎一开始原本打算进的是枢密院，可最后严胥利用手中实权从中作梗，才叫裴云暎不得不进了殿前司。

想到这些事，裴云姝面上担忧之色更浓。

裴云暎见了，叹了口气，将茶盖一合："姐你怎么老往坏处想，往好处想想，严胥对我娘情根深种，我是我娘的儿子，他见我如睹故人，说不定承了旧情，还会帮我呢。"

裴云姝瞪他一眼："那是多少年前的事了。母亲都已成婚生子，他还念着有夫之妇，你当看话本，世上哪有那种痴情男人？"

裴云暎目光在桌上那盘青李子上一顿，忽而忆起殿前司里某段时间萦绕不绝的酸气，扯了扯唇角："那可不一定，说不定世上真有男子爱上有夫之妇，还沉迷不能自拔。"

"你少胡说八道！"裴云姝没好气道，旋即又愣了一下，有些狐疑地看向裴云暎，"你说这话是什么意思，不会你也爱上有夫之妇了吧？"

裴云暎："……"

她像是想起什么，探身凑近裴云暎，压低声音："前些日子我去观夏宴，有夫人跟我说你好似有了心上人，我问是谁却怎么也不肯告诉我，神神秘秘的，我还以为人家在唬我。"

她注视着裴云暎，目光灼灼："阿暎，你告诉姐姐，是不是犯错了？"

裴云暎沉默。

他深深吸了口气，看向裴云姝牵起一个笑："这话你也信？"

"我信啊。"裴云姝答得坦诚，"你自小招姑娘喜欢，可这些年也没见真对谁上过心。性子又乖张，胆子也大，要真喜欢上什么有夫之妇，也不是没可能。你又不在意旁人言语，喜欢上了非但不会有半丝惭愧，还甚是乐在其中。你老实告诉姐姐，你到底喜欢上哪家夫人了？"

裴云暎："……"

他道："没有的事。"

"真没有？"

"没有。"

裴云姝认真盯着他半晌，见他神色自若，不像是说谎模样，这才松了口气，又坐回自己位置，有些遗憾地喃喃："原来没有啊……"

裴云暎无言片刻，开口："这几日殿前司有些忙，我要出去一趟，不要让芳姿琼影离开你身边半步，有事到殿帅府寻萧副使，他会帮你。"

他将茶盏往身旁桌上一搁，站起身，裴云姝问："要走了吗？"

他看向桌上漏刻："时候不早了。"

裴云姝点点头，叫琼影拿把伞来，芳姿挽着她送裴云暎到院门口。

雨没有方才来时那般大了，天地茫茫如烟。

裴云暎立在门口，檐下灯火朦朦胧胧，飒飒细雨中，年轻人长身玉立，身后是无边夜色，像挂在遇仙楼门口的一幅红尘画儿。

他撑伞正欲离开，忽而想到什么，又回过头来。

"对了，在观夏宴上同你胡说八道的是谁？"

"观夏宴？"裴云姝愣了一下。

紧接着，她回过神，弯了弯眸，笑道："你说告诉我你有心上人的那位啊，其实我同她也不太熟，她来同我说话时还有些奇怪。"

"是太府寺卿府上的董夫人。"

盛京的夜雨淋过世宦高官的府院，也浇过庙口百姓的宅邸。

审刑院中，灯火通明。

详断官范正廉坐在屋中桌前，案灯照亮他的脸，将他面上多余的赘肉映得如镀了一层脂油。他的官服有些紧了，牢牢绷在躯体上，像是捆兽的绳，下一刻就要崩裂。

平日里这个时候他早已下差，今夜却迟迟未走，雨声沥沥中，门被推开，一男子从外头走了进来，大半个身子被雨浇湿，神色有些狼狈。

是审刑院录事，祁川。

祁川将怀中一本卷册交到范正廉手中，卷册沾了水，范正廉拿小指捻起卷册，抖了抖册子上的水。

祁川立在一边，恭顺开口："这是准备送往礼部的今年秋闱名册，请大人过目。"

范正廉"嗯"了一声，适才慢慢翻开手中册子。

下月初一就是秋闱了，每年这个时候，无数学子下场赶考。人人欲往上爬，名额却只有那么多，僧多粥少，自然该各显神通。

所谓各显神通，比的就是谁花的银子更多，谁更有门路，与才学无关。

他手中这本册子，就是要送往礼部的今年那些"各显神通"之人，也是几个月后，一定会出现在中榜红纸上的人。

范正廉喝了口热茶，寂寂冷雨夜，热茶驱散了一些寒意，他微微眯起眼，神色格外舒坦。

他看不上读书人。

读书人有什么了不起，自以为聪明盖地，学问包天，两只眼睛快要长到头顶上去，殊不知这世道最不缺的就是会读书的人。

每年册子一送到礼部，等到秋闱放榜，最高兴的往往不是那些会读书的人。就如当年他自己，才学平庸，在学院中也不甚出色，到头来，却是他官做得最大，仕途走得最顺。

相反，当初学院中最得先生喜爱、书画辞赋无有不通的头名，如今却碌碌无为，甘心屈于他下，替他磨墨奉笔，在雨夜里奔劳。

范正廉看一眼恭敬立在一边的祁川，笑容更舒心了。

他随手翻了翻手中名册。

名册中人已提前将打点的银钱送与他，诚然，这一部分银钱中，还得分一部分到礼部侍郎手中。当年他走了礼部侍郎的门路，叫祁川为他替考，顺顺利利中了榜。他之后又去元安县干了几年苦力，如今回到盛京，与礼部侍郎一合计，亲自参与这门生意，做得越发得心应手。

官场嘛，有钱有人脉，不愁不成事。

范正廉翻到最后一页，目光突然一顿。

片刻后，他皱起眉，指着名册上一行名字问祁川："这人是谁，怎么只送了八百两？"

买通主考官和礼部判卷官的银两至少也是千两往上，当然，这种事，更多的是有钱也买不到机会，能上此名册之人，家中多多少少也是有些关系在的。

祁川上前一看，被指的人名叫"刘子德"。

他思忖一下，才答道："回大人，此人父亲是雀儿街开面馆的刘鲲，前年刘鲲的大儿子刘子贤登了名册中榜，今年送来的是他的小儿子。"

范正廉眉头皱得更紧："我是问这人什么来头？"

一个开面馆的，两个儿子都能走通门路，自然非同寻常。只他平日里事务繁多，这秋闱名册上这么多名字，哪能个个都记住，一时有些模糊。

祁川低声提醒："大人，前年京城有桩劫案，劫匪潜逃，是这个刘鲲举告劫匪藏身之所，才将因犯捉拿归案。"见范正廉仍是不语，祁川又道："当初您还全城贴了缉捕文示。"

此话一出，范正廉目光一亮："原来是他啊！"

他坐详断官这个位置没多久，盛京这几年也没出什么大事，全城缉捕也就几桩案子。前年……不就是太师府那件事吗？

范正廉揪着下巴上两撇滑腻胡子，目光有些闪烁。

那个姓陆的后生不知天高地厚，愚蠢狂妄得简直要让人笑出声来。不自量力地拿着一封信就想讨公道，殊不知贱人贱命，他这样的人在太师府眼中还不如一条狗，说打杀也就打杀了。

还有那个刘鲲，原本也该一并灭口更安全，然而范正廉虽学问不行，于官场之上却还有几分脑子。他打杀了那个后生，卖了太师府一个面子，从而得以与太师府攀上一丝交情，但那一丝交情委实薄弱，日后要出了什么事，与太师府这点微薄的情面，未必能换得了什么。

于是他留下刘鲲，当个日后的筹码。

加之刘鲲此人也算上道,嘴巴又甜,所以头年他大儿子秋闱时,范正廉也就给了他个机会。他喜欢这种将旁人仕途掌握在手心的权力,再者,日后这些人做了官,记着他的情,官场上处处有照应,他也能更如鱼得水些。

　　没想到此人今年又来了。范正廉盯着名册上刘子德的名字,目光有些阴沉。

　　这些贱民着实贪婪。

　　祁川看出他的不悦,问:"大人,是否要将此人从名册上去掉?"

　　范正廉却没有说话,扯着自己的胡须,片刻后,道:"你去回他一句,叫他再送八百两银子过来。"

　　八百两再八百两,就是一千六百两。

　　祁川道:"刘鲲恐怕拿不出这么多……"

　　"拿不出就别来。"范正廉斜眼冷笑两声,"一千六百两买个功名,已经很划算了。"他微微合眼,"要不是本官心善,愿意施舍他个梯子,他这一辈子也就是个泥里挣饭吃的贱民。"

　　祁川脸色微变,范正廉未曾察觉。

　　"对了,"范正廉又想起什么,睁开眼,端起桌上的热茶饮了一口,"先前来府上的那个女大夫,怎么最近不见来了?"

　　前两个月,赵飞燕请了个女大夫登门来为她施诊,范正廉无意间撞见过一次,女大夫素着一张脸,生得像株山谷里的百合花儿,柔柔嫩嫩的,直叫人心痒。

　　他登时就留了心。只是那女子来的时候不多,又有赵飞燕在场。再则等他下差回府时,女大夫早已回去。他寻不着什么好时机,又不好做得太明显叫人看见,毕竟他现在可是两袖清风的"范青天"。

　　祁川答道:"听夫人说,病已全好,日后不用陆大夫再上门了。"

413

"哦？"

范正廉眯了眯眼。

美貌又出身卑贱的女子，就像一朵开得美丽的野花，人人都想攀折，人人也都能攀折。只消买间宅子，让她看看富贵与荣华，她就会心甘情愿缩在笼子里，日日替主子欢唱。

毕竟，贱民嘛，生来就是要被人磋磨的。

范正廉放下手中茶盏："等秋闱过后，让她给本官也送一味药来吧。"

祁川垂首："是。"

雨声沥沥，盛京的夜黯黯沉沉。

祁川回到家中时已是夜深人静。

屋顶漏了雨，雨水顺着墙根往下，在地上积起一小摊水洼，他没留神一脚踩下去，薄底的靴子顿时浸了个透湿。

他拔起湿漉漉的腿，推门走了进去。

屋子里亮着灯，一个穿缎衫的年轻妇人正坐在外头的几榻上吃酒，盐水虾壳胡乱扔了一地，屋里酒气醺醺。

这是祁川的夫人马氏。

她喝得已有几分醉意，斜眼睨着祁川，有些嫌弃地看着祁川衣服上的水渍，嘀咕了一句："脏死了！"

祁川没理会她，只向里看了一眼，道："九儿睡了？"

九儿是祁川的儿子。马氏"嗯"了一声。

他便点了一下头，将湿透的外衣脱下来，丢到门口浆洗衣服的木桶里。

马氏拿着酒壶，醺醺然盯着他半晌，忽而屁股往前挪了几步，挪到几榻边缘，问："儿子的书院有着落了吗？"

祁川一顿，摇了摇头。

祁九儿如今到进学的年纪了，是该选一处书院上学。然而如今盛京的官学，好的进不去，不好的他又瞧不上。前些日子，祁川为此事焦头烂额，两三月过去了，祁九儿的书院仍无下落。

马氏闻言，鼻翼翕动，嘴角往旁一撇，啐了一口："废物！"

祁川额心隐隐跳动，低声喝道："小点声，当心吵醒九儿！"

马氏却越发来了气，嘴里絮絮骂道："没用的东西，早与你说了，平日里多抬举讨好上峰。同你一起进审刑院的如今个个比你强，偏你到现在还是个录事。俸禄没多少不消说，日日花用倒不断出去。你瞧瞧你自己，淋得跟没去处的狗般，也就是样子看着光鲜。老娘当年瞎了眼嫁给你，本以为是做官太太，谁知却是来过苦日子，你个害人不浅的狗东西！"

祁川看着她一张一翕的嘴，在微弱灯火下如一尾巨大贪婪的鱼，将这满地虾壳，连同郁郁黑夜一同吞吃进去。

马氏不是他自己娶来的夫人。

他跟了范正廉多年，从元安县跟回了盛京城，帮范正廉判了好些漂亮案子，他是范正廉最好用的一支笔。范正廉离不开他，凡事为他操持，也包括替他成了一桩亲事。

马氏是范老夫人身边嬷嬷的亲侄女，一家子都在范家干活。范老夫人将身边人的侄女说给了他，是抬举赏识，是信任关爱，也是赤裸裸的监视。

这是要将他和范家永远绑在一块儿，时时刻刻提醒他，他不是科举场上挥毫泼墨的风光举子，也不是元安县足智多谋的县尉大人，而是审刑院中一个有名无实的小录事，范家再普通不过的一个下人。

马氏性情辣躁，贪图享受，过门后日日只知吃酒骂人，又嫌他不会

巴结范家以致到现在仕途无望。譬如此刻,他冒雨归来,她对他并无半丝关怀问询,只知诅咒痛骂。

"真是穷人根子,真以为读了几句书就了不得了?不过是个下贱的、一辈子做没福气的奴才!"

这话他平日里听过许多次,早已习以为常,然而不知是不是因为今夜雨太冷,他又太累,恍然间让他想起在审刑院的那场奚落。

奴才,贱民,这就是他们在这些人眼中的模样。

漆黑破屋角落里尚还堆着新鲜鸡蛋和红薯,怕被漏雨洇湿,上头盖了一层油布,却如一支冷厉的箭,刹那间刺痛男人的眼睛。

那是他特意去乡下寻来的土产鸡蛋,九儿进学的事迟迟没着落,范正廉总是敷衍,他便提了这些礼去府上找赵飞燕,想着女子总是更心善,或许会看在他为范家奔劳多年的分上施以援手,毕竟对范家人来说,这不过举手之劳。

但那土产后来原封不动地送到了另一人手中。

女大夫丫鬟的话又浮响在耳边。

"我当时都听见了,他们说这是穷鬼送的腌货,都放烂了,放在府里也是占地方,这才送与我们!"

穷鬼……放烂了……

祁川的拳头忍不住慢慢捏紧。

他就像是范家养的一条狗,没有自尊,没有前程,什么都没有。

马氏还在咒骂:"也不撒泡尿照照自己,短命的奴才,什么都指望不上,叫我一家老小喝西北风……"

"住口!"祁川一脚踢翻桌子,满桌虾壳哗啦啦散了一地。

马氏一愣。她平日里臭骂祁川时,这人从不还嘴,跟个锯嘴葫芦般。她抬起头,望向自己向来寡言的丈夫,却见对方的眼神阴沉沉的,像是包着汪火,像是雨夜里的恶鬼,凶猛地看着自己。

她骤然畏惧,竟没有继续诅咒下去。直到那男人踢开面前杂桶,像是忍耐不了这逼仄屋宅,一摔门,转身又冲进了屋外雨幕中。

过了许久,马氏才回过神来,冲空空的门前啐了一口,恨恨开口。

"夭寿的,叫他死在外面才好!"

几阵秋雨,洗去盛京最后一点炎意。

白露过后,一夜凉过一夜。有讲究的人家清晨起来"收清露"。医经上写:百草头上秋露,未晞时收取,愈百病,止消渴,令人身轻不饥,肌肉悦泽。

讲究的人家有这个空闲雅致,学子们却忙得很,明日就是八月初一,秋闱在即,学子们都在家中收拾下场笔墨。庙口的何瞎子测字生意好得出奇——总有人家想为自家考试的儿子测个吉兆喜头。

西街小贩收摊收得比平日早些,鲜鱼行吴有才家中,白幡挽幛还未取尽,一眼看过去,冷冷清清。

吴大娘在七日前入了土,何瞎子挑了个良辰吉日,又选了块风水宝地给吴大娘下葬,临了对吴有才说:"这是块吉地,公子放心,令堂埋入此地,此地可出状元,公子将来定然做官。"

吴有才听了,只是淡淡一笑。

母亲已经去了,他做状元也好,做官也好,母亲总归已看不见。

秋风呜咽,吴有才将院门口的杂草拔干净,回身进了屋,去收拾明日要用的纸笔。

过去每次秋闱前,这些都是母亲替他悉心准备的。如今母亲已去,他自己张罗收拾,忆及从前,越发觉得凄冷。

吴有才弯腰,把旧考篮从床底下拖出来。

这考篮还是当年他第一次进学时，母亲花五十文钱从个中举的考生手中买下来的，说是沾沾喜气。谁知一晃十多年过去，等到母亲都已经去了，他仍没得偿所愿。

他把考篮拖出来后，并未打开书箱，而是就势往地上一坐，目光扫过角落的小几前一包巴掌大的纸包。

那是陆曈给他的纸包。

这纸包在漆黑的屋里，像是能发出微弱白光，攫取他全部心神，如坐在桌头的无常小鬼，不怀好意地冲着他怪笑。

吴有才有些发怔。

陆曈那一日的话又浮响在他耳边。

"吴有才，你十八岁第一次下场，到今已过十二年。十二年了，难道你从没想过，为何一次也考不中？"

"如果科举舞弊一事不被处理，那等你挂孝烧纸，买地茔葬母亲之后，也会如从前一般，终身蹭蹬，屈于庸流。这是你的宿命。"

"如果考场舍内出了人命，死了个把人，那就不是单单礼部能压得下来的小事。审刑院和诏狱司甚至兵马司都会出场，人越多，越不好大事化小，各方利益一掺杂，原本简单的事也会变得复杂。"

"那些主考官衣冠狗彘，扰乱官场，使得有才者反被无才之人凌压，若换作是我……"

"当然是，杀了他。"

杀了他……

吴有才蓦地打了个冷战。

他匆匆回神，像是从那个惊悸的梦中清醒，双手用力握住考篮篮盖。

要杀一个主考官，哪有这般容易？且不说这事能不能成，他如今孑然一身，亲眷都已离世，倒不必担忧会连累谁。然而从小学着"远思扬祖宗之德，近思盖父母之衍。上思报国之恩，下思造家之福。外思济人之急，内思闲己之邪"的读书人，要为了一己私欲杀害无辜之人，于他来说简直像是邪魔的蛊惑。

那主考官跟他素无冤仇，就算真如陆瞳所说被人勾串买通，也罪不至死，他怎能动手？

何况，他做平民百姓做了这么些年，早已习惯忍气吞声，什么不公平，什么欺压，连争一争的念头都没有。

倘若是十八岁的吴有才，或许尚有一丝勇气与浊世、与权贵抗衡，而如今被世事磋磨过的吴有才早已没了那份心气，像是一张被熨平的墨纸，平平摊在天地中，任由风雨摧折。

"公平"是奢侈的东西，穷人不敢妄想，或许只有一朝死了，去阴司找阎王判官才能给得了一丝半毫。

他摇了摇头，将脑中纷乱思绪一并摇出去，垂首用力打开考篮的盖子。

考篮里是一些旧物，他要新装入一些纸墨，明日一并带到号舍中去。

他伸手掏出几张旧纸，掏了几下，指尖突然触到一个坚硬的东西，心下疑惑，拿出来一看，原来是个红花布层层裹着的包囊。

这是……吴有才凝神。

红花布是母亲惯来缝补衣服用剩的布头，这包囊约莫是母亲偷偷放在考篮里的。他将包囊拿起来，手指摹过粗糙花布，似乎能感觉到母亲的余温。

看了一会儿，吴有才打开包囊，一打开，他才发现这包囊被一层一层包裹得很紧，直拆了五六层才彻底拆开，里头散着一些细碎干草，干草围绕间，整整齐齐摆着十锭银元。

竟是一百两银子。

吴有才一下子呆住了。

这是母亲留给他的银子！

像是有一根针陡然刺进他心中，绵密的疼自心间蔓延，吴有才的眼泪顷刻涌了出来。

母亲一生节俭，杀鱼卖鱼，一条鱼不过挣十几文钱，他不知道这一百两银子母亲要攒多久，但这必定是她千辛万苦为他留下来的积蓄。她没有告诉吴有才，或许怕吴有才拿这钱去买了无用的药材，亦或是为了其他。

儒生枯坐在地，眼泪如奔涌的泉砸了一地。他仿佛看到母亲拖着残败的病体，将满满一箱子铜钱换了十封漂亮银锭，又一锭一锭擦净，小心翼翼地用布包好藏在这考篮中。他好像能看到母亲站在他跟前，如往日一般笑着宽慰他道："我儿考中日后做了官，免不得要打点四周，抠抠索索成什么样子？这些银子拿着，莫叫人轻看！"

母亲的音容笑貌宛在跟前，他却伏在地上哀恸号啕，于悲哀中，又有浓烈的怨恨与不甘自心头烧起。

他永远也考不中，他永远也做不了官！因为往上的梯子被人拦住，因为他只是鲜鱼行中杀鱼的穷人！

吴有才猛地抬头，恶狠狠盯着桌角的那张油纸包，油纸包在昏暗光线中，在这地上散落银锭的鲜明中，无声冲他冷笑。

犹如被蛊惑般，他朝那封油纸包慢慢伸出手去。

凭什么呢？

郁郁涧底松，离离山上苗。以彼径寸茎，荫此百尺条……

他不想一辈子做涧底松，也不想一辈子屈于山上苗。

陆瞳那些动摇人心的话又慢慢从他心头浮现出来。

风雨欲来的灵堂中，儒生问陆瞳："陆大夫为何要帮我？"

女子沉默看着他,没有回答,眸中像盛着暗色的霭,沉沉看不清楚。

吴有才心中清楚,她想利用他,所谓帮他之言必定别有目的。但这一刻,他竟心甘情愿为她蛊惑,感恩她在这怨恨凄苦中为他找到一条绝望又痛快的路,让他不至于在这无尽的悲苦中沉沦。

儒生指尖碰到了桌上纸包。

纸包冰凉,如一个冰冷的诅咒,刹那间,身后似有无常小鬼畅快大笑声响起,像是庆祝最终赢得这场博弈的胜利。

于是他把那纸包紧紧攥在掌心,于空荡荡的房间中伏下身,无声号哭起来。

夜里的寒风像女人号哭,刘家宅屋里,院子里却隐隐传来了欢笑声。

明日秋闱,刘家的小儿子刘子德一早也将下场。王春枝特意做了一席好菜,庆祝儿子临将赶赴科场。

桌上摆满了鸡鸭牛肉,中间还有一盅燕窝。

王春枝端起那一小盅燕窝,送到小儿子手中:"我的儿,吃完这盅,明儿去号舍可要苦几日了。"

秋闱每闱三场,一场三昼夜,九天七夜的日子都得待在号舍,吃喝睡也出不来,莫说是燕窝,连干粮都哽人得很。

刘子德一身崭新缎服,将燕窝一饮而尽,眉梢藏着两分按捺不住的得意。

自然是得意的,打点礼部主考官的银子已送去,只待秋闱一过,他便也要如哥哥一般成为举子,再等等,混去做个官,日后便不再是卖面家的儿子,人人见了,得尊称一位"老爷"。

想到"老爷"这个名号,刘子德面上更添几分笑。

他兄长刘子贤眉间却有些郁郁,低声道:"礼部的人胃口越发大

了,竟坐地起价……"

前几日打点礼部那头的人回了话,说送去的银子欠了些,又添了八百两。八百两又八百两,整整一千六百两银子,那是许多平民一辈子也花赚不了的巨款!

为了这一千六百两银子,家中东拼西凑、掏空了积蓄,刘子贤这一年半载攒下来的俸禄也全赔了出去。虽是亲兄弟,心中到底不舒服。

王春枝看出他的不快,眼珠子转了转,笑着开口:"多就多了点,好在咱们面馆生意也不错,待子德中了榜,后头也点了官,你们两兄弟都做了官,还愁银子不往咱家流?往长久看,咱们后头的好日子多的是!"

这话说得吉利,刘鲲也不住点头:"不错,官场不怕花银子,就怕有银子花不出去。门路打点好,后日就轻松得多。"言罢又怅然唱叹,"咱们刘家当年在京城支个小摊都要偷偷摸摸,如今也算是熬出头了。"

此话一出,席上几人都有些唏嘘。

当初刘家在盛京胡同里支着个摊棚卖面,还时常被本地商户欺凌,然而短短几年间,在最热闹的雀儿街有了当口的铺面,大儿子中举做了官,小儿子亦是前途无量。往日那些瞧不起他们的邻舍再不敢当面嚼舌根,人人都来巴结恭维。往前看,那些卑躬屈膝、摇尾乞怜的日子,似消失的浪头,早已一去不复返了。

真是何等的不容易。

刘子德夹一个虾丸子塞进嘴里,嘻嘻一笑:"那当然,咱们一家出两个举子,放在京城里也是少见,这可比当年常武县陆家那个小子厉害多了……"

话到此处,犹如提到一个禁忌,刘子德霎时收声,周围瞬间安静下来。

刘子贤眉头紧皱,刘鲲更是脸色不好看。

俄顷,王春枝重新笑着出声:"总归明日下场再熬几日,咱们就彻彻底底不必挨这苦日子了!"言语间丝毫不提方才那个名字,宛如越过彼此间心照不宣的秘密。

刘子德忙应和:"是是是,都打点全了,娘就在家等着儿好消息就是!"

席间吃吃喝喝,因明日正事,刘子德也不敢多用误事,吃了一些后就去里屋休息,刘子贤也睡去,王春枝收拾完席面碗筷回了屋,刘鲲正坐在桌前挑灯芯。

灯芯被剪去一截,比方才明亮了些,凝固的灯火中,刘鲲僵直坐着,像一截即将枯萎的病木。

窗外有风吹进,墙上影子便摇曳着晃了晃。

王春枝将窗掩了,自己脱鞋上了榻。许是秋日一下子冷了下来,她紧了紧衣襟,往靠墙的里面挨了挨。烛光映着她腕间,那里没有了从前沉甸甸的金镯子,显得有些空荡。

金镯子是刘子贤赴任后拿了俸禄给她打的,足足的金子,儿子这片实惠的孝心叫她高兴了半年之久。然而前几日,这镯子被换成了银子送去了礼部。

她低头看了一会儿空荡荡的腕间,突然开口:"当家的,我昨晚梦见陆家那小子了。"

话刚说完,外头大风将方才虚掩的窗猛地吹开,砰的一声,把她惊了一惊,惶然去看。

坐在榻边的刘鲲也跟着骇了一跳,不过转瞬平静下来,斥道:"胡说八道什么?"

"是真的！"恐惧犹如有了发泄的渠道，王春枝身子又往墙里缩了一截，"我梦见他上咱家来了，就在门口站着，一句话也不说。"她打了个寒战，声音放低了一点，"当家的，我近来眼皮总跳个不停，心里怪不安的，会不会出什么事啊？"

刘鲲黑黄面皮耸了耸，斥道："打点的银子都已送了出去，能出什么事！妇道人家就是多心，胡思乱想个什么劲儿？"

王春枝闻言便不吭声了，只身子往墙里一躺，背靠着刘鲲嘀咕一句："不说就不说。"

王春枝睡下了，刘鲲仍盘腿坐在榻边，影子在地上落下一个吊诡暗影，如展翅的鲲鹏。

他那早死的老爹当年给他取"鲲"这个字，希望他能如鲲鹏展翅万里，飞得又高又远。刘鲲也相信自己有朝一日必能出人头地。然而他心比天高命比纸薄，没有家世也没有才华，闯荡大半辈子，还是只能在常武县的庄户里挣辛苦银子过活。

他表兄陆启林是与他截然不同的人，相貌好学识也好，连儿子也比他家两个小子会读书。刘鲲总对这个表兄有些微妙的妒意，不过好在陆启林约莫是读书人的傲气作祟，空有一腔才华抱负却不懂得人情世故，以至于最后也只能在常武县做个平平的教书先生。于是那点微妙的妒意也就被冲散了。

刘鲲在常武县待到三十五岁那年，终于受不了这般没指望的日子，于是借了银子带着一家老小去京城，发誓要活出个名堂。

盛京好，锦绣如画，金粉楼台，满地都是富贵荣华。

只是这荣华却没有他们的份儿。

刘鲲一家带着汹汹野心而来，却在这迷人富贵中接连碰了钉子。锦绣纷呈里没留他们的位置，鲲鹏翅膀再大，也飞不过有梯子的人。

他没有学识也没有门路,只能在盛京巷子胡同里支个小摊,还卖常武县里最寻常的鳝丝面,他想着,盛京的银子比常武县的银子好挣,一点一点,总能挣出点前程。

自古欢时易过,苦日难熬。刘鲲也不知自己熬了多久,他盘算着这些年攒下的银子大概能够在雀儿街盘下一间小铺面,他去看过那条街,客流云来,若在此盘店,一月也有不少赚头。

谁知说得好好的,临到头了,房主却突然涨了一百两银子。他家里所有积蓄都已变卖,能借的街邻都已借过,银钱像被狠狠碾磨过的枯木,再也漏不出一丝半线。

铺子是盘不成了,他失魂落魄地回到家里,就是在那时,见到了风尘仆仆的陆谦。

陆谦……

门外夜色凄迷,刘鲲的眼神闪烁了一下。

陆谦是陆启林的儿子,是他的侄儿。

这个侄儿的性子不似他父亲一般古板严正,像常武县三月的暖阳,明亮潇洒。他又会读书,长得也好,心地纯善,很难让人讨厌得起来。

刘鲲也很喜欢他。

他自己的两个儿子不成器,他懒得管,陆谦却很喜欢跟着他,大约是因为陆启林过于古板,而刘鲲看起来和善得多。陆谦喜欢跟着他钓鱼,捉泥鳅,在傍晚的溪头逮螃蟹。隔壁邻舍都说,比起陆启林,他看着才像陆谦的爹。

只是后来他上京后,除了一年半载和陆家通点书信,就再无往来了。

一晃多年过去,当年明慧潇洒的少年看起来沉稳了许多,刘鲲又惊又喜,陆谦的笑容却很勉强。

陆谦是为陆柔的丧事而来的。

陆柔死了。

这消息刘鲲早就知晓，心中也很惋惜。陆柔刚嫁到盛京时，还来刘家拜访过一次。只是她嫁的是富商门户，家中规矩大，尤其是她那个婆母，格外刻薄，刘鲲也不好厚着脸皮屡次登门，渐渐也就不再往来。

刘鲲以为陆谦是来奔丧的，谁知陆谦却告诉他，陆柔的死另有隐情。

陆柔是被人害了。

陆谦嘴里的那个秘密令人骇然，让刘鲲也惊得魂飞魄散。年轻人咬牙赌咒，势必要为枉死的长姐讨个公道。

"谦哥儿，这可不是闹着玩儿的。你知不知道太师是多大的官……他跺跺脚，整个盛京都要抖三抖！你贸贸然冲出去举告他，别说翻案，连你爹娘都要连累。听表叔的，回去吧，否则连命也保不住！"当时他是这么劝陆谦的。

但陆谦全然不听。

年轻人虽然性子与他父亲大相径庭，骨子里的固执却如出一辙。他看着刘鲲："表叔，我姐姐死了，我明知真相却要缩头隐忍，那些人作恶亏心还能高高在上，世上没有这样的道理。"

"朗朗乾坤，天子脚下，有冤无诉，有屈无伸，不觉得荒谬吗？"

"就算是死，我也要为我姐姐讨回公道。"

他太年轻了，尚不知这世间的权势能轻而易举就摧折一个家族的脊梁。

刘鲲劝不住陆谦，只得眼睁睁看着陆谦孤注一掷去了审刑院，如飞蛾扑向早已织好的密网。

果然，没过多久，盛京街头就出现了陆谦的通缉令。什么凌辱他人，盗窃财物，这些乱七八糟的罪名一股脑儿兜在画像人身上，他看着悬赏一百两银子的小字，心想审刑院的人还真是大方。

他拖着疲惫又麻木的身子回到家，王春枝正在家中哭闹，说是雀儿街那头的铺面租不成，定金却不退了，五十两银子的定金，他们要攒许久许久。子德和子贤去找店主对峙，被人打了一顿扔出来。

家中一片狼藉，儿子的谩骂声和妇人的哭闹声混在一起，吵得他头疼，恍觉悲哀心酸，还不如常武县的日子快活。他在一片吵闹中不知不觉睡着，醒来时已是夜深，有人在耳边唤他："表叔，表叔！"

刘鲲抬起头。

陆谦就站在他面前，他是趁着夜色来的，目光狠戾又有些焦躁。

"谦哥儿？"刘鲲坐直身子，一时不知说什么好。

陆谦道："表叔，审刑院详断官范正廉和太师府已暗中勾结，污蔑我要将我入狱。"他几步走到屋中一口放干果的坛子里，从坛子里摸出一封纸包着的东西。

刘鲲惊讶："这是什么？"

陆谦一笑。这个时候了，他居然也笑得出来，眼色似带一分狡黠："证据。"

"证据？"

"姐姐当时留给我的证据，我思来想去，表叔你的担心也没错，所以我去找范正廉时，将这东西先藏在你家了，今日就是来取走的。"

他又走到刘鲲面前，沉默了一下，才郑重其事地开口："表叔，眼下缉捕告示已出，我是罪人之身，不能留在这里连累你。"

刘鲲问："那你今后怎么办？"

"自然是继续想办法替我姐姐讨公道。表叔，"陆谦微微垂目，"要是我死了，不必管我的尸身，烦您写封信回常武县骗骗我爹娘，能骗多久是多久。不过，"他又笑起来，带着点年轻人特有的满不在乎，"我想，我也没那么容易落在他手上。"

他摆摆手:"我走了。"

年轻人就要消失在门口,像是要彻底消失在盛京无边夜色中。

刘鲲道:"等等!"

陆谦转过身:"怎么了?"

这本是该离别的时候,他应该对这看着长大的晚辈细细叮嘱,然而在那一刻,刘鲲却不知为何莫名想起他白日在街头看到的缉捕告示中那一百两的悬赏银两来。

一百两,加起来刚好够他盘下雀儿街那间梦寐以求的铺子,也足够解决家中眼下混乱境况。

陆谦问:"表叔?"

刘鲲打了个激灵,脱口而出:"谦哥儿,今晚留下吧,外面到处都是官差。"

"那我就更不能留下来了,表叔,我留在这里万一被发现,你们也要被连累。"说着他又要走。

刘鲲一把拉住他。

陆谦疑惑。

刘鲲吞了口唾沫:"你这几日在外面东躲西藏,想来没有好好吃过饭,这一走又不知何时才消停,你等着,我让你表婶给你做碗鳝丝面,吃完面再走吧。"

实在拗不过刘鲲,陆谦只得答应多留一刻。王春枝被刘鲲匆匆叫起来煮面,心中格外不快,骂道:"他是个通缉犯!你还要给他做面吃,你不怕被连累,我还怕呢!"

刘鲲目光闪了闪:"是啊,他是通缉犯。"

也是如今能带他们渡过难关的一笔钱。

须臾,刘鲲端着喷香的面碗放到陆谦面前,陆谦拿起筷子大快朵颐，边吃边冲他笑："这么多年，婶婶的手艺还是原来的味道。"

刘鲲也跟着笑，笑着笑着，再抬起头时，陆谦的头已垂在臂弯中——他在碗里放了足量迷药，纵然是头大象也能药倒。

微弱灯火下，刘鲲半张脸被光影侵袭，面无表情地看着年轻人睡颜。

他想，陆谦已得罪太师府的人，迟早都是要死的。与其不明不白地死在外人手里，不如过一遍自己的手，好歹还能为他们家做点贡献。

一条人命，一百两银子，能租下雀儿街的面馆。

还有那封"证据"，或许能得到的更多。

已去报官的王春枝回来了，在门后低声催促，于是他站起身，走过去……

啪——

门未关紧，外头的风将一扇门卷开，在夜里一晃一晃地响，打断了刘鲲的思绪。

于是他站起身，走过去，如那天夜里一般——

咔嗒一声，将屋门锁上了。

长风吹过孤苦儒生家中的挽幛，也吹过富户高官家的灯笼。这一夜有人欢笑，有人哭泣。

屋子里，陆曈正在小佛橱前上香。

银筝从门外进来，笑吟吟开门："明日秋闱，董少爷身边的小厮刚刚来过，买折桂令药茶，我以姑娘名义说了几句吉祥话，好让董少爷开心开心。"

陆曈淡淡一笑。

今年秋闱，董麟也要下场。他如今肺疾好了许多，在号舍待上几日也不会有什么影响。董夫人倒没想着让董麟高中，只想让董麟观观场也

好,也好叫盛京的那些夫人们瞧瞧,他家儿子身子康健,绝不是谣言里的病秧子。

董麟对陆瞳的好感几乎已是不加掩饰了,银筝觉得,董麟今年之所以下场,保不齐也是想让陆瞳瞧瞧。男人嘛,在心上人面前总是像只花孔雀般铆足了劲儿表现,纵然这行为在对方眼中可能蠢笨十足。

银筝想了想:"那吴秀才明日也要下场了,姑娘不替他求求菩萨吗?"

陆瞳伸手,取过一边的香在烛火上点燃。

小佛橱里,菩萨悲悯的目凝着她,冷漠又慈悲。

她拜了三拜,把香插在龛笼里,轻声开口。

"那就祝他,登金榜,占鳌头,名扬四海,蟾宫折桂。"

第十三章

毒发

八月初一,秋闱开考前。

贡院门口挤满了准备入场的考生。

梁朝秋闱每两年一次,适逢这两年皇家纳吉加恩科,今年也能下场。秋试一共三场,每场三天,且不提学问,对体力而言也是不小的考验。

马车前,董夫人握着董麟的手,将他打量一番,嘴里念着:"你这身衣服是不是薄了些?听说号舍里冷得很,连个炭炉也没有,着凉了怎么办?"

董麟自小娇惯,冷不防要去号舍待上几日,董夫人心里总担忧得很。

"母亲,儿子没事。"董麟稍感不自在。贡院门口考生来来往往,就他一个家里来了马车和一大群奴仆,显得格格不入。

"为娘还不是担心你,一旦进了贡院就得等考完才出来,你在里边要是饿了冷了可怎么了得。胜权,"董夫人唤身边侍卫,"你再替少爷检查检查考篮,可落下什么没有?"

"是。"

恰好此时有儒生走过,将他们这头母子情深的画面看在眼里,一时有些出神。

吴有才怔怔站在原地。

过去每次下场,母亲也是这般送他到贡院门口,絮絮嘱咐。她从来不担心他文章写得好不好，能不能做官，嘴里说得最多的，最操心的，也无非是号舍里冷不冷，衣服够不够穿，他会不会吃不饱。

末了，母亲会再对他笑着道："娘在家等着你考完！"

而如今，家中已经没有了等他归家之人，贡院门前也再不会有慈母的叮咛。

身侧有人拍他肩膀："有才！"

吴有才回头一看，原是个儒生打扮的老者，身穿开了缝的青布衣，头戴方巾，胡须花白，面黄肌瘦，手里提着一方破旧考篮。他愣一愣，道："荀老爹？"

这人他认识，是住庙口的一位老先生，今年已过古稀了，自成年起考了几十年，一次也未中过，吴有才听说他近年身子越发不好，走路也难，没料到今年秋闱仍来了。

"老远就瞧见你，"荀老爹花白胡子一翘一翘，满是皱纹的脸上咧开一个笑，"我方才看见名簿上你的号舍了，与我相邻。正好，起个吉兆，说不准我二人这次都能得中。"

吴有才看着他那颤巍巍的步子，没说话。

荀老爹没注意到他的神情，只望着周围来来往往的年轻考生，眼中流露出一丝羡慕。

时间已到，考官开始催促，众考生一同进入贡院大门，由考官检查过考篮中笔墨，依次进入号舍。

号舍南向成排，一共六十六间，吴有才分到的号舍位于中间，相邻那间号舍里的考生恰好是荀老爹。临近门前，荀老爹对他神神秘秘道："好好写，我前日里梦里发兆，今年你我二人必定同榜！"

吴有才只笑笑，提着考篮进了号舍。

远处，贡院大门关上了。

号舍像隐在盛京的庞然巨兽，盘伏间不动声色地将千万读书人吞裹。

秋闱一共三场，每场三日，第一场是四书五经，第二场考策问，第三场是诗赋。下场期间，考生吃喝拉撒都在号舍内，不得出门。

吴有才坐在号舍内，看着面前摊开的考卷，他认真一一看过，如过去十二年般，提起笔，伏身在案前作答起来。

时日慢慢过去，天由白到黑，又由黑到白。中间要两次换场，考完策问最后一次换场时，外头下起绵绵细雨。

正是三更，吴有才随考生们一起，等待主考叫换场的号舍。

天色阴晦，浓墨一般的夜色里分不清谁是谁，号舍旁有班房，班房前杂木葳蕤，其中隐隐有人影晃动。

许是吴有才这一日尚有精神，竟不知为何在这冷雨天里视线出奇地好，因此他也就看清楚了，有人在其中换了行头，藏在班房前的黑林中等着。

直到同考出来点名，点到之人却没有说话，暗暗地退到那一片灌木的阴影里，这时又有人走出来，接了被点名之人的高帽与外衫，重新走了出去，成了那被点名的人。

那被点名之人原本身材痴肥，而后站出来的却是个矮瘦个儿。

于是顷刻间，吴有才心知肚明。

他张了张嘴，想要大喊，然而脑中却兀地浮现起陆瞳的话来。

"你人微言轻，狗官沉瀣一气，说不定会找个理由将你抓起来，待秋闱后放出去，证据也就没有了。"

他骤然沉默下来。

喊了，说出去了，又怎么样呢？

主持秋闱的主考有二人，同考有四人，提调一人，巡考若干人。这么多人，难道就没有发现有人替考一事吗？

贡院大门早已关闭，考完前不得再开，若无之前就有人准允，这些替考之人是怎么混进来的？就算他现在叫起来，主考随意找个借口将他抓住，纵然他的话可能会引起考生狐疑，但秋试尚未结束，不会有人为了这点疑惑放弃自己前程。

他也没办法再继续考下去。

淅淅沥沥的秋雨淋湿了他袍角，吴有才站在原地，嘴角浮起一丝苦涩的笑。

他望向远处，棚子里，两位锦衣华服的主考安然坐着，跷着腿，舒舒服服地呷着嘴里的茶。

暗色里，似乎有身披白帛的女子坐在远处，对着他微笑开口。

"若换作是我……"

"当然是，杀了他。"

杀了他。

袖中纸包尖锐的折角触疼了他的手指，吴有才骤然回神，慢慢将那方小包攥紧于掌心。

秋雨还在继续，滴滴点点砸在人身上，像是要苦到人心里。点名已结束，吴有才随着长虫似的考生队伍，走进分到的新号舍，像走进一方早已为他铸好的坟冢。

最后一场考的是词赋。

这本应是吴有才最擅长的一场，然而他却一直没有提笔，只是坐在案前，呆呆看着面前的铜灯。

方才淋了一层雨，衣裳有些微湿，吴有才没在意。这衣裳是母亲十二年前第一次下场前为他缝的，为了讨个彩头，特意用了朱色的粗绨布料。十二年过去，绨袍的衣领和襟袖已被时光磨破，然而他却不舍得重新拆开缝补，因为上头有母亲缝补过的旧痕。

他静静在号舍里坐了很久很久,直到东方天色既白,隐隐有鸡鸣自远处闹市中传来,方才迟缓地提起笔,在面前考卷上书写起来。

他写得很慢,一笔一字极为用心,神情甚至称得上虔诚,然而细看下去,又有一种万事俱毕的枯寂。

最后一笔落完,吴有才收回手,将笔搁至一边。

他将纸卷举起来,凑近认真看了一遍,才又重新放下,仰头看向远处。

号舍窗外,天色已白,这场秋闱快结束了。过不了多久,考官收走考卷,这六十六间号舍里人的未来前程,就此落定。

吴有才从袖中掏出那一方纸包。

他平静笑了笑,然后打开了手中纸包。

相邻不远的号舍里,荀老爹搁下笔,揉了揉发抖的手。

他已经很老了,不一定能熬得到下一次下场,然而秋闱这件事坚持了多年,似已成他心中执念。他无儿无女,不曾婚娶,爹娘早已过世,好像来人世一遭,他就是为了博取功名。

同他一样的读书人,这世上多不胜数。

然而卑贱平民想要一步登天,这就是最直接、看起来也最有希望的办法。

荀老爹枯树般的老脸上浮起一个满意的笑来。

大约是他前些日子做的那个梦果真灵验,他觉得今年这三场都写得极出色,或许真应了书里说的那句"伏久者,飞必高",他忙忙碌碌这么些年,说不准真能在入土前尝尝金榜题名的滋味。

荀老爹将写好的考卷放在一边,从考篮里拿出几块干粮来。

换场前,考生在同考处领到后两日要吃的干粮,里头有一些烧饼、甜糕之类,滋味倒还可以。荀老爹怕答卷时间不够,没忙着吃,这会儿都写得差不多了，只等着主考来收考卷，于是心下放松起来，这才觉出腹中饥肠。

才拿起一块烧饼咬了一口，突然听得近处传来一声凄厉喊叫：
"毒！有人下毒！救命——"

这声音来得突然，在贡院中犹如一声巨雷，惊得荀老爹手上一个不稳，烧饼"咕噜噜"掉到地上。

他没空去捡，将号舍的窗往外推了推，抬高身子去看外头场景。

贡院里的号舍为免考生舞弊之行，每一间号舍都已上锁，就连窗户外头也有铁栓扣着，只能开至一半。

从开了一半的窗户里能看得清楚，正是清晨，贡院空旷的院子里，一个朱衣身影从中滚了出来，恰好滚在大院中间。同考和主考尚未反应过来，荀老爹还在想，这人莫非是砸破了号舍门跑出来的——然而一旦破门而出，今年秋闱成绩便作不得数，岂不是白熬一年？

下一刻，男子凄厉的喊声又传了过来。

"同年们，有人在干粮中下毒，干粮中有毒——"

干粮有毒？

仿佛是为了印证他的说法，那个在地上翻滚的身影动作渐渐慢了下来，四肢不断痉挛，从他嘴里大口大口呕出乌血，在地上洇出一道触目惊心的暗影。

荀老爹一愣，下意识看向地上滚落的烧饼，心头蓦然掠过一丝寒意。

贡院里的干粮都是统一分发的，早年间都是考生自带干粮，但因号舍潮湿，有的考生带的食物很快变质。后来礼部便安排秋闱期间贡院为考生提供干粮。

这人说干粮有毒，那眼前这些……

荀老爹猛地收手，如避蛇蝎般一把甩开考篮。

篮子里的糕饼哗啦啦撒了一地。

四周号舍里几乎骤然发出嘈杂叫喊——这个时间，考生们多半都已考完，见此凄惨场景，难免惶然惊悸。

荀老爹按住心口，此刻他心头跳得飞快，只觉气喘得也急，偏在这时脑子里还不合时宜地生出一丝古怪，那喊叫声怎么听着有些耳熟？像是在哪听过。

他这般想着，又颤巍巍地推开号舍的窗，大着胆子朝倒在地上的人看了一眼。

那人倒在地上，朱衣方巾，身材瘦小，脑袋歪着，嘴角流出来的血在身下糊成一团。

他眼睛睁得很大，痛苦的神情凝在脸上，皮肤好似成了青色，如一截僵死鬼魂，了无生气的眼珠子恰好与荀老爹撞了个正着。

荀老爹呼吸一窒。

片刻后，他按着胸口喊出来。

"有、有才啊——"

仁心医馆开门时，已过巳时。

立秋过后，昼日变短，黑夜变长，除了卖早食的，小贩们铺子开张的时间都晚了许多。

银筝正擦拭着柜台上的药茶罐子，对面裁缝店里的小伙计匆匆忙忙从外面跑来，边跑边大声道："出事了，贡院出事了！"

孙裁缝捧着碗漱口，闻言转头问："怎么了？"

"刚才班房那边的人说，贡院里死了个读书人，说是号舍里有人下毒，这会儿正吵得一团乱！"

银筝手一抖，一罐药茶滚到了地上。

"老天爷啊。"丝鞋铺里的宋嫂听见动静走出来,"那贡院里的不都是考试的学生吗?谁会对学生下毒?"

"这我不知道。"小伙计挠头,"贡院外头都传开了,不过时候不到不让进,不晓得是什么情况。"

银筝脸色变了变,再顾不得其他,掀开毡帘进了小院。此刻时间还早,夏蓉蓉主仆在屋里没出来。

院子里,陆曈正把晒干的新鲜药材收进木匣里。

银筝三两步走到陆曈面前,颤声开口:"姑娘,不好了,外头在传,贡院里死了个考生!"

陆曈动作一下子顿住了。

"你说是考生死了?"她神情蓦地一变,"糟了!"

银筝见状,心中更加紧张:"怎么变成是考生出事?会不会那个吴秀才毒错了人⋯⋯"

"不会。"陆曈放下木匣,眸中神色变幻几番,"是他自己服了毒。"

吴有才不杀主考官,也定不会杀别人,唯一有可能的就是把药用在自己身上。

她撺掇吴有才去杀了主考官,无非是借了吴有才心中的怨与怒。然而吴有才临至绝境,竟然宁愿自己服毒。

顷刻间,陆曈就明白了这儒生的用意。

此刻最后一场快结束,贡院外已有考生家眷等待,号舍里的人心思浮动不定,这消息能从贡院中传出来,显然已惹出不小动静。

对吴有才来说,目的似乎已达成——只要惹出动静,引人前来,或许就有机会查清考场舞弊之行。

但,死一个籍籍无名的读书人和死一个主考官,在盛京能掀起的波澜截然不同。贡院大门不开，就无人知晓里头的真相，而秋闱还未结束，在这点时间里，有足够时间将此事浪花按平。

吴有才还是想得太简单了。

银筝慌得不行："姑娘，现在该怎么办？"

陆曈宽慰她："别慌。"又思忖片刻："你现在立刻去董家。"

"董家？"

陆曈点头，在银筝耳畔低声耳语几句，末了，银筝看向陆曈，有些犹疑："这样能行吗？"

清晨的日头刺目，晃得陆曈眼睛也有些模糊。

她仰头，望着远处的虚空，喃喃开口。

"谁知道呢，试试吧。"

太府寺卿府上，董夫人正对着镜前梳妆。

今日响午，秋闱最后一场就结束了，董夫人打算去贡院门口接董麟。

她只有董麟一个儿子，这些年，董麟因身子不好，从未下场过，连贡院大门朝哪头开都不知道。今年董麟头一遭观场，不管中没中，她都想在旁人面前露露头，自然，也得打扮得光鲜一些，好给儿子长长脸。

身后丫鬟将一根珍珠碧玉步摇插在她发髻间，动作有些重了，扯着头发，董夫人"哎哟"一声。

丫鬟忙跪下请罪。

董夫人瞪她一眼："笨手笨脚的。"自己将那根步摇插上，对镜照了照，适才满意，又问身边下人："什么时候了？马车备好了没有，胜权，胜权——"

叫了两声，护卫没进来，倒是进来个小厮。他面色惶然，一进门就给董夫人跪下了："夫人，夫人不好了！"

董夫人看他一眼，没好气问："又怎么了？"

"贡院里、贡院里出事了——"

"什么？"

小厮埋着头，身子抖得像筛子，不敢去看董夫人神情。

"说是……说是号舍里死了个读书人。"

号舍里死了个读书人。

董夫人原本听得漫不经心，须臾，像是才听懂话中之意，脸色一下子变了。

她霍地站起身，死死盯着地上人："谁死了？"

"小的、小的不知。贡院外头路过的人说，当时里头吵得很凶，只依稀瞧见个穿朱衣的，叫喊声很大，说是有人在贡院的干粮里下了毒。"

董夫人听到"朱衣"两个字，身子晃了晃，险些晕倒过去。

朱衣！

董麟下场穿的那件衣裳，就是她特意叫裁缝用朱红洋缎给他做的新袍子，想着初次观场讨个彩头。

死的有可能是她的麟儿！

董夫人唤了一声"我儿"，身子踉跄几步，身边丫鬟忙将她扶在椅子上坐下。

"此事告诉老爷没有？"

"老爷还在宫里，已让人去了。"

董夫人咬牙："等他回来……都什么时候了！"她猛地起身，"快，备好马车，我现在就要去贡院！"

得了消息的董夫人来不及多等，立刻令人备好车赶往贡院。一路上胜权在前头边驾马边安慰董夫人："夫人别担心，贡院那头的消息说得

不清不楚，少爷吉人天相，一定不会有事。"

董夫人红着眼睛，紧紧攥着手中丝帕："你懂什么！无缘无故的，怎会有人到我家门口来说麟儿的事，一定是有什么风声。"说着又低声抽泣，"我说了今日早些去接他，偏他不肯，一定要最后一场结束才让去贡院。我儿——"

话到最后，她语气倏尔尖锐："要是我儿真有个三长两短，今日贡院里的那些人一个都别想跑！"

董麟是董夫人的"眼珠子"，一遇到和儿子有关的事，董夫人便失了平日分寸，变得歇斯底里起来，胜权也不敢多说什么。

到了贡院门口，远远地就见门前围了不少人。几个巡考并提调正把看热闹的平民往外轰，嘴里斥道："去去去，都杵在门口干什么，秋试还没结束，离院门远点——"

董夫人立刻提着裙裾下了马车，气势汹汹地走近院门口，抓住一个巡考便问："我儿呢？"

那巡考并不认得董夫人，只见她衣饰华丽，不敢轻视，语气不如方才凶恶："秋试还未结束——"

"我儿呢？"董夫人打断他的话，声音高而刺耳，"我麟儿在何处？"

里头几个同考见状，忙跑来问询。董夫人自恃官眷身份，又事关儿子，自然不怕他们，要求立刻见到尸体，要么就让董麟从号舍里出来，她要见到全须全尾的儿子。

那同考满面是汗，赔笑道："夫人，这号舍门都是锁了的，令郎要是此刻出来，今年秋闱成绩必定作废。至于尸体……"他瞥一眼身后，为难开口，"外头这么多人看着，恐怕引起号舍内外惶恐。"

董夫人冷笑："不让我儿出来啊？没事，那我进去瞧瞧他，也是一样的。"

"那更不行了！贡院里，无关人士不能进入。"

他越是推辞，董夫人心中就越是狐疑。为何这些人不让她进去瞧董麟，也不让看尸体？平白无故的，有人在董家门口说死了个读书人，是否贡院中有知情人特意来通风报信？这些人神情畏畏缩缩，瞻前顾后，难免不让人多想……

前有惊疑，后有急恨，董夫人一怒之下反而冷静了下来。她看着面前同考："秋闱结束前，不让进，也不让出，你说死的读书人不是我儿，可这里死了个人总是真的吧？"

"你们贡院粮食出了问题，这考场中每一个人都可能是凶手，既然如此，就都别走了！就算秋闱结束，所有人都不准出来！胜权——"她叫护卫的名字，目光陡然凶恶，"你叫人去兵马司一趟，就说贡院这头出了案子，有人想毒死考场里的学生！"

同考闻言，脸色骤然一变。

董夫人冷笑连连。

她妹夫在兵马司做知事，京中治安一事本就该兵马司过问，如今礼部这些考官不让她进，那她就不让这些人出来。事情闹大了，看谁讨得了好！

她这头打着算盘，两个同考对视一眼，彼此都看见对方眼中的不安。

贡院里头死了个寒门读书人，其实倒也算不上什么大事。就算如今外头流言纷扰，但只要没证据，过些时候也就平息了。但兵马司要插手进来可就不好了，号舍里的学生出不去，一旦认真核查，那里头考试的人名单……

"糟了，"一位同考侧身，低声对同伴道，"快告诉大人，赶紧想想办法！"

贡院门口发生的这件大事，转瞬就传遍了盛京的大街小巷。

右掖庭门内，裴云暎刚从紫宸殿出来。

殿前司亲卫军此刻正是值守时间，只余几个零星侍卫在营里值守。

他进了殿帅府，刚卸下腰间佩刀，萧逐风从门外走了进来。

他素日里跟块木头似的，一张俊脸看不出任何表情，今日却难得透出几分笑意。

裴云暎忍不住多看了他几眼，问："这么高兴？捡钱了？"

萧逐风走到桌前坐下，道："贡院出事了。"

裴云暎一顿。

"死了个读书人，外头传言有人在贡院分发的干粮里下毒。"

裴云暎眉梢微挑，身子往椅靠一仰："不可能，又不是傻子，谁会这样大张旗鼓对付一个读书人。"

每年秋闱各项事宜交由礼部准备，干粮更是重中之重，别的不说，至少绝无可能在其中下毒。再者九天七夜的秋试，考生都在号舍，真要动手，何必弄这么大阵势。

裴云暎沉吟一下："流言是怎么传出来的？"

"听说死的考生砸破了号舍窗，从号舍里跑了出来，毒发时贡院内外都看见了。"萧逐风顿了顿，"兵马司的人现在也在贡院门口。"

"兵马司？"

"太府寺卿府上的夫人在贡院门口闹事，她儿子今年下场，礼部不放人，她就叫兵马司来帮忙。"

裴云暎闻言，似是想起了某个人，眉心微蹙，道："董麟。"

太府寺卿府上那个少爷他见过，在万恩寺肺疾突发的病秧子，没料到今年居然也下场，看来身子是全好了。

他坐在椅子上，垂眸想了一会儿，哼笑一声："看来，礼部这是得罪人了。"

贡院里死了个考生，流言还传得到处都是，偏偏这时太府寺卿夫人又来闹事，还带上了兵马司，怎么看都不是偶然。

"既然如此，"裴云暎倏地一笑，"我们也来加一把火。"

萧逐风与他对视一眼，霎时明白了他的用意："你想插手？"

"我们的人在礼部待了那么久，上面的位置不腾出来，下面的怎么上去。"他一笑，唇边梨涡若隐若现，"这么好的机会，总不能白白浪费了。"

"殿前司眼下不好出面。"

"谁说殿前司了？"他气定神闲地开口，"当然是找人把这个消息送到枢密院。"

枢密院是殿前司的死对头，由枢密院出面，殿前司隔岸观火，半丝火星也沾不到身上，倒是再好不过。

萧逐风默了一下："也好。"

裴云暎抬眼，日光透过窗隙落到他脸上，他侧首，盯着窗外远处树影，语气有些莫名。

"这盛京，真是越来越热闹了。"

贡院门口热闹极了。

除了在外围观的平民百姓，不过须臾，兵马司、刑狱司、学士院的人马都到了，甚至连枢密院的人都不知打哪听来了消息，前来贡院门口拿人。

皇帝得知贡举出事震怒不已，钦点大臣令彻查此事。翰林医官院派了医官正为死去的考生验毒。

礼部几个主考官心中惴惴，偏此时骑虎难下，被这么多双眼睛盯着，纵然想使个法子也难。侍郎那头也没个消息，因他们几人尚在贡院，因此也无从得知宫中情状，他们的礼部侍郎此刻已自身难保。

前去验尸的医官上前，对着学士院的郑学士道："大人，确是中毒而亡，约莫两个时辰前毒发。"

两个时辰前，秋闱还未结束。

郑学士抚了抚长须："看来，凶手还藏在这号舍之中。"

秋闱最后一场已结束了，然而眼下众考生都待在号舍中不敢出门。贡院中发生命案，在场考生包括主考都可能是杀人凶手，礼部的人就算是想瞒，众目睽睽之下也动不了手脚。

董夫人在兵马司的妹夫来了后，弄清楚了中毒之人并非董麟，已乘马车回府——这么多方人马都聚集于此，事情发展已不是她能控制，最好明哲保身。

得知儿子性命无虞，做母亲的总是能清醒得很快。

几个主考官还想再掩饰，那头兵马司并刑狱司的人已经开始一一核对号舍里的考生花名，这本是例行核算，毕竟要清点如今在场可疑人士。然而不核验便罢，一核验，整个贡院中竟足足有十二位考生花名与本人毫无相符。

为免有人混进考场舞弊，名册之上除了考生名姓还有小像，这十二位与名册小像相去甚远。

枢密院的人瞟一眼几个主考，倏地冷笑一声："这就奇了，几位大人眼睛看着也无恙，怎么连如此大的相貌差异也瞧不出来。"

其余考生都已从号舍中出来，不安地看着最前方十二人。

兵马司知事按住腰间长刀，盯着那十二人冷冷开口："看来不必查了，这名实不符的十二人，就是投毒凶手。贡院投毒，谋杀同年，按律当斩——"

"不!"十二人中最前方一个年轻人下意识喊道,"老爷,大人,冤枉啊,借小人一百个胆子也不敢杀人,此事并非小人所为!"

他这么一喊,连带着周围其余人也反应过来,一起跪在地上诉冤叫屈。

知事不为所动,居高临下地看着他们一行人:"满口狡辩,谎话连篇!既不是你们下毒,为何偷偷摸摸混进考场?原来的考生被你们弄至何处,无非是一起杀了。在天子脚下图谋杀人,其心可诛——"

他这么装模作样地一唬,果真叫那一行人吓破了胆。要知科场替考秋闱舞弊,不过是下狱的事,不至于丢了性命,可要是牵连上了人命,那可是掉脑袋的官司。

他们不过是替考,想赚点钱花花,可要为了点银子搭上性命,傻子才做这种事!

最前面那人当机立断,重重朝知事磕了个头,悲愤开口:"大人,大人,真不是小的下毒,小的进贡院号舍,只是为了替人下场。小的代人秋试,如此而已,绝不敢谋害性命啊!"

他这话喊得极大声,并未避着旁人,不知是喊给面前凶神恶煞的老爷们,还是喊给别的什么人,却叫贡院内外都听了个清清楚楚。

代人秋试,替人下场?

此话一出,一片哗然。

围着贡院的官兵们露出心照不宣的笑容,号舍前的几位主考,霎时间脸色发白。

贡举是梁朝大事,秋闱场上的消息如狂风一般席卷整个盛京城。

西街一条街的商贩全从铺子里走出来,将原就不宽敞的街道挤得水

泄不通。

"听说了吗，贡院号舍里死的那个读书人，原是咱们西街鲜鱼行的吴秀才！"

"哪里来的谣言？有才平日与人为善，人又老实，除了读书和鱼摊，旁地都不去，谁会同他有过节，怕是听错了吧？"

消息灵通的孙寡妇挽着个菜篮经过，闻言往前凑了一凑："我才从贡院那头回来，秀才可不是被人毒杀的，是自己喝了毒才死的。"

"自己喝毒？"众人觑着她，"好端端的，为何要自己喝毒？"

孙寡妇正欲回答，街尽头又传来一声哀号："有才啊——"

人群朝前看去，就见街头跟跟跄跄走来一个面黄肌瘦的老头，胡子花白，泪水淌得满襟都是。

有人认出他是庙口的荀老爹，遂问："荀老爹，你今年不是也下场了？贡院里究竟出了何事？"

一说此话，荀老爹又汪汪地滚下泪来，唉声叹气道："有才是被那些人逼的——"

四周的人朝他挤来，七嘴八舌同他打听，人隔得远了，仿佛变成考卷上密密麻麻的墨字，盘旋着朝他涌来，让荀老爹想起在贡院里的一幕——

兵马司的人带走了那十二个替考的人，医官也在考篮中发现有才盛放毒药的纸包，仅仅这些，还不足以证明吴有才是服毒自戕。

真正坐实自戕真相的，是吴有才最后一张卷面。

吴有才既在最后一场未结束前撞破了号舍的窗，哪怕是因为情势危急，今年的秋闱成绩都作不得数。礼部的几位主考被刑狱司的人带走审理，翰林院的那位学士拿走了吴有才的卷面。

当时他们这些考生还沉浸在贡院死人的余悸和秋闱舞弊的愤怒中，

荀老爹却见那学士盯着吴有才的卷面，神情有些异样。

他与吴有才有同年之谊，为吴有才的下场心生戚戚，于是觍着脸挨到学士大人身边，想要瞧瞧吴有才生前最后一张卷面所作词赋是什么。

他看见了——

"悲哉为儒者，力学不知疲。读书眼欲暗，秉笔手生胝……"

荀老爹眼泛泪花，仰头喊道："要不是那些主考官和考生勾串，光天化日下秋试替考，有才怎会蹉跎十多年籍籍无名？他知舞弊之行猖狂，平民难以撼动高官，不得不以死明志，借由自己之死引人彻查考场。"

"山苗与涧松，地势随高卑……地势随高卑啊！"他喊得凄楚，心中亦生一股物伤其类的愤懑。

吴有才以死揭露考场黑暗，那十二个替考之人被带走，主考官抓的抓审的审，可吴有才一条性命却没了。甚至在过去十二年，也许他本可以金榜题名，光耀门楣，让母亲也瞧见自己出息的一幕，却生生被人扼断了这种可能。

他自己也是一样。

博取功名一生，到最后才发现自己汲汲营营的不过是一场空。这世上最让人难以忍受的不是得不到，而是本可以得到，却又失去了。

不公平！

老儒心中郁气尚未平息，街尽头孙裁缝家的小伙计又匆忙跑来，边跑边喊："不好了，不好了，叔伯婶子们！鲜鱼行吴大哥家中去了好多官兵，正四处搜罗，好像要治吴大哥的罪呢！"

"治罪？"宋嫂狐疑开口，"有才人都死了，治什么罪？"

"说是……说是吴大哥号舍服毒，属扰乱科场动摇人心之举。现下正在吴家搜罗，看有无亲眷要一同带走。"

亲眷？吴有才的母亲已在上个月入土，他孑然一身，哪里来的亲眷？官差想要连罪的主意，只怕这回是要落空了。

不过……扰乱科场，动摇人心？

四周渐渐安静下来。

许久，人群中不知有谁开口："这不明摆着欺负人嘛。"

"呵，还真是人命比草贱。"

关于人命究竟是不是比草贱这回事，胡员外此刻正与人据理力争。

鲜鱼行的破草屋中，一干读书人挤在门口，与带刀的官差们对峙着。

审刑院那头的官差们在贡院一案后迅速占领了吴家屋宅，屋宅中前些日子的挽幛还未取尽，白布灯笼被官差粗暴扯下，里里外外一片狼藉，更显这无人空屋伶仃荒凉。

胡员外气得脸色涨红，架着胳膊堵门，不让官差们走："你们这是欺人太甚！"

吴有才已经死了，在贡院号舍里服毒自戕，只因他发现努力十多年的考场中原来存在另一种平民看不见的天梯，心灰意冷之下服毒自尽，不管他为何在考场中宣扬有人下毒，但他最后一场的考卷中已给出了答案。

平民已经被欺凌至此，甚至丢了性命，然而在高高在上的老爷们眼中，瞧不见百姓之苦，只看到了"寻衅挑事，扰乱考场"之污名，甚至在死后也不得安宁，要被这般糟践。

若非如今吴大娘已经离世，岂不是这位病重的老母亲也会被连累。官差们在破屋中踩踏的每一步，都像是践踏在平民们的心上。

胡员外素日虽迂腐，却一向心善，与吴有才又是故交，见吴有才落至这般下场，怒不可遏，带着一干读书人在吴家门口，要为吴有才讨个说法。

官差们瞧着读书人，眼色轻蔑："让开，再扰乱官府办差，小心连你们一起抓！"

"不让！"

官差耐心告罄，一把将面前书生推开，书生瘦弱，被这么恶狠狠一推，一下子跌倒在地。

这放在寻常，一群平民自然不愿与官差交恶，然而许是这间草屋太破旧，而挂着的白幡又太刺眼，又或许是一群读书人聚在一起，正义感与冲动聚在一起总要汹涌许多，胡员外热血涌上头脑，一刹间忘记了明哲保身，猛地朝面前官兵们扑了过去。

"欺人太甚，我跟你们拼了——"

胡员外带领一群读书人在庙口和官差们打了起来，这消息传回仁心医馆时，杜长卿也惊了一惊。

"老胡打架？他那把老骨头，骂人还行，怎么可能和人干仗？"

"是真的。"阿城撇着嘴角，"西街好多街坊都去帮忙了，现下乱成一锅粥。"

起先只是读书人们因吴有才一事，与官兵发生争执。那些官差行事嚣张，言语间对平民多有轻侮，帮忙劝架的街邻们也起了众怒，不知怎的，官差们和百姓们打了起来。

别说，西街这群街坊看着不起眼，打起架却各有各的优势，没叫官差们讨得了好。不过照这样下去，怕是带回去打顿板子是少不了的。

阿城问："东家，我们要不要去帮忙？"

杜长卿没说话，看向药柜前的陆瞳。

夏蓉蓉主仆二人出门去了，陆瞳正在检查新收的药材。

杜长卿打发阿城去门口扫地，三两步走近陆瞳，盯着她低声道："吴秀才的事，是你做的吧？"

陆曈抬头看向他。

他将声音压得更低，掩不住眼中焦躁："那天你去他家中送挽金，去了很久……他又是服毒自尽的，是你给了他毒药？"

陆曈静静看着他，良久，轻轻点了点头。

杜长卿这个人，看上去吊儿郎当，不怎么靠谱，但在某些细枝末节上又有超乎常人的细心与精明。

"他疯了，你也疯了！"杜长卿忍不住拔高声音，咬牙盯着陆曈，"他问你要毒药，你就给了，你以为这是在帮他，你这是把自己也牵扯进去！"

陆曈一怔。

杜长卿竟以为是吴有才主动找她讨的毒药。

是了，在杜长卿眼中，无缘无故的，她没有任何理由怂恿吴有才自戕。

"吴秀才也是！"杜长卿舔了舔唇，恨铁不成钢，"怎么就想在号舍里服毒了，莫名其妙！就算再怎么心灰意冷，也不至于连命也不要了。"

陆曈目光动了动，淡道："贫贱之人，一无所有，及临命终时，脱一厌字。富贵之人，无所不有，及临命终时，带一恋字。脱一厌字，如释重负；带一恋字，如担枷锁。"

杜长卿没好气道："别文绉绉的，听不懂。"

她默了默，开口："穷人什么都没有，唯有贱命一条。既然活着难以得到公平，那么拼着这条命，拉几个人下来也是好的。对吴有才来说，这样死去，是一种解脱。"

"是吗？"杜长卿疑惑，"吴秀才是这样想的？"

陆曈笑笑。

吴有才当然是这样想的。

因为她也是这般想的。

杜长卿摆了摆手:"我只知道好死不如赖活着。算了,不提这个,人都没了,说这些也没用。眼下事情闹大了,查来查去万一查到你头上怎么办?"

他按住额心:"虽然你只是给了毒药,但贡举闹出这么大丑事,吃亏的人难免要找个出气筏子。吴秀才是死了,要是查到你头上,你麻烦可就大了。咱们现在一人一半东家,我还指着靠你发达,你要是半途进了诏狱,我找谁哭去?"

"陆大夫,"他一拍桌子,语气肃然,"我们得提前想个对策。"

陆瞳愣了愣。她没想到已经到了这时候,杜长卿竟还将他们当作一伙的,一时没有说话。

正沉默着,毡帘被人掀起,银筝的脸从帘后冒了出来,觑着两人:"我有一个想法,要不要听听?"

杜长卿瞪大眼睛。

银筝忙辩解:"我可不是故意偷听的,恰好站在这里听到罢了。"

杜长卿下意识看了陆瞳一眼,见陆瞳没什么反应,哼了一声:"说说,你有什么馊主意?"

银筝走进来,也往他们二人近处凑了一凑,远远望去,三人似堆牢不可分的线团般,银筝道:"眼下官差和读书人们闹了起来,不是东风压倒西风,就是西风压倒东风。要让他们拿了话头,真给吴有才治个罪,保不齐连累到姑娘身上。不如先下手为强啊。"

"先下手为强?"

银筝抚了抚鬓发,亮晶晶的眸里泛出些狡黠的光:"那些当官的敢这么作威作福,无非就是仗着一身官皮。要是扒了那身皮,也就没什么

可怕的。"

杜长卿哼笑:"你当是扒虾壳呢。"

银筝不理他,兀自说道:"荀老爹不是说,吴有才是因为替考一事心灰意冷才决意去死的吗?死前还在考卷上留了诗。盛京多少读书人,总不见得全是富贵人家的少爷吧,平头百姓家的学生见了,难免不心有戚戚,人心都是肉长的。那些官差是做贼心虚,咱们就偏要将事情闹大,让他们急眼,也算替吴有才出气!"

她说这话时,语气铿锵有力,全然不见素日里的小心翼翼。

杜长卿摸着下巴想了一想,虚心求教:"请问,怎样才能将事情闹大?"

"这还不简单,"银筝睨他一眼,"俗话说,世间有四种人惹不得,游方僧道、乞丐、闲汉、牙婆,杜掌柜有那么多闲乐好友,随意呼唤一番,都能叫人家吃吃苦头。是不是?"

这话也不知是褒是贬,杜长卿哽了一哽,站在原地对着银筝干瞪眼。

倒是陆瞳闻言,忍不住低头笑了笑,再抬起头来时,对着杜长卿也难得显出几分揶揄。

"我觉得这主意不错。"

她说:"杜掌柜,这回全仰仗你帮忙了。"

梁朝的秋闱才过了一日,贡院里死人的官司已传遍大街小巷。

说是有个贫苦儒生,早年丧父,和母亲相依为命,母亲在鲜鱼行杀鱼为生,供养儿子赶赴功名。这儿子过目不忘,落笔成文,原是个状元苗子,却赴考十多年仍不得中。直到母亲故去,儿子不知从哪得到消息,原来盛京多年的贡举都已被礼部考官和富贵人家勾串,将原本属他的功名生生耽误了!

儒生心中悲愤，服毒自戕于号舍，临死前闹出动静惊动上头彻查，外人才得知其中官司。

而这儒生性命已了，审刑院的官差去儒生家中查抄，遇着来帮忙处理后事的街邻亲访，两方人一露面，打了起来。有考场上的同年看过儒生最后一场词赋卷案，不知是谁将卷案写在纸上，在街路撒得到处都是——

"悲哉为儒者，力学不知疲。读书眼欲眯，秉笔手生胝……十上方一第，成名常苦迟。纵有宦达者，两鬓已成丝……"

"可怜少壮日，适在穷贱时。丈夫老且病，焉用富贵为……沉沉朱门宅，中有乳臭儿。状貌如妇人，光明高粱肌……"

"手不把书卷，身不摆戎衣。二十袭封爵，门承勋戚资……春来日日出，服御何轻肥，朝从博徒饮，暮有倡楼期……"

"评封还酒债，堆金选蛾眉。声色狗马外，其余一无知……山苗与涧松，地势随高卑。古来无奈何，非君独伤悲……"

山苗与涧松，地势随高卑！

一夜间，上至翰林学士院，下至胭脂胡同，都已传遍这词赋，落月桥两岸边的花楼茶坊里，将此事并词赋做成戏折子到处传唱。

审刑院的官差们想要拿人，然而法不责众，人人都在传，人人都在说，总不能将盛京所有人都一并抓进去——刑狱司的牢房也不够住呀。

这词赋也唱到了宫里。

读书人的愤怒单瞧不起眼，汇在一起却如熊熊烈火，难以斩灭。各书院的寒门读书人聚在一起当街拦下御府轿，御史的折子雪花般飞向皇帝案头。

天子本就对科举舞弊一事有所耳闻，如今贡举出了这么大桩丑事，顿感颜面无光，震怒非凡，下令上下一同彻查此事。礼部侍郎当即被革

职收押，查着查着，就查到了审刑院详断官范正廉的头上——

范府里，各处乱哄哄的，婢子小厮哭作一团。

赵氏紧紧抓着范正廉胳膊，惶然开口："老爷，这是怎么回事？"

查抄的人已到门口，宁王亲自奉旨交办，范正廉府中尚有客人宴饮，见此情景作鸟兽散。

差役将前后门堵住把守，一日前，范正廉还令手下人去吴有才家中翻找作威，以图将此事压下，不过短短时间，位置就已调了个个儿。

他心中发颤，挨到奉旨办事的宁王身边，低声地求："王爷，王爷，陛下这是……"

眼下还不至抄家的地步，事情仍有转机。

宁王惯来是个老好人模样，闻言只是温声劝慰："范大人不必心急，陛下只让小王来查看大人府上家资。"他一面吩咐身边人查抄登账，一面对范正廉道："只是大人也须得和小王走一遭刑狱司，大人放心，只是问问话，您一向清廉，待质审清楚，一定还您个清白。"

"哦，对了，"宁王又想起了什么，"礼部侍郎业已伏罪，正在狱中收监。您也是暂时拘质，倒不用担忧。"

他声音温和，语气带着笑意，却似晴天一道霹雳，劈得范正廉半晌回不过神来。

礼部侍郎竟已认罪了！

怎会如此快？

他与礼部侍郎这些年暗中勾串，礼部侍郎一旦进去，焉有他独善其身的道理？还有，为何是刑狱司不是审刑院，宁王说只是拘质，但这话里话外的意思，分明就是他范正廉的好日子到头了！

他抬头，隐隐瞧见那虚空之中一道金光闪闪的天梯渐渐碎为一片齑粉，如一方沉重棺盖，重重朝他头上砸了下来。

"老爷,老爷——"

身后传来赵氏惊惶的哭喊。

范正廉两眼一白,晕倒过去。

盛京自贡院考生服毒自戕事情发生后,新消息是一个接一个的来。

先是查出礼部侍郎与秋闱考生家中暗中勾串,于贡院中公然替考舞弊,礼部侍郎下狱。后来,连那位盛京赫赫有名的"范青天"也被连带出来——审刑院的详断官"范青天"就是与礼部侍郎勾串之人,借秋闱贡举敛财、中饱私囊。

范正廉在盛京名声颇好,消息一出,大多人都不肯信。

医馆里,杜长卿正将门外木匾搬进来。天色阴沉沉的,快下雨了。

他道:"那'范青天'一个管刑狱的,手都伸到贡院里去了,本事不小啊。"又问陆瞳打听,"你之前不是还上他家给他夫人送药吗?怎么没瞧出来他是这种畜生?"

陆瞳道:"真廉无廉名,立名者为贪。"

杜长卿翻了个白眼:"听不懂。"

他把木匾放在柜子上,看一眼里铺毡帘,凑近陆瞳:"话说,你和蓉蓉到底怎么了?"

陆瞳顺着他目光看去,毡帘垂在院子与里铺间纹丝不动。她抿了抿唇,没说话。

夏蓉蓉这些日子总躲着陆瞳。原先医馆没病人时,夏蓉蓉还会在铺子里做绣活,与陆瞳说说话。这些日子,陆瞳坐馆时,夏蓉蓉主仆二人却时常往外跑,等回来时天都晚了,也不怎么与陆瞳交谈。

明眼人都瞧得出她在避着陆瞳,连杜长卿都注意到了。

"你俩吵架了?"杜长卿怀疑地看她一眼,"也不对呀,你这性

子,不像能和人吵得起来的。"

银筝从他二人中间经过,将杜长卿撇到一边,笑言:"女儿家的心思杜掌柜就别打听了吧,你又不懂。"

杜长卿"呵"了一声:"我才懒得打听。"招呼阿城回去。临走时,他又嘱咐陆曈:"夜里多半要下雨,门窗关好,小心药材打湿了。"

陆曈应了,待杜长卿走后,将医馆大门关上,回到了院里。

已是掌灯时分,秋日里天黑得早,夏蓉蓉主仆屋里亮着灯,一点晕黄透过窗隙落在院里的石板上。

陆曈回到自己屋里。

银筝正在箱子里翻找今夜出门要穿的衣裳。盛京的秋来得太早,一夜间好似就凉了,秋裳还未来得及做,总觉箱笼里的旧衣都太单薄。

陆曈站在小佛橱前,对着那尊白瓷观音像,寻出香点上。

昏暗中,燃着的香如坟间幽灵的眼,明明灭灭地闪烁着,她把香插进了龛笼里。

银筝总算是找着了件缟色斗篷,对着灯展开抖了几下,又望一眼窗外黑沉沉的天,叹声长气:"又快下雨了。"

陆曈盯着面前观音像,轻声开口,不知是对自己还是对他人说:"下雨不好吗?梧桐叶上三更雨……我最喜欢下雨天了。"

银筝一愣,陆曈已回过身,拿起她手上那件斗篷。

"走吧。"

夜里秋雨凄凉。

霏霏山雨在天地间自顾编成一张绵密细网,沉沉笼住整个山头。

望春山脚下,有人披着蓑衣,在泥泞山路上深一脚浅一脚地走着。

冷风刮在脸上,如刀子般刺人,刘鲲紧了紧身上蓑衣,嘴唇因山间冷气冻得发白。

他也不知事情为何会变成这样。

全家人还做着"一门两举子"的美梦,不过一夜间,日子地覆天翻。

秋闱最后一场,贡院中有学生服毒自戕,闹得太大引得朝中侧目,而后竟牵扯出礼部和考生勾串替考的丑闻。所有相干人士全被抓捕问审,连那些高位上的老爷们也不例外。

刘鲲怎么也想不明白,不过是死了个寒门读书人,怎么能弄出这么大阵仗?怎么就能同时拉这么多人下马?

那全家节衣缩食的所有家当——一千六百两银子已打了水漂,更可怕的是,刘子贤和刘子德也被差役带走了。

案子拔出萝卜带出泥,在贡院中因替考抓了刘子德还不算,连早年刘子贤的秋闱成绩也被重翻出来,听说礼部侍郎府中账册被找到,不知有多少人户倒霉。

别家倒霉刘鲲不管,他只想救出自己的儿子们。

刘鲲本想求范正廉帮忙,毕竟替考这回事本就是范正廉在其中打点牵线,谁知今天下午传来消息,范正廉也被带走了。

妻子王春枝见状不妙,心里发急,担心两个儿子,冲到府衙求情,反被以闹事之名暂且拘住了。

往日恭维他们的那些人见此情景,立马换了一副嘴脸,恨不得立刻与他们划清干系。刘鲲一个帮忙的也寻不到,就在走投无路中,他收到了一封信。

信不知是谁塞进他们家大门的,卡在院子里。他打开来看,上面写得简单,对方说有办法救出他两个儿子,但要在今夜子时来望春山脚,有东西要交给他。

刘鲲也不知道这封信是谁写的,如今所有人避着他家还来不及,他

家在盛京也没别的亲戚。他倒是没怀疑这信上人心怀不轨，如今家里人都被关着，潦倒穷困，也没什么可图的。

他只猜测这信或许是范正廉留下来的后手，范正廉那么大个官儿，一定早早令人准备了其他退路。要知道，他们二人间还有一个隐晦的、不曾真正露面的靠山——太师府。

想到这里，刘鲲面上稍稍有了些血色。

一定是这样的。他在心头默念几遍，胡思乱想着，脚下山路越发泥泞，他发现自己不知什么时候走到一大片灌木荆棘丛中的空地里了。

不对，说是空地也不对。这乱草中密密麻麻鼓着无数个土包，在黑暗中犹如无数个沉默人影，诡异地盯着他。

雨丝打在刘鲲脸上，他蓦地打了个激灵，一下子回过神。

这是一片乱坟岗。

宛若当头一棒，刘鲲彻底清醒了过来。

他怎么走到乱坟岗来了？

瞧着四处阴冷的坟包，他兀地生出几分惧意，正想离开，身后突然传来脚步声。

刘鲲吓了一跳，猛地回身，就见不远处一个凸起的坟包后，渐渐走来一抹雪白影子。

这影子看起来单薄而轻盈，在夜雨中模模糊糊，像飘来一张不真实的画儿。刘鲲感到两腿都在打飘，整个头皮开始发麻。

白影在他身前停了下来。

山雨沥沥，阴冷的风从乱草中刮来，远处间或夹杂着不知名野兽的低鸣，坟岗中传来泥土的腥气，格外令人作呕。

他没有勇气去看对面，只低头看着自己脚尖，看着看着，渐渐觉出不对。

火折子微弱亮光下，显出一道拉长的吊诡暗影。

影子?

鬼魂有影子吗?

他心中这般想着，听见面前传来窸窸窣窣的声音，于是壮着胆子抬头看了一眼。

离得近了，看清楚了，白影并不是什么发飘的画儿，原是个穿着缟色斗篷的人。此刻这人掀开兜帽，露出一张秀美的脸。

眉蹙春山，眼颦秋水，鬓边一朵霜白绢花为她更添凄婉，那凄婉也带着几分楚楚可怜。

是个年轻女子。

刘鲲一愣，还未说话，对方已经开口："你来了。"

他一怔，蓦地明白过来，随即一抹喜色浮上眉梢："您就是给我写信的人？"

他就说这荒山野岭的，怎么会突然有人来，原是范正廉安排的人。也是，眼下官差在城里四处拿人，在山上商量行事反倒安全点。

女子点了点头，又看着他，唤了一声："表叔。"

表叔？

刘鲲心下茫然，这又是何意？

秋雨淋着望春山峰峦，把乱坟岗也淋出一层湿冷的沉寂。

女子微微一叹："看来表叔不记得了。"

"当年您离开常武县时，借家父的五十两银子，还是我亲自送的呢。"

犹如一道惊雷，刹那间照亮刘鲲脑中翻扯的迷雾。他猛地看向面前人，目中惊骇莫名。

"你是曈丫头？"

雨还下着，四周一片诡谲的死寂。

刘鲲感觉到阴冷的风从他骨头缝里钻进去，早年间因支摊卖面落下的膝盖旧疾又开始泛出疼来。

他看着面前人，语无伦次地开口："怎么可能？瞳丫头不是死了吗？"

面前人微微地笑，笑容也像是绢画动人。

刘鲲记得瞳丫头。

表兄陆启林膝下两女一子，因陆夫人生产小女儿时九死一生，险些丢了性命，对这个小女儿便格外宝贝。陆柔陆谦陆夫人都宠着她，陆启林虽嘴上严厉，实则待这个最小的女儿也有几分纵容。

但越宝贝的越是藏不住。陆家小女儿在九岁时走丢了，那年常武县突逢时疫，陆家其余人死里逃生，小女儿却在一个午日出门提水后，再也没回来。

当时刘鲲全家已离开常武县到了京城，收到陆启林来信才得知此事。陆启林恳求他在盛京也帮忙寻一寻人。刘鲲答应了下来，心中却唏嘘，这世道，一个九岁的小姑娘走丢了，多半是被过路的牙子卖了，哪还有被找回来的可能。

这么些年过去，除了陆家人还不死心，其余人都认为，陆家小女儿早就死了。

刘鲲也是这般认为的。

他看向面前人，娉婷姝美，和记忆中那个白白嫩嫩、骄纵稚气的胖丫头全然不同。然而仔细看去，柔弱眉眼间几丝韶丽，又和自己那个早逝的侄女陆柔有些相似。

想到陆柔，刘鲲心下一震，蓦地心虚几分。

他问："你、你真是瞳丫头？"

对方淡淡一笑。

"这些年，你去哪儿了？你爹娘到处找你，你哥哥也为你操心……"他胡乱说着不相干话，说着说着，又骤然回神，一下子住口，盯着对面人道，"那封信是你给我写的？"

瞳丫头为何会给他写信？信上提起了范正廉，她已打听到了范家的事？太师府的内情她又知悉多少？

他眼神散乱地想着，不由自主打了个寒战。

直到对面声音将他从迷思中唤醒。

"是我写的，表叔，你不是已经见过我二哥了吗？"

此话一出，周围死一般的静默。

许久，刘鲲听到自己干涩的嗓音，带着勉强的笑："是……我见过，柔丫头死了，他到京中来奔丧，顺带来我家借住几日。"

"只是借住？"

"只是借住。"

"不止吧。"陆瞳轻飘飘地开口，"你还出卖了他。"

"我没有！"刘鲲蓦地大喊一声，声音在冷雨夜中变了调，将他自己也惊了一跳。

他压低了声音，竭力平静地开口："不是我，是他犯了事，被官府通缉。瞳丫头，我原想将他藏在家里，缉捕文书贴得到处都是，官差查到了我家里，我没有办法，我能怎么办呢？"

他这般说着，诚恳得就像说的是事实。

陆瞳却笑了，清泠泠的眸子盯着他，像是透过眼前看穿他心底不可告人的秘密。

"是吗？敢问表叔，我二哥犯的是什么事？"

"是……他私闯民宅窃人财物，凌辱主家女儿……"

陆曈点点头:"这么大的罪,表叔窝藏逃犯,官差却没有以包庇罪将您一起问罪,独带走了我二哥。真是通情达理。"

刘鲲脸色煞白,紧紧咬着牙关,他疑心陆曈已知道了所有内情,可他不敢泄露一字。

陆曈望着他,眸色渐渐冷淡。

眼前的男人畏缩怯懦,目光躲闪,那张熟悉的脸上,贫穷与潦倒吞噬了他的良心,从其中生出欲望与贪婪来。

父亲陆启林古板严厉,表叔刘鲲却和善活泼。陆柔文静,她和陆谦总是跟在刘鲲屁股后四处跑,刘鲲总会一把将她捞起来放在肩上,用粗硬的胡茬去扎她的脸,王春枝去庙会做生意回来时也会给她带一只红艳艳的糖葫芦。

他们曾在相邻的屋檐下躲过雨,在一口锅中吃过饭。到如今,陌路两端相望,中间隔着抹不掉的血仇。

夜雨沙沙下个不停。

陆曈平静开口:"表叔,我一直在想……活着的人犯了错,会有愧疚之心吗?会良心不安吗?会在夜里辗转难眠吗?"

"我观察了很久,发现没有,一点也没有。"

雀儿街的刘记面馆生意很好,刘子贤做了官,刘子德也准备秋闱,王春枝打了金镯子,刘家还打算换间大宅院。

一切都很好,非常好,好到让人妒忌。

刘鲲嗫嚅着嘴唇:"曈丫头……"

陆曈打断他:"但这一切的好是踩着陆家血泪换得的,怎么能不叫人生气呢?"

刘鲲惊悸地后退一步。

"曈丫头,你听我说,当时官差四处搜人,搜到我家,谦哥儿他没来得及逃走……"

陆曈笑笑。

"表叔,二哥是什么样的人,你比我更清楚。一旦发现自己被官差缉捕,以他不肯连累人的性子,只会立刻与你划清干系,躲到没人发现的地方。可官差最后却在你家找到了人。"

"你给他吃了什么?迷药吗?"

刘鲲手指痉挛一下。

陆曈顿一顿,幽冷的眸凝视着他:"二哥被捕后,是你给常武县写信告知此事,我爹在来京路上遇水祸出事,不也是表叔推波助澜?"

"你不仅出卖了二哥,还出卖了我爹娘。"

刘鲲脑中轰的一声,脚下绊到一块黑石,一下子跌坐在地。

那一夜他将陆谦交与了范正廉,却看到了陆谦留下来的那封"信",也就是陆谦冒着风险回来要取的证据。

他一生胆小怕事,老实本分,却在那一刻生出莫名的勇气与野心。他想要拿着这些东西去换一份天大的富贵,要用这些在盛京这样的繁华之地,为他们刘家开辟一块独属于自己的锦绣前程。

于是他在审刑院的暗室里,对范正廉恭声道:"大人,谦哥儿虽已落网,但我那表兄是个钻牛角尖性子,知道了这件事,难保不生出事端。不如一起处理干净,免得后患无穷。"

范正廉抬起眼皮看他一眼:"哦?有什么好主意,说来听听。"

他将本就屈着的脊背弯得更低:"我可以写信给陆启林,将他引到盛京来……"

一只乌鸦从枝头飞走,扑扇着翅膀撕裂夜的寂静。

刘鲲望着她,无力地辩解:"我没有……"

"我听说,表叔之前一直想要盘下雀儿街一家铺面,临到头了却

因店主反悔，缺了一百两银子。二哥被捕不久后，表叔就租下了那间铺子。很巧的是，官府通缉二哥的赏银，就是一百两。"

陆瞳看着刘鲲："原来我二哥的命，就值一百两银子啊。"

"不、不是！"刘鲲哀叫一声，一刹间委顿在地。

一直以来被他刻意忽略的愧疚汹汹涌来，连着惊惶与畏惧。

"天下的规则，他们上等人说了算，表叔，对上太师府，我并不奢望你能挺身而出，但你至少不该助纣为虐。"

听到"太师府"三个字，刘鲲猛地回过神来，他用力抓住陆瞳衣角，仿佛这样就能让自己的话更为人信服："没错，瞳丫头，你知道的，谦哥儿得罪的是太师府，那是太师府！我们怎么可能得罪得起？是他们逼我，是他们逼我的啊！"

"戚家，范家，哪一家都是我们得罪不起的，瞳丫头，换作是你爹，他也会这么做的！对上这些人，咱们只有任人宰割的份，不是吗？"

"不是啊。"

陆瞳冷冷扯出一个笑："他们现在不是出事了吗？"

刘鲲一愣。

面前女子看着他："柯承兴不是已经死了吗？"

刘鲲手一松，跌回泥地，看着陆瞳宛如厉鬼："你……你……"

她笑："是我干的。"

山中雨雾如烟，淅淅沥沥将坟冢的泥冲淡。

穿着斗篷的女子一身缟素，清冷幽丽，鬓边一朵素白绢花如孝，像从棺木中爬出的厉鬼。

她刚刚说什么，柯家的事……是她干的？

刘鲲的目光有些恍惚。

他记得瞳丫头小时候的样子。

陆家三个孩子，陆柔温婉大气，陆谦明慧潇洒，二人都继承了爹娘的好相貌，又学问出众，表兄陆启林嘴上不说，心中却格外骄傲。偏最小的这个女儿每每令人头疼。

瞳丫头小时候不如陆柔长得清丽，也不如陆谦出口成章，圆团团胖乎乎，不爱念书，时常将他爹气得人仰马翻。陆启林常说她是"一身反骨"，骂完又偷偷让刘鲲给罚站的她送糖馒头。

俗话说，会哭的孩子有奶吃。瞳丫头是陆家三个孩子中最顽劣的一个，却也是最受宠的一个。刘鲲也很喜欢逗她，小姑娘稚气团团的脸上，一双眼睛总是透着几分机灵，一看就让人喜欢。

许多年过去了，圆团团的小丫头已长成亭亭玉立的少女，仔细看去，眉眼间依稀能寻出几分旧时痕迹，那双漆黑眼睛却再无当初的生动与俏皮，像凝着一方沉寂的水。

柯承兴的死，柯家败落的事他之前就听过，当时只觉唏嘘，并未想到其他。而如今，瞳丫头说是她干的。

刘鲲还记得常武县的那个小姑娘，咋咋呼呼，瞧见只老鼠都能吓得跳开老远，眼泪鼻涕哭作一团……

这怎么能是她干的呢？

他恍恍惚惚这般想着，就听面前女子继续开口。

"不止，范家的事也是我干的。"

刘鲲的脸唰地一白，恐惧地盯着她。

她垂眸，看刘鲲的目光像是看一个死人："现在，轮到你了。"

"不……不……"

刘鲲脑子一炸，下意识连滚带爬地扑到她裙边，雨水在他脸上纵横，他抓住陆瞳裙角，牙齿发着抖，激动又慌乱地开口："瞳丫头，你听表叔说，我可以帮你！"

467

陆曈诧然望着他。

"真的!"刘鲲急促道,"范正廉将谦哥儿关进刑狱,随意找了个由头处刑。曈丫头,表叔可以为你做人证,只有我知道真相,咱们一起把柔姐儿和谦哥儿的案子弄个水落石出,好不好?"

他哄着面前人,像多年前在陆家哄被老鼠吓哭的小侄女。

短暂的沉默过后,她说:"谢谢你啊,表叔。"

刘鲲挤出一个难看的笑容,正欲说话,面前人却慢慢蹲下身来,朝他摊开掌心。

借着灯笼幽暗的光,刘鲲看得分明,那只纤细白皙的掌心中躺着一只精致瓷瓶。

他喉咙发紧,抬起头看向陆曈:"这是什么?"

"是机会。"

"……什么机会?"

"合家罪孽,表叔一人承担的机会。"

刘鲲僵住。

陆曈笑笑,如耳语般对着他轻声开口:"这是一瓶毒药,如果表叔喝下,我就饶恕表哥们和表婶,宽免他三人之罪。"

"曈丫头……"

她唇角仍噙着笑,芳容娇丽,眸色却如云落寒潭,一丝笑意也无。

"表叔,我溺死了柯承兴,外头却传言是他自己酒后失足跌死。柯家倒了,满户家财一朝散尽。"

"我在贡院中动了手脚,礼部勾串考生一事被发现,如今范正廉下了诏狱,一朝声名狼藉,人心散尽。"

"你看,我做了这么多事,却一点惩罚也没有。"

她看着刘鲲:"我杀得了他们,也杀得了你们。表叔知道,我很聪明。"

刘鲲不可置信地望着她，喃喃道："他们是你的表哥……"

"我知道呀，"陆曈弯了弯眼眸，"正因为是一家人，所以我才于心不忍，给了你一个机会。"

她慢慢地说，一字一句往刘鲲心中戳。

"两位表哥现已在大牢，勾串科举舞弊，虽不是小罪，却无性命之忧。这怎么能行？所以我想，我应该做点什么。忘了告诉你，我现在是大夫，想要神不知鬼不觉地杀死几个人，轻而易举。何况两位哥哥们又不聪明，至少比对柯家范家动手容易多了。"

"我有足够的把握，杀了他们，也不被别人发现。"

最后一句尾音幽冷，如鬼魂叹息，在坟冢间寂然回荡。

刘鲲浑身上下打着战。

他知道面前人说得没错。

刘子贤与刘子德虽长曈丫头几岁，可论起心智筹谋，根本及不上陆谦，更别说曈丫头。还有王春枝，她只知擀面下厨，嗓门大却毫无脑子心机。曈丫头连柯家和范家都能扳倒，显然是有备而来。自己一家人在她面前，软弱无力如待宰羔羊，根本没有半点抵抗之力。

陆曈望着他，轻轻抬一抬小臂，掌心中的药瓶在夜色中淬闪一层诡艳光泽。

"表叔？"

他木讷僵硬地伸手拿过药瓶，看向陆曈："如果我喝了，你就会放过他们？"

"当然。"

"你发誓？"

陆曈笑而不语。

"好。"刘鲲拔掉药瓶塞子,深深看一眼面前人,"瞳丫头,你说话算话。"

风霜凄冷,夜雨冷寂。残灯幽冷的光照耀坟地无名孤冢,仿佛下一刻就要有冤魂从泥泞中爬出索命。

灌木丛中,他把药瓶凑近嘴边,眼看着就要饮下。却在最后一刻,猛地将手中药瓶一扔,握紧手中尖石狠狠朝陆瞳扑来。

"你逼我的——"

凭什么?

凭什么他就要束手就擒?凭什么他就要任人宰割?就算瞳丫头再如何厉害,也不过是个十六七岁的小丫头,她看起来弱不禁风,只要用这石头一敲,就能敲破她的头!这乱坟岗就是天然的埋尸之地,埋在这里不会有任何人发觉!

他才不要自己去死,他要杀了所有威胁到他家人的人,他还要救出子贤和子德!

夜色下,那张老实巴交的脸凶恶狰狞,无限的恐惧与疯狂将最后一丝愧疚冲散,混混沌沌,重新拼凑成一张恶鬼的脸。

"瞳丫头,你莫怪表叔,表叔还有一家老小,还不能死!"

他嘴里这样喊着,挥舞手中尖石,狠狠朝陆瞳脑袋砸去。

这动静惊飞远处栖息的寒鸦,可他握紧石头的手却没能砸到对方的头。

就在千钧一发之时,从喉间传来一阵刺骨的窒息感,他仿佛陡然被人扼住颈间,蓦地捂住脖子,一下子跪倒在地。

陆瞳叹息了一声。

他捂紧脖子,在地上翻滚,有些慌乱地开口:"你做了什么?"话一出口,才惊觉自己嗓子痒得出奇,像是有万蚁啃噬。

回答他的是对方平静的声音。

"表叔,送你的信看了吧,信呢?"

他拼命抓着喉间:"烧……烧了。"

"真谨慎。"

她夸赞似的,慢腾腾地说:"谢谢你啊……替我毁去证据。"

"你下了毒?"他惊恐万分地盯着陆曈,一股难以忍受的痒痛从喉间蔓延,像是有虫子在其中啃噬,让他忍不住想要找个东西去将里头的东西挖出来。

"这毒叫'自在莺'。"她声音平静,像是很耐心地与他解释,"传言许多年前,梁朝有一歌妓,歌喉清婉,胜过三月自在莺。后来惹得同行妒忌,有人在她素日里喝的茶水里下了一味毒,毒发时,她抠烂了自己喉间,那嗓子里烂得不成样子,如絮网泥酱,见之可怖。"

"我在信纸上涂了自在莺,你现在,是不是很痒?"

仿佛为了印证她的话,喉间那股蜇人痒痛愈发明显,刘鲲简直要发狂,他拿手去抓喉间,不过短短几息,喉间便被抠得发红,而他神情惊惧,嘶叫道:"救命——"

陆曈居高临下看着他,淡淡开口:"有的毒药让人痛苦,有的毒药却令人解脱。"

她走到被扔在地上的瓷瓶面前,弯腰将瓶子捡起,目光有些遗憾。

"我给过你选择的机会,可惜,你没有珍惜。"

刘鲲痛苦抓挠着自己脖子。

原来如此。

原来她早就在信纸上下了毒,如果他喝下毒药自尽,便不会受这啃噬之苦。如果他不肯喝,他也无法活着离开望春山。

她根本从一开始就没有给他留任何生路!

471

绝望之中，刘鲲只觉有什么东西在喉间游走，他拼命瞪大眼睛，像是要将眼前凶手的面容深深印到脑海，哑着嗓子开口："你疯了……杀了我，没人为你做证。陆家的冤屈，永远没有详断官敢接手……"

倏尔又神色剧变，哭喊着求饶："瞳丫头……表叔错了，表叔知道错了……救救我，你救救我……"

陆瞳冷眼看着他在地上痛苦挣扎，断断续续的呜咽与呻吟在夜色下被秋雨一层层淹没，坟岗凄凉又寂静。

须臾，她轻轻叹了口气。走到刘鲲身边蹲下，捡起那枚方才被刘鲲握在手里企图对她行凶却又在中途遗落的尖石，重新塞进他手中。

刘鲲此刻神情已近癫狂，掌心蓦地多了一个东西，想也没想，对准自己的喉间狠狠刺了下去——

夜色凄凉。

嘶的一声。

喊叫戛然而止。血花蓦地从颈间迸射出来，一簇喷到女子脸上。

她缓慢眨了眨眼，一大滴嫣红顺着眼睫慢慢滴落下来，又顺着脸庞，渐渐洇在了雪白斗篷之上。

地上的人在抽搐痉挛片刻后呼出最后一口气，仰面躺在地上，死去了。

陆瞳站起身，静静看着地上不再动弹的尸体。摔落在地的灯笼被夜雨浇灭，四周乱草迷离，坟冢间的荫翳像一个迷障，永远难以驱清。

她并不感到惧怕，只因这或许是陆谦的埋骨之地，刑狱司死囚们最后归宿的坟场。

天道报应，或迟或早，刘鲲死在这里，宿为因果，如此而已。

她喃喃道："陆家的案子，永远没有详断官敢接手？"

这是刘鲲临死前对她的忠告。

或许在刘鲲看来，高高在上的权贵们想要操弄平民生死，易如反掌，而她一介布衣，想要撼动高门世宦，犹如痴人说梦，不自量力。

不过……

他错了。

女子抬手抹去面上血痕，平静开口，"何须别人做主？"

"陆家的案子，我做得详断官……"

"也做得刽子手。"

第十四章 陷害

回去的时候，雨小了很多。

银筝远远地在林子口等她。每次这种时候，陆瞳总是让银筝回避，有些事并无必要将无关之人也拉扯进来。

虽然银筝已无可避免地卷入这旋涡。

待回到西街，已过子时，街铺一个人也没有，只有房瓦雨水顺着屋檐滴漏了一地残色。

陆瞳与银筝越过院子外间，匆匆进了里屋。

银筝帮陆瞳将斗篷脱下来。缟色斗篷被雨淋湿大半，雨水混着血水滴落在地，一大摊血花洇成斑驳红色，一眼望过去，触目惊心。

银筝紧张地问陆瞳："他已经……"

陆瞳"嗯"了一声，目光掠过银筝手里斗篷，垂下眼睫："可惜了一件衣裳。"

屋中半晌无声。

片刻后，银筝小声开口："姑娘先换件干净衣裳吧。"

"好。"

霜夜雨冷，外头寒蛩声苦，银筝忙着帮陆瞳清洗身上血污，也就没发现窗外院子里被夜色遮掩的那一抹骇然目光。

待全部清理干净，斗篷也被收了起来，银筝擎灯去隔壁屋歇息，陆瞳吹灭小几灯烛，自己上了榻。

屋外雨水滴滴答答，凄紧得很。

屋中没点灯，一片黑暗，一丝风从窗缝吹进来，吹得人浑身发冷，模模糊糊听去，竟有些肖似人临死前发出的嘶哑喘息。

像刘鲲死于自在莺下的尖叫。

陆瞳仰面躺着，盯着头顶帐子。

刘鲲中了自在莺，中了毒的人，几个时辰后毒发，会觉咽喉处痛痒难当，宛如万蚁在喉间蠕动啃噬。

这毒并非不能解，甚至，一夜之后毒性自然消失。然而中此毒之人，大多难活，只因痛至深处，中毒者心神癫狂，会有求死之念。

所以中了自在莺之毒的人，大多不是死于毒性，而是死于自戕。

她在给刘鲲的信纸上抹了自在莺，又在信中算着毒发时辰约定与刘鲲见面。最后刘鲲毒发难忍，刺穿喉咙，死在她面前。

一切天衣无缝。

想到刘鲲死前的抓挠之举，陆瞳不由伸手覆住颈间，仿佛自己喉间也多了一丝痒意。

她也曾领教过自在莺的厉害。

那时是初春三月，落梅峰韶光遍染，漫山都是黄莺脆鸣。芸娘的对襟纱衣被晚霞染成鲜红，满头乌发梳成一个抛家髻，正坐在小屋前制药。

她那日心情很好，边制药，边将材方一一说与陆瞳听。陆瞳坐在凳子上，一边摘理草药，一边将材方暗暗记在心里。

末了，芸娘把做好的药倒进一只白瓷碗里，递给陆瞳。

新药初制好，总要人试药。陆瞳喝完新药，把瓷碗洗净，等待药效发作。

平日这个时候，芸娘早已离开，她惯来没什么耐心，只会等药效来临时再走到她身侧观察记录。今日却破天荒多待了一会儿。

"我前几日下山，听到了一件趣事。"她突然开口。

陆曈没说话，安静盯着地上。

芸娘笑吟吟地继续说道："说是山下有一花楼，有位歌妓嗓音生得好，赛过百灵黄莺，鸨母给她取名'自在莺'。"

"这莺姐出了名，王孙公子便争相沾云，终于惹来同行妒忌。于是有人在她茶水中下毒，毒烂了她嗓子。"

"莺姐再也出不了声，往日捧着她的醉客便不来点牌。鸨母苛待，丫鬟相轻，莺姐心灰意冷之下，索性一根绳子吊死在房中。"

她说完，深深叹息一声："真是可怜。"

不过虽叹息着，神情却是与语气截然不同的欢悦。

陆曈依然沉默。

芸娘道："我初听这故事甚是动人，名字也极美，所以以此为故做了一味新药。这新药服下，初始并无异常，到后来，会觉咽喉痒痛难当。"

她看一眼陆曈僵硬的神色，扑哧一笑。

"别紧张呀小十七，这药只是嗓子难受些，死不了人。就算服下，你也不会有性命之忧。我只是想知道……"

芸娘纤细指尖拂过陆曈发顶，语气带着天真的好奇："你究竟熬不熬得过去？"

她笑着抱着银罐离开了草屋。

待她走后，陆曈连滚带爬跑进屋里，翻箱倒柜，终于找到了两根拳头粗的麻绳。

她知道芸娘从不说谎，每次的"轻描淡写"，最后会是多么"痛苦难当"。她既然用了"熬"字,就说明中了自在莺后的痒痛绝不可能只是一点点。

晚霞一寸寸沉没下去,山头渐渐升起银白的月亮。芸娘没有回来,陆曈一个人蜷缩在漆黑草屋里,把手臂用麻绳捆在榻前的柱子头。

单手绑死结的办法是小时候陆谦教她的。那时两兄妹玩闹,比赛谁能将另一人手上的死结解开。无论她系得再紧,陆谦总能轻而易举从其中挣脱开来。陆曈输得多了,干脆更换游戏规则,让大家自己捆自己。

陆谦一面说她霸道,一面陪她胡闹。末了,少年叉腰笑骂:"普天之下只有你会玩这游戏了,谁会没事自己拿绳子绑自己?又不能救命。"

未承想一语成谶。

月亮升至山头最高处时,自在莺的药效发作了。

咽喉处的痒痛无法用任何一种语言形容,她两只手被捆得死紧,无法从绳索中挣脱出来。一面庆幸又一面痛恨,指尖嵌进掌心,妄图以痛苦来抵抗喉间的折磨。

她难受得在地上蜷成一团,手腕被麻绳勒成紫红,两只眼睛红得充血,最痛苦的时候,想着有人能塞给她一把刀也好,这般难受着,还不如死了痛快。

然而理智又告诉她不能这般想,唯有活下去才有机会下山,爹娘兄姊还在家中等着她,她不能……不能白白死在这里。

于是她咬牙,想着白日里书上写的,断断续续地背。

"宠辱不惊,肝木自宁……动静以敬,心火自定……饮食有节,脾土不泄……调息寡言,肺金自全……怡神寡欲,肾水自足……"

春夜少女读书声,总是风花雪月。

只有烧尽的残烛听到了其中的呜咽与哭腔。

直到第二日,外头隐约有林犬吠叫。她躺在地上,看见大门被推开

一条缝，金色晨阳从门隙处涌来，刺得她一瞬眯起眼睛。

芸娘小心走到她跟前，捉裙在她身边蹲下，赞许道："好样的，居然活了下来。"

她在芸娘的瞳孔中看到一个陌生影子，一个双眼血红、脸色苍白、神情狰狞的疯子。

那简直不像是个活人。

芸娘若有所思地看着她被绑缚在床头的双手，像是明白了怎么回事，须臾，掏出绢帕，轻柔替她拭去额上汗水，对她柔柔一笑。

"小十七，恭喜你，又过了一关。"

喉间似乎还残余着当初的痒意，屋外秋雨霏霏。

陆曈翻了个身，在黑暗中闭上眼睛，平静地想，真好。

她又过了一关。

第二日雨停了。

杜长卿和阿城刚到医馆门口，就撞见来医馆抓药的胡员外。

老儒一张老脸鼻青脸肿，惨不忍睹，两只乌眼圈格外醒目，嘴角还青了一块。

杜长卿"哎哟"了一声，忙拉着他进了铺子，嘴上念佛道："哪个杀千刀的把我叔打成这副模样？如此对待老人，天下间还有没有王法了？真是岂有此理！"

胡员外和去吴家搜家的官差发生争执打架，最后被带走一事西街人都听说了。陆曈虽知晓情况，却也没料到胡员外伤得居然这般重。

老儒提起此事，不见低落，反而格外自豪，一面等陆曈开方子抓药，一面哼哼："莫要只看老夫挨打，他们那些人也没讨得了好处。可惜长卿当日不在，没看到老夫当时英姿。"

杜长卿嘴角抽了抽,随口敷衍:"是是是,不过我听宋嫂说,叔你不是被官差带走了吗?什么时候给放出来了?"

当日参与斗殴的一众读书人都被官差带走了,正因此事犯了众怒,后来吴有才那篇"山苗与涧松"才会传得满盛京都是。

胡员外摇头晃脑道:"审刑院抓人的主子立身不正,自顾不暇,估摸着这回摊上事了,哪还顾得上咱们?昨日午后就一并放走了。"

陆瞳正低头写方子,闻言眸色微动:"是吗?"

"千真万确!"

原来贡院案子一出后,礼部一干人被查办,连带着审刑院也被牵连。详断官范正廉被带走,一开始范家人还试图隐瞒,期望将此事压下,谁知事情却越来越严重。此案事关朝举,天子雷霆之怒下,谁也不敢触霉头替涉案人说话,范正廉的脑袋未必能保得住。

审刑院自己都一身污水了,哪还有心思关押读书人,生怕这些读书人一时愤怒,又去拦御史马车,自然早早放了。

陆瞳问:"吴有才的尸身呢?"

胡员外道:"问过了,如今还在刑院收着,明日就能带走。老夫和一众小友商量了,有才在京城里也没别的亲眷,就由我们诗社出头,替他办丧。同他母亲葬在一处。"说罢,又有些惆怅地叹口气,"要是有才还活着……唉!"

如今这些勾串扰乱考场的官员们落网,吴有才只能泉下得知。

又说了大半日闲话,胡员外带着杜长卿满满的关怀和一筐膏药满意地走了。待他走后,杜长卿趁阿城没注意,凑到陆瞳跟前,低声问:"吴秀才的事,算是了了吧?"

吴有才贡院服毒一案,到如今,涉案官员锒铛入狱,也就定下吴有才走投无路服毒自尽的真相。

那么毒药从何而来，何人卖与，都已经不重要了。

陆曈点了点头。

杜长卿这才松一口气："那就好。"又回头嘱咐她，"这次就算了，下回你也别滥好心，什么忙都帮。盛京水深得很，一不小心可要出大乱子的！"

正说着，夏蓉蓉和香草从门外进来，杜长卿叫住她："我还以为你们在院里呢，一大早去哪了？"

香草笑道："小姐想去走走，就在附近逛了逛。"

杜长卿还想说什么，夏蓉蓉已侧过身，抬手扶住前额："表哥，我有些累了，想先进屋休息。"

杜长卿愣了愣，道："哦……好吧。"

她二人进了里屋，杜长卿蹙眉看向陆曈，狐疑开口："哎，你俩吵架这么长时间还没和好？到底为了什么？"

这些日子的夏蓉蓉见陆曈如避蛇蝎，今日甚至连招呼都不打，实在古怪。

陆曈垂眸，想起方才夏蓉蓉衣袖遮蔽处那只一闪而过的羊脂玉镯，镯子光泽莹润，细巧动人，一看就价值不菲。

她抿了抿唇，说："不知道。"

与此同时，进了里屋的夏蓉蓉一把将门掩上，两三步走到靠榻的地方，脸色骤然苍白。

"小姐，你刚才太紧张了，小心被陆大夫察觉。"

夏蓉蓉浑身上下忍不住发抖："不行，我现在一见她的脸就害怕，昨夜的事你不是知道了吗？"她一把抓住婢子的手臂，"她……她杀人！"

昨夜雨大，夏蓉蓉睡到半夜从梦中惊醒，听得院子里有动静传来。

她唯恐有贼人盗窃，毕竟虽有官差巡备，但医馆没护卫，又都住着年轻女子，到底危险。

香草被她惊醒，尚且迷迷糊糊着，夏蓉蓉已起身，蹑手蹑脚出了屋，却意外发现陆瞳屋里居然亮着灯。

已是深夜，她们屋里还有轻微的说话声，不知在商量什么。

鬼使神差地，夏蓉蓉没出声，而是屏住呼吸，悄无声息地走到窗下，偷偷从窗缝中朝里窥望。

灯火摇曳，女子站在小桌前，长发被雨淋得微湿。她正在脱衣服，身上那件白色斗篷上，大朵大朵斑驳血色如雾。

夏蓉蓉呼吸一滞。

不知为何，那一刻她直觉告诉自己，陆瞳一定是杀了人。

或许，也不是第一次。

想到昨夜的画面，夏蓉蓉只觉寒毛直竖，颤着嗓子道："香草，我、我怕。"

"别怕，小姐。"香草比她镇定得多，握着她的手道，"别忘了今日咱们见了白掌柜，他嘱咐您的话。"

夏蓉蓉一顿，看向香草，香草对她点了点头。

她咽了口唾沫，小声道："盯着陆瞳，等他消息。"

这一日过得分外煎熬。

许是心中有事，夏蓉蓉一整日都心神不宁。杜长卿来关心过她几回，她只推说自己身子疲累，歇息歇息就好。

到了夜里，杜长卿和阿城回家去了，铺子里只剩她们和陆瞳主仆。香草点上灯烛关好屋门，一回头，见夏蓉蓉缩在榻上，手里还紧紧攥着一把剪子。

"小姐,您不用这样紧张。"

"她就住隔壁,"夏蓉蓉压低声音,"香草,万一她怀疑我们发现她做的事,对我们灭口怎么办?"

香草无奈。自家小姐什么都好,就是胆子太小了,一有风吹草动就自己吓自己。她有心想换个话头,便指着夏蓉蓉腕间那只玉镯笑了笑。

"小姐不必担心,白掌柜都说了,不会有事的。您看白掌柜送您的这只玉镯,成色剔透,怎么也得小百两银子。出手如此大方,可见他们是有心交易,定不会放着您不管。"

夏蓉蓉闻言,埋怨了一声:"别提了,早知如此,今日一早我就该与你搬出医馆,不该去找白守义,也不该答应他盯着陆曈了。"

话虽这般说,指尖却抚过镯子,玉料冰凉温润,在灯下泛着柔和的光,令她看得有些舍不得转开眼。

她决定和白守义合作赶走陆曈,有一段时间了。

说起来,那也与陆曈有关。

之前有一天夜里,夏蓉蓉去厨房找水,无意间瞧见陆曈对着一只死兔子发呆。虽当时陆曈说是兔子误食毒草,但夏蓉蓉总觉得那只兔子是陆曈故意毒死的。

想到杜长卿信任陆曈,未必会相信她这个表妹的话,夏蓉蓉便在香草提议下,将此事写信告知了杏林堂的掌柜白守义。

没想到白守义竟找文佑给她捎了话。

文佑说,此事白守义已知晓,但毒死一只兔子并不是什么大罪。不过,他完全能体会夏蓉蓉当时的震惊与恐惧。白守义让夏蓉蓉暂时勿将此事告诉杜长卿,免得打草惊蛇,不如再观察几日,若发现陆曈其他可疑举止,仍可叫人给他带话,他很乐意帮忙。

文佑说完后,又塞了一张银票给夏蓉蓉。

托那张百两银票的福,昨夜夏蓉蓉瞧见陆瞳一身是血时,才会着急忙慌地第一时间找人去杏林堂传话。

夏蓉蓉本想着将此事告诉白守义,自己就尽快搬出医馆,未承想这一次竟是白守义亲自找到了她。

白守义站在她面前,慈眉善目,一手理着腰间丝绦,语气难得有几分郑重:"夏姑娘,你怀疑陆大夫杀人,可有证据?"

"那件血衣,还有她深更半夜外出,这不能成为证据吗?"

"能,但还不够。"

"不够?"

白守义沉吟:"夏姑娘,白某有一个不情之请。"

她嗫嚅着嘴唇:"什么?"

白守义要她留在医馆。

"如果陆瞳真杀了人,一定会留下蛛丝马迹,杜长卿每日傍晚回家,只有夏姑娘你在医馆能时时盯着她。夏姑娘能否留在医馆,一旦觉出不对,立刻遣人告诉白某。届时人证物证俱在,事情就好办多了。"

夏蓉蓉本能想拒绝:"我不行……"

白守义拉过她的手,吓了夏蓉蓉一跳,紧接着,他将一个羊脂玉镯套在了夏蓉蓉腕间。

"夏姑娘,"他深深叹了口气,"这不止是为了白某一己私心,也是为了杜家少爷,你总不能眼睁睁看着杜家少爷藏匿一个杀人凶手在身边吧?"

夏蓉蓉目光凝在那只玉镯上,拒绝的话便说不出口了。

屋中灯火摇曳,玉镯冰凉的质感将女子思绪重新拉了回来。

夏蓉蓉揉了揉额心,真说起来,她才不是为了杜长卿的仁心医馆,也不是为白守义的花言巧语,而是为了这只漂亮昂贵的镯子才会鬼迷心

窍的。

香草把灯烛放在小几前:"小姐歇着吧,快亥时了。"

"不是要盯着隔壁吗?"

香草扑哧一笑:"那小姐也不能不睡觉吧?再者,陆大夫真有什么,也不能夜夜都出门呐。您歇着,我在这头守着,真有动静,奴婢叫醒您。"

她语调轻松,或许是因为无论是陆曈毒死兔子,还是陆曈夜半脱下血衣,她都没有亲眼看见,因此也毫无惧色,总觉得是夏蓉蓉夸张了。

夏蓉蓉见她神色自若,心里也稳妥了些,脱鞋上榻,躺了下来。

如今她已答应了白守义,倒是不好中途反悔,只是一想到隔壁或许住着个杀人凶手,难免毛骨悚然。她有心想告诉杜长卿此事,却担心杜长卿不相信自己。但若不说,又怕哪一日杜长卿也成了陆曈的刀下亡魂。毕竟杜长卿是她的表哥,对她也不错。

这般犹豫思索着,一阵困意袭上眼前,不知不觉,夏蓉蓉渐渐睡着了。

不知过了多久,院中传来咚的一声闷响,夏蓉蓉一惊,一下子睁开眼。

屋中一片漆黑,灯已经灭了,只有月光透过窗隙在屋中洒下微弱亮光。

她起身,低声唤:"香草?"

"奴婢在。"丫鬟摸索着爬了过来,握住她手。

"你刚才听到了什么声音没有?"

"听见了,小姐,您别出声,奴婢去瞧瞧。"说罢,香草自己摸索着朝窗前走去。

香草一向胆大,夏蓉蓉并不担心,只看着婢子一点点摸到了屋中窗前。

香草没敢点灯,唯恐被人发现,连呼吸都是压着的。她将脸凑到窗前,借着窗缝往外看,只留给夏蓉蓉一个背影。

院中似有沉闷响声传来,这声音很轻微,然而在一片死寂夜里,像是拖长的梆子,带着几分诡异悠长。

夏蓉蓉等了许久也没等到香草回应,心中焦急得很,又不敢出声,想了想,干脆下了榻,也如婢子一般摸索着走到了窗前。

待走得近了,方才看清楚,香草的眼睛紧紧抵着窗缝,从来满不在乎的神情此刻惊愕莫名,大滴大滴的汗珠从她额上滚落下来,让她看起来像是一截正在融化的雕像。

夏蓉蓉心中砰砰跳着,咬了咬牙,屏住呼吸,也把眼睛贴上窗缝,想要看清楚香草究竟瞧见了什么。

于是她看见了——

月亮被云层掩映,只留下一层灰蒙蒙暗影。隔壁窗下那棵嶙峋的梅树下,有人正弯腰挖着树下的泥土。

夏蓉蓉一怔。

这实在是一幅诡异的画面。

这样的深夜,为何要挖树呢?

树下有什么?

她又往前探了一探,努力要将树下人的动作看得更加清楚。只见梅树边已经挖出一方四四方方的深坑,坑洞也是黑黝黝的。两个面目模糊的女子手里拿着铁铲,正一点点将那方坑洞挖得更加完善。

夏蓉蓉隐隐约约看见对方身边不远处似乎还有一团模糊的东西。

她们是要埋什么东西吗?

铲子砸到泥土中发出的闷响在夜里混沌又凄凉。

夏蓉蓉正狐疑着，忽而外头起了狂风。风把树枝吹得歪斜，把翻滚的云层轰然吹散。

刹那间月光重见天日，照清楚了夜晚，也照清楚了院落中深坑前的黑影。

一方半人长的口袋。

口袋静静躺在小院树下，里头鼓鼓囊囊不知装的什么，然而惨白的月光太亮，将布袋上渗出的丝丝血迹照得一清二楚。

夏蓉蓉瞳孔一缩，骤然后退一步，额上顿时沁出一层冷汗。

她抖着唇，无声地唤："香草。"

香草回头，惊惶的目光与她撞了个正着。

那血迹斑斑的布袋皱成一团，偏又隐隐勾勒出一个模糊轮廓——

依稀是个人形。

院中诡异的敲击声停止了。

有人站在挖好的深坑前，对着那只渗血布袋一踢，袋子咕噜噜地滚进深坑中，发出一声闷响。

女子不紧不慢地拿起铁铲，一铲一铲朝坑里填着土。

远处似有什么器皿摔倒的声音，很快又归于沉寂。

身侧有人低声地问："姑娘，刚才是不是有什么声响？"

女子抬眸，望向小院深处。

石阶前的小屋门窗紧闭，一丝光亮也没有，唯有森森风声凛冽。

她收回视线，道："没什么。"

盛京的秋总是宏丽。

贡院中死了个读书人，礼部官员被查办，审刑院的范青天原是个无耻贪婪的狗官……这些事在平民百姓嘴里不过言说几句，成为茶余饭后的谈料,却耽误不了日子活计,更耽误不了民间迎中秋的热情。

还有三日就是中秋了。

西街酒坊上了新酒,打酒的客人络绎不绝。杜长卿一大早就去鱼市挑螯蟹。

螯蟹要挑大的,壳背最好黑绿发亮,这样的蟹肉厚,且八九月里,雌蟹美于雄蟹——杜长卿对别的事一向敷衍,唯有对吃喝玩乐格外用心。

陆曈也被叫起来,和银筝阿城一起准备中秋的月团。

这个时间,家家忙着准备赏月团宴,来医馆瞧病买药的人少。陆曈厨艺一般,调馅的活就落在银筝和夏蓉蓉二人身上。

杜长卿下午买完螯蟹回来时,几人还在铺子里做月团。

他把两筐螯蟹放在一边,侧着身子往里走,见陆曈正把一个大月团往模具中塞,动作之粗鲁,行为之笨拙,实在让人很难不多看几眼。

他站在陆曈背后,幽幽开口:"陆大夫,你这是在拍泥巴?"

陆曈没搭话,把模具往圆滚滚的面团中用力按了按。

模具是阿城和银筝一起挑的,上绘月宫蟾兔之形,取阖家团圆之意。陆曈按下去后,剥开多余面团,完整的图案就印在月团中。

杜长卿看得欲言又止,终是把目光投向了另一边的夏蓉蓉,叹气道:"真是难为了我表妹。"

夏蓉蓉今日倒是不避着陆曈了,只是脸色看起来不怎么好,一副心神不宁的模样。

杜长卿疑心她是不是身子不舒服,多问了两句,夏蓉蓉便站起身,端起已做好的生月团站起身,低头道:"我先去拿厨房烤一烤。"又唤上香草跟着一起,掀开毡帘去里间了。

杜长卿望着她的背影,摸了摸下巴:"怎么觉得最近她古里古怪

的。"他问陆曈几人,"你们有这种感觉吗?"

众人摇头。

他便自语:"莫非是我多心?"随即又一拍脑袋,"算了,先干正事。"

他从旁捡了个空篮筐,一面往里抓了些橙橘栗子,又将几只绑了腿的螃蟹扔进去,末了,装上一小坛桂花酒,空篮子被装满了。

杜长卿又从店门口的旗子上剪了块红布条,绑在篮筐提手上,打了个漂亮的结,篮筐就多了几分色彩。

他把装点好的筐子往桌上一顿,招呼阿城:"走,跟我上老胡家一趟,马上八月十五了,节礼还没送。"

杜老爷子死后,每年中秋,杜长卿都要送胡员外些便宜节礼,以报答他的照拂之恩。

今年医馆赚银子了,节礼就丰厚了许多,要在往年,可没有这么大的螯蟹给他。

阿城挠了挠头:"东家,胡员外今夜不在家啊。"

"嗯?为什么?他这么大把年纪还敢夜不归宿?"

"昨日他不是说了吗?吴大哥的尸身送回来了,他和诗社的人在吴家帮着料理丧事哪!"

"吴有才的尸身现在何处?"

"傍晚送回吴家了。"

殿帅府里,亦有人在谈论这桩官司。

已至秋日,院子里桂花树开了,摇曳树影映在竹帘上,秋色也染上一层寒香。

雕花窗前有人坐着,半窗佳月洒下阵阵清光,将年轻人精致的眉眼镀上一层冷色。他眼底笑意不如往日真切，一言不发盯着手中文卷，目光有些复杂。

在他对面，殿前司副指挥使萧逐风沉声开口："刑狱司已打点周全，陛下此次彻查朝举，礼部上下一干被牵连，我们的人替上去正好，你还有什么疑处？"

贡举这件案子，进行得比所有人预想中顺利。

明面上是科举舞弊，实际皇帝借此彻查近些年朝中招权纳贿、卖官鬻爵之风。且各方势力下场，礼部侍郎是太子一派，如今太子与三皇子间正是明争暗斗，三皇子岂能放过这个机会？连带所有涉案之人都不可能轻放。

对他们来说是渔翁得利，但裴云暎看起来并无半丝轻松。

裴云暎放下手中文卷，望着桌上灯烛，哂道："你不觉得太巧合了吗？"

"何处巧合？"

"贡举中有读书人在号舍自戕，闹出动静，正好传出院外，短时间里，除去枢密院不提，兵马司刑狱司三衙都得到消息。礼部涉案官员被查，审刑院官差去死者家中闹事，激起读书人与官府间矛盾，紧接着读书人拦轿，御史上奏朝堂，审刑院被查……"

他拿起桌上烛盏，盯着跳动的火苗，眼底掠过一丝深意。

"死了个读书人，无论如何闹不到如此地步。其中每一步都似有人在背后推波助澜，否则在贡院出人命的一开始，以礼部手段就该把此事压下了。"

萧逐风皱眉："你怀疑是三皇子背后指使？"

裴云暎摇头："三皇子生性自负，不会将安危系于一平民之身。"

恰好段小宴此时捧着绣服进来，闻言插嘴道："那还得多亏了太府

寺卿那位夫人不是？要不是她以为中毒之人是她宝贝儿子，在贡院门口和主考拉扯，又一赌气叫来兵马司当差的妹夫，让贡院的人连个遮掩机会都没有，怎么可能有后面这一连串的大戏？"

他说得随意，裴云暎却眉眼一动。

他略一思忖，瞥一眼段小宴，问："那个死了的读书人情况，你知道多少？"

段小宴平日里最喜欢记这些琐事，闻言立刻滔滔不绝："你说那个吴秀才？他也是个可怜人，和他娘相依为命，平日里就在西街鲜鱼行里杀鱼讨生，听说原本是考状元的苗子……"

他兀自说得唾沫横飞，冷不防被裴云暎打断："西街？"

"是啊，西街。"段小宴道，"西街怎么了？"

倒是一边的萧逐风，见状似有所悟，看向裴云暎："那位女大夫坐馆的仁心医馆，就在西街。"

段小宴愣了一下："这和陆大夫有什么关系？"

裴云暎没说话。

一瞬间，毫无头绪的线团仿佛找到线头，一切都变得清晰起来。

死去的儒生吴秀才，是西街鲜鱼行杀鱼的读书人。

将贡院自戕案闹大的太府寺卿董夫人，曾请陆瞳替他儿子看过肺疾。

锒铛入狱的审刑院详断官范正廉，不久前，陆瞳曾为她夫人登门施诊。

每一处链接的节点，都恰好地出现了陆瞳的影子。

烛盏中火苗轻晃，将人的影子悠然拉长，年轻人静静看了良久，倏地笑了。

"原来如此。"

原来她绕了这么大一个圈子，是为了这个。

什么纤纤，什么药茶，一步步接近赵飞燕，甚至更早在万恩寺救下董麟，或许从一开始，身在其中的人就已不知不觉步入她局。

真是耐心又谨慎。

段小宴的声音从一旁传来："你怀疑贡举场上的案子和陆大夫有关？"

"不是怀疑。"

裴云暎放下手中烛盏，微微冷笑道："此事一定和她脱不了干系。"

话音刚落，外头传来侍卫青枫的声音："主子。"

"讲。"

青枫犹豫一下，道："刚刚军巡铺屋收到消息，有人举告西街仁心医馆内杀人埋尸，步军巡检正带人去西街拿人。"

此话一出，屋中三人都是一顿。

前头才说贡举一案和陆瞳有关，现下就收到巡检去医馆拿人的消息。

段小宴张了张嘴："不会真是陆大夫干的吧？"

裴云暎沉吟片刻，问："何人举告？"

"西街杏林堂掌柜白守义。"

白守义？

他微微扬眉，一瞬明白过来。

萧逐风看向他："要我走一趟吗？"

城中治安巡警一事，其实交给军巡铺屋也就罢了，但事关仁心医馆，又或许和贡举一案有关，免不了多上几分心。

裴云暎笑笑，起身拿起桌上长刀，淡道："我去吧。"

天色暗了下来。

进了秋，一过傍晚，西街沿街灯笼就一盏盏亮了起来。

西街不如城南热闹,今夜晴月,月色朗朗,照得老城墙也泛着一层雪亮。

杜长卿同阿城站在医馆门口,正打算关门回家,忽听得街道尽头传来一阵马蹄声。

马蹄声急促,在寂静秋夜中如一道急鼓,听得人心惊肉跳。杜长卿下意识回头,就见一群穿皂衣的巡检铺兵自远而近奔来,又在医馆门口吁的一声勒马停步。

为首的是个戴帽子的巡检,凶神恶煞,不顾杜长卿和阿城二人尚站在眼前,下马自顾走到医馆门口,把大门一推——

"哎哎哎,官爷这是干什么?"杜长卿茫然之余不忘堆出一个笑,"这大晚上的要买药,知会一声就行,不必亲自劳动……"

巡检差头一把将他推开,喝道:"巡检司办案,无关人士暂避!"

杜长卿愕然:"办案?"

这时候,医馆里铺点上灯烛,陆曈擎着灯盏和银筝一同走了出来,站在门口,疑惑望向众人。

"这是……"

见出来的是两个年轻女子,差头脸色比方才稍缓和了些,语气仍冷酷,只道:"有人举告你们医馆杀人埋尸,巡检司奉命缉查办案!"他一扬手,身后铺兵一拥而上,团团将人围住。

杜长卿定了定神:"这一定是弄错了,我们这是医馆,怎么可能杀人埋尸……"

他的话被陆曈打断了。

陆曈站在医馆门口,看向为首官差,平静开口:"既是奉命办案,仁心医馆自当配合。只是我们也是入了籍的正经商铺,大人要办案,能否让我们看看巡检手令?"

军巡铺屋的申奉应一滞。

他收到消息后,立刻就带人赶往西街,哪来得及拿手令。如今盛京贡举一案后,朝中震荡,若他能在这时候办成一桩漂亮案子,升官指日可待。

而一般办案时,平民也不会特意问起手令,谁知这女子会突然提起?

正僵持着,忽而身后传来一声:"这里。"

这声音来得突然,众人循声望去。

桂枝香气扑鼻,明月斜上梢头,迢迢良夜里,有人驭马驰行。

年轻人在西街门口提缰勒马,下马朝医馆走近,四周铺兵渐次让开,檐下朦胧灯色照亮了他绯色衣袍,也照亮了他俊美的眉眼。

申应奉一愣,随即狂喜:"裴大人!"

陆曈心下一沉。

又是那个阴魂不散的裴云暎。

裴云暎在陆曈身前站定,取下腰间令牌,在她面前晃了晃,旋即笑道:"陆大夫的《梁朝律》果然背得很熟。"

短暂的沉默后,陆曈抬眸,看向眼前青年。

"裴殿帅。"

月上梧桐,风寒露重,长街檐下摇曳的树影里,绯袍银刀的年轻人唇角噙笑,眸色胜过清夜醉人。

丰神俊美的世宦子弟,无论何地都是引人注目的,然而此刻在医馆众人眼中,却如阴司之主殿中阎君,笑容也泛着淡淡的冷。

杜长卿脸色很不好看。

且不提这些无中生有的罪名,为何今夜昭宁公世子也在场?须知这些事也并不归殿前司管,他来凑什么热闹?

杜长卿定了定神,笑道:"诸位大人,其中一定有什么误会,小的

经营医馆多年,从来都是兢兢业业,老实本分,杀人埋尸绝无可能,多半是弄错了。"

裴云暎不为所动:"军巡铺屋收到举告,有人指认贵医馆杀人,藏尸馆中,本帅特来查看。"

"谁在胡说八道?"杜长卿闻言怒起,"谁?哪个王八蛋举告的?"

裴云暎没理会他,倒是从铺兵群中,渐渐走出一个人来。

那人一身靛蓝长衫,白皙和善的脸上满是担忧,走近了,唤了一声"杜掌柜"。

"白守义?"杜长卿一愣,随即恍然大骂起来,"是你举告的?好你个没下稍的狗畜生,良心被你爹吃了!竟然平白无故诬陷我医馆!不要脸!"

"杜掌柜,我说的是事实。"

"放屁!你哪只眼睛看见医馆有人杀人了?"

"我是没看见,可其他人看见了。"

杜长卿冷笑:"那你倒说说是谁?"

白守义慢条斯理地一笑,眯眼看向杜长卿身后。杜长卿眉头一皱,回身顺着他目光看去,就见香草扶着夏蓉蓉站在里铺中,不知何时跟了出来。

"表妹?"

夏蓉蓉眼里含着泪水,胆怯地看一眼陆瞳,小声开口:"表哥,是我,是我亲眼看见陆大夫夜里杀人埋尸……尸体就藏在窗前梅树下……"

"什么?"

杜长卿心头一震,后退两步,只觉脑中一团乱麻。

夏蓉蓉亲眼看见了陆瞳杀人?

他下意识抬头,惊疑不定地望向站在门口的女子。月光斜斜照过她身侧，在地上透出一道极淡剪影，风吹罗带，玉颜皎洁，一如既往清冷。

陆瞳望着他，语气平静："杜掌柜，我没有杀人。"

杜长卿张了张嘴，没说出话来。

倒是一边的裴云暎见状笑了笑："有没有杀人，搜一下就知道了。"

他抬手："搜。"

身后军巡铺屋的铺兵们一拥而上，冲进医馆中。

翻箱倒柜乒乒乓乓的声音顷刻响起。

阿城忙不迭地去扶被铺兵们掀倒的药柜，急得跺脚："这里都是药材，弄坏了就不能用了！"铺兵们哪里听得他一个小伙计说话，只将他揉到一边，一掀毡帘往里去了。

银筝将阿城扶起，杜长卿心中又急又气，一时顾不上陆瞳，指着白守义，冲夏蓉蓉骂道："看你干的好事，和这狗东西合谋算计我们医馆？是不是疯了？"

夏蓉蓉本就害怕，听杜长卿这么一说，越发委屈，忍不住低声啜泣起来。

白守义见状，温声过来打圆场："小杜掌柜此话差矣，医馆中有凶手杀人埋尸，本该举告巡铺，杜掌柜这样责骂夏姑娘，袒护凶手，莫非也参与其中？"

这话说得诛心，杜长卿脸色一变。

申奉应的目光也朝他看来。

陆瞳冷眼瞧着白守义做戏，回身走了两步，身旁一个铺兵以为她是要逃，拔刀朝她恶狠狠吼道："去哪！"

砰的一声。

银晤刀刀鞘微动，拦住对方恐吓的刀锋。

裴云暎冷冷看一眼拔刀的铺兵，铺兵忙躬身："大人。"

他道："下去，她有我盯着。"

"是，大人。"

陆瞳抬眸。

夜色迷离，他深绯色的绣服上簇簇银色云纹鲜亮耀眼，站在此地，似临风玉树，总是动人。

可惜也是朝廷的鹰犬。

陆瞳别开目光："起风了，我想进屋等着，不知大人能否准允？"

裴云暎看一眼她单薄的衣衫，唇角微弯。

"是很冷，进去吧。"

陆瞳走向院里，裴云暎收刀，跟着走了进去。

外头围着的铺兵面面相觑，彼此古怪地看了一眼。昭宁公世子对这个女大夫态度着实奇怪，纵容得过分，哪有搜查的人对被搜查的人这般客气有礼？纵然殿帅一向讨姑娘喜欢，但他待别的女子可没有这般耐心。

只有陆瞳知道，身边这个人的亲切有多虚伪。

街铺的巡警治安根本不归殿前司管，而他深夜前来，绝非一时兴起。不过是因为早就怀疑到了她身上，顺势而为罢了。

是的，裴云暎早就怀疑上了她。

从她登门范府开始，从她在万恩寺无怀园中偶遇开始，或者更早。宝香楼的胭脂铺里，那一支翠雀绒花的三根锋利花针，早已让此人对她心生猜疑。

他按兵不动，并非因为他不爱多管闲事，或许只是因为暂无证据罢了。一旦有了证据，他就会毫不留情地将她丢进大牢，定她死罪。

她这般想着，听见身边人开口："说起来很巧。"

"什么?"

"第一次见你在宝香楼,陆大夫被吕大山劫持。再见你在无怀园,柯家大老爷溺死放生殿中。再后来你去范府给范夫人施诊,范大人因罪入狱。然后就是今日,军巡铺屋收到举告说你杀人埋尸。"他笑笑,嗓音若美酒清醇,语气似带淡淡玩笑,"总觉得每次遇到陆大夫,周围都有血光之灾啊?"

一刹秋风过,院中料峭梅枝被风吹得婆娑作响。

陆瞳垂眸,听到自己平静的声音。

"我是医者,医者和血打交道,不是常有的事么。大人这是在暗示我八字不祥?"

不等裴云暎回答,她又抬起头,看着对方的眼睛开口:"何况范大人出事,是因他勾串官员舞弊科场。权重持难久,位高势易穷,他咎由自取,与我何干?"

没料到她会反唇相讥,裴云暎扬了扬眉。

片刻,他叹道:"有道理。"

此时二人已走到院中,梅树下,铺兵们正卖力挖掘。各寝屋更是一片狼藉,申奉应指使手下在里头大肆搜罗,闹得地覆天翻。

"陆大夫熟读《梁朝律》,不知有没有看过这一条?"

他望着树下挖掘的铺兵,漫不经心开口:"城中若有命案,一旦证据确凿,铺兵持手令,可就地缢杀凶手。"

"是吗?"

陆瞳转过身,面对着他:"那裴大人动手吧。"

女子语气沉静,神情不改,蒙蒙月光落在她脸上,若扶疏之柳,窈窕之花,从从容容,没有半分惧色。

她根本不怕。

裴云暎顿了顿,伸手揉了揉眉心,很苦恼似的:"这不是还没找到证据吗?"

他笑着看一眼陆曈,悠悠开口:"我们不是皇城司,没有证据,明面上不能随便抓人。"

陆曈颔首,语气有些讥诮:"那裴大人最好抓紧时间,否则晚了,证据都没了。"

闻言,他眸色微微一动,定定望着陆曈,一双漆黑深眸辨不出喜怒。

陆曈冷淡地与他对视。

这个人……出身通显,享有爵禄,又生得姿容俊美,风趣动人,似乎很轻易就能博取旁人好感。

何况,他还这样年轻。

然而从第一次相见开始,陆曈就仿佛能透过他那双漆黑灿然的眸子,瞧见其中隐藏的冷漠与谑意。

他对她怀疑,却并不动手,像一个甩不掉的影子,不慌不忙地跟在身后,等待她在某个不经意时露出马脚。

令人讨厌。

小院帘栊虚掩半幅灯火,薄雾推开月光,清光冷浸衣袖,二人一人低眸,一人抬眼,一双影子在地上缠缠绵绵,视线交错处,却无半点旖旎。

似有金革之声。

正在这时,里屋里搜寻的铺兵突然高声喊道:"大人!"

裴云暎:"何事?"

申奉应的脑袋从门口探了出来,犹豫了一下:"可能有发现。"

裴云暎侧首,陆曈已低下头,神色藏在灯烛的暗影里,模糊看不清楚。

他似笑非笑地看了陆曈一眼："进去看看？"

陆曈没说话。

二人一起进了屋。

屋中一片狼藉，柜子箱笼都被翻了个底朝天，桌上原本摆好的纸笔被随意扔到地上，踩得到处都是。杜长卿在一边气得两眼直竖，跺脚乱叫，银筝和阿城站在门口，扶花瓶的扶花瓶，捡衣服的捡衣服。

往日还算宽敞的寝屋挤了许多人，顿时变得狭窄起来。几个铺兵正弯着腰，从床底下用力拖出一样物事。

陆曈眼睫微微一颤。

原是个铜做的箱子，长宽约莫三尺，上头伶仃挂着一把小锁，像是生了锈。

申奉应问："这屋谁住？"

顿了顿，陆曈上前一步："回大人，这是我的屋子。"

申奉应回首，上上下下将她一番打量。

女子穿着件淡月色素罗裙衫，浑身上下并无首饰，只在发间点缀几簇鲜桂绒花，眼如点漆，眉如墨画，灯火下，实实在在一个楚楚佳人。

这样的美人杀人埋尸，听起来也觉离谱。

何况今夜他的手下几乎要将整间医馆翻个底朝天，除了梅树下的证据还未掘出，到现在也没有任何发现。若非举告之人是仁心医馆自己人，申奉应险些要怀疑这举告是不是一场恶作剧。

他问面前人："这箱子里是什么？"

陆曈答道："是一些寻常物事。"说得却不甚清楚。

闻言，申奉应眉头皱了一下，追问："什么寻常物事？"

"回大人，是一些不值钱的小玩意儿。"

她越是说得含糊，申奉应心中狐疑顿起，使了个眼色给手下。

将箱子拖出来的铺兵见状，举起铜箱摇了摇，从里头发出砰砰闷响，像是什么重物在其中滚动。

"把箱子打开。"申奉应对陆曈道，目光已无方才柔和。

"回大人，时日久远，钥匙已找不到了。"

屋中静寂，其余铺兵们动作不知什么时候已经停了。杜长卿的视线在铜箱和陆曈之间打了个转，目光难掩惊疑。

如果只是普通箱子，大大方方打开就是，陆曈为何会如此回避，简直像是……在故意遮掩一般。

杜长卿犹想挣扎一番，勉强笑道："陆大夫，难道你背着本少爷偷偷藏了银子，还藏在床底，这有些不厚道吧。"

申奉应却转向裴云暎："大人，您看……"

案子看样子快水落石出了，由谁来领这个头，就由谁来收尾。这位小裴大人会不会想抢功，申奉应也摸不准。

裴云暎嘴角一勾："你看着办就是。"

这就是不插手的意思了。

申奉应心中一喜，不再迟疑，只对那个捧箱子的铺兵说："砸，给本官砸开！"

铺兵得了上司言令，二话不说，立刻拔出腰间佩刀，对着地上箱锁狠狠劈下。

砰的一声。

生了锈的铜锁从中间断为两截，摇摇晃晃坠在锁扣，啪嗒一下掉到地上。

箱盖也被这巨大冲力冲开了，从里头滴溜溜滚出一团被布包裹的东西。

屋中数道目光同时射向它。

"这是……"

正好奇与白守义走到门口探看的夏蓉蓉"啊呀"发出一声惊叫，猛地背过身去，借由白守义的身子遮挡自己的视线，忍不住浑身发起抖来。

屋中空地上，躺着一团白布包裹的东西，只看得到圆圆的轮廓，以及遍布的鲜血。

这是一个血迹斑斑的包裹。

屋内鸦雀无声。

杜长卿脸色一白。申奉应却心中一喜。

证据，这就是证据！

没想到这看起来柔弱无骨的女大夫竟真在医馆里杀人，还将尸体脑袋装进箱子放在床下，也太歹毒了些，果然知人知面不知心！

他轻咳一声，摆出一副问罪架子，厉声喝问："这是何物？"

女子脸色在灯火显出一种透明的苍白，她抿了抿唇，沉默了。

夏蓉蓉背对箱子，不敢回头，颤声开口："这里头不会是……不会是……"

申奉应冷笑一声，抽刀走到包裹面前，用刀尖挑起包裹的一角，就要打开。

裴云暎正倚门望着屋中动静，见状瞥了一眼陆曈。女子微微垂首，身子陷在灯影暗色里，孱弱肩头微微耸动，像是心虚得发抖。

他眸光一动，心头忽而闪过一丝异样。

还未等他明白那阵异样从何而来，申奉应手上刀尖用力，一下子挑开面前包裹。

屋中众人倒抽一口凉气。

夏蓉蓉屏住呼吸，紧紧闭着眼睛，等待接下来的叫嚷。然而四周静

寂，等了片刻，预料中的尖叫并未出现。

她小心翼翼睁开眼，抬头看向白守义，发现白守义怔怔看着自己身后，面色似有古怪。

这副神情……他看见了什么？

夏蓉蓉转身，壮着胆子往屋中那团模糊的东西飞速瞥了一眼，一看之下愣住了。

包裹的布料完全被挑开，白布上沾了斑驳血迹，明晃晃的灯烛照着包裹里一颗头。头颅鲜血淋漓，自脖颈以下被齐齐斩断，两只眼睛瞪着，森森望向众人。

那是一颗猪头。

灯火沉寂。

烛光照着地上血淋淋的猪头，骇然又诡异。

饶是申奉应自认见多识广，此刻也有些回不过神来。

猪头？

包裹里不该是人头吗？怎会成了猪头？

他用力揉了揉眼睛，试图努力辨清眼前画面，然而无论怎么看，那颗须毛未除、肥头大耳的头颅，仍与人头相去甚远。

确实就是一颗猪头。

夏蓉蓉盯着包裹里的猪头，愕然看向陆曈："陆、陆曈，你怎么在这里放了一颗猪头？"

这也是申奉应此刻想问的。且不提她有没有杀人，睡觉的床下放一颗用白布包裹的血猪头，正常姑娘应当也做不出来这事。

陆曈微微一笑，语气有些微妙讽意："怎么，律法规定杀人有罪，难道杀畜生也不行？"

申奉应一噎,顷刻间反应过来自己被讽刺了,立刻换上一副恶脸:"闲话少叙,本官问你,为何置猪头于床下?"

陆曈正要回答,冷不防外头传来铺兵们的声音:"大人,挖出来了!地下的东西挖出来了!"

杜长卿一愣。

竟真的有东西?

方才因瞧见猪头和缓的心情顿时又悬了起来,顾不得其他,杜长卿咬了咬牙,忙一撩袍角跑了出去。

申奉应也顾不得审问陆曈,三步并作两步出了屋,去到树下查看。

剩下的白守义目光闪了闪,也随着屋中其余人跟了出去。

留在最后的,是陆曈与裴云暎二人。一个是嫌疑犯,一个是指挥使,他盯着她,倒也情有可原。

陆曈手里还擎着灯盏,朦胧灯色将她本就美丽的五官映照得更加柔和,却将眸中神色冲散了。

裴云暎并肩走在她身侧,淡淡开口:"树下有什么?"

陆曈动作顿了顿。

她抬头,对上对方探询的视线,轻轻一笑。

"大人何不自己去看看?"

言罢,不再理会他,擎灯往院中走去。

院中梅树下,铺兵们正围作一团。小院正中长条条摆着一只布袋,布袋子已被打开,露出里头半副血淋淋的躯体。

白森森,胖乎乎,两条腿,有尾巴。

纵然半副身体被人自胸腔打开,还是能在月色下看得清清楚楚,这是一头……不,半头猪。

"猪?"

夏蓉蓉愕然愣在原地。

杜长卿原本紧张的心霎时落回一半，怀疑又从心底浮起，他看向陆瞳，狐疑地问："陆大夫，这猪和你有仇吗？"

又是猪头又是猪身，一个藏在床底下，一个埋在院子里，陆瞳这是在做什么？

申奉应一个头两个大，满腹疑团要问，正在此时，医馆门口又有喧闹声响起，像是有人要往里硬闯。铺兵带着一个男人走进院中，对申奉应道："大人，此人要见您。"

来人是个壮硕男子，身材英武健壮，秋日里也穿一件白布短褂，露出孔武有力的身躯。他一进院中，就道："陆大夫，刚才听邻舍说您被官差找上门来，我就想着过来帮忙解释一下。"

申奉应皱眉打量他一眼："你是何人？"

男人挠头，露出一个略显憨实的笑容："草民是庙口戴记肉铺卖猪肉的戴三郎。"

"戴三郎？"铺兵里有人诧然开口，"是前段日子那个出名的'猪肉潘安'？"

戴三郎的笑容变得有些不好意思："正是小的。"

申奉应不悦地看一眼刚才说话的铺兵，才转向戴三郎："戴三郎，你见本官所为何事？"

戴三郎正欲回答，一眼看到院中被挖出的半副猪尸，愣了一下才开口："原来已经被挖出来了啊。"

他看向申奉应，语气变得郑重："大人，陆大夫医馆中这半头猪，就是小的卖给她的。"

戴三郎……卖给她的？

申奉应一怔。

正在这时,一直一言不发的银筝倏地叹了口气,看向陆曈:"姑娘,何必瞒着呢,还是说清楚吧。"

杜长卿回头:"说什么?"

陆曈微微垂首,再抬起头时,目光重新变得平静。

她道:"好吧,本来此事我是不打算说的,但如今误会越滚越大,不说清楚也无法善了,还是说开为好。"

她走到树下,把手中灯盏递给银筝,目光落在院中那具血淋淋的猪尸上。

"前段日子,我打算做一味新药。这新药所需材料和药引很特别,刚死去的生猪血半碗,湿泥中存放三日的猪心猪肺猪肠猪肚,还有腐烂中的猪头肉。"

"我知这些材料并不难找,但医馆毕竟是行医卖药之地,若被人瞧见鲜血淋漓,难免惹人恐慌。况且他人买药,大多只看得见最终成药,但凡令他们瞧见某些不妥药材,会影响他们服药心情。"

夜色下,她的声音轻柔悦耳,不疾不徐娓娓道来。

"我正是因为担心这一点,所以到戴记肉铺中买了生猪,又趁夜里无人将生猪拖回,埋在树下。猪头肉也是我特意裹好放在榻下,不过还未至腐烂时刻。"

"我本是想避免恐慌才这么做,没料到会被旁人看见,更没料到会引起这等荒谬猜疑。"她微笑着看一眼夏蓉蓉,语气意味深长。

众人顿时恍然。

原来是为了做新药。

这倒有可能,常听说一些新药研制总有稀奇古怪的材料,什么虫子、指甲、头发、石头皆可入药,要说是腐烂的猪肉,倒也算不得什么。

戴三郎见状忙道:"确是如此,陆大夫就是昨日夜里来拖的猪。我

就是想着她恁般瘦弱，特意给她挑了头不肥的，猪血还是我给她取的。大人们要是不信，可以去我铺子里看看，那另外半头猪在我铺子里还没卖完，拼一拼，还能拼出一两块！"

人证物证俱在，想要给陆曈安一个杀人罪名，实在是强人所难了。

申奉应脸色有些难看，折腾了这么半宿，出动了这么多人马，结果就找到了半头烂猪肉？

呸！亏他还巴巴地在裴云暎面前表现，这回可是叫人看了笑话！

思及此，申奉应狠狠看了一眼举告的白守义，要不是这人举告时信誓旦旦，他何故出这么大的丑！

白守义脸色发僵，这僵色被身侧的夏蓉蓉捕捉到了。

夏蓉蓉咬了咬唇。

她原本是害怕的，以为今夜陆曈会被官差带走，届时她必要承接杜长卿的怒火，但许是因为有白守义分担怒火，她这害怕也不是那么真切。

但院子里的梅树下，挖出来的却是半头死猪。

怎么可能是猪呢？明明昨夜里，她将眼睛紧紧贴着窗缝，听见陆曈与丫鬟说话，模模糊糊中有"尸体"二字格外清晰。

那一夜陆曈身上缟色斗篷在灯下泛着斑驳血迹，那斗篷现在成了包裹着猪头的布帛，血色比那一夜更多更深，几乎要将布帛全然浸湿，看不出白色。

不对，不对！

夏蓉蓉忽地一怔。

戴三郎说，他是昨夜杀的那头猪，可陆曈的斗篷带血，已经是前日的事了！

她在说谎！

夏蓉蓉眼睛一亮，一把抓住杜长卿的袖子，指着面前人，声音因激动有些发抖："她在说谎！我是前夜看见她从外面带回了血衣，不是昨夜。这根本不是一件事！她故意混淆你们视线，她真的杀了人！"

申奉应有些怀疑，陆曈却神色自若，望向夏蓉蓉平静开口："夏姑娘是否做梦抑或看错了，口口声声说我杀了人，如今树下的是猪肉，床下的是猪头，你要是能搜出别的血衣也行……光凭一张嘴，恐怕不能替我定罪。"

"抑或……夏姑娘对我有什么不满？"

夏蓉蓉一滞。

她哪里来的证据？所有的证据都已被陆曈抹去，那件血衣要么被她换掉，要么早被她淋透猪血，什么都辨不出来。

眼看着连白守义看自己的目光越来越怀疑，夏蓉蓉心中又气又急，委屈得要命。

她的直觉告诉自己，陆曈一定是杀了人。这个看似清冷柔弱的女大夫，在深夜里会露出一种旁人难以窥见的冷漠神情，就如那一夜她毒死那只无辜的兔子一样——

兔子！

夏蓉蓉神情一振，不顾在场众人，急切喊道："我没有骗人，是你骗人，你根本不是什么救死扶伤的大夫。我亲眼看到你毒死了一只兔子，我记得很清楚，那只小兔子眼周一圈黑色绒毛，乖巧得很，但你却在厨房里喂它吃了毒药——"

"兔子？"

陆曈疑惑看向她，随即默了默，缓步走到了院中角落。

角落里放着一大只竹筐，里头绒绒挤着一堆毛团，陆曈看了看，伸手从其中拎出一只，抱在怀中。

"是这只吗？"

夏蓉蓉一怔。

兔子眼圈乌黑，绒绒卧在她怀中，乖巧又温顺。一片秋光掠过老墙，盛京万里冰凉，女子站在荧荧灯色中，秋风卷起她的素罗裙裾，发间桂枝芬芳，似雪山的潭，寒潭的月，月中的仙娥。

她平静地微笑着开口。

"夏小姐在说什么疯话，这只兔子不是好端端在这里吗？"

夏蓉蓉面露震惊，忍不住倒退两步。

怎么可能？这怎么可能？

她分明亲眼看见那只兔子七窍流血，一命呜呼，怎么可能完好无损地出现在此地？

可是夏蓉蓉又看得清楚，这确实就是那只兔子。杜长卿买回兔子后，都是由她和香草去喂食，这只两眼乌黑的兔子生得最是有趣，她很喜欢，时时抱着把玩。

只是那一夜在厨房撞见陆曈毒杀兔子后，夏蓉蓉心中害怕，便交由香草去喂。

她看向香草，香草也面色茫然，显然在此之前也没发现什么时候多了这只兔子。

她是什么时候放进去的？

夏蓉蓉抬眼看向陆曈，一瞬间寒意沁入骨髓。

陆曈是买了只一模一样的兔子？那她是什么时候开始准备的，难道今夜医馆里的一切都尽数在她掌握之中吗？

申奉应已厌倦了这一出明争暗斗的戏码，只怕今夜再也审不出什么有意义的事情，顿觉乏味，连带对白守义也迁怒上了。

他忍着对白守义的不满，走到裴云暎身前，有些赧然地开口："看来今夜是闹了出误会,都是下官的不是,没查清楚就贸然搜人,耽误小裴大人特意走一趟医馆送手令,下官实感惭愧……"

裴云暎不甚在意地一笑。

"不耽误,司里晚上无事,托申大人的福,今夜一波三折,也算解了乏。再说,也不算一无所获。"他看一眼站在院中的陆曈,她又藏到檐下暗影中去了,难以窥见情绪。

申奉应松了口气,这位殿帅大人不生气就好。

银筝笑着上前,道:"也都是我们做得不好,才会引出这一连串误会。劳烦大人们白跑一趟,是我们的不是。"她将一个荷包塞到一个铺兵手中,"眼下太晚,西街的茶水铺都已关门,各位拿着去城南喝些茶水,也算是我们心意。"

申奉应目光一动,忍不住多看了银筝两眼。这医馆别的不说,丫鬟倒是挺懂事的。

他招呼手下:"回去吧。"正欲离开,外头忽然又匆匆跑进一位铺兵。

"大人……大人……"

"又怎么啦?"

"望春山脚发现一具无名男尸。"

"咦?"申奉应脚步一停。

真是邪了门了,平日里屁事没有,军铺兵屋一群混吃等死的饭桶,今夜倒是热闹得很。怎么,突然醒了神,打算好好上差,大展拳脚了?

他问:"什么时候死的?仵作去看了没有?"

"正赶往望春山,去的兄弟们传回消息,那人是自己拿石头捅穿了喉咙,看起来像是自戕,不过……"

"吞吞吐吐的,不过什么?"

铺兵看向一边的裴云暎，有些为难。

裴云暎侧目："怎么？"

铺兵咬牙，道："不过在那具无名男尸身上，发现了一只荷包，上头绣着殿前司禁卫段小宴的名字。"

殿前司禁卫？

申奉应吓了一跳，这怎么和殿前司又扯上关系了？

"啊，"身后传来女子惊呼，"原来是殿前司的人？"

裴云暎唇边笑意敛尽，冷冷朝她看去。

陆疃向前走了几步，越过那道檐下朦胧的灯影，美丽无害的脸全然显露出来。

"难怪裴殿帅要这么着急上医馆拿人了。"

月光落在她身上，将那张白雪似的脸照得如玉皎洁。她微微仰头看着他，分明是惊讶的语气，唇角的笑容却是嘲弄又挑衅。

"原来……"

"是贼喊捉贼啊。"

第十五章 诈尸

灯火无言，姗姗月影轻移至数尺窗纱之外。

陆曈站在寥飒秋声里，直视着眼前人。

这位小裴大人笑起来时眉眼总带几分明朗的风流气，不笑时，轮廓就变得锋利起来。冷薄月光给他深绯色的官服镀上一层冷泽，连看过来的目光也冷得刺人，没有半丝温度。

申奉应哑然片刻，忽然反应过来，心中叫苦不迭。

刚才还夸这小医馆的人蛮懂事，怎么一瞬就变得如此没有眼色？

什么叫"贼喊捉贼"，这话说得多难听？更重要的是，嫌疑罪证现在落到了殿前司的头上，那他这个军巡铺究竟要不要继续查下去？

继续查，免不了得罪殿前司。不查，当这么多人的面，显得他像是心中有鬼一般。

当然，他本来也很怕，但万一哪个嘴碎的回头把这事说出来，他日后还能不能在盛京继续混了？

申奉应心中百般纠结着，偏那位年轻的女大夫还不知好歹地提醒一句："大人不打算去瞧瞧？"

申奉应："……"

真是哪壶不开提哪壶！

那头的杜长卿本就对今夜这一遭胡乱指控满腹怨气，见陆曈开口，立刻顺势拱火，嘴里嚷嚷道："别人一举告我们医馆，什么证据还没有呢,大人先带人来医馆好一通搜砸。如今人家那边连尸体罪证都找到了,大人还在这里磨磨蹭蹭的,这叫什么?"

"哎哟,"他大声叹气,"人比人真是不如人,吴秀才那句诗写的什么来着?什么苗什么葱?什么高什么低?"

陆瞳:"山苗与涧松,地势随高卑。"

"啊,对对对!人家就是那个山上苗,咱们就是那个地上葱呗!"

申奉应:"……"

他不说这句还好,一说,申奉应脸都绿了。

人人都知道就因为贡院里吴有才那桩案子,整个朝野人心惶惶。那首诗跟催命符一样,就这几日,不知道牵连多少官员下马。朝中除了御史台,现在人人听到这诗就害怕,生怕什么帽子就砸自己脑袋上了。

好家伙,他不过就是按举告来拿个人,怎么就轮到他也被扣帽子了?

什么破医馆,一群刁民,没一个会看眼色的!

申奉应骑虎难下,正绞尽脑汁地搜寻理由,就听见裴云暎开口:"走吧,申大人。"

他一愣:"殿、殿帅?"

这可牵连到了殿前司,眼下整个盛京官场够乱,这时候殿前司出事,裴云暎这个指挥使也会有麻烦。

裴云暎笑笑,好似方才眼底的冷漠只是错觉。

"既然出了人命,又与殿前司有关,自然该去看看。"他轻描淡写道,"我同你一道。"

话虽是对着申奉应说的,目光却是盯着陆瞳。

陆瞳云淡风轻地与他对视。

申奉应却是松了口气。

裴云暎要跟着他一起去,那就好了。如何处置,怎么处置,都由

裴云暎做主，这样日后出了事有人问责，他也能理直气壮推说与自己无关。毕竟裴云暎是昭宁公世子，而他申奉应什么也不是，在同僚眼中，他也和这间医馆东家说得一般，就是棵地上葱，啊呸，地上松。

申奉应招呼身后铺兵们："都别挖了，现在随我去望春山！"

铺兵们纷纷收拾整理行装，满院狼藉。陆曈正静静看着，冷不防眼前一暗，青年高大身影挡住面前的光。

陆曈抬头。

裴云暎站在她面前，腰束带，佩银刀，眉眼如珠玉生辉，月光如水漫过他艳色衣袍，叫人无端想起陆谦当年进学时学的诗：落日斜，秋风冷。今夜故人来不来，教人立尽梧桐影。

可惜教人在秋风中等待的这位故人空有一副好皮囊，无法激起她半分心动，只有警惕。陆曈默默地想。

从开始到现在，除了在听见"段小宴"这个名字时，此人眸色有一瞬的冷厉，就再也看不出别的情绪了。

哪怕他此刻已经清楚，是自己陷害了他。

她收回心中思绪，重新望向裴云暎："大人还有何指教？"

裴云暎低头看着陆曈，倏然轻笑一声，唇角梨涡在灯色下若隐若现。

"今夜打扰了。"

"陆大夫，"他语气意味深长，"我们后会有期。"

那头的申奉应在催促铺兵们赶紧行动，卑躬屈膝地拥着裴云暎出去了，临走时还狠狠剜了一眼白守义。

举告的时候说得斩钉截铁，害得他还以为今夜真有什么大收获，结果白忙一遭。医馆不好好治病救人，天天这样互相诋毁诬陷，等这事一过，他非得去医行告状，让医行好好管管这街上的医馆！

来时轰轰烈烈，去时悄无声息。

顷刻间，满院只剩一片七零八落的狼藉。

地上还有半头血淋淋的猪尸，过来帮忙的戴三郎看了看陆瞳，好心提议："陆大夫，这猪你还用得上吗？要用不上，我帮您先搬走，虽然天凉了，但这么大块猪肉，放一晚也会有味儿。"

陆瞳对他低首："多谢戴大哥。"

戴三郎忙摆手："小事，不用说谢。"言罢走到院中树下，将那张裹猪袋子重新扎紧，矮身一甩，猪肉被轻松扛起，他又顺手将那颗还没开始烂的猪头也提上，大步出了医馆。

他走后，白守义也对杜长卿拱手，勉强挤出一个笑："小杜掌柜，既然只是误会一场，白某也就先回去了。"

杜长卿一言不发，只盯着他冷笑。

白守义似乎也很不甘心今日竟无功而返，假意羞惭地拱了拱手，头也不回地离开医馆，连哀哀望着他的夏蓉蓉也不顾。

夏蓉蓉眼睁睁看着白守义扔下她走了，徒留自己面对这一地狼藉，顿时眼睛都红了，下意识望向杜长卿："表哥……"

今夜事情会弄成如此地步，实在超出她的预料。

一开始她想着，虽然杜长卿可能会因为她与白守义私下来往生气，可事关人命，她帮着杜长卿看清陆瞳的真面目，杜长卿最终会理解她的好心，毕竟这也是为了医馆好。

但没料到最后，陆瞳安然无恙，她成了笑话，连原本"将功赎过"的那个"功"也没了，于是她与白守义的那点联系，就变得罪无可恕起来。

"表哥……"

"不用说了。"杜长卿道，"今夜太晚不提，明日我送你回去。"

夏蓉蓉一愣，含在眼里的泪水都忘了流下去。

杜长卿的意思是要送她走？

她认识杜长卿多年，这个表哥的性子她了解，心软耳根子也软，但他竟然这般毫不留情地赶她走？

香草见夏蓉蓉愣在原地，忙开口道："表少爷，今夜误会一场，小姐也是担心医馆出事才会如此，您千万不要误会。"

但今日的杜掌柜没有往日好说话。

杜长卿站在阶上，面无表情地看着她们主仆二人，语气有些阴阳怪气。

"误会？没有误会，一家人哪来的误会。表妹既然都和杏林堂的白掌柜有了交情，在盛京也算有了比我更靠谱的依仗，我这个做表哥的，总算能放心了。"

"而且这几日又收了些新药材，库房放不下，把表妹住的那间腾出来放药正好。"

"明日你搬出医馆，我这地方庙小，容不下表妹这尊大佛，表妹还是另择高枝为好。"

"表妹，你说是不是？"

夏蓉蓉呆住。

她毕竟是个年轻姑娘，自小没吃过什么苦头，何曾被人这般不留情面地说过，忍不住哇的一声哭了，埋头奔进了自己屋里。

香草急得跺脚，赶紧跟了进去。

院中人剩得更少了。

杜长卿不顾躲在屋里哭泣的夏蓉蓉，望向陆曈。

"好了，都说完了，现在来说说你，陆大夫，看你吓得脸都白了，今夜到底怎么……"

陆曈拿着灯，转身进了屋，砰地关上门，只留下一句"今日太晚，明日再说吧"。

杜长卿手里还提着灯笼,呆了片刻才反应过来自己被陆瞳摔了门,指着门气道:"你看她什么态度!"

银筝来打圆场:"杜掌柜,我们姑娘白日忙了一天,晚上又被这样惊吓,应该好好休息,有什么要问的明日再问吧。你看夜都深了,明日一早还要起来打扫院子,忙得很哪。"

杜长卿被堵得说不出话,一边的阿城也劝他先回,遂哼了一声,悻悻走了。

待他走后,银筝站在陆瞳屋前,轻轻敲了敲门。

"姑娘?"

屋里的灯灭了,须臾,传来陆瞳平静的声音。

"我累了,你也早些休息吧。"

银筝听陆瞳声音并无异样,便应了一声,提着灯回到了自己屋中。

窗外的人影离开了,月光重新变得冷薄。

确定无人后,陆瞳才松开手,放开努力压抑住的痛苦呻吟。

她额头渗出大滴大滴的冷汗,嘴唇白得几近透明,脊骨全然弯了下去,她捂着胸口,终于没忍住,一下子跌坐在地,再没了力气爬起来。

旧疾又犯了。

她这毛病,一年总要犯个两三次,刚刚在小院里与裴云暎对峙时,她就已经快撑不住了。

只是那时不能被人看出端倪,于是她强忍着,咬着唇让血色充沛,一面忍着剧痛,一面还要与他人周旋。

所以送走铺兵们后,杜长卿要与她交谈时,她才会毫不犹豫送杜长卿一个闭门羹。

不是她傲慢,是再多一刻她就要露馅了。

从心口处蔓延出剧烈的疼,这疼痛宛如活的一般,从胸腔到四肢百骸中胡乱游走,像是有人拿着刀片将她骨肉一片片剥开,又像是腹内长出一只巨掌,将她五脏六腑握在掌心,粗暴揉捏。

陆疃疼得身子歪倒下去,蜷缩成一团,紧紧咬着牙不让声音逸出唇间,长发被汗水打湿,一绺贴在脸颊。

满地都是铺兵们胡乱搜查弄乱的狼藉,桌上宣纸被扔得到处都是,像一大片一大片的雪花。

她就躺在满地霜雪中,痛得神志都快不清楚,就在昏昏沉沉中,眼前模模糊糊像是出现了一道人影。

人影缓缓走到她面前,一身胭脂红袄儿,白绫细褶裙,面薄腰纤,衣裙窸窣。

她从开满红梅的玉峰上不慌不忙地走下来,手里提着的雕花灯笼照亮泥泞雪地,在夜里像坟间一片微弱萤火。

陆疃喃喃:"芸娘……"

妇人低眸看着她,微微一笑,语气平静又诡异。

"小十七,你想逃到哪里去?"

那是陆疃到落梅峰的第二年。

她决定逃走。

年幼的陆疃既适应不了落梅峰上寒冷的天气,也无法忍受芸娘隔三岔五让她试药带来的痛苦。在某一个夜里,当她又一次熬过新药折磨时,陆疃躺在地上,望着窗外那轮皎洁明月,下定决心要逃出这个鬼地方。

芸娘不做新药时,大部分时间都不在山上,落梅峰上那间小屋里只有陆疃一人。

她花了很长时间摸索出一条安全路线，又备足了肉干与清水，在芸娘又一次下山后，背着包袱，也跟着下山了。

她想，待下了山，她就能回到常武县。苏南离常武县还有一些距离，她沿途想想办法，坐船也好，走路也好，天长日久，总能回到故乡。

陆曈逃走的那天，是个春日夜晚。落梅峰积雪刚刚消融，漫山红梅如血，花气芬芳。

她走了一天一夜，眼看已到山脚，山下小镇近在咫尺时，胸腔却突然开始泛出疼来。

这疼痛起初并不厉害，但渐渐变得无法忍受起来，她蜷缩成一团，痛得在地上翻滚，不知发生何事。就在陆曈以为自己快要死了的时候，芸娘出现了。

芸娘提着一盏灯笼，寻到了她。

她站在阶上，低头看着阶下痛得狼狈的陆曈，灯色照亮了芸娘的脸，也照亮了她嘴角的笑。

芸娘的语气比平日里更温和，神情像是从未察觉她逃走的事实。

她笑盈盈问："小十七，你怎么在这里？"

陆曈呻吟了一声。

妇人若有所思地看着她，讶然开口："莫非，你是想逃走吗？"

她那时太疼了，疼得说不出话来，几乎要将唇咬破。

芸娘的声音不紧不慢传来，像一个摆脱不了的诅咒。

"当年你将自己卖给我，换了你一家四口人命，债务未清，怎么就想走了？"

"你想逃到哪里去？"

山上的雪化了，融雪后的泥土比冬日还要更冷，仿佛能渗到人心里。

陆曈知道自己逃不了了，于是艰难开口："对不起，芸娘，我、我

想家人了。"

芸娘叹息一声。

她说："当初你我约定时，已经说得很清楚，除非我死，否则你不能下山。"妇人唇角一勾，"明白吗？"

倘若之前的陆瞳还不明白，那么在那一刻，她应当已经明白了。

她无法离开落梅峰，芸娘也不会允许她离开。芸娘是天下间最好的医者，也是这世上最高明的毒师，早在陆瞳不知道的时候，芸娘就已对她下了毒，她永远也无法离开落梅峰。

陆瞳的眼泪流了下来。

小女孩向前爬了两步，身畔是散落一地的干粮，她爬到女子脚下，抓住女子裙角，如初见那般哽咽着恳求。

"芸娘……我错了……我不会再逃了……"

"救救我……"

不能死。

她不能死在这里。

她得活着，只有活着才能见到爹娘兄姊。只有活着，才有机会谋算将来。

山间春雪半化，红梅玉瘦香浓，芸娘的裙角也沾染淡淡梅香，饶有兴致地盯着她许久——如过去无数次那般。

她蹲下身，将雕花灯笼放到一边，掏出绢帕，轻轻替陆瞳拭去额上汗珠，微微地笑了。

"我原谅你，小十七。"

"这次就当给你个教训，日后别再想着逃走。"

她认真地如一位年长的师父般耐心对她教导。

"人而无信，不知其可也。你，要守信啊。"

清月幽幽，窗外冷蕊未开，只有嶙峋梅枝映在纸窗，留下一幅绰约剪影。

满地狼藉里，陆曈仰躺在地，浑身上下被汗浸得湿透，如多年前在落梅峰一般，无声地诵背。

"宠辱不惊，肝木自宁……动静以敬，心火自定……饮食有节，脾土不泄……调息寡言，肺金自全……怡神寡欲，肾水自足……"

会熬过去的，所有的痛都会熬过去。

这么多年一贯如此，没什么不同。

小院里隐隐传来女子低声的啜泣，那是夏蓉蓉在屋里同香草哭诉。

于是小屋里那一点点微弱的呻吟，也就被掩盖了。

晨光熹微。

秋日寒雾正浓。

一夜风过，寒霜催木，黑犬在院子里伸了个懒腰，爪子踩得满地金黄落叶窸窣作响。

明日就是八月十五，内廷物料库送来的月团米酒堆在殿帅府门前空地上，屋子里，裴云暎回身在椅子上坐下，身侧圆脸圆眼的少年没了往日机灵，垂头丧气地跟在身后。

昨夜军铺兵屋中收到举告，说望春山山脚发现一具陌生男尸，死者看样子像是自己用石头捅破咽喉，失血过多而亡，偏偏在死者身上发现了一只荷包。

荷包精致，绣着戏水凫鸭栩栩如生，也绣了殿前司禁卫段小宴的名字。

段小宴得知此事后，简直不敢相信自己的耳朵，匆匆赶去望春山和军巡铺屋的人会合。正逢多事之秋，朝中礼部官员勾串考生受贿一案尚

未尘埃落定，没人想在这个节点触霉头。

不过虽有疑点，仵作却并未在死者体内查出什么不对。恰好前夜下雨，雨水将周围一切冲刷干净，连半块脚印也不曾留下。

若段小宴真杀了人，那这般处理干净的后续实在正合他意，但对被冤枉的段小宴来说，雨水、自戕，反而给他增了不少欲盖弥彰的可疑。

好在除了一只荷包，暂且也没别的证据。毕竟死者刘鲲只是雀儿街一家面馆的普通店主，而段小宴与刘鲲无冤无仇，往日连面都不曾见过，实在没有理由杀人。

不过……

想到那些铺兵们看自己的怀疑目光，段小宴还是有些沮丧。

少年耷拉着脑袋，语气闷闷的："哥，你说陆大夫为什么要陷害我？"

淡金色的荷包在上次与陆瞳偶遇于范府门口时丢失了，那时裴云暎曾怀疑荷包被陆瞳捡了去，还同段小宴去仁心医馆试探了一番，一无所获。

当时段小宴认为裴云暎此举纯属多心，毕竟陆瞳好好一个坐馆大夫，要他一只荷包干什么？

现在他明白了，原来是为了在这时候派上用场。

只是段小宴仍不明白，陆瞳为何要陷害他？要知道从头到尾，他对陆瞳没有半分不敬，还在裴云暎面前说了陆瞳无数好话。

陆大夫不说感谢，怎么还恩将仇报呢？

少年的委屈溢于言表，像极了院里那只啃不到骨头的黑犬，伤心得很。

裴云暎瞥他一眼，嗤地一笑。

"她不是陷害你，是想陷害我。"

一个会在睡觉床下藏腐烂猪头的大夫,一个在深更无人的院中掩埋半头猪尸的大夫,昨夜一切不过是她大大方方演给众人看的一出戏。

其中转折迂回,不过是为了最后一刻的高潮——望春山下那具男尸。

院中寒鸦栖落,停在梢头嚷叫两声。裴云暎低头,拿过案头一只狻猊镇纸把玩,眸色晦暗不明。

举告的白守义,作为人证出现的杜家表妹,不过是她早已在戏中安排好的角色,可笑这二人身在局中不自知。军铺屋的申奉应,则连同他一起做了这出戏的观众。也就是说,至少在上一次,陆瞳在捡到段小宴荷包而佯作不知时,就已安排好日后会出现的一幕。

她已察觉到自己的怀疑,却一直装作毫无办法与他周旋,不动声色地策划布局,利用身边一切可利用之人,势必要将他也拉到这趟浑水之中。

贡举一案和她有关,望春山下的尸体也与她脱不了干系,到最后,昨夜的一番查搜,替医馆洗清了嫌疑,申奉应对白守义不满,亦挑拨了杜长卿与表妹的关系,段小宴被陷害,殿前司一夕被动。

而她自己,清清白白,干干净净。

裴云暎垂眸,神色冷寂下来。

这是一个警告。

身侧传来段小宴犹豫的声音:"不过,昨夜望春山上死的那个人,真和陆大夫有关?"

"仵作说他是自戕的,陆大夫那小细胳膊小细腿,真能杀人?不能够吧?"

都这个时候了,还惦记着为陆瞳说话,裴云暎一哂。

"小细胳膊小细腿能杀了十个你,埋了也让人找不到。"

段小宴语塞。

裴云暎顿了顿,将狻猊镇纸一搁,站起身来。

"你要出去?"

裴云暎拿起桌上银刀:"三衙恐怕都已得到消息,我去处理。"

他走到门口,倏尔停步,回头道:"不要去找陆疃。"

"哎?"

裴云暎笑了一下,漆黑眸中似染淡淡寒霜。

"那是个疯子,离她远一点。否则出了问题,我也救不了你们。"

晨雾渐渐散了。

日头从望春山脚缓缓爬起,越过落月桥下的河水,将金光遍洒整个盛京城。

西街鲜鱼行后的吴有才家小院,灵堂里挤满了睡得横七竖八的读书人。

吴有才的尸身昨日被领了回来。

以胡员外为首的诗社众人凑钱替吴有才买了棺木,在吴家小院中搭了灵堂,请来算卦的何瞎子替他做了一场法事。

何瞎子说吴有才属于自杀横死,怨气深重,须得停灵七日,挑一个良辰吉日下葬方可平抚怨气。这七日里,最好有数位男子于灵堂守灵,阳气充足,可震阴晦。

年轻儒生觉得何瞎子这是在胡说八道,就是想多骗点做法事的银子。胡员外却一口应承下来,说停灵日子里的吃用都算在他头上,吴秀才与他相识一场,如今人间最后一段,理应让他走得光鲜体面。

于是众人都拿上毯子薄衣,昨夜里各自告知家人,一齐来吴家替死去的吴有才守灵。

檐下寒霜凝成露珠,倏地滴落在靠门边上一人脸上,那人一耸鼻子，打了个喷嚏，慢慢睁开眼。

荀老爹醒了过来。

他与吴有才也是旧识，贡举那日，吴有才第一场的号舍还与他相邻。荀老爹亲眼看到吴有才死不瞑目的模样，也为吴有才的悲惨遭遇落泪涟涟。

所以他一把老骨头了，也卷着铺盖来吴家送吴有才最后一程。

灵堂安静，隐隐有年轻儒生轻微的鼾声。

昨夜是守灵第一夜，胡员外在院中搭了个棚，特意请戏班子来灵堂中，为吴有才点了一出《老秀才八十岁中状元》的戏。

这番吹吹打打，且不提别人看得如何，总归荀老爹是看得眼泪鼻涕糊作一脸，以至于最后戏唱完了，唱戏的撤走了，众人纷纷睡着了，荀老爹还热泪盈眶地反复回味。

荀老爹抹了把脸，坐直身子，一边揉着老腰一边朝四处看去。

胡员外趴在地垫上，抱着个汤婆子睡得正香。地上铺着的花布中，随意散着些云片糕、红枣和杂色糖——那是昨夜看戏时没吃完的零嘴。

最中央放着一尊漆黑棺木，吴有才死得突然，棺材铺里做好的棺材没得太多可以挑选，胡员外便做主挑了个工艺最好的。

此刻棺木静静坐于灵堂之中，漆黑冷沉。

不知为何，荀老爹突然打了个冷战。他以为自己是穿得单薄了，回身想去寻张薄毯，一转头，听见身后传来窸窸窣窣的声音。

荀老爹怔住。

那声音很轻微，尖尖细细，像是有老鼠爪子挠墙发出的声响。

但或许是因为西街的清晨太安静，又或许是因为灵堂的风太阴冷，总之，在一片死寂中，这细细抓挠声仿佛抓到了荀老爹头皮上，让他从头到脚蓦然生出一股寒意。

不是，这声音……怎么听着像是从棺材内发出的呢？

苟老爹僵硬地转过身。

抓挠声还在继续，这一回听得清楚，声音的确是从棺材里发出来的。

一刹间，苟老爹汗如雨下。

算卦的何瞎子说吴有才怨气难消，或成厉鬼，众人都只当这瞎子是胡诌敛财，莫非竟是真的？也是，吴有才死得那般冤屈，如何甘心投胎？说不定怨气横生之下，魂魄徘徊，要把这一方都变成凶宅。

苟老爹枯树般的面皮颤个不停，抖着嗓子劝道：

"有才啊，我知道你不甘心，但往事已了，不可沉迷过去……害你的那些人都已下了诏狱，你好好投胎，下辈子做官做少爷，苦尽甘来，不要迷恋人世……"

抓挠的声音更大了。

苟老爹硬着头皮继续开口："你要是实在想不开，非要变成厉鬼，也别找错人……冤有头债有主，咱们都是来帮你的，你的棺材我还出了一份钱呢……"

他絮叨的声音吵醒了一边胡员外，胡员外翻了个身坐起来，迷迷瞪瞪看向苟老爹。

"老苟，你自言自语地说什么？"

苟老爹没搭理他，一双眼睛发直盯着前方，两腿抖个不停。

胡员外狐疑，顺着他的目光看去，顿时头皮一麻。

漆黑棺木沉沉躺在灵堂中央，棺木盖不知何时被推开一半，一只手正搭在棺木边缘，像是要从里头坐起。

像是感受到灵堂中二人的恐惧，下一刻，一张脸出现在二人前。

吴有才戴着崭新的绸缎方巾，穿着新做的大绿圆领绣元宝寿衣，一张脸被涂得红红白白，看着他们二人，幽幽开口。

"胡……"

一声惨叫响彻吴家上空。

"鬼,有鬼啊!"

"有才诈尸了——"

吴有才诈尸的消息传到仁心医馆时,杜长卿正在小院里扫地,昨夜铺兵们将医馆弄得乱七八糟,还得他们自己善后。

阿城站在他面前,兴奋得两眼放光,手忙脚乱同杜长卿比画。

"……说是牛头马面勾走了吴大哥的魂魄,青面獠牙的鬼卒套着他脖颈将他拉去地府,十方阎君叫判官送来案卷,升堂鼓一开,发现吴大哥一生忠厚,埋头苦读,孝悌为先,一件坏事也没做过。原来是阳寿未尽,误入阎殿,就叫小鬼又将他送了回来。"

杜长卿听得皱眉:"这话是吴秀才自己说的?"

阿城猛点头:"可不是吗?可见阴司的阎君确实善恶分明,不冤枉一个好人!如今就因为这事,城隍庙的香火都旺了好多,东家,咱们要不也去上几炷?"

这话听得像真的又不像真的,杜长卿扭头唤陆曈:"陆大夫——"

阿城拉住他:"东家忘了,陆大夫不是一大早出门买东西了吗?"

杜长卿语塞。

陆曈的确一大早就出了门,昨夜那些铺兵们进了陆曈屋子,把屋里的纸笔扔得到处都是,砸坏不少器皿。

陆曈平日写方子还要用纸,早上和银筝出门说去纸墨铺中转转。

当然,她走得那般早,也是为了避开杜长卿赶夏蓉蓉出门的画面。

杜长卿早上将夏蓉蓉送走了。

临走时,夏蓉蓉哭哭啼啼拽住他胳膊,与他认错,还说要亲自与陆曈道歉,被杜长卿拒绝了。

杜长卿打小就认识夏蓉蓉,这些年,对她那些无伤大雅的私心也睁一只眼闭一只眼。这世上,谁都有私心,为自己多考虑一些不是错。但夏蓉蓉错就错在和白守义私下联手,这犯了杜长卿的大忌。

夏蓉蓉既与他自小相识,就该清楚白守义在对付仁心医馆时使出的那些腌臜手段。夏蓉蓉背着他和白守义私下往来,就是连同外人一起对付自己人,但凡夏蓉蓉有半丝将他这个表哥放在心上,也做不出这种事。

夏蓉蓉抹着眼泪,站在马车前哀哀望着他。

"表哥,咱们从前很要好的……你忘了你七岁时生病,杜家没人察觉,我娘夜里替你去请大夫,照顾了你一夜,第二日,眼睛都熬红了……"

他苦笑:"可是表妹,你我都已经长大了。"

他们都已经不是小孩子,当年他是杜家少爷,能给夏蓉蓉玩具、脂粉、银钱,但也仅止于此,如今的他只是个破医馆的小东家,夏蓉蓉想要的,他给不了。

香草扶着夏蓉蓉上了马车,他给了夏蓉蓉一笔钱,足以让她在盛京多留些日子。至于夏蓉蓉之后是要继续留在盛京还是回家,他不知道,也不想知道了。

杜长卿将手中扫帚一扔,望着远处长空,自嘲一笑。

管他呢,他又不是活菩萨,哪顾得上所有人。

仁心医馆,有陆曈一个"活菩萨"就够了。

仁心医馆的"活菩萨"此刻正与银筝走在街市上。

昨夜铺兵们一番搜砸损毁了不少器皿,加之杜长卿也觉陆曈受了惊,干脆允她一日假,让陆曈和银筝在外面逛逛,采买补充一些医馆要用的东西。

明日中秋,城内街市格外热闹,到处是人。瓦坊中搭起戏台,正唱得围观众人流连忘返。

银筝走在陆曈身侧,手里提着刚买的香糖果子和杏片,视线在她脸上犹疑几番。

陆曈问:"怎么?"

银筝一笑,一双眼睛弯得像月牙:"姑娘,你今日擦了胭脂啊!"

陆曈天生丽质,唇红齿白,平日在医馆从来都是脂粉未施,今日却破天荒地面上薄薄擦了一层胭脂。

胭脂是杜长卿送的,说是明玉斋上月出的新货,花了他小半贯钱。杜长卿嫌陆曈成日穿得比他死去的祖母还素,让陆曈一个年轻姑娘偶尔也要收拾收拾自己。

结果陆曈转头就锁进箱笼里了,还是银筝又偷偷给拿了出来放在妆台上。

没料到陆曈今日用上了。

陆曈蹙眉:"很奇怪?"

"不奇怪!"银筝忙摆手,笑道,"好看得很!"

这话不假,陆曈五官本就生得好,只她平日里看着冷冷淡淡,又不爱打扮,丽色免不了被掩盖几分。然而今日一身茶黄的长安竹纹罗棉布裙,发辫间点缀几丛鲜桂绒花,雪肤乌发,柳眉杏眼,唇间浅浅嫣红淡抹,胜过兰秀菊芳。

银筝心想,这样貌美的小娘子,倘若不是在医馆坐馆行医,这个年纪待字闺中,只怕提亲的人都要将门槛踏破了。

正想到这里,身侧陆曈脚步一停,抬眼看向前方。

银筝顺着她目光看去。

531

面前是一座空荡荡的府邸。

朱色大门外，原本垂在檐下精致的雕花大灯笼已全被扯了下来，横七竖八扔了一地。官府封条如两条轻飘飘又沉重的锁链，紧紧锁住大门。门梁处，半块金色牌匾斜斜挂着，像是下一刻就要砸落下来。

好似不久前这里还是那张豪奢气派的朱户大门，不过几日，萧条破败，人烟冷清，像座旁人避之不及的凶宅。

陆瞳垂眼。

这是审刑院详断官范正廉的府邸。

范正廉如今已下诏狱，家眷连同一干亲戚都遭牵连，府中下人逃的逃散的散。虽如今刑狱司此案还未出结果，可各家都有在京做官的，稍一打听就知如今范家情况不容乐观。

连礼部侍郎都求助无门，何况他一个审刑院的详断官，官场固然需要梯子往上爬，但搭梯子的人都遭了殃，梯子上的人也没有独善其身的道理。

范正廉此番凶多吉少，这另外半块牌匾倒下，也不过是迟早的事。

陆瞳仰头看着范家牌匾，出了一会儿神，忽闻身后有人唤她。

"陆大夫？"

银筝与她同时一怔，旋即回头。

离范府几步远的地方，站着一名高大男子，男子浓眉大眼，脸色憔悴又疲惫，看向陆瞳的目光满是意外。

陆瞳目光闪了闪，道："祁录事。"

是那位审刑院录事，范正廉最得意的手下，祁川。

祁川站在离陆瞳一步之遥的地方，愕然开口。

"陆大夫怎么在这？"

仁心医馆的医女之前登门替赵飞燕施诊，甚至范正廉因此看中她美色,想要过些时日将她纳为己用。谁知兽欲还未得逞,范家就出了事。

祁川也有好些日子没见着这位女大夫了。

陆曈顿了一下,才道:"我在附近街市买东西,路过此地,想到之前范夫人托我制的药茶,故而过来看看。"

祁川目光扫过银筝手中抱着的大包小包:"原来如此。"

"范府的事情,之前我也耳闻一二,"陆曈语气有些唏嘘,又抬头看他,"祁录事还好吗?"

祁川愣了一下。

似乎怕他没明白,眼前女子换了个说法:"范大人出事,听说一干亲眷皆被牵连……祁录事没有受到影响吗?"

闻言,祁川眼神一暗。

这大概就是最讽刺的事。

身为范正廉的得意手下,范正廉的亲眷亲信接二连三入狱,偏他这个跟了范正廉多年的心腹却安然无恙。原因无他,这么些年,他为范正廉代理公务,为范正廉各地奔劳,但事关范正廉的仕途隐秘,他竟一点都没插上手。

甚至每年范正廉和礼部勾串,他也只是跑跑腿,送送册子、传传话,其他的一点都没参与。

范正廉一直不信任他。

或许是怕自己参与得太多,终有一日不受控制,范正廉在许多秘事上都防备着他,不让他知晓秘密。

他可以做元安县替范正廉分忧的县尉,可以做盛京审刑院空有名头并无实权的录事,但在范正廉心中,他永远只是那个在族学中替他抄写功课、鞍前马后的贱仆。

审刑院上下都被刑狱司查过,他也被查探一番,然而最后竟什么也

没查着。来办案的大人将他当作无足轻重的小人物，毕竟他来了盛京后每日做的最多的，就是替范正廉家眷买胭脂，修房顶，去酒楼定席……诸如此类的琐碎小事。就像一个真正的苦力。

小孩儿喧笑声将他的思绪拉了回来。

不远处，两个灰衣稚童在范府门口嬉戏。门口石狮被砸得粉碎，有盛满积雨的落瓦被小孩儿捡起，在里头放上一只折好的纸船，又捉了两只蚂蚁当作"船员"，漂浮在"海上"，玩得不亦乐乎。

祁川收回目光，道："我没事。"

陆曈点了点头，像是替他松了口气。

"那就好。"

她默了默，又抬起头望着祁川："不过，祁录事会高升吗？"

祁川讶然："什么？"

女子望着她，面上是毫不掩饰的好奇。

"我听翠儿姑娘说，祁录事多年未曾升迁，如今范大人出事了，祁录事不是自然可以顶上吗？"

此话一出，祁川愣了愣。

之前他曾听赵飞燕的侍女翠儿打趣说，来医馆施诊的那位陆大夫可能心仪于他，祁川并未放在心上。他已有妻有子，每日挣扎于生计，没有心思考虑男女之事，不过是因范正廉对这位女大夫心生不轨，是以对出身卑贱的陆曈总带几分同情。

眼下听陆曈这般关心他的事，祁川又觉得翠儿所说或许并非虚言。只是……

祁川摇头："在下出身寒微，只是个小小录事，安于现状就好，不敢奢求更多。"

陆曈望着他："为何不敢？"

祁川一怔。

"高者未必贤，下者未必愚。我为范夫人登门施诊这些日，见祁录事手脚勤快，布事果断，不比别人差。"

她说得轻柔，神情亦带几分未经世事磋磨的天真。

"照祁录事这般说，人人都安于现状，岂不是主子的子嗣世世代代就是主子，奴才的子嗣世世代代就是奴才，活着还有什么奔头？"

如此大逆不道之言，祁川本能想喝止，但不知为何，话到嘴边却没说出口。

主子的子嗣世世代代就是主子，奴才的子嗣世世代代就是奴才……

可不是吗，他为九儿进学之事奔走多日，求过人送过礼，范正廉总是敷衍，而他努力讨好赵飞燕，赵飞燕却将他精心准备的土产转手赏给下人，讽刺说是"穷鬼送的腌货"。

九儿进不了官学，只能上那些不入流的私学，日后纵然有机会下场，可多年以后，盛京官场又是何模样？会不会如今一般，礼部考官与人勾串，贡举舞弊之风盛行，九儿会不会成为当年的他，会不会成为下一个出不了头的吴有才，谁也说不准。

这世道，做奴才就注定被人欺负，谁有权势，谁就做主子。

陆曈的话又从耳畔传来。

"不过，如今范大人出事，祁录事眼下未受牵连，但与范家牵连甚密，恐怕旁人也会迁怒于你。"

她语调关切："祁录事，你得证明自己没与他们同流合污才行啊。"

祁川站在范府门口，眸中神色变幻。

当年范正廉下场时，他为范正廉替考一事尚未被查出。但随着案情深入，未必不会被人扒出陈年往事。

一旦被查出他当年替范正廉下场一事，他也会被打入诏狱，连带九

儿也成为罪人之子，遭人指点。

除非……他另投靠山。

范正廉回到盛京这几年升迁极快，得罪朝中不少人。这些日子，多的是想落井下石、取而代之之人。

他一直念着少时范家旧恩，从未想过背叛之举，但若事关九儿……

他可以做范正廉的刀，自然也可以做别人的刀。

"祁录事？"

祁川回过神，看向眼前女大夫，目光动了动。

"多谢陆大夫关心。"

陆曈微微笑了，笑容似含一点腼腆。

她道："我只是希望祁录事能多为自己想想。"

银笋促狭的目光在他们二人面上扫了一转，笑嘻嘻道："姑娘，时候不早了，咱们还得去瞧瞧别的铺子呢。"

陆曈低头，同祁川告别："祁录事，我还有事，先告辞了。"

祁川颔首。

陆曈回身，冷不防裙角撞上蹲在范府门口玩耍的两个小孩，小孩儿面前盛水的瓦片被这么一撞，水花溅得到处都是，那张白纸折成的小船也被浪打得一翻，半艘船身浸了水，软软往水里倒去。

陆曈扶住差点摔倒的男童，看一眼男童紧紧抱在怀里的瓦片。

瓦片水波荡漾，纸船禁不住水，渐渐往里沉去，两只蚂蚁急得四处乱爬。

她站直身，望着瓦片中的蚂蚁轻声提醒。

"船快沉了，不赶紧逃吗？"

祁川一震，下意识回头看她，她却浑然未觉，接过银笋手里的包囊，继续朝街市人流中走去了。

直到走入街市许久后，银筝回头去看，还能看到男子立在范府门口的身影，像一尊模糊的石像。

她转过脸，小声问身侧人："姑娘，他真的会举告范正廉吗？"

陆曈笑笑。

"或许吧。"

祁川做范家忠仆做了多年，范正廉表面对他宽宥，实则牢牢按住他向上爬的梯子，让他仕途一辈子止步于此。

若仅仅如此也就罢了，偏偏祁川还有个儿子。

就如刘鲲会为了儿子的前程铤而走险出卖亲人一般，祁川也会为了后代的荣华，将范正廉当作交换的筹码。

祁川从幼时就跟着范正廉，虽然表面上，范正廉一些隐秘事件并未过祁川的手，但聪明如祁川，未必就没有范正廉的把柄在手上。

若是祁川能在范正廉的案子上加一把火当然最好，若是他不能……

她也有其他法子让范正廉翻不了身。

银筝见陆曈心有主意的模样，没再多问，只笑道："那咱们现在回医馆？"

陆曈正欲回答，忽而神色一动，骤然回头。

银筝跟着她的目光看去，视线所及处，街巷热闹，茶坊酒肆前游人不绝，远处小巷口有卖字画的拉着旗子正卖力吆喝。

"怎么了，姑娘？"

陆曈皱了皱眉，一丝不安从心头浮起。

她顿了一会儿，道："时候还早，逛逛再回。"

银筝虽心有疑惑，但并未持续多久，加之中秋在即，市坊中处处都是热闹。她们来盛京后，大多时候都守着医馆铺子，出门的时候很少，难得来一趟坊市，自然玩心大盛。

"也好。"银筝拉着陆曈在一处杂耍人群前停步,笑眯眯开口,"反正杜掌柜今日准了一日假,姑娘这些日子也辛苦了,权当放松。"

盛京坊市繁华,玩乐比之常武县和苏南不知丰富几何,街上到处都是杂艺百戏,虽比不得城南一众酒楼奢侈豪华,市井之中的烟火气反倒更叫人流连。

整整一日,银筝跟着陆曈脚步未歇,先是看过杂剧,又去瞧了手艺人踏索,接着坐观影戏,然后吃了南食店的鱼兜子和煎鱼饭,顺带喝了砂糖绿豆,最后还去看了珠子铺,虽然什么都没买。

待归家之时,天已然全黑了下来。

银筝玩闹一日,高兴得双眸发亮,提着大包小包与陆曈边走边说笑。

"姑娘,盛京果然比苏南好,苏南可没这么多杂戏,难怪那些人挤破头也要来皇城,这地方除了东西贵些,哪儿哪儿都好。"

等了片刻不曾听到陆曈回答,银筝侧首,瞧陆曈神色未见轻松,反而眉头轻蹙,目光似有不宁。

她提醒:"姑娘?"

陆曈回神:"怎么?"

"姑娘可是有什么心事?"

陆曈摇头:"只是有些累了。"

银筝点头:"今日在外走动了一天,等会回去梳洗后早些休息。杜掌柜说明日十五,铺子里一起过节,还得早起才是。"

说话的工夫,铺子已近跟前。医馆大门的灯笼在夜风中微微摇晃,洒下一片秋日清寒。

杜长卿早带着阿城回去了。银筝掌起灯烛在院子里来回走了走,笑道:"杜掌柜干活不错,院子扫得比我扫得干净。"

陆曈瞥一眼院里,昨夜梅树下被翻乱的泥土,此刻已全部重新铺平。台阶前被摔碎的花盆也都搬了出去，杜长卿扫过地后还洒了层清水，水痕未干，青石板在灯烛下泛着淡淡湿痕，衬得秋夜越发静谧。

最靠外的那间屋子，门敞开着，里头一片漆黑——夏蓉蓉主仆已经搬走了。

银筝望着那间空屋，叹了口气。

"从前在时，觉得多了个人不方便，如今走了，又觉得怪冷清的。"话一出口，忽又意识到什么，忙补充，"不过走了也好，咱们平日里在院子里走动做药，多两个人也不方便。"

陆瞳没作声。

她确实是故意赶夏蓉蓉走的。

夏蓉蓉因杜长卿的事，总是让婢女香草明里暗里注意陆瞳。倘若陆瞳只是一个普通的坐馆大夫，这也无伤大雅。可惜陆瞳要做之事，并不能为人知晓。

后来她无意间瞥见夏蓉蓉腕间那方昂贵玉镯，心中有了猜测，银筝又悄悄跟着她们，发现她们二人与杏林堂的伙计文佑暗中交谈。

白守义与仁心医馆龃龉已久，既与夏蓉蓉一拍即合，陆瞳索性就将计就计。

杜长卿耳根子软，但对杏林堂一屋子人深恶痛绝，夏蓉蓉与白守义搭上关系，纵然杜长卿再念旧情，此事过后也会忍无可忍。

果然，杜长卿将夏蓉蓉"请"了出去。

陆瞳垂眸。

她就是故意的。

故意在夜里"埋尸"叫夏蓉蓉看见，故意放任夏蓉蓉传递错误的消息给白守义。故意捡到段小宴的东西却不还给他，又故意把荷包遗落在刘鲲的尸体上。

杀人、陷害、污蔑、做戏……桩桩件件，都是她故意为之。

"银筝。"她忽然叫银筝名字。

"怎么了，姑娘？"

陆曈转身，走到银筝身边，附耳低语了几句。

银筝蓦地一震，惊讶地看着她。

陆曈微微点头。银筝咬了咬牙，看了小厨房一眼，终是什么都没说，一转身出去了。

待银筝走后，陆曈在原地站了片刻，擎灯走进小厨房。

小厨房中一个人也没有，台上、地上堆积着竹匾晒好的药材，一进去，浓浓药味扑鼻。

陆曈把灯烛放在案台上，弯腰从地下拖出一只大竹筐来，竹筐里装满干草，她伸手，从里头掏出一只黑色瓷罐。

瓷罐有大花盆那般大，通体漆黑，她打开瓷罐盖子，对着瓷罐伸出手，似在仔细观察。

院中无人，只有微弱灯火从厨房小窗隙透出一点晕黄。从门口看去，女子背对着大门，不知在做什么，只能从侧影处看见那尊漆黑瓷罐。

她在厨房待了一会儿，约莫有一炷香工夫，才站直身，拿起盖子盖紧瓷罐，又如方才那般将瓷罐放进竹筐，拿干草细细掩盖，直到掩盖得再也看不出一丝痕迹，才把竹筐推回了案台下。

做完这一切，陆曈就重新拿起灯烛，离开小厨房，回到了自己屋子。

屋门关上了。

小院里最后一丝亮光隐去，只有薄云遮盖的月亮洒下一片灰淡的光，渐渐照亮了窗前枯瘦的梅枝。

就在一片死寂中，忽地，一个黑影从墙头掠了下来，如一片云般飘进了漆黑厨房。

小厨房门未关，外头一点月光溜了进来，把四周照得不甚清楚。

来人小心走进厨房，站到陆曈方才站过的案台前，悄无声息弯腰，一点点从其中抽出那只挤满干草的竹筐。

他用力扒拉几下，很快摸到冰凉一角，于是摸黑伸手，从里头抱出一只漆黑瓷罐来。

瓷罐看起来沉重，抱起来却很轻，不知里头装的是什么。来人就地一坐，犹豫一下，用力撬开罐子口盖。

口盖缝隙被塞了布巾，一用力，罐盖被猛地拔起。

咝——

一抹黑影闪电般从罐中弹出，狠狠一口咬在来人手臂上。

惊叫声到嘴边蓦地被咽下，猝不及防被袭，来人猛地甩手，攀在手臂之物被用力一挥，重重摔向远处，在门口处缓慢动弹。

微薄月光从门外掠进一点，照亮门前麻绳一般软绵的物事。

一条蛇。

竟是一条仍在蠕动的气息奄奄的黑蛇。

来人怔松一下，忽听得门外有脚步声响起，神色骤然一凝，下意识抬头看向前方。

老旧的木质厨门被推动，在静谧夜里像酸动的牙齿摇摇欲坠，声音也带着破朽。

吱呀——吱呀——

轻轻晃动着，终于被全然推开。

一道明亮的光照亮厨房。

女子擎灯站在门前，夜风从院中吹来，吹得她手中灯火摇摇欲灭，裙角飘若浮云，一双清眸漾起浅浅波纹。

"段小公子。"

她低头,看向瘫坐在地的圆脸少年,语气平静得近乎森然。

"你在找我吗?"

秋日夜冷清。厨房里灯火微弱,女子站在门前,山茶黄色的衫裙被风吹得猎猎作响,鬓边簪花鲜嫩欲滴,看着眼前人慢慢开口:"深夜无故私闯民宅,连张面巾也不戴,真是胆大妄为。"

她顿了顿,看着对方因惊骇越发显得圆圆的眼睛,继续道:"若非旧识,我还以为,医馆今夜是进贼了。"

坐在地上的少年咽了口唾沫,兀地生出几分心虚。

"陆大夫。"

还不等他想好找个什么合适的理由骗过眼前人,就听她平静发问:"跟了我一日,不知段小公子有何贵干?"

段小宴脸色一变,猛地看向陆曈。

她怎么知道!

今日一早,裴云暎出门去了,段小宴经昨夜望春山男尸一事,心中闷闷不乐,恰好今日不该他值守,遂离府打算去坊市逛逛,换换心情。

离坊市不远是范家府邸,段小宴路过此地,想到自己就是在此处丢了荷包,脚步不由一慢。

这一慢就撞见了陆曈在范府门口与一男子交谈。

那男子段小宴并不陌生,是范正廉那个贴心手下祁川,名为心腹,实则将府上采买管家就差奶娘的事一并给做完的万事通。空有一腔才华,到头来还只是个碌碌无名的小录事。

陆曈在范府门口与祁川交谈。这要在从前,段小宴也不会放在心上。然而昨夜刚经历了被陷害,段小宴如今再看陆曈一举一动,便觉颇有深意,后手匪浅。

陆曈与祁川没说几句话就分别了,段小宴站在原地思考片刻,决定跟上陆曈。

他想瞧瞧这个陆大夫究竟是不是真有问题。

接下来一日，段小宴腿都快跑断了。

陆曈没有直接回医馆，而是在坊市中流连。段小宴猜测她或许是要与人私下相见，因此盯得格外仔细。

陆曈和银筝看杂剧时，他双眼瞪大，一丝不苟地盯。

陆曈和银筝瞧手艺人踏索时，他屏住呼吸，全神贯注地盯。

陆曈和银筝在台棚下坐观影戏时，他看陆曈比陆曈看戏还认真，聚精会神地盯着每一个坐在陆曈身边的人，试图发现陆曈与他们接应的痕迹。

陆曈与银筝在南食店品尝鱼兜子和煎鱼饭，喝砂糖绿豆时，他蹲在对街墙角下咽口水。

最后，陆曈她们去看了珠子铺。

段小宴就不明白了，她二人什么都没买，居然也能看这么久？不觉得浪费光阴吗？

总之一日下来，段小宴觉得自己两只眼睛都要从眼眶中掉出来了，偏什么事也没发生，仿佛她们只是单单来街坊闲逛玩乐而已。

段小宴不知别的女子逛起坊市来是否都有这般体力，反正就他看来，今日陆曈与银筝二人玩乐下来，不见半分疲态。坊市人又多，要不是他是禁卫，若换作普通人，这样跟不了一个时辰，保管要将人跟丢在人流中。

段小宴自认做得天衣无缝，一路跟到陆曈回医馆，本见无事发生就打算走的，谁知看她在小厨房中对着方黑罐子流连，被勾起好奇心，这才待人走后摸了进来。

正想着，一道细风从院外吹来，吹得他背后生出一层鸡皮疙瘩，段

小宴回神，看向陆疃。

"……你早就发现了？"

陆疃不语。

在落梅峰那些年，大多时候都是她一人在山上居住。十来岁的小女孩，怕野兽，怕蛇虫鼠蚁，怕突然出现的天灾，也怕不怀好意的恶人。

有时候清晨起来，山上一个人也没有，四周一片死寂，会有一种世上只剩下一人的孤独恐惧感。她在身上藏了毒粉和剪子，总能添些安心。

大概长期生活在恐惧中的人，对危险会有一种本能的直觉，又或许是段小宴跟踪人的手段还太过青涩，目光又太灼热，让人想忽略也难。几乎在第一时间，她就发现了背后的视线。

陆疃的目光移到了段小宴手肘间。

少年小臂处鲜血淋漓，模糊血色里，两道尖尖牙印清晰可见。

那是蛇的咬痕。

她在坊市中察觉到背后的视线，有人紧跟着她，却又没有别的行动，像在等待什么。

对方迟迟不动手，所以她改变了主意。

陆疃弯腰，在少年惊疑的目光中捡起门前那只软绵绵的长蛇。

蛇已经死了，漆黑蛇尸缠绕在她淡黄的绢袖间，像一截死去的线攀绕鲜嫩花朵，幽暗闪着冷泽。

段小宴看着看着，觉得方才被咬过的小臂又开始肿痛起来。

陆疃伸指，指尖拂过粗糙蛇头，轻声开口。

"这叫七步散，是我托人寻了许久才找到的，今日一早才放了进去，没想到被段小公子找到了。"

她看一眼段小宴小臂上的伤口，神情欲言又止。

段小宴被她看得毛骨悚然，忍不住开口问："七步散是什么？"

"段小公子不知道吗？七步散是一种剧毒蛇，被七步散咬伤之人，七步之内必定魂飞魄散。"

此话一出，屋中寂静一刻。

须臾，段小宴白着一张脸，结结巴巴开口："说……说笑的吧，陆大夫莫要诓我。"

陆瞳扑哧一笑。

"段小公子怎么吓成这样，世上没有七步就让人倒下的蛇。"

段小宴闻言，霎时松了口气，正想牵起一个笑，就听面前人继续开口。

"一个时辰。"

他茫然："什么？"

陆瞳看着他，面上的笑意渐渐淡去，语气平静无波："被咬到毒发，一个时辰。"

她道："一个时辰里没有解药，段小公子，阎王也救不了你。"

夜风清寒，檐下灯色里，黑犬趴在院子里，身影与夜色融为一体。

裴云暎回殿帅府时，已快至亥时。

司中花瓶里插满新折鲜桂，满殿桂花芳香。明日就是十五，司里上下公假一日，禁卫们走了许多。

今日一大早他进了趟宫，望春山男尸一事，说大不大，但要说小，卡在贡举礼部一案中，难免叫有心之人做文章。三衙间关系微妙且不提，枢密院那头绝无可能放下这个好机会。

好在皇帝如今无暇顾及殿前司，此事也就算揭过了。

裴云暎在屋内坐下，提起桌上茶壶斟了盏茶。

茶水温热清苦，他喝了两口，没听到往日熟悉的聒噪声，遂问一边侍卫青枫："段小宴不在？"

青枫答道："回主子，段小宴一大早就出了门，说是去坊市逛逛。"

裴云暎喝茶动作一顿。

片刻后，他开口："何时出的门？"

"快近巳时。"

裴云暎微微蹙眉。

段小宴巳时出门，眼下已快亥时。整整六个时辰，明日司里十五公假，他要回司点籍名，但现在还不见踪影。

青枫见状，问："主子可是觉得有什么不妥？"

裴云暎沉吟片刻，道："他走前说过什么？"

青枫摇头："没有。只是看着兴致不高，可能是心烦望春山男尸一事。"

望春山……

不知想到什么，裴云暎眸色微凝。

窗外夜幕低垂，清风吹得院中梧桐簌簌作响。

他霍地站起身，提起桌上银刀，大步朝门口走去。

夜更深了。

小院中树丛里，几只促织低鸣，被阿城挂在檐下的夜萤早已黯淡，只有囊袋中坠着的银色风铃在风里打转。

寒灯像是下一刻就要熄灭。斑驳光影落在桌前人脸上，却把她五官映照得更加柔和。

少年一动不动坐在地上，僵着身子看向不紧不慢捣药的人。

她不觉得有任何不妥，在告知他身中剧毒之后，坐了下来，摘开竹匾中晒好的干草药,若无其事地做起自己的活计来。

丝毫不顾他的死活。

段小宴咬了咬牙,语带威胁:"陆大夫,我是殿前司的人,谋害天子近卫,你这是不要命了?"

"谋害天子近卫?"她像是听到了什么好笑之言,反倒笑起来,"段小公子深夜无故闯入民宅,疑似入户窃取财物,却不小心被我收来做药引的毒蛇咬伤。"

"医馆是你不请自来的,罐子也是不告而取自行打开,盗贼打开的是毒蛇罐子,从而丢掉性命,这事传出去,旁人都要说报应不爽,怎么还能怪责到我头上,又怎么能用上'谋害'一词?"她目光平静,语气却有几分讥诮。

"你们殿前司的人,都是这般蛮不讲理吗?"

段小宴语塞。

平心而论,陆瞳这话说得也没错。是他偷偷跟踪陆瞳,摸黑进了仁心医馆,又看她在桌案前停留许久从而勾出好奇,这才手贱去碰了那只装蛇的瓷罐。

不过……这是一只蛇罐,她当时为何要在桌案前停留那般久,还看得十分仔细,让人遐想连翩。

似是想到什么,段小宴身子一颤。他抬头,不可置信地看向陆瞳。

"你是故意引我去碰罐子的?"

要不是她故意停留,又在案台前遮遮掩掩,他何至于上去翻动竹筐?

她根本就是故意引他上钩!

陆瞳淡淡一笑:"段小公子又想无故与人身上泼脏水了?"

少年气愤难平,蓦地冷笑一声。

"医馆药铺,救人治病,怎么会暗中存放剧毒之物。就算你不是故

意引我前来，也定然包藏祸心。等着哪一日想用这毒蛇咬人！"

这种危险毒物，就这么随随便便找个罐子放了，连张提醒的纸条也不曾贴，怎么看怎么古怪。

陆曈捣药的动作微滞，看着面前木罐微微一叹，神情有几分可惜。

"蛇之性上窜，作引药最好。那条七步散是我买来做药引的，很是珍贵难寻，光是材料钱就付了二两银子。"

"我托人寻了好些日子，好不容易才寻得一条，却被你无故摔死，白花了一月月钱。"

段小宴闻言，险些吐血。

他都危在旦夕了，她却只关心她那二两银子，究竟有没有将人命看在眼里？

陆曈看他一眼，目光缓缓移到少年手臂上的伤口处，劝慰地开口："段小公子切勿动怒，七步散虽不至于七步丧命，但最忌气血浮动。你每激动一分，多走一步路，蛇毒蔓延更深，所以，不要乱动啊。"

段小宴身子一僵。

他之所以到现在仍坐在此地不敢动弹，不就是忌惮此物吗？否则以他身手，早就上前挟制陆曈勒令她交出解药了。

少年看向眼前人。

陆曈就坐在厨房小桌前，一手扶着药罐，一手握着药锤用力捣药，淡色裙摆在灯火下宛若一朵含苞待放的花，女子眉眼端丽娟秀，鬓发如云，若蟾宫姮娥，月魄留香。

裴云暎临走时的话又浮响在耳边。

"那是个疯子，离她远一点。否则出了问题，我也救不了你们。"

她真是疯子吗？

要是从前有人对段小宴说这句话，他定会嗤之以鼻，不相信陆曈心怀鬼胎，也绝不相信她真会杀人。

但现在的他不确定了。

陆瞳到现在，拒绝为他提供解药，看起来像是很乐意看他死去。

他心中后悔不迭，不该不听裴云暎的话离陆瞳远一点，不该脑子一热独自一人跟上前来。

段小宴定了定神，决心换一条路。

他道："陆大夫，其实你我无冤无仇，何必弄到你死我活的地步？今日之事是我不对，你给我解药，咱们有事好商量。"

说话的工夫，他抬头望了望四周，今日出门匆忙，未带火信，裴云暎这时候估摸着已回到殿帅府，不知能不能发现他被人制住了。

正想着，就听陆瞳开口："你在等谁，等你那位裴大人吗？"

段小宴一怔。

陆瞳停下手中动作，一双清亮眼眸望着他，像是看穿了他心底一切。

"段小公子，不如我们来打个赌。"

"赌什么？"

"就赌你那位裴大人能不能找到你？"

段小宴愣住："什么？"

陆瞳揉了揉捣药发酸的手腕："从被咬到现在，已过半个时辰了，你还有半个时辰的时间。半个时辰里，如果你那位裴大人能找到这里，或许你能活下去。"

"段小公子，要赌吗？"

段小宴浑身一颤。

她说这话时语气淡然，段小宴暮地生出一股奇怪的错觉，将人性命视作儿戏，好像他成了待宰羔羊，而她是掌握生杀大权的屠户。

一丝灯花旋落着碎到桌上，小院中霜寒月冷，幽蛩切切。

就在这死一般的寂静里，忽有人声传来。

"那你可能要赌输了。"

陆曈抬眼。

远处毡帘被人掀起，一道身影从院中走了进来，年轻人英挺的轮廓在月色下越发分明，随他走近，有极浅兰麝香气扑来。

他在厨门前停步，一身深红团窠宝花纹锦服华贵风流，腰间银刀凛然泛着寒光。

裴云暎瞥一眼狼狈在地的段小宴，倏地笑了。

"陆大夫。"他淡淡看着陆曈，"我以为，扣下我的人前，至少该先同我打声招呼。"

第十六章 中秋

风从窗隙渗来,地上人影被吹得轻晃。

若说昨夜是心照不宣的试探,今日就成了剑拔弩张的交锋。

陆瞳看向眼前人,心想:这位殿前司指挥使,来得倒是比想象中更快。

段小宴眼中顿时浮起一丝狂喜,喊道:"大人!"

裴云暎睨他一眼:"怎么坐地上?"

少年一张俊脸涨得通红,吭哧了一下才惭愧开口:"我被毒蛇咬伤,还有半个时辰毒发,不敢剧烈活动。"

闻言,裴云暎挑了挑眉,目光落在屋中女子身上。

"陆大夫这是何意?"

陆瞳神情平静,并未因屋中多了一人而有半丝慌乱,面对瘫坐在地的段小宴,甚至有些无动于衷。

"裴大人,你的人深夜潜入医馆,随意进我厨房翻找,被我寻来做药引的毒蛇咬伤,身中剧毒。这也要怪责到我头上吗?"

她嘲讽:"我背熟的《梁朝律》中,可没有这一条。"

裴云暎看一眼地上的段小宴,段小宴诺诺不敢说话。

沉默片刻,他退后几步,索性抱胸倚在门口,笑道:"那陆大夫想怎么样?"

直接、果断,这人没有半句废话。

陆曈放下药锤："我不想怎么样。此毒无解，就算有，这样短的时间里，也做不出解药。"

段小宴脸色一白。

她又看向裴云暎，眸中有几分讥讽："不过是个下人，死了就死了，殿帅何至于此？"

段小宴额心隐隐跳动。

什么叫"下人"？什么叫"死了就死了"？

什么医者能说出这样冰冷的话？

枉他从前还认为陆曈是女菩萨，他明日就去庙里给女菩萨道歉！

屋中静寂，只有夜风吹拂火苗漾出浅浅灯影，院中挂着的萤囊下，风铃被吹动，隐隐传来清悦铃响。

裴云暎视线凝着她，忽然勾了勾唇。

他道："赤箭。"

话音刚落，厨门不知何时又悄无声息出现了一个侍卫模样的男人，在这侍卫身前，一名年轻女子双手被反剪，望向陆曈的目光隐带惊惶。

陆曈面色微变。

她分明已让银筝去医馆外藏好……

年轻人叹口气，拿过一张椅子，在陆曈对面坐了下来，笑容在灯火下格外灿然。

他道："陆大夫为婢女想得周到，可惜你的婢女太忠心，担心你所以中途折返。"

他饶有兴致地盯着陆曈："现在，陆大夫还要说，不过是个下人，死了就死了吗？"

陆曈眸色微沉。

盛京有许多人叫她"陆大夫"。

杜长卿叫得随意，阿城叫得孺慕，胡员外等一众街邻叫得亲切又小心翼翼，那是将她当作一位真正医者而生出的尊敬。

但没有一个人像裴云暎叫得这般揶揄。

他那双含笑的黑眸，轻慢的语气，散漫的姿态，好似都在明明白白昭示，他早已看得清楚，她根本不是什么仁心仁德的"大夫"。

门前传来银筝后悔的声音："对不起，姑娘，我……."

陆曈直视着裴云暎："你想做什么？"

不等裴云暎回答，段小宴抢先开口："还能做什么，陆大夫，你把解药给我，我家大人将您的婢子给放了，大家皆大欢喜，两全其美，日后井水不犯河水。"

这听上去确实是不错的交易，一人换一人，很公平。

陆曈静了静，抬起头："如果我说，没有解药呢？"

段小宴一愣。

没有解药？

怎么可能！

他本能觉得这是无稽之谈，然而对上陆曈淡漠的神情，忽而又有些拿不定主意，不由紧张起来。

"陆大夫，你……你不要说笑。"

他在裴云暎出现后就彻底放松下来，觉得陆曈是吓唬自己，她总不会真的眼睁睁看他去死吧？

他死了对陆曈有什么好处吗！

银筝却望着陆曈殷殷开口："姑娘，别管我了，不要让我成为你的拖累。算卦的从前就说我命薄，死前换一个殿前司禁卫，也值当得很。"

段小宴闻言一急："不值当不值当，我不值当啊！姐姐，你再考虑考虑！"

"有什么不值当的,人活一辈子,死了便埋,姑娘,下辈子我们还做姐妹。"

他俩这么一打岔,叫刚刚紧张的气氛缓和几分,就在这哭笑不得的对话里,陆瞳开口了。

她道:"今日段小公子死在这里,裴大人替他报仇,杀了我的婢女。想来明日也不会放过我,更不会放过仁心医馆。毕竟裴大人是天子近卫,身份高贵,想要对我们这样的平民下手易如反掌。"

"横竖都逃不过一死……"

她抬眸,坦然注视对面人。

"那今日咱们都别出这道门了,一起死吧。"

此话一出,不仅段小宴,连门口的赤箭都惊住了。

竟然一言不合就同归于尽?这是什么路数?

陆瞳抬了抬下巴,在一众震撼目光中平静开口。

"医馆行医制药,院库到处都是药引毒物,来时容易,走得未必轻松。有人贸然闯入,不小心踩到碰到什么毒发,也是常有的事。"

她看向裴云暎:"是吧,裴大人?"

无人开口。

耿耿秋夜,泪烛摇摇,满室昏黄灯色撩人。

裴云暎看着她,一双深邃眼眸黑若琉石,忽然轻笑一声。

"你想和我一起死?"他笑道,"那可不行,生同衾,死同穴,死后合住一冢坟这种事,我只和我夫人做。"

这话说得轻佻,偏他一副认真神情,眉眼含笑,好似眼前不是居心叵测、绵里藏针的指挥使,而是烛影花荫下,追欢买笑的风流客。

陆瞳沉默一瞬,开口:"你有夫人了吗?"

裴云暎微微一怔。

段小宴也愣了一下。这话是什么意思？陆曈为何突然问起这个？莫非陆曈想用裴云暎的世子妃之位来交换他的解药？

一阵沉默。

裴云暎道："没有。"

陆曈点头："那正好，今日你死了，也不必考虑夫人的事了，府中尚能省一笔聘礼。"

她说话的语气太过淡然，以至于屋中众人都不太能分辨得出她究竟是认真还是玩笑。

窗外风声簌簌，裴云暎静静看着她，忽而叹了口气。

"多谢你替我想得周到，不过，还不到谈生死的地步。陆大夫，不如好好谈一谈吧。"

"对对对！"段小宴看一眼案上的刻漏，"先别这么激动，有话好好说，什么事都能商量。"

默然片刻，陆曈问："你想谈什么？"

灯火寂寂，昏黄烛色笼罩对面人，他护腕上银色丝线绣成的鹰纹泛着细碎冷光，绮丽又危险，年轻人眉眼惑人，说的话却字字藏着冷冽。

"昨夜望春山发现的男尸，是盛京雀儿街刘氏面馆的店主刘鲲。巧的是，刘鲲的小儿子刚好参加了今年贡举，又因涉关舞弊一案，入狱待罪。"

"陆大夫，"他问陆曈，"你认识刘鲲？"

"不认识。"

"可是在那之前，你曾去过刘记面馆吃饭。"他笑，"不记得了？"

陆曈心中一动。

这人动作好快。

她去接触刘家、范家，以至于祁川，都没有刻意为之，为的就是不想被人发现端倪。但裴云暎还是查到了。

他明明是殿前司的人,手段却胜过皇城司的人马。

她抬眸,直视着裴云暎眼睛,如水双眸隐带讥诮。

"裴大人,"她一字一句地开口,"你们殿前司查案都这般精细吗?既然查了我这么久,却迟迟不出手,如今贡举案也算尘埃落定,礼部罪臣全部落马。"

"想借我的手杀人?那你不是应该……感谢我吗?"

刹那间,屋中空气一冷。

桌上摇曳的明灯里,灯穗结了细小星花,一小朵星花被风吹得落下,余烬在夜风下转瞬即消。

屋中无一人开口,众人噤若寒蝉。

裴云暎坐在陆瞳对面,那双极黑极亮的眸子笑意渐渐褪去,顷刻间杀机弥漫。

他缓缓倾身,盯着陆瞳的眼睛。

"陆大夫,你在替谁做事?"

她不为所动,微微一笑,挑衅地迎上他看来的目光,吐出两个字。

"你猜。"

裴云暎眸色微动,定定看着眼前人。

灯火燃至根处,越发微弱了。

而在朦胧灯火中,她眸光楚楚,弱不胜衣,似深秋清晨的白雾,只消风吹日照,顷刻间消散成烟。

昨日见她时,她苍白羸弱,今日却像是在面上涂了浅浅胭脂。那点淡红若枝头梅色,令她看起来多了几分娇艳,而那娇艳也藏着冷峭。

这样心机深沉、手段狠辣的女子,又表里不一、别有用心,偏偏是世人眼中悬壶济世、杏林春满的女菩萨。

他嗤地一笑，笑容有些刺人。

他道："陆大夫，这就是你的底气？"

"殿帅不妨试试。"

屋中半晌无声。

段小宴不可置信地望着桌前女子，喃喃开口："你疯了，敢这么威胁大人？"

这样明目张胆地威胁，连掩饰都不曾，她就不怕之后惹来麻烦？

陆曈低头笑了笑，漠然开口："是啊，我是个疯子，所以，不要随意招惹我。"

她望向裴云暎，声音很轻："况且，你们现在不是已经得到好处了吗？"

裴云暎瞳孔微微一缩。

"裴大人，"陆曈缓缓开口，"你查你的案，我行我的医，咱们互不相干。"

"互不相干？"

他点头，若有所思地看着她："原来陆大夫今日想说的，就是这句。"

陆曈平静看着他。

夜很深了，院中不再有寒蛩低鸣，影影绰绰的昏黄里，两人对视，目光交汇处，如盛京的夜，暗涌沉浮。

须臾，他身子往后一仰，扯了扯唇角："我会考虑。"

他说的是"考虑"。

陆曈心中一沉，还未说话，就见裴云暎侧首，对门口侍卫道："放人。"

叫赤箭的侍卫手一松，银筝忙跑过来，一下子跑到陆曈身前，警惕地看着屋中人。

段小宴愣了一下,忽而反应过来,急得额上冒汗,哀号道:"大人,你怎么把她给放了?我还没拿到解药呢!"

裴云暎扫他一眼:"笨蛋,那只是条乌蛇。"

"乌蛇?"段小宴茫然一瞬,"不是七步散吗?"

陆曈视线落在段小宴身上,唇角一弯。

她道:"七步散是毒蛇,医馆药铺,救人治病,怎么会暗中存放剧毒之物。况且段小公子是殿前司的人,谋害天子近卫,除非不要命了。"

她将段小宴所说原话奉还,末了,看向对方,神色诚恳:"我刚才是与段小公子玩笑,段小公子不会当真了吧?"

段小宴:"……"

原来是假的?可她刚刚说话的神情语气,可一点都不像是闹着玩。

裴云暎低头笑笑,站起身来。

他道:"今夜打扰陆大夫了,改日我让段小宴登门,给陆大夫赔不是。"又扫一眼段小宴,"还不起来?"

段小宴哑然片刻,一骨碌从地上爬起来,揉了揉小臂跟上,临走时欲言又止,满腹憋屈。

几人刚出医馆,忽听得身后有人叫:"等等。"

裴云暎一顿,转身,见陆曈提着盏灯笼从铺子里走出来。

女子手里拎着条软绵绵的死蛇走到医馆门口,对着段小宴晃了晃,段小宴正是余悸未消,下意识后退一步。

陆曈道:"段小公子,虽然不是七步散,但这条乌蛇也花了我二两银子。你既摔死了它,理应赔我银钱。"

段小宴:"……"

他被咬了一口,吓得不轻,末了,还得赔银子。怎么过去他从未发

现仁心医馆有做黑店的潜质？

然而陆曈就这么站在他眼前，经过今夜这么一遭，段小宴再看陆曈时，本能便感到有些发怵，只得老老实实从怀中掏出银两，双手递到陆曈手中。

陆曈接过银子，递给段小宴死蛇，段小宴不敢接，她便将蛇尸挂到裴云暎胳膊上，淡道："蛇归你们了。"

言罢，不再多说，当着他们的面砰地一下关上医馆大门。

长街寂静，沿街树枝在灯笼幽光中投下参差树影。

年轻人望着面前紧闭的大门，眸色隐晦不明。

良久，段小宴咽了口唾沫，小心翼翼开口："哥，她好嚣张啊。"

明明只是个医馆的坐馆大夫，气势半分不矮，看她咄咄逼人的模样，怪吓人的。

他见裴云暎凉凉的目光扫过来，忙轻咳一声："我知道，我今日错了，放心，回去我就自己领罚。不过……"他凑近裴云暎，低声问："你之前查了许久都查不出来她身份，刚刚试探她，她算是承认自己背后有人撑腰了？"

裴云暎之前就让木莲查过陆曈的身份，然而能证明她身份的黄籍是假的，上京来的流民常去东门桥洞刻章的木工那里做假黄籍。这样粗劣的黄籍，一张只要一百文。

如杜长卿这样入了户的医馆，对坐馆大夫黄籍都会仔细查看，仁心医馆的东家未必没瞧出来。陆曈拿着一张假黄籍就在医馆行医，只能说她胆大，杜长卿比她胆子更大，这样两朵奇葩，反而让木莲找不到任何可以证明陆曈身份的蛛丝马迹。

她就像一个凭空出现在盛京的人。

段小宴把声音压得更低："你觉得她背后之人会是谁？三皇子？"

此次贡举案，礼部牵连最重，太子近来焦头烂额，三皇子一派倒是神清气爽。若是三皇子派陆曈暗中动手脚，也不是没有可能。

裴云暎没说话，似在沉思。

段小宴望着自己小臂隐隐作痛的伤口，叹了口气："她这样白白折腾我一晚，根本就是故意出气。哥，你说她要真是三皇子的人，报复心这么重，回头和三皇子一告状，找咱们麻烦怎么办？"

裴云暎回神，嗤地一哂，一扬手，死蛇落到段小宴怀中，吓了段小宴一跳。

他转身，声音冷淡。

"她要真是三皇子的人，就把她带到诏狱司严刑伺候，或许，她就愿意好好谈谈了。"

屋中，陆曈把灯笼放在地上，进屋坐了下来。

人走后，她适才觉得浑身上下仿佛卸下千斤重担，摊开掌心，手心一片濡湿。

银笋自责："姑娘，都是我不好，要不是我当时折返，你就不会被他们威胁了。"

陆曈摇头："没事，他本来也没想对我们动手。"

银笋一怔："为什么？"

陆曈轻轻笑了笑："你不会真以为，他是找不到证据才不来抓我的吧？"

"不是吗？"

"当然不是。"

陆曈平静开口："盛京水深，你当他是什么好人。"

裴云暎从很早之前，至少从柯承兴之死后就怀疑到了她，这之

后，屡次试探套话，包括段小宴在范府门口的盯梢，都是这位指挥使的手段。

其实身为殿前司指挥，又是昭宁公世子，他若真怀疑一个人，不必要什么证据，用别的法子也能让她吃些苦头，对权贵来说，想要拿捏平民总是易如反掌。

但他没有。

陆曈想了很久，心中隐隐有了一个猜测——

或许，他是在忌惮什么人。

就如刘鲲背后有范正廉，范正廉背后又与太师府牵线，官场中人总是互相照应，指不定今日抓起来的小人物，明日就成了大人物的远亲。

裴云暎迟迟不对她动手，至少说明，在贡举案中，对他的利益没什么损害，或许还乐见其成。

今日段小宴的出现是个意外，但与裴云暎的交涉却是她故意为之。他在试探她，她也在试探他。裴云暎的反应告诉她赌对了，他的确在猜忌她背后有人撑腰。

既然如此，她就顺着裴云暎的猜测，扰乱他的视线，让那个莫须有的"大人物"成为她虚假的护身符。

银筝递来帕子，陆曈接过，擦了擦掌心汗水。

对方看起来明朗爱笑，实则锋锐又危险，与他对峙，她要成竹在胸，深不可测，不能露怯，不可让对方看出自己的底牌。

都是伪装。

银筝问："那位裴殿帅之后还会来吗？"

陆曈摇头："暂且不会。他以为我有靠山，又想利用我，短时间不会对我动手。不过……"

不过想利用她，也要看裴云暎有没有这个本事。

银笋闻言，更担心了："可是纸包不住火，要是他发现姑娘背后没人怎么办？他有官职在身，想找理由岂不是很容易？"

陆曈擦手的动作一顿。

片刻后，她道："怕什么。要真有那一日，他要挡我的路……"

"我就杀了他。"

翌日，阴历八月十五，三秋恰半，是盛京中秋。

一大早，西街一路飘起了桂花酒浓香。

杜长卿和阿城到得比往日早，杜长卿一身杏黄圆领襕袍，束个刺绣勒帛，阿城则穿件嫩黄圆领短衫，两个人站在李子树下，像两株开得生机勃勃的金桂枝。

陆曈和银笋从铺子里出来，杜长卿先是对着银笋的丁香色挑线裙子欲言又止，待看到后走出来的陆曈，视线久久落在陆曈身上半旧的深蓝棉布裙上，不动了。

半响，他一抹脸，指着陆曈痛心疾首开口："陆大夫，我是没给你发月银还是怎么，为什么总要穿成这副寒酸模样，让别人看见，还以为我们医馆明日就倒闭了。"

陆曈不为所动。

银笋叉腰不服："这衣裳哪里寒酸了？又没破又没坏，明玉斋的密织金线合欢裙倒是不寒酸，一件二十两银子，杜掌柜给钱买吗？"

"少激将本少爷。"杜长卿哼了一声，"你平时这么穿就算了，今日去外头吃饭，穿这么寒酸，我怕酒楼不让你进。"

陆曈："吃饭？"

阿城笑嘻嘻道："东家说今日十五，陆大夫也来盛京半年了，就在新门桥的仁和店订了一桌午宴，请咱们尝尝。"

陆瞳看向杜长卿，杜长卿轻咳一声："自你们来了医馆后，我这医馆也算枯树逢春，作为掌柜，本人深感欣慰。"

"本少爷也不是什么不知感恩的人，今日就带你们去长长见识，回头别说我小气。"

盛京的酒楼饭店极多，中秋夜许多富家巨室更是愿意登台赏月，共睹玉兔。到了这时，酒楼的生意总是很好。杜长卿这回愿意破费，属实有心了。

陆瞳心中一动，突然开口："既然如此，为何不去丰乐楼？"

丰乐楼，是姐姐陆柔当初撞见太师府人的地方。

杜长卿一噎，没好气道："想得倒美，那丰乐楼一面席金近百两，要是我老子没死，还能带你们去挥霍挥霍。现在甭想。"

陆瞳面露失望之色。

杜长卿见状，气急反笑："真没看出来陆大夫你还挺虚荣。再说了，就算我舍得银子，也定不下席面。今日可是中秋，好点的酒楼早被订满，我能带你去仁和店，已经是老板看在往日交情上留的席面了。"

陆瞳想了想，道："那多谢你，不过我和银筝要先去送药，待送完药，再回医馆换衣裳。"

"送药？送什么药？"

银筝把药箱放在桌上："文郡王府要几罐纤纤，本来前几日就该送去了，他们府上人说今日十五，郡王妃宴请女眷以度佳节。姑娘想着人多送药去，还能多引些客流，特意赶到今日去送的。"

当初陆瞳登门范府为赵飞燕施诊送药，赵飞燕几月时间迅速纤瘦，在观夏宴中出尽风头。有夫人就问赵飞燕打听，赵飞燕不愿说出陆瞳替她针灸一事，便将所有功劳推到纤纤身上。

于是医馆里就多了许多贵家官族的名帖。

这些人家自恃身份，姿态高傲，有时只是派人来说一声，让陆曈登门去送，陆曈也一一送去。

不过她之所以推到今日去送药，倒并非银筝嘴里的引客，不过是因为前些日子又是毒杀刘鲲，又是铺兵夜中搜查，得了今日才有空闲罢了。

杜长卿信了银筝的随口胡诌，看向陆曈的目光顿时多了几分欣慰。

"陆大夫，难为你处处为医馆着想，东家心里很是感动。有你这样的坐馆大夫，我看明年中秋去遇仙楼也是迟早的事。"他大手一挥，"你去吧，早去早回！"

陆曈没再与他多说，背着医箱同银筝一道出了医馆大门。

杜长卿懒洋洋趴在桌柜前，望着二人背影往嘴里扔了个黑枣，问阿城："哎，刚刚她说，她们今日去的是哪家？"

"好像是文郡王府家？"

"文郡王府？"

杜长卿嚼枣的动作一顿，呸的一声吐出半颗枣核，骂了句晦气。

阿城疑惑："东家这是怎么了？"

"你忘了？"杜长卿翻了个白眼，"前夜里抄咱家那个姓裴的小白脸，他姐不就是文郡王府的王妃吗？"

文郡王府位于盛京北御天街附近，背靠大片园林，老郡王在世时，为哄夫人开心，庭中种植大片花卉，四时风景绝胜。

老郡王夫妇过世后，府中园林山水仍保留下来，一到佳节庆日，常常设席宴酬宾客，畅情风月。

今日也是一样。

湘竹榻上铺了丝质锦缎，桌前细白瓷花瓶里插了一小簇金桂，满室都是桂花芬芳。

女子斜靠在竹榻边发呆，穿了件浅金宽袖菊花绸裙，婢女从一边走来，将手中云锦累珠披风半搭在她身上。

裴云姝回神。

芳姿笑道："秋日冷，夫人仔细别着凉。"

"不知为什么，这几日总觉得热得慌。"裴云姝抬手抚上自己隆起的小腹，又望向芳姿，神情疑惑，"莫非是孕至后期，都会如此？"

芳姿不曾生育，亦不懂医理，只得尴尬笑笑："这个……奴婢也不知。"

裴云姝掖了掖身上披风，到底仍觉燥热，于是抬手将窗打开了一些。

从窗前往外看，远处庭院林木间隐隐有欢笑声传来。郡王府素日里来客不多，已经许久没有这般热闹了。

今日十五中秋，府里铺席设宴以酬宾客。她这个郡王妃身怀六甲行动不便，于是张罗宴客一事全都落在了侧妃孟惜颜身上。

不过，就算裴云姝未曾有孕，也不会主动揽起这些庶务。她本就不耐烦应酬贵人间的人情世故，更何况文郡王府中，她这个正妃是摆设一事早已人尽皆知，实在不用自找麻烦。

琼影提一篮月团走进来，把篮子往桌上一搁。裴云姝抬眸，瞧见红木篮上的锦帛，顿时眼眸一弯。

"阿暎送来的？"

琼影一笑："是的。世子让人一早送到府里，说是京城红悦斋出的新月团，一篮六种口味，不过夫人如今有孕，最好不要多吃，尝一点就是。"

郡王府也准备了月团，不过芳姿谨慎，不敢让裴云姝尝用。其实也不止月团，自裴云姝有孕后，一切吃食用度都由她们二人把关，以免出错。

裴云姝应了声，又问琼影："阿暎今日不来了？"

"陛下林苑赐宴，太后娘娘点了世子进宫去了。"

裴云姝点了点头，忽而想起什么，试探地问琼影："今日宫宴，都有哪些贵人在场？"

琼影一愣，摇头道："奴婢不知。"

裴云姝没说什么，眉间掠过一丝忧色。

前几日，文郡王来她屋里时，话中曾透露过一桩消息——太后有意为裴云暎做媒指婚。

裴云姝并不意外，裴云暎终日在御前行走，年岁正好，又因当初救驾有功，太后与陛下待他恩宠。年少有为，又是天子近臣，朝中不少人都想与裴家攀这门姻亲。

然而裴云暎与昭宁公父子不和满朝皆知，裴云暎的亲事，昭宁公未必做得了主。

若想要攀亲，走陛下与太后那头去说，反倒更容易一些。

然而裴云暎的个性，裴云姝这个做姐姐的最清楚不过，看似随和好说话，实则固执最有主意，尤其当年母亲一事过后，裴云暎待婚姻一事更为抗拒。他乖戾的一面从来掩藏在明朗笑容之下，倘若太后贸然指婚，对裴家来说未必是一件喜事。

裴云姝当时便旁敲侧击地问文郡王，太后心中瞧上了哪家千金，文郡王却将话头岔开，不欲与她多说。

今日御前设宴，在场贵人众多，说不定其中一位就是太后为其看中的姻亲。

只是不知是哪户人家。

出了一会儿神，裴云姝摇了摇头，她在这胡思乱想也没什么用，船到桥头自然直，若真到了那一步再打主意也不迟。

再者，说不定太后指婚，一指，就指了个自家弟弟最喜欢的，他上赶着还来不及，也无须她杞人忧天了。

她叹了口气，顺手拿起桌上一尊小巧的泥塑土偶把玩，土偶做成小孩模样，彩绘鲜艳，用以珍珠翠玉装饰，十分可爱。

芳姿见状，笑道："王妃叹什么气嘛，再过不了多久，就要和小世子或小小姐见面了，这要叫小世子或小小姐瞧见了，还以为王妃是不耐烦他们呢。"

"胡说，我怎么会不耐烦他们？"

裴云姝低头，看着隆起的小腹，嘴角浮起一丝笑意。

还有两月就要分娩了。

但愿平安无事。

郡王府中，陆曈与银筝正随着引路婢子往后厨走去。

自打来到盛京后，陆曈去过许多富贵人家的府邸。

柯家宅院鲜丽繁复，范家府邸穷极奢华，文郡王府却又不同。

郡王府中内含大片园林，其中亭榭错落，池塘曲折，府中园圃芬芳，大片花卉齐全。听闻每年宫中内苑赏花，一部分就是由文郡王府的寻芳园进奉。

如今正值金秋，一踏入郡王府，一丛一丛金桂泚泚，顿觉冷香扑面而来。

前面婢子见银筝面露惊叹之色，掩住眸中轻蔑，笑道："今日郡王府中设宴，大家都在后园忙着。你们将药送至后厨就可以走了。"

陆曈没说话。

送药其实送至王府门口就行了，不过药茶如何存放，饮用时的注意事宜还得一项一项与人交代，陆曈与银筝把药送到后厨，又将该交代的事全部交代了一遍,这才退了出去。

婢子将诊银递给银筝,望着陆曈笑道:"若是夫人用得好,之后还得劳烦姑娘再跑一趟,多送些药茶来。"

银筝忙道:"应该的。"

陆曈也低声应了,婢子正要送她们二人出去,冷不防身后传来一个迟疑的声音。

"陆大夫?"

陆曈一顿,转过身去,就见个鬟髻高挽头戴珠钗的妇人站在几步远的地方,正诧然看着自己。

董夫人?

陆曈心中惊讶。没想到竟在这里遇到了董麟的母亲,太府寺卿府上的董夫人。

陆曈颔首:"董夫人。"

董夫人朝她走了两步,有些好奇:"陆大夫怎么在这儿,莫非郡王府有人病了?"

陆曈便道:"不是。民女是来给郡王府送纤纤的。"

"纤纤?"董夫人怔了一下,随即笑起来,"陆大夫的生意都做到郡王府了,看来仁心医馆如今名气不小啊。"

陆曈微笑回道:"全仰仗先前夫人帮忙。夫人交游显贵,那些人家听闻夫人说了,才纷纷前往医馆购药。"

董夫人最爱听人说她人缘上佳,闻言心中愉悦,再看陆曈,越发觉得这位年轻医女识情识趣,比如今那些小辈会说话多了,难怪昭宁公世子会对她青睐有加。

想到昭宁公世子,董夫人心中忽然一动。

她目光闪了闪,拉起陆曈的手,亲昵笑道:"今日中秋,郡王府设

宴酬客，我是来赴宴的。你也算赶得巧，眼下宴席还未开始，估摸各家夫人小姐已到了许多。你随我走一趟，我同她们说说你那药茶，你身上若带了几罐，便送给她们试试，也算把住这个机会。如何？"

陆曈有些意外。

董夫人面上笑着，心中却自有考量。

前几日，自家老爷与她闲谈时，曾提起过昭宁公世子，如今的殿前司指挥裴云暎。

京中贡举一案后，礼部大波人马被牵连，朝中人人自危。帝王震怒之下，反倒越发宠信裴云暎。今日中秋，皇帝赐宴鸣林苑中，除亲王宗室外，唯有贵近方可入苑，裴云暎正在其中。

皇家对裴云暎信任有目共睹。此人如此年轻，将来前程无可限量，多攀些交情没坏处。

裴云暎心思难测，却对仁心医馆的医女亲近有加。董夫人自认与陆曈关系不错，如今既在宴席上，卖陆曈个人情，将来在与裴家交好时，说不定会简单许多。

董夫人心中打定主意，便叫陆曈背着医箱，又带上银筝，一同去宴上露露面。

寻芳园中，筵席铺设，四处宝玩山石。流杯亭榭中，已到的贵族女眷们侧身坐着，看盛酒杯盏从蜿蜒的流杯渠中飘过，笑声清脆不绝。

陆曈随董夫人一到寻芳园，就有女眷同董夫人打招呼："董夫人今日怎么来得这般晚？"又一眼注意到董夫人身边的陆曈，面露疑惑："这位是……"

陆曈衣饰清简，与在场贵女不同，但若说是婢女，瞧董夫人待她亲昵神情又不像。

董夫人将陆曈拉到身前："这位是仁心医馆的陆大夫，我先前就认识，刚在郡王府里遇到了，就带她过来瞧瞧。"

见诸女眷投来的打量目光，董夫人又笑道："可别小看人家，前些日子咱们盛京时兴的那味药茶纤纤，可就是出自她手。"

此话一出，众女眷登时眼睛一亮，立刻围拢过来。

纤纤药茶，早在之前观夏宴中就有人听说了，毕竟那位详断官夫人当时可是以窈窕身姿大出了风头。这之后，不少人前去买了这味药茶，但也有人认为是夸大其词，不肯相信。

但今日郡王府盛宴，董夫人亲自带人引见，纵是不信的此刻也生出三分尝试念头。

有年轻小姐问陆曈："那你现下可还有药茶带在身上？"

陆曈道："有的。"遂打开医箱，取出几罐纤纤递去，又轻声开口。

"实在抱歉，今日出来得匆忙，只带了这么几罐。夫人小姐们若还有想要的，我用纸笔记下府邸，回头一一亲自登门送上。"

那些夫人小姐们闻言，越发来了兴致，纷纷凑近要陆曈记下名字。董夫人瞧着瞧着，意味深长看了陆曈一眼。

今日来的都是高官显贵府上女眷，陆曈把这些名字记下，再逐一登门，也就是多了条门路。这些门路，未必日后不会成为裴家的门路……

纵然不为裴云暎着想，她那小破医馆攀上这么多富贵人家，只要有一家同她有了联系，对将来的生意只有好处没有坏处。毕竟盛京这地方，富贵荣华以及源源不断的利益，从来都是一脉连着一脉，没有单打独斗的。

她正暗暗欣赏着这份伶俐，陡然听见身后传来一个女子含笑的声音——

"怎么都围成一团，什么事这样热闹啊？"

众人回头看去，陆曈也抬眸，就见自亭榭后，几个婢女簇拥着一位年轻女子迤逦行来。

这女子一身石榴红牡丹彩蝶戏花罗裙，乌发挽鬟，斜插一支金累丝红宝石步摇，耳边两只珊瑚耳坠更衬得她肤白如玉，柳眉如烟，双瞳剪水，随她走近，满身环佩珊珊作响，十足妩媚逼人。

在座女眷起身，叫她"颜夫人"。

颜夫人？

陆曈正看着那位"颜夫人"款款走近，身侧董夫人将她衣袖轻轻拉了拉，低声在她耳边道："这位是郡王府侧妃，孟惜颜。"

原来是侧妃。

陆曈还未说话，又听得董夫人继续嘱咐："等下她若找你说话，记得，千万不要提起小裴大人。"

陆曈一怔："为何？"

"你还不知道吗？"董夫人惊讶地看着她，"文郡王妃裴云姝与小裴大人是一母同胞的亲姐弟。王妃与孟惜颜素来不和，她要是知道你是殿帅的人，一定会变着法儿为难你。怎么，"董夫人目光闪了闪，"小裴大人没同你说过此事？"

陆曈摇了摇头，心中微动。

她听杜长卿说过，昭宁公府上还有一位嫡长女，也就是裴云暎的姐姐，但早在多年前就已出嫁离府。陆曈只知裴大小姐所嫁亦是高门贵胄，但究竟具体是谁却没有仔细打听过。

没想到她就是文郡王府的王妃。

不过，郡王府中筹办佳筵，为何不见郡王妃主事，反倒是这位侧妃前呼后拥，一脸盛气凌人。

陆曈心中正思索着，那头的侧妃孟惜颜也从旁人嘴里听说了陆曈的事，漫不经心地扫来一眼。

陆曈默了默，对董夫人起身行礼。

"夫人，筵席即刻开始，我也该离开了。"

董夫人点头："也好。"

这里毕竟是郡王府而不是董家，玩笑闲说还行，但陆曈一介身份低微的平民，是没有资格入筵的。纵然董夫人想要送陆曈人情，却也不会为了陆曈得罪各位女眷，更不会让郡王府心生不满。

不过，瞧陆曈刚刚记的那一大本名册，想来今日她所获颇丰，这个人情算是送出去了。

董夫人笑道："过几日得了空，你再来我府上说话。"

陆曈温声应了，将医箱背好，正欲同银筝一道离开，忽然听见亭榭后有人焦急喊道："夫人，夫人，不好了——"

这声音出现得突然，将筵席上欢乐气氛顷刻打碎，众人朝前看去，陆曈的脚步也一停。

众目睽睽之下，一个青衣丫鬟绕过花圃，跌跌撞撞奔至孟惜颜跟前，扑通一声跪倒在地。

孟惜颜望着脚边人，柳眉一挑，声音带了些薄怒："冒冒失失喊什么？"

丫鬟抬头，一脸惊恐地望向孟惜颜。

"夫人，出事了，刚刚王妃院中的人说，王妃突然腹痛难忍，怕是动了胎气，请您赶紧过去瞧瞧！"

丫鬟尤带哭腔的喊声在亭榭间回荡，孟惜颜脸色一变。

陆曈诧异地看了地上人一眼。

难怪今日王府佳宴，不见王妃主事，原是这位郡王妃身怀六甲，不便出席。

不过，好端端的怎么会突然动了胎气？

当着诸位女眷的面，孟惜颜低声呵斥："下人是怎么照顾王妃的？

如何无故动了胎气？去请大夫了没有？"

丫鬟抽泣着答道："听王妃院里的人说，早上还好好的，就在刚才，王妃说胃里有些不适，本以为是犯呕，谁知过了一会儿疼得愈发厉害。院里的人这才着了慌。"

丫鬟顿了顿，继续开口："已经拿帖子去请医官了，只是眼下王妃疼得厉害，医官过来还要一阵……夫人，您先去看看王妃吧！"

今日皇帝赐宴，文郡王也进宫了，裴云姝出事，整个郡王府能主事的唯有侧妃孟惜颜。

孟惜颜面露难色，须臾，看向亭榭中的各位女眷："实在惭愧，诸位，王妃突然急病，我得赶去瞧瞧。"

关乎人命，自然没有继续开筵的道理，在场女眷纷纷表示让孟惜颜去瞧裴云姝要紧。

一位圆脸夫人瞥见站在董夫人身旁的陆曈，忽而灵机一动，叫道："这位陆大夫不是通晓医理吗？眼下医官未至，不如让陆大夫先去给王妃瞧一眼，以免误事。"

此话一出，董夫人心中咯噔一下，暗道不好。

高门大户间这些弯弯绕绕的事，这些年她也见了不少。遇到这种事，最好明哲保身，傻乎乎掺和进去，一不小心可是会丢了性命。

这些个夫人们是看热闹不嫌事大，要是最后真连累了陆曈，于她们而言也不过是一个平民医女，不值得放在心上。

可她们又哪里知道陆曈和裴云暎的关系？

一面是裴云暎的亲姐姐，一面是裴云暎的小情人，稍不留神出了差错，万一裴云暎把这笔账算到她头上可怎么办？要知道一开始，可是她拉着陆曈来这亭榭中的。

董夫人不想陆曈稀里糊涂趟进这趟浑水，以免牵连上自己，奈何周遭的夫人们一听有人开头，立刻一迭七嘴八舌地热心推举。

"是啊，陆大夫也是大夫，多少懂些医理，不如让陆大夫瞧瞧。"

"既能做出别家都做不出来的灵药，陆大夫的医术毋庸置疑，眼下情势危急，陆大夫说不定能帮得上些忙。"这是言事御史府上夫人在说话。

董夫人听着四周众人纷纷附和，气得脑仁儿生疼，这些人借花献佛倒是毫不迟疑，不就是仗着刀没落自己身上。要知道裴云姝没出事还好，要有什么三长两短，陆曈不被迁怒才怪！

一片嘈杂中，亭榭正中的孟惜颜抬眸，看向陆曈，语气有些意味不明："你是大夫？"

陆曈垂首："回夫人，是的。"

孟惜颜望着她，眸中寒芒微微一闪，片刻后道："那太好了，医官还未至，王妃情况危急，你既然懂医术，就快随我去看看。"

董夫人想要替她说话，陆曈牵住她袖角，对她微不可见地摇摇头。

今日恐怕她想走也走不了了。

且不提文郡王妃突然腹痛是何缘故，如今众目睽睽之下，不久前董夫人还在这些夫人面前夸下海口说她医术精湛，眼下若是拒绝，她的医术一旦被质疑，对将来结交这些贵人和接近太师府只会有害无利。

陆曈对着孟惜颜，轻声道："是，夫人。"

孟惜颜带着陆曈与银筝到了郡王妃院落前，便不肯再往里走了。

这院子比起寻芳园来说，显得安静清冷了许多，院中一个下人也没有。

孟惜颜在门前站定，一双柳眉轻轻蹙起："王妃向来不喜我进她院中。眼下王妃正难受，见了我，万一惹她更不舒服就不好了。"

她看向陆曈，笑容有种敷衍的柔和："再说，我胆小，也见不得那

些场面。陆大夫，快些进去吧。"

陆瞳没说什么，与银筝走到门前，轻轻敲了敲门。

门后传来一个警惕的声音："谁？"

孟惜颜身边的婢子上前，隔着门道："是西街医馆的坐馆大夫，今日在我们府上送药。医官和稳婆都还没到，夫人特意让陆大夫过来瞧瞧王妃。"

须臾，屋中传来一个虚弱的声音。

"让她进来吧。"

门吱呀一声开了半扇，陆瞳与银筝走了进去。

一进门，便闻到一股刺鼻腥气。

门口站着个高个子婢女，看向陆瞳的目光满是防备，犹豫了一下，才将门关好，转身对她道："跟我来。"

银筝留在门口，陆瞳随对方走了进去。

寝屋内很是宽敞，前屋矮几上放了一尊插满金桂的花瓶，旁置一方古琴，以淡青薄纱覆盖。室中书架后悬挂一方花鸟山水小景长画，桌上摆着一整套天青色旧窑茶具，器物并不繁多，一眼看去精洁素雅。

婢女将陆瞳引至里屋榻前，榻前还站着另一个青衣丫鬟，见陆瞳来了，伸手撩开挂着的月色云纱帐，急道："大夫快来看看。"

陆瞳走到榻前。

雕花细木贵妃床上，躺着位脸色苍白的年轻女子，额上汗珠大滴滚落，浸湿枕上纱缎。她眉眼生得美丽，和裴云暎有六七分相似，五官却又比他更柔和一些。

原来这就是文郡王妃，昭宁公的嫡长女，裴云姝。

听见动静，裴云姝睁开眼，看向陆瞳，语气十分虚弱。

"大夫，我、我已经好些了……"

陆瞳皱了皱眉，这屋中明明放了这么多鲜桂，却还有如此浓重的血腥之气，她伸手，掀开女子身上浅碧的烟缎双丝薄被，瞳孔蓦地一缩。

女子身下，一小片鲜红在毯子上氤氲开来，如朵红墨染就的花。

"怎么流血了？"

青衣丫鬟忙道："大夫，我家夫人今日一早还好好的，就在刚才，忽然觉得腹中不适，接着又流了些血。现下血是止住了，也已喝过安胎药，夫人腹痛也缓了一些，面上瞧着是没什么大碍的模样。"

流了血……

陆瞳问："可曾磕碰？或是有人刺激到她？"

丫鬟摇头。

陆瞳眉头微皱。

没有任何征兆动了胎气，还流了血，虽有腹痛之兆但已止住，只从这里看，情势似乎没有方才说得那般危急。

她在苏南时，曾见过稳婆给人接生，但那时是顺理成章的分娩，而眼下离文郡王妃分娩还有近两月时间，还不是时候。

况且这位文郡王妃虽脸色难看，却没有要小产的迹象。若按医书上记载，应以安胎为先。

高个子丫鬟站在陆瞳身后，紧紧盯着她一举一动，语气亦有暗暗的警告："府中已拿帖子去请了医官院医官，认识的稳婆也在赶来的路上，王妃玉体珍贵，大夫切记动作轻缓。"

这是信不过她。

陆瞳没说什么，伸手替文郡王妃把脉。

裴云姝脉象平稳，似乎刚刚的胎动并未对她造成什么影响。两个丫鬟正小心替她换上干净被褥，裴云姝神情仍然虚弱，但又比刚进来时平静了一些。

青衣丫鬟稍稍松了口气："许是安胎药起效了，王妃现在还疼吗？"

裴云姝轻声道："不疼了。"

陆曈若有所思。

方才来人说得危急，既见了红，又有腹痛之症，然而她还什么都没做就已平息下来，脉象也趋于平稳。看上去，似乎只要等医官院的医官到来，就能功成身退了。

这当然对她来说也是最好，只是陆曈仍有一事不太明白，无缘无故的，怎会突然腹痛见红？

丫鬟拿来个软垫靠在裴云姝身后，裴云姝望着陆曈，声音因紧张而发颤："大夫，我腹中孩儿……"

"无碍，王妃不必担心。"陆曈接过丫鬟递来的帕子，替她擦拭脖颈间汗水，忽而动作一顿。

裴云姝的肩颈处看着有些发肿。

若她生得丰腴些，这点肿胀也就很容易被人忽略了，然而裴云姝生得纤瘦，纵然有孕，看起来也略显单薄。她脖颈细而长，于是那点肿胀轻而易举被陆曈捕捉到了。

她伸手在肿块处轻轻按了按。

裴云姝"哎哟"一声叫起来。

"你做什么？"高个子丫鬟一掌拍掉陆曈的手，冲她怒目而视。

"琼影，别这样。"裴云姝轻斥一声，看向陆曈，有些不好意思地摸摸后颈，"大夫，我这婢女性子急，你莫介意。"

陆曈摇头，并不将琼影方才的话放在心上，只以指尖触着那微微隆起的肿块："王妃不曾发现自己这里肿胀吗？"

"这里？"裴云姝顺着陆曈指尖摸过去，有些迟疑，"这个之前就有了，也请医官来瞧过。医官说孕至后期，身上肿胀是常有的事，叫我无须在意。大夫,可有什么不对?"

孕至后期,产妇的确会有身体水肿一说,医官院的医官都没发现不对,理应没什么问题。

但不知为何,陆曈的心中却有一丝异样划过,好似有什么东西被她忽略了。

裴云姝斜靠在软垫上,就着琼影喂到唇边的热汤喝了几口,脸色红润了些,甚至能勉强对陆曈挤出一丝笑,像是要缓和这屋中凝重气氛似的,主动同陆曈开口。

"不止肿胀,孕至后期,我还常常觉得浑身发热,时不时流汗,明明已入了秋,却不想加衣。医官叫我切勿着凉,可我热还来不及,肤色也暗沉许多……"

这确实是孕期会出现的情况。

"最难受的前半月,我小腹还起了风瘙疹痱,痒得出奇,又不敢去抓挠。医官抓了药草让我煮来擦洗,好容易熬了半月才消退了……"

裴云姝说了一阵,未见陆曈回答,不由忐忑看向她。

"大夫?"

陆曈握着帕子的手微微收紧。

后颈肿胀,发热多汗,皮肤发黑,腹部风瘙,腹痛流血。单看每一样,的确是孕期可能出现的情况,但数样一齐发症……

她一言不发,霍地起身,在众人疑惑目光中快步走向桌前,打开医箱,从里抽出装着金针的绒布。

还未等几人反应过来,她已快步走近裴云姝,抓起她的手一针扎进!

这动作太快,裴云姝下意识"啊"了一声。

琼影怒道:"住手!"一掌将她推开。

陆曈被推得险些撞倒一边橱柜,笔架噼里啪啦摔了一地,惊动了外

头人。

银筝从外面跑进来："怎么了？出什么事了？"

陆曈没说话，死死盯着裴云姝的手。

琼影顺着她的视线看去，目光陡然一震。

那只洁白如玉的手腕间，金针扎进的地方，极快地显出一道蜿蜒血痕。

说是血痕也不对，分明是一道乌紫长痕，如一条一直暗中潜匿的蜈蚣毒虫，猝不及防间露出狰狞真容。

裴云姝低头，骇然看着腕间血痕，颤声开口。

"这是什么？"

院外，池边小榭中，孟惜颜斜靠着朱色栏杆坐着，漫不经心往池中抛撒鱼食。

中秋盛筵已经散了，府中主母出事，她这个做侧妃的要是还能若无其事继续主持席宴，明日满盛京城都要传出她目中无人的流言。

当着外人面，总归还是要装一装的。

婢子弯腰，在她耳边低声道："夫人，她们还在王妃屋中。"

孟惜颜淡淡一笑："哦？"

她勾了勾唇："看来，这个新来的大夫还真有几分胆量。"

今日裴云姝突然发症，本来要请医官和稳婆来看的，谁知这府上刚好有个送药来的坐馆大夫。裴云姝那头急需人过去瞧瞧，周围官家女眷们又趁势推举，她便顺水推舟叫那个陆曈去瞧一眼裴云姝，也好显得她真心实意替王妃着想。

婢子道："夫人，那陆大夫毕竟是个外人，就这么贸然进去见王妃，会不会不妥？"

"不妥？有什么不妥？"孟惜颜随手撒下几粒鱼食，望着水中争抢食物的游鱼轻笑，"是外人才好，是外人，才更好显得与我们无关。"

说来也巧，裴云姝早不发症晚不发症，偏偏在今日发症。文郡王一早便进宫去了，府中唯有她这个侧妃在场。倘若裴云姝真在今日出了什么差错，虽无证据，但旁人难免说三道四，还要怪她这个侧妃不肯上心。

然而中秋佳节，医官院的大部分医官休沐，临时赶来也要些时候。至于稳婆，裴云姝小心谨慎，千挑万选了信得过的稳婆等着两月后为她接生，眼下要找到人，恐怕也不是立刻就能寻到的。

这样一来，那个姓陆的大夫来得简直是正好。

既是因送药巧合撞上，又是太府寺卿府上相熟的大夫，无论如何也算不到她头上。

婢子还是有些担心："那大夫会不会瞧出什么不对……"

孟惜颜冷冷瞪她一眼，婢子打了个冷战，忙告饶道："奴婢胡说八道的，夫人别放在心上。"

孟惜颜哼了一声，低头拨弄木碗中鱼食。鱼食从她涂着蔻丹的指尖流泻而下，宛如一粒粒黑色明珠。

"宫中的药，医官院医官都瞧不出来，裴云姝请的几个大夫到现在也没发现端倪，她一个破医馆的坐馆大夫能看得出什么。"

她微微扬起下巴，鬓间那支红宝石步摇艳丽似血，衬得女子颜如脂玉，红唇饱满，吐出的话却带着阴森冷意。

"也算她命不好，裴云姝今日不出问题则已，一出问题，她也脱不了干系，说不定还要一起陪葬。"

"不过，能为文郡王府的小世子陪葬，对她那样身份的人来说，应当也是一种荣幸了。"

言罢，似是觉得好笑，孟惜颜掩住嘴，咯咯轻笑起来。

丫鬟不敢出声。

孟惜颜笑了一阵，才慢慢收起面上笑意，重新撒了一把鱼饵丢进池塘。

鱼群争先恐后漫游上浮，争夺着她指尖漏下的星点饵料。孟惜颜饶有兴致地看着，耳畔两只珊瑚耳坠红得滴血。

她身为少府监府上嫡女，容貌才情哪一样比不上裴云姝？就因为裴云姝有个做昭宁公的父亲，她二人一同进府，裴云姝做正妃，她就只能做侧妃。

侧妃侧妃，那不还是妾吗？

裴云姝个性冷淡清高，亦不懂小意讨好，过门后不久就遭到文郡王厌弃。而她身为侧妃，却独得文郡王宠爱，在这王府中，地位并不比裴云姝低多少。

孟惜颜原本对现下的一切很满意，直到裴云姝有了身孕。

裴云姝有了身孕，若诞下的是个儿子，将来就是文郡王府的世子，郡王之位还是会落在裴云姝的儿子身上。而她孟惜颜所生，便要被永远烙上一个"庶子"之名。

所以，裴云姝腹中子嗣注定不能留。

孟惜颜弹了弹指尖，最后一粒鱼食落下，她低头，池面倒映出一张美人的脸。

她看着看着，慢慢笑起来。

第十七章 出鞘

"你说王妃中毒?"

寝屋中,叫琼影的婢女脸色陡变:"不可能!"

另一个丫鬟芳姿喃喃开口:"王妃素日一干起居用物,都被我们仔细检查过。因怕旁人在其中动手脚,连香料也不曾用,只用花果熏屋。至于饮食,我们与王妃同吃同住,我和琼影都不曾有反应,王妃怎么会中毒……"

陆疃不语。

毒这种东西,并非要从香料饮食中下手,只要有心,自然能无处不在。

她望着裴云姝腕间乌痕:"看样子,王妃中毒已有一段时间了。"

裴云姝如遭雷击,一张脸白得没有半丝血色,抬头望向陆疃,恍恍惚惚开口:"陆大夫,这毒……"

"没弄清楚是何种毒药之前,我无法为王妃解毒。"陆疃道。

裴云姝身子颤了颤,芳姿忙上前扶住她,焦急开口:"大夫,我家王妃因身子重,平日里极少出屋,在这之前都没有任何征兆,况且医官们隔些时日就会上门,也不曾发现问题,怎么会中毒呢?"

陆疃沉吟片刻,问:"王妃开始有后颈肿胀、发热多汗、皮肤发黑、腹部风瘙征象,最早可到多久以前?"

裴云姝想了想,轻声道:"近两月前。"

"近两月,王妃可曾去过什么地方?"

"不曾。"

陆疃道:"此毒在两月前发症,医官却没发现,症象又都是产妇孕至后期可能出现之迹,下毒之人很谨慎。应该是积少成多,王妃早已接触到毒药,累积到一定时日才显现出来。"

她转身,看向芳姿:"现在你告诉我,王妃每日起居做了什么,事无巨细,一件也不要漏掉。"

芳姿闻言,紧张地回忆:"王妃每日近巳时起床,用过早膳,就在院子里随意走走,前些日子天热,白日就在屋里看看书,弹弹琴,描描花样子。身子重了后又嗜睡,末时小憩一会儿,夜里不到亥时就睡下了……"

"一日三餐都是我们和夫人一起用的,而且院子里也开了小厨房,不可能有人在其中下毒。"

陆疃微微皱眉。

芳姿既然笃定不会有人在吃食中下毒,那么其中应当不会有问题。裴云姝的日常听起来格外简单,就如她这寝屋一般,一眼就能看得清楚。

看书,弹琴,描花样子……

陆疃往外间走了两步,目光落在那方被银纱罩住的古琴之上,顿了顿,走上前去,揭开了罩着古琴的银纱。

古琴沉幽,如方清寂冷木,陆疃不认识这是什么琴,只伸手从琴面拂过。

琼影跟出来,道:"医官说多听宁静乐曲能使腹中小儿心情愉悦,王妃便每日要弹上一两曲。"她见陆疃不动,谨慎问道,"这琴有问题?"

陆曈收回手："没有。"

古琴很干净，没有任何有毒的痕迹，不止是古琴，应当说，裴云姝整个寝屋都很干净。就如她婢女所言，为怕生事，连个香炉都不放，只摆放些花果留香。

陆曈的目光从屋中扫过，掠过桌前时，视线突然一顿。

就在摆放古琴不远处，矮几上放着一对小巧的泥塑土偶。

这对泥塑土偶做得十分精巧，颜色鲜艳，用彩绘做成童子手持莲蓬的模样，还罩以红纱碧笼。土偶栩栩如生，偶人身上衣饰则镶嵌着珍珠黄金，以及象牙做成的玉佩，看上去价值不菲。

陆曈一怔，摩孩罗？

她知道摩孩罗，梁朝每至七夕，街上会有小贩贩卖这样的偶人，七夕人们用摩孩罗供奉牛郎织女，用以祝祷生育男孩，多子多福。

她从前在常武县时，七夕随家人出门也曾见过有人贩卖，但这土偶小小一个价格却昂贵，只能看看作罢。

裴云姝屋子清简素雅，唯有这么一对鲜艳精美的土偶，在此格格不入。

陆曈伸手，将其中一只土偶拿起来，放在鼻尖下轻轻嗅了嗅，眉心陡然一跳。

琼影："怎么了？"

陆曈神色冷下来，握紧土偶，转身进了里屋。

里屋中，裴云姝和芳姿见陆曈拿着摩孩罗进来，皆是一怔。裴云姝道："这……"

陆曈一言不发，到桌前站定，三两下剥开土偶身上华丽衣裙，顺手拿起桌上剪刀，在摩孩罗身上刮下浅浅一层泥沙，把泥沙往茶盘里的茶盏中一倒。

旧窑瓷盏中本还剩有半杯茶水，泥沙倒进去，立刻浑浊成一团。陆曈拿起金针往水中一搅，银筝站在她身后，发出"啊"的一声惊叫。

只见原本光泽闪耀的金针，前端已蓦然发黑。

"这上面有毒？"裴云姝失声叫起来。

她抖着唇，脸色白得吓人："这是……穆晟送我的，他怎么会毒害自己的子嗣……"

文郡王再如何冷落她，那是他们夫妻间的事，但她腹中是穆晟的亲生骨肉，他没有理由对孩子下手。

可这摩孩罗的确又是穆晟送与她的。正因"多子多福"的佳兆寓意，她又见这土偶精美可爱，这才留了下来，日日把玩，未承想这土偶身上竟藏有致命之毒！

裴云姝摇摇欲坠，陆曈却站在桌前，紧紧盯着手中土偶，眸中一片冰凉。

土偶被剥去华丽衣衫，彩绘的眉眼却尚在，手擎一支未开莲蓬，细长的眼笑如弦月弯弯。

一瞬间，那双以墨笔描绘的笑眼，与另一双细长美眸重合了。

芸娘含笑的声音浮现在她心头。

"我曾做过一味毒药，此毒无色无味，易溶于颜料，怀孕的产妇用了，起先不会有任何反应，渐渐地，会身体发热，肤色变黑，再过几月，肩颈处逐渐肿胀，等到一定时候，许有腹痛流血之兆，这便代表此毒已种入胎内，是成熟的标志。"

"不过，这还不是最有趣的地方。"

她笑道："最有趣的是，即便如此，中毒之人腹中胎相仍然安稳。就算有大夫探看，也只会认为这些症状寻常，安胎药喝下去，只会让此毒浸入更深。待满十月，诞下一名死胎，产妇却平安无事。"

"所以呀，这毒，又名'小儿愁'。"

小儿愁……

难怪她先前一见裴云姝的病症便觉心中异样，原来早在多年以前，她就已听芸娘提过此毒。

芳姿见陆曈神色凝重，小心开口："大夫，你知道这是何毒？"

"知道。"

芳姿一喜："太好了，麻烦大夫尽快为我们王妃解毒！"

半晌无声。

裴云姝看向沉默的陆曈，一颗心渐渐沉了下去，"大夫……"

"无解。"陆曈轻声开口，"此毒无解。"

手中摩孩罗眉眼弯弯，仿佛能透过眼前烂漫笑脸，看到芸娘弯起的嘴角。

妇人说："我只管做毒，哪里管什么解药呢。此毒一旦种入体内，便如幼种发芽，寄生于胎儿之上。药物、针刺，都不能使其毒性缓解。就像一棵初长的树，你只能看着它慢慢枯萎，束手无策。"

"小十七，"她笑得欢悦，"这，就是制毒的意义啊。"

"大夫！"

裴云姝猛地抬起头，不顾芳姿阻拦执意下地，颤巍巍地就要同陆曈跪下，陆曈上前一步，伸手扶住她，被她一把抓住手。

裴云姝紧紧抓着陆曈的手，那双瘦弱的手似有无穷力量，她盯着陆曈，目光中满是绝望与哀求。

"大夫，"她哽咽地开口，"求你……救救我的孩子！"

"王妃——"芳姿和琼影惊呼。

裴云姝却执意不肯起身，望着陆曈，像是望着死路之中唯一的生机。

陆曈心头一震。

她能看到裴云姝眼底不肯褪去的光芒，她说的是"孩子"而非"自己"。

不知为何，她突然想起柯承兴的小厮——万福曾在茶馆里与她说过的话来。

万福曾说，姐姐陆柔死前，曾查出有了身孕。

她无法得知陆柔在自知有孕时是何种想法，但这一刻，她仿佛在裴云姝身上，看到了陆柔曾经的影子。

她们都是怀着身孕时被人加害，不同的是，姐姐没能等到救她的人，孤独死在了冰冷的池水中。

裴云姝的眼泪一滴滴砸落下来，芳姿和琼影在旁边低声安慰："王妃别哭，医官马上就到了，一定会有法子的……"

陆瞳闭了闭眼。

不要心软。

不能心软。

郡王府中情况错综复杂，她一个外人贸然掺和，绝非好事。裴云姝若是无事，她已道出王妃中毒真相，势必被下毒之人记恨。若裴云姝有事更糟，她作为无故卷入其中一粒草芥，只会成为迁怒的筏子，一同与这位郡王妃陪葬。

更何况，小儿愁本就是无解之毒，芸娘从不说谎，说没有解药，就一定没有解药。裴云姝中毒已久，就算这孩子生下来，也已被积毒浇灌，未必活得了。

她有血仇在身，大仇还未得报，不该为这些旁人的事使自己陷入危险，还需留着这条命做更重要的事。

这样才对，本就该如此。

耳畔裴云姝的哭泣愤懑无助，藏着难以言喻的凄楚。

陆曈睁开眼，骤然开口："没有用的。"

屋中哭泣陡然一滞。

她冷道："如王妃所言，之前医官已来过多次，都未识出王妃中毒之迹，更别提替王妃解毒。更何况，此毒并不对产妇有损，独独损害胎儿，王妃已中毒多日，今日腹中出血，其实就是毒性成熟的标志。王妃安胎药喝得越多，此毒扎根越深，适得其反。"

裴云姝望着陆曈："大夫，你有办法是不是？"

陆曈垂下眼帘。

裴云姝手臂上的乌痕已蔓延至小肘，再过不了多久，待完全没过关节，腹中小儿再无生机。

芸娘说此毒无解，是完全毒发后无解，但若在毒性彻底激发前止住，许能有一丝转机。

"大夫，"裴云姝向前爬了几步，抓住她裙角，黑白分明的眼睛里亮得灼人，仿佛抓住了全部希望，"求你救救我的孩儿——"

屋中久久没有回答。

就在裴云姝眼底的光一点点熄灭之时，陆曈说话了。

"有一个办法可以试试。"

裴云姝眼睛一亮。

陆曈转过头，盯着她一字一顿开口。

"催产。"

小室中，孟惜颜站在花几前，将花枝一支支插进手边的霁蓝釉胆花瓶中。

婢子进来回道："王妃院子里的人说，王妃喝过安胎药，现下已好多了，那位陆大夫正替她调养安抚，应当是没有大碍。"

孟惜颜一笑，轻轻拿起笸箩中的银剪，开始细心修剪多余的花枝，道："王妃果然吉人天相，次次都能逢凶化吉。"

婢子不敢说话。

多余花枝被修剪干净，瓶花便显得高低落差，韵致动人。孟惜颜端详着，红唇慢慢溢出一丝满意笑容。

碍眼之物，就该干脆利落地剪除。

就如裴云姝腹中的孽种。

孟惜颜神情冰冷。

那味叫小儿愁的毒药是她宫中表姐给她的。

那时候裴云姝刚被诊出有孕，整个郡王府上下热闹极了。一向冷落裴云姝的文郡王破天荒对裴云姝嘘寒问暖，就连王府里那些下贱仆从都开始见风使舵，对裴云姝一力讨好奉承起来。

孟惜颜心中恨极，紧随而来的是对未来的担忧。倘若裴云姝生下儿子，将来就是文郡王府的世子，日后就算孟惜颜再诞下子嗣，裴云姝母子也能永远压她一头。

她纵然再受宠，也只是个侧妃，那个无能的郡王妃，恐怕即将母凭子贵了。

她心中有事，进宫时被身为宫妃的表姐看了出来，询问她是怎么了。

孟惜颜便将心中担忧和盘托出，表姐听完，反倒笑了。

"我当是什么事让你烦成这样，不过是有了身孕，宫中有孕妃嫔如此之多，可真能生下的又有几个，纵然生下，平安长大的又有多少。八字还没一撇呢，你怎么自己先泄一半气。"

孟惜颜着恼："娘娘有所不知，我倒是想做些手脚，可裴云姝如今吃食用度都格外谨慎，寻不到机会下手。再者，她是昭宁公的女儿，要是出了什么差错，恐怕也不好收场。"她试探地望向表姐，"不如，娘娘给指一条明路？"

表姐在宫中亦需家族依仗，文郡王宠爱自己，文郡王府便能站在表姐身边，对表姐来说也是一门助力。

表姐没说话，视线在她脸上转了转，似在评量她究竟值不值得自己冒险。

孟惜颜心中七上八下，直到听见表姐轻声一笑。

她说："明路有是有，就看你敢不敢用。"

表姐给了孟惜颜一封药。

她织锦裙摆拂过殿中铺着的软绒地毯上，上头刺绣反射出的粼粼宝石像细碎日光，语调如春风般和悦。

"此药名叫'小儿愁'。原是宫中一味禁药。先皇在世时，后宫曾有嫔妃使此毒谋害皇嗣被发现，后来宫中勒令禁止此药。"

"这药无色无味，易溶于颜料。有孕产妇服之，起先不会有任何反应，渐渐地，会身体发热，肤色变黑，再过几月，肩颈处逐渐肿胀，等到一定时候，许有腹痛流血之兆。不过，即便如此，中毒之人腹中胎相仍然安稳。就算有大夫探看，也只会认为这些症状是寻常孕兆，安胎药喝下去，只会让此毒浸入更深。待满十月，诞下一名死胎，产妇却平安无事。"

"此毒不伤产妇，专害婴胎，故曰'小儿愁'。"

孟惜颜望着面前药包，忽然蚕人般地缩回手。

表姐瞧见她动作，不以为意一笑："小儿愁如今几已绝迹。不过，因我与御药所的人有几分交情，才得知这桩秘辛。"

"这药我在宫里是不敢用的，但你可以一试。"她轻声凑近孟惜颜耳畔，"宣义郎最宠爱的那个爱妾，可就是因为用了此药，才诞下一名死胎的呀。"

听到最后一句,孟惜颜心中一动。

她知道宣义郎那个爱妾,弹得一手好琴,极受宣义郎宠爱,进府不久后有了身孕,宣义郎好好补养着,谁知道到了临产时,生下的胎儿却没了气息。那小妾经此一事受了打击,一病不起,不久后香消玉殒。

京中夫人都说她是没福气,未承想原来是中了毒。

想到宣义郎夫人温柔贤良的模样,孟惜颜忍不住打了个冷战。

她知道宣义郎宠爱小妾,小妾有孕时,但凡有个头疼脑热都拿帖子请医官。连医官院的医官都没发现其中端倪,直到小妾入土,也仅仅是按孕胎不健来定的症。

如果给裴云姝用上此药,就能无声无息毒杀她腹中孽种。

孟惜颜忍不住心动。

于是她接受了表姐的"好意"。

毕竟直接害掉裴云姝性命,未免有些过于明显了。但若裴云姝活着,甚至平平安安待到分娩日,最终诞下的婴孩却没气息,这就怪不得旁人了。那些先前时不时的发热、头疼、风瘟倒全成了裴云姝胎象本就不稳的证据。

要是裴云姝能因此郁郁而终,那就更好。

孟惜颜又剪了两簇杂叶,将剪子放回笸箩,忽而想起什么,问:"医官可瞧过裴云姝了?"

裴云姝犯症已有一个时辰余,医官院的医官应已到了。正如表姐所言,每一次裴云姝有些许不适,医官过来瞧都只说是寻常孕症,让裴云姝不必担忧,喝几副安胎药就好。

一开始孟惜颜还担心,怕那些医官发现什么,但几月过去,无一人觉出不对,孟惜颜渐渐也就放下心来。表姐没骗她,这禁药果真没几个人知晓。

婢子轻声回道:"刚刚王医官来过,不过被王妃身边的琼影拒回了。说是王妃此刻已好了许多,正在休息。王医官走时还有些不高兴。"

孟惜颜一顿:"裴云姝不肯见医官?"

"是的。想来是那位陆大夫已经安抚好了王妃。"

孟惜颜面露狐疑。

裴云姝自打有孕后,衣食起居格外谨慎,唯恐腹中子嗣出什么差错。就连每次去医官院请医官,都是换不同医官来瞧诊,以免医官被人收买。

至于她请的那位稳婆,更是与她娘家颇有交情,可见是做了万全准备。

今日裴云姝腹痛,让姓陆的医女去是因为事发突然,纵然裴云姝已无大碍,但医官就在门口,裴云姝放着医官不见,偏信一个名不见经传的医女,不是有些奇怪吗?

对于裴云姝的反常行为,孟惜颜忍不住心中猜疑。

她思忖一下,又问:"那个医女见了裴云姝后,可做了什么事?"

婢女仔细想了想,回道:"陆大夫先去瞧了王妃病症,接着说没什么大碍,就叫身边丫鬟去近些的药铺抓了些药服下安胎。"

只是开了些安胎药,听上去没什么问题。

不过……安胎药?

孟惜颜脸色突然难看起来。

安胎药府中有的是,裴云姝自己的小厨房就有,而且听说在一开始腹痛时就已喝过一碗,怎会舍近求远再去外头药铺采买?

莫非……那个医女发现了什么?

这念头一出,孟惜颜立刻摇了摇头。不可能,一个破医馆的小医女而已,连普通药材都未必认得全,何况是失传已久的宫中禁药。陆瞳总不可能比医官院的医官还能耐。

但不知为何,她心中还是掠过一丝不安,像是有什么东西已经脱离掌控,正不受控制地朝某个她不愿去想的方向发展。

陆曈现在待在裴云姝的屋里没出来,眼下她为了避嫌,不能直接去找陆曈。况且这都是无端猜测,只怕是自己多想。

那么……

孟惜颜犹豫一下,吩咐屋中婢女:"你找人去陆曈的丫鬟刚去的那家药铺,问问她刚刚买了什么药。要快!"

煎好的褐色汤药盛在白瓷碗里,裴云姝靠床坐着,良久,终于下定决心,就要伸手。

琼影忍不住拦了一下:"王妃,要不再想想?"

"不如多换几个医官来瞧瞧,万一有不用催产的法子呢。"芳姿在旁低声劝慰。

陆曈坐在桌前,仿佛没听到屋中对话。

裴云姝金枝玉叶,身份高贵,腹中又是郡王血脉,而她只是个普通的坐馆大夫,要裴云姝将自己和腹中骨肉的性命全交到一个陌生人手里,实在有些强人所难了。

陆曈这样想着,听到裴云姝温声开口:"我相信陆大夫。"

语气格外笃定。

陆曈下意识抬头,就见女子背靠软垫,正微笑着望向她。

"我相信陆大夫。"裴云姝又重复了一遍,"过去医官院的医官来了不少,可一个发现不对劲的都没有。他们连我中毒都发现不了,又怎么能奢望他们解毒呢?"

"可是,"芳姿哽咽,"这样您太冒险了……"

一旦失败，裴云姝只会将所有过错都揽在自己身上。独自做决定的代价就是，这无法预料的后果也得由她独自承担。

裴云姝语气淡淡的："我是冒险，但陆大夫又何尝不是？你们以为，陆大夫愿意替我催产，就没有为难吗？"

芳姿和琼影哑然。

这倒是事实，陆瞳替裴云姝催产，若出了事，自然脱不了干系。就算成功了，知晓真相的文郡王也未必会感谢她。

替裴云姝催产，对陆瞳来说并非划算买卖。

裴云姝不再多说，抬手拿起药碗，一口气喝了下去。

末了，将空碗搁在盘里，笑着看向陆瞳："之后全仰托陆大夫了。"

陆瞳起身，走到榻前坐下，银筝递来医箱，又出屋去准备热水。催产药喝下还有一阵子才会发作，屋中安静，许是为了缓解心中紧张，裴云姝主动寻话与陆瞳说。

她问陆瞳："陆大夫医术高超，远胜医官院医官，不知师从何人？"

陆瞳将金针拿出来细细擦拭，回道："只是个不知名的山野大夫而已。"

裴云姝点了点头，换了个话头："今日中秋，陆大夫替我催产恐耽误与家人团聚，要不要我让人替陆大夫传话，省得家中人担心？"

陆瞳擦拭金针的动作一顿。

她道："不必。我家人已经不在了。"

裴云姝愣了一下，随即看着她歉疚开口："抱歉，我……"

"没什么。"陆瞳面色平静，"王妃不必放在心上。"

屋中又安静了下来。

过了一会儿，裴云姝低头，轻声问："陆大夫，若是催产，孩子是不是就能保住？"

催产药都已服下，裴云姝才想起问这个，陆瞳也不知该不该说这位郡王妃是心大。她不愿欺骗裴云姝，便道："催产是为了让胎儿在毒性还未全部种入时将他剥离出来，倘若继续留在王妃腹中，毒性会越来越深。"

"女子生产即半只脚入鬼门关，我并不能保证能替胎儿除掉毒性，甚至不能保证王妃安然无虞，只能努力替王妃腹中胎儿抢一线生机。"

她抬头："王妃可明白？"

这话说得十分直白，裴云姝闻言，脸色愈发苍白。

琼影忍不住皱眉："陆大夫怎能如此说话？"

那些医官为让病者心情愉悦，驱除忧思，总是变着法儿地说些安慰之言，偏眼前这个大夫还嫌王妃不够紧张似的，字字锥心。

"我是替王妃治病的大夫，不是哄王妃开心的伶人。"陆瞳回答得很冷漠，"况且我认为，让王妃清楚目前情况，有助于接下来生产。"

琼影："你……"

裴云姝制止了琼影的话，勉强笑了笑："陆大夫说得没错，纵然没中毒，谁也不能保证生产不出什么意外。"她抓紧身下被褥，竭力装作轻松，"我裴云姝此生没做过一件坏事，我相信老天不会待我刻薄。"

这本是裴云姝安慰自己的话，听在陆瞳耳中却有些刺耳。

此生没做过一件坏事，老天就不会刻薄吗？

她陆家一门，忠厚清正，到最后还不是落得一个家门覆灭的下场。而那些作恶多端之徒，却在这皇城中春风得意，扶摇直上，是被人敬畏着的人上人。

善有善报，恶有恶报，不过是失败者对不公平命运发出的自我安慰，将所有希望寄托于虚无飘渺的"报应"上，不如仰仗自己。

屋中气氛渐渐凝滞，就在这一片沉默中，裴云姝刚换的衣裳又被汗

水湿透，她蹙着眉，极力忍耐又有些不安地抚上腹部："陆大夫，我、我好像有些不舒服。"

陆瞳神色一动。

催产药生效了。

她起身，去端银筝备好的热水。芳姿和琼影无措地看着她。

倒是裴云姝见状，平静笑了笑："陆大夫，你只管放手去做，就算……就算出什么差错，我也会保住你，证明此事与你无关。"

都这个时候了，这位郡王妃还念着旁人安危，陆瞳瞧见她汗津津的手已把身下被褥揉皱，以及她那双美丽眼眸中竭力藏起来的慌乱。

裴云姝在害怕，无论她表现得多么冷静从容，她还是打心眼里害怕。

身下被褥润湿大片，许是因为小儿愁，催产药效发作比平时更快，裴云姝面上血色褪尽，发出痛苦低吟。

屋中的鲜桂清香已不再能掩盖其他黏稠腥气。

深秋的午后，紧闭屋门中，没有清爽长风，像无法流动的泥潭，将所有人一同困住。

"别怕。"犹豫一下，陆瞳握住榻上女子的手。

裴云姝一愣。

顿了顿，她倾身在裴云姝耳边，语气依旧平静。

"我认识裴云暎。"

一瞬间，裴云姝怔住了。

热泪顿时涌上裴云姝眼眶，不知从哪来的力气，她一把抓住陆瞳的手，急切地问："阿暎？你是阿暎的人？"

芳姿和琼影也愕然看向陆瞳。毕竟她们二人记忆中，裴云暎并未提起过这么一位医女。

裴云姝却像是在穷途末路中陡然得了坚实依靠，一扫方才隐忍惶然，变得安心起来。她喘了口气，腮边汗水滑过，望着陆曈笑。

"陆大夫，原来你是阿暎的人。太好了，"她眼中含泪，"我相信你，真的。"

明明她刚才还怕得身子发抖，然而一听到裴云暎的名字，便立刻被注入无边力量。

陆曈沉默，人在绝境中只能靠自己，但在靠自己之余，亲人的念想总能使那过程的痛苦减轻一些。

药效发作越来越猛烈，裴云姝渐渐压抑不住呻吟。陆曈一面与她说话，一面让芳姿喂她喝些甜汤。

时间拉得太长，裴云姝会没力气的。

正当屋中气氛紧张之时，外头突然传来一阵剧烈拍门声，伴着婆子大声的呵斥："王妃，王妃开门，府中混入贼人，有人毒害王府子嗣！"

陆曈神色骤变。

芳姿和琼影也猛地抬头。

下一刻，那拍门声又加快了，孟惜颜的声音自门外响起："王妃怎么一直不出声？不会是出事了吧？"

裴云姝自痛苦中睁开眼，咬牙道："糟了。孟惜颜恐怕起了疑心。"

门外，孟惜颜站在婆子身后，一张脸阴沉得能滴出水来。

裴云姝赶走了前来验病的医官，独留那个医女在屋中，总让她心下不安，于是她叫人去了医女身边丫鬟抓药的药铺，问掌柜的她们究竟买了什么。

掌柜的一听对方是郡王府的人，吓了一跳，不等人问话就仔细回忆丫鬟抓药的方子。

"当归、枳壳、川芎、益母草、黄蓍……"掌柜的骇得变了脸色，"这是福胎饮的方子，是催产药啊！"

催产药！

孟惜颜涂着丹蔻的指甲几欲嵌进掌心。

没人会无缘无故服用催产药，尤其是裴云姝还有近两月才至分娩期。但她们现在却偷偷抓服催产药，只有一种可能。

那个叫陆曈的医女，发现了裴云姝中毒的事实。

孟惜颜身子紧绷，望着屋门的目光难掩阴冷。

表姐的话又回响在她耳边——

"中毒之人腹中胎相安稳，待满十月，诞下一名死胎，产妇却平安无事。"

小儿愁是要在产妇腹内无声无息地产生作用，待到十月一满，腹中婴孩再无生机。但十月未满就产下的小儿，究竟能不能活，表姐也不甚清楚。毕竟这禁药明面上已失传多年。

陆曈既已发现小儿愁的真相，一旦此事真相大白，毒害王府子嗣的罪名安在她身上，后果不堪设想。

孟惜颜咬了咬唇，心中闪过一丝恐惧。

今日文郡王在鸣林苑中，帝王赐宴结束已是夜晚，就算赶回也得再等一阵子。她必须赶在郡王回来前将所有罪名都推到那个医女身上去。

文郡王一向对她千依百顺，只要除去所有证据，裴云姝和她孟惜颜之间，文郡王总是毫无理由地偏向自己。

只要除去所有人证就行了。那个医女也是活该，谁叫她发现了不该发现的秘密，还一门心思帮裴云姝，是她辨不清情势，自己找死！

孟惜颜面无表情地抬头，对身后婆子家丁招了招手。

"王妃被歹人挟持，给我把门砸开！"

家丁婆子得令，一拥而上，只听砰的一声，雕花的黄木门一下子被人从外撞开，一众婆子冲了进来。

600

屋里，陆曈皱了皱眉。

郡王府中果然不太平，如果说之前只是猜疑，那此刻孟惜颜此地无银的举动几乎可以让陆曈心中确定，裴云姝的小儿愁之毒，与郡王府这位侧妃脱不了干系。

芳姿和琼影拦在裴云姝跟前，裴云姝此刻已破血，正是痛苦不堪，只吃力地抬头，怒道："孟惜颜，你想做什么！"

孟惜颜站在门口，娇艳的五官显出几分阴沉。而她的声音却是柔柔的，带着一种违和的关切。

"王妃，刚刚近街旁的药铺掌柜的令人来说，这位陆大夫身边丫鬟去药铺里抓了催产的福胎饮，掌柜的担心出了差错，特意差人来告知。妹妹得知此事，立刻赶了过来。"

她看向陆曈，冷冷道："你好大的胆子，竟敢谋害郡王子嗣！"

"我没有谋害贵府子嗣，"陆曈并不打算独自承担孟惜颜的怒火，"催产药是王妃自己的主意。"

裴云姝满面是汗，抚着肚子，在芳姿搀扶下怒视着孟惜颜："是我的主意。孟惜颜，我腹中胎象不稳，有中毒之迹，所以请陆大夫替我催产，以保全婴孩，你滚出去——"

孟惜颜眸中阴鸷一闪，随即惊讶地睁大眼："王妃真会说笑，医官院的医官隔三岔五上门，从未查出王妃中毒，怎么一个小医馆的医女还诊出了王妃婴胎有毒？"

她抬眸看向陆曈，语气森然："我看，是这个女人妖言惑众吧！"

毫无证据的指控，明明白白的嫁祸，如果不是这位侧妃张狂到过于愚蠢，就只有一种可能，她打算杀人灭口。

对一个死人，自然不必留什么余地。

耳边传来一声呻吟。陆曈低眸，裴云姝身下越来越润湿，方才孟惜

颜带人撞门而入，令裴云姝更紧张，已破了血，情势只会越发危急。

她倒是会挑时候。

孟惜颜也瞧见了裴云姝神色间痛苦，不由心中一喜。

女子生产本就九死一生，今日陆瞳是必死无疑，但若惊忧之下裴云姝难产，一尸两命，岂不是正合她意？至于这罪名……

她目光转向榻前两个丫鬟身上，这两个丫鬟不知裴云姝从哪里找来的，对她忠心得要命，孟惜颜三番几次收买都不成，既然如此……就让这二人成为替罪羔羊好了，也算全了她们主仆三人缘分。

孟惜颜一指陆瞳："把这个女人给我抓起来！"

裴云姝惊骇莫名："孟惜颜，你大胆！"

孟惜颜蹙着眉："王妃受这女人蛊惑，此刻神志不清，还有这两个人——"她看向芳姿和琼影，嘴角笑容诡异，"身为王妃贴身侍女，却与外人勾结里应外合谋害王妃，把她们一起抓起来，待郡王回来定夺！"

身后家丁们正等着她这句话，闻言冲进来，就要抓住陆瞳。

琼影和芳姿见状一脚踢飞面前一个婆子，拔出腰间匕首，挡在裴云姝榻前。

竟然会武？陆瞳神色动了动。

看来文郡王妃也并非全无后手。

门口的孟惜颜见状，脸色一沉。难怪这两个丫鬟对裴云姝总是寸步不离，原来是有依仗。这些普通的家丁婆子是靠不住的，孟惜颜喝道："卢汉——"

伴随着她这声高喝，院落中响起齐刷刷的脚步声，一众佩剑护卫赶到门前，是王府的护卫。

孟惜颜后退一步，指着屋中几人厉声道："拿下他们！"

"是！"

青衣护卫如狼群，凶狠扑向猎物。

孟惜颜冷冷一笑。

文郡王宠爱她，便将王府护卫任她调遣。这些护卫都是有真本事的人，就算裴云姝的两个婢子身手再好，终究双拳难敌四手，更何况……屋里还有个手无缚鸡之力的拖油瓶。

护卫们凶神恶煞地扑来，芳姿和琼影一面要分心护着榻上的裴云姝，一面要护着陆曈，还得应付这些护卫，一时有些分身乏术。

一个身形壮实的护卫避开芳姿，猛地抓住银筝的手臂往外拖，银筝哪见过这种阵仗，顿时惊叫一声。

陆曈一转身看见的就是这一幕，一把抓起小几上花瓶，朝那护卫脑袋上猛地抡去。

砰——

护卫身子晃了晃，缓缓倒了下去。

银筝惊魂未定地望着她，屋中其他人见状也忍不住愣了一下。

这个看起来柔柔弱弱的女子，下手竟是毫不迟疑地果断。

细白瓷花瓶在地上摔得粉碎，夹杂着艳色的血。陆曈快步上前，一把拂下榻上罗帐。

月色云罗帐像一片淡色弯月，又如云纱，轻轻柔柔自头顶飘落下来，将帐外和帐里隔开成两个世界。

一同飘出来的还有她冷静的声音。

"保护我。"

芳姿和琼影骤然回神。如今已到图穷匕见的生死关头，她们二人唯一的任务就是保护陆曈顺利替王妃接生。

帐中传来女子的低吟，孟惜颜脸色更加阴沉，对方出乎意料地难

缠。她蓦地眯眼,声音陡然变得尖利:"拿下她们,生死勿论——"

刹那间,屋中护卫再无顾忌,拔剑朝几人扑来。陆曈被云罗帐挡着,神情不变,仿佛没听见外头缠斗之声,冷静地帮裴云姝指点呼吸。

扑哧一声,一道冷光从侧面直刺而来,擦着陆曈面颊而过。下一刻又被琼影的匕首挡了回去。

"陆大夫,你受伤了……"裴云姝望着陆曈脸上血痕,气喘吁吁地开口。

"不用管,我没事。"陆曈按住她,语气平淡。

外头缠斗声越发激烈,芳姿和琼影因要顾及身后的裴云姝几人,难免分心。

孟惜颜目光闪了闪,高声道:"你们到底是谁派来的?竟然敢光天化日之下谋害王妃!卢汉,杀了他们——"

护卫头领闻言,突然抛下面前的芳姿,手中长剑一转,蓦地朝陆曈背后刺去,电光石火间,银白剑尖冲着陆曈的后心而去!

砰——

有尖锐的破空之声响起。

一道寒光破空而至,气势汹汹直穿过人群,狠狠穿破护卫的头颅。

温热的血一簇喷溅在月色纱帐上,红红白白洒下一片斑驳。

箭矢落地,一同倒地的,还有护卫和他手中的剑。

屋中缠斗声不知什么时候停了,死一般的寂静里,陆曈听到孟惜颜开口,嗓音像是在发颤。

她说:"裴、裴云暎……你怎么来了?"

裴云暎?陆曈微微一怔。

裴云姝也听到外头动静,面露惊喜:"阿暎来了?"

陆曈无暇分心,只听得有脚步声自外头一步步响起,似乎有人进了屋,走到了裴云姝榻前。

纱帐将里外一分为二,如被澄澄月色分开的白昼与黑夜两个世界。然而刚刚芳姿与护卫缠斗之时,剑锋划破纱帐,月色便有了缝隙。

透过被划破的缝隙,陆瞳往外看了一眼。

一道绯色身影挡在榻前。

满地狼藉里,他背对着陆瞳,看不到神情,只看得见腰间全然出鞘的银刀。

陆瞳曾见过裴云暎拔刀,但似乎每一次都只是半出鞘便收回,这还是第一次瞧见这雪亮银刀全然出鞘的模样。刀刃锋锐悍然,好似面前人褪去那张亲切面具,露出面具下乖戾与狠绝。

再不掩饰腾腾杀气。

他微微侧首,浑身散发冷意,声音却温和带着安抚,对陆瞳道:"继续。"

陆瞳低头,不再关注外头的动静,只专心做自己的事。

门口,孟惜颜望向榻前人,面色难掩震惊。

裴云暎怎么会突然出现在这里?

今日陛下赐宴鸣林苑,裴云暎与文郡王一道进宫,宴席结束须得夜晚。就算裴云暎的人暗中报信,裴云暎得了消息赶至,文郡王呢?他为何不在?

似乎想到什么,孟惜颜美丽的脸因恐惧显出一丝扭曲。

裴云暎是为她姐姐而来,文郡王不在,眼下王府中,谁能保得了她?

孟惜颜忍不住后退一步。

她害怕裴云暎。

裴云姝看似清高冷漠,实则软弱可欺,宅心仁厚的下场就是总被这府中人怠慢哄骗。但裴云姝这个一母同胞的弟弟性情却全然不同。

605

此人姿容俊美，性情又风趣爱笑，年纪轻轻圣眷正浓，还有一个昭宁公父亲。这般的乌衣子弟，身上没有豪贵之家浪荡子的半分骄矜，哪怕是对婢子下人都含笑有礼。每次他来府中，总是惹得年轻婢女芳心乱动，就连孟惜颜自己也不得不承认，倘若裴云暎蓄意撩拨勾引，她也未必抵挡得住。

不过她不敢。

孟惜颜还记得身为少府监的父亲站在自己跟前，沉着脸嘱咐她不要与裴云姝相争的画面，他说起裴云暎的阴沉狠辣，说起朝中与他作对之人总是莫名其妙出事，说起这位昭宁公世子杀人时，尸体流过的血能将一整条小河沟染红。

他说："你一向争强，从前郡王护着你也就罢了，但现在裴云暎回京，他是个疯子，莫要得罪他，否则，他谁都敢动！"

孟惜颜嗤之以鼻，父亲一向胆小怕事，裴云暎再嚣张，总也要顾及礼法。

但她心中又隐隐觉得，父亲没有夸大其词。因为不止是她，就连文郡王每次面对裴云暎时，眼底都有隐隐的忌惮之色。

连文郡王都要忌惮的人，如今带着一众禁卫前来兴师问罪，她要怎么做才能全身而退？

屋中传来裴云姝断断续续的呻吟，孟惜颜回过神，目光从护卫尸体上掠过，忍不住眼皮一跳。

卢汉是文郡王最依仗的护卫，他说杀就杀了，没有半丝迟疑……

她蓦地生出一个念头——裴云暎绝不会放过她！

孟惜颜胆战心惊地抬眸。

禁卫们将门口团团围住，淡色云罗帐前，裴云暎站着，绯色绣服在满地血泊中艳得惊人，腰间长刀的冷光却将俊美容颜映出一层森然杀气。

没有了平日的明朗亲切，他面无表情盯着孟惜颜的目光，凉薄得像是在看一个死人。

孟惜颜被他看得毛骨悚然，后退一步，险些被裙裾绊倒，几近告饶地争辩："裴殿帅，这些人勾结想要谋害王妃……"

裴云暎短促地笑了一声。

他笑起来时，眉宇间越发俊丽动人，一双漆黑眼眸里，沉沉都是嘲讽之色。

孟惜颜被他笑得心慌，就听他嗤道："她们是我的人，你的意思是，本世子光天化日之下要谋害王妃？"

她愣了一下，一瞬间恍然大悟。

难怪了，难怪这些人对裴云姝忠心耿耿，难怪无论如何她都收买不了这两个丫鬟，因为，这根本就是裴云暎的人！

可郡王府新添下人都经由郡王手下严苛审辨，以免王府混入别有用心之人。他怎么敢，又怎么能光明正大地塞人到王府院中？他就不怕引起帝王疑心？

孟惜颜惊骇莫名，裴云暎却像是厌烦了与她说话，漠然抬手："拖走。"

王府护卫如何比得上那些雄武禁军，不过须臾，就将屋里屋外的护卫连同家丁婆子尽数拿下。

孟惜颜被禁卫摁着往外走，拼命挣扎起来："放开我！"

她自进王府门起，从来备受文郡王宠爱，名为侧妃，实则地位远远高于裴云姝。如今当着王府上下的面，像阶下囚一般被裴云暎手下推搡，简直奇耻大辱，未来如何服众，王府下人在心中又会如何看她！

孟惜颜猛地扭头，冲帐前人咬牙切齿地大喊："你疯了？我是王府

的侧妃,你敢这么对我,郡王回府后绝不会放过你!"

裴云暎在别人府邸中如此嚣张,当真以为王法都奈何不了他吗?可恶至极!

"不会放过我?"

他一怔,像是听到什么好笑的话,眉眼间笑容越发灿烂,漆黑深眸中却似盛着寒林暮雪,一片幽凉。

他淡淡开口:"你们最好祈祷我姐姐平安无事,否则……"

"今日动手之人,一个都跑不了。"

禁卫们常年调习,动作迅捷,将门口众人迅速拖走。尸体也被清理干净。只有裴云姝痛苦的呻吟在屋内回响。

挡路之人已被清理干净,接下来,就靠裴云姝自己了。

陆曈头也不抬:"其他人出去,留银筝在屋里帮我。"

芳姿和琼影下意识看向裴云暎,裴云暎对她们微一点头,二人立刻退下。

屋中还剩裴云暎。

陆曈:"你也出去。"

轻绡高悬卧榻之上,似轻烟,将外头那道绯色身影模糊得如温存旧梦。

他身子动了动,走向门外,走了两步,倏地又停步。

风吹动月纱,飘飞帐帘后人影若隐若现,年轻人的声音没了从前散漫笑意,隐忍复杂与往日不同。

"陆大夫,"他问,"我能相信你吗?"

陆曈动作一顿。

屋中静寂,只有女子细碎的呻吟,那道绯色映在轻绡上,如一枝将开欲开的嫣红芍药,芳姿绰约,恨春有情。

沉默片刻，陆曈重新低下头，平静开口。

"治病救人的时候，我就只是个大夫。"

裴云暎在院子里等了很久。

月光泼地如水，脉脉照亮整个院落。桂花浮玉，夜凉如洗，盛京的八月十五，圆月总胜往日皎洁。

青年立在院中，沉默伫立如一方坚石，银色月光流过丛丛芬芳丹桂，又漫上他绣服边上淡金的团花纹，最后温柔摹过他眉眼，在他瞳眸中留下一抹迷离光彩。

他一直望着花窗。

小窗里晕出的昏黄灯光将这本就冷清的夜映得越发岑寂了，他静静看着，仿佛要在这里站到天荒地老。

身侧侍卫劝道："主子，不如先去休息。"

裴云暎淡淡摇头，握刀的手却越收越紧。

从花窗里传来断断续续的低吟，不时有丫鬟端着银盆出来，血水红得刺眼，看着触目惊心。

他垂下眼帘，长睫遮住眸中神色。

母亲死的时候，也流了很多血。

十四岁的他不懂，惊惶又笨拙地拿手去捂她颈间伤口，然而鲜血还是汩汩地冒了出来，瞬间将他手打湿。从来爱笑的妇人将他紧紧搂在怀里，那些温热液体从她身上不断流出来，变得黏腻而冰冷，母亲望着他，总是盈满笑意的眼眸里只剩心痛与眷恋。

她大口喘着气，急促道："暎儿……暎儿，保护好你姐姐……快逃！"

快逃。

那是母亲留给他的最后一句话。

裴云暎闭了闭眼。

他答应过母亲要保护好裴云姝，可年少的他连裴云姝的亲事都决定不了，得知昭宁公裴棣打算让裴云姝进宫的消息后，他拼命阻止也无能为力。

那时候他明白了，他需要权力，他不想受裴家控制，他要能自己决定他们姐弟二人的命运，留在裴家做昭宁公世子是不行的。

所以他离府离京，投靠他人，不择手段向上爬，他拿到了可以同裴棣做交易的条件，可等回到盛京却发现裴云姝已经出阁。

裴云姝没有入宫，进了文郡王府，嫁给了穆晟那个废物。

他晚了一步，他总是晚一步。

就如今日他在鸣林苑中得知裴云姝出事时那一刻的感受，与多年前一般同样憎恨自己的无能。刹那间浓烈愤怒席卷而来，令他恨不得立刻屠尽文郡王府上下。然而最终他只是克制地起身，同皇帝说明此事，带着禁卫们快马赶回。

他已不是多年前那个横冲直撞的、什么都不懂的裴家少爷，裴云姝在这府中所受欺凌暗算，他自当一笔一笔替她讨回来。不管是孟惜颜、穆晟，还是别的什么人。

"哇——"

一声嘹亮婴啼划破长空，打破死气沉沉的静夜。

银筝欢喜的声音从小窗内飘出来："千金，郡王妃生了一位小千金！恭喜王妃，贺喜王妃！"

等在门口的芳姿和琼影顿时一喜，忙不迭冲进门去。裴云暎僵在原地，似是不敢相信自己的耳朵，片刻后才回神，三两步走到屋门，被银筝用胳膊拦在门口。

银筝迟疑道："大人，姑娘才接生了小小姐，可小小姐生来体内带毒，姑娘还得替她祛毒，恐怕还要等些时候，您现在不能进去。"

裴云暎神色微变。

是了，平安生产不过是第一步，他的姐姐在郡王府中被人无知无觉下了毒，腹中骨肉日日被毒物侵蚀，陆曈不过是在毒性吞噬的最后一刻将那孩子带离出来。

但那只是第一步。这个刚刚诞生的小姑娘，前程仍如漆黑长夜，混混沌沌难以窥清。

面前人神色沉寂，四周似散淡淡寒意，银筝莫名有些紧张，听见裴云暎冷声问道："郡王妃如何？"

方才迫人的压力散去，银筝悄悄松了口气："郡王妃没事，只是有些虚弱，裴大人放心。"

他没再说什么，银筝便又赶紧钻回屋里，这位裴大人不笑的时候，总让人觉得颇有压力。

他没有走开，仍等在门口，静静听着屋中传来婴孩细细的啼哭。那声音很细弱，像只新生小猫，咿咿呀呀地伸出爪子软绵绵地抓挠，却有种奇异的生命力，在这夜里格外令人动容。

侍卫赤箭走到裴云暎身边，由衷地替他高兴，但在欣慰之中，又有一点不确定的犹疑，低声提醒："主子，那位陆大夫可信吗？"

段小宴被陆曈扣下那一夜，赤箭也在场，他亲眼见到那位女大夫是如何与裴云暎针锋相对，她那讥诮的语气，挑衅的目光，以及毫不犹豫陷害段小宴的心机，都无法使人相信她别无所图。

而如今，裴云姝母女的命就在她手中，一念之间。

裴云暎垂眸不语。

片刻后，他淡淡开口："我没有别的选择。"

自得知裴云姝有孕后，他就将芳姿安排进裴云姝的院里，之后又送

来琼影。裴云姝院中一众下人被仔细排查，饮食用度更是日日查验，不敢懈怠。隔段时日换医官上门诊脉，纵然如此，裴云姝还是在他眼皮子底下被人下了毒。

那些宫中医官自诩医术高明，却连裴云姝中毒都未曾发现。他不想相信陆瞳，这位女大夫满口谎言，没有一句真话，杀人、栽赃、诬陷，他却要把自己珍视的人送到对方面前。

因为眼下，只有陆瞳救得了她。

他并不喜求神拜佛，更对人在命运至暗之时恳求神明垂怜的举动嗤之以鼻，但这一刻，他向虚冥祈祷，愿用自己余生寿命换得病榻之中的裴云姝母女平安。

淡月色纱帐如烟似雾，柔柔罩住榻前人纤细的身影，她的声音清冷没有一丝波澜，像山巅的石，幽谷的花，任由风吹雨打，长久沉淀在人心头。

"治病救人的时候，我就只是个大夫。"

只是个大夫……

裴云暎眸光微动。

他可以威胁孟惜颜，威胁穆晟，却不能威胁一个随时能与人同归于尽的疯子，她不受人威胁，便只能信任。

这世间他信任的人极少，但愿她值得。

院中有人走来，是侍卫青枫，青枫在裴云暎身前站定，低声道："主子，文郡王回府得知您扣下护卫和孟侧妃一事，正在院门口和禁卫们对峙，嚷着要您赶紧放人。"

裴云暎嗤地一笑，笑容有些轻蔑。

鸣林苑中，他得到消息时，穆晟已喝得微醺，他向皇帝请辞，却故意遗漏穆晟。皇帝对臣子府中姻亲的微妙僵持总有种恶意兴味，并不阻拦。他的禁卫们把裴云姝的院子团团围住,不让郡王府内任何人靠近。确实有些鸠占鹊巢。不过……

一个废物而已,也敢在他面前叫嚣。

年轻人往前走了两步,方才立在窗下的柔和与寂然瞬间褪去,眉眼间森然冰冷宛如换了一个人。

他的声音也是无情的,淡淡开口:"让他滚远点,否则……"

"我就当着他的面,剐了他的爱妾。"

第十八章 告别

夜渐渐深了。

城南清河街头，宝马香车竞驻争驰，坊市红楼间箫鼓弦乐彻夜不绝，十五的夜万户千门家家夜宴，落月桥上桥下两轮圆月，一轮天上，一轮水中，把个盛京城照得花光月色，光彩争华。

满城行歌酒兴中，文郡王府的某处院落里却幽冷清寂。

屋中银釭点着朦胧火光，床榻换了干净被褥，被刀锋割破的云罗纱帐已经换成干净的青纱帐缦，帐缦轻柔，将榻上人和气息一并轻柔包裹。

裴云姝生产过后虚弱得很，已累得睡着了。初生女婴被奶娘喂过一点奶汁，小脸皱巴巴像只细弱小猴，缩在襁褓中，紧紧依偎着母亲。

她所中小儿愁尚未全解，然而在毒性还未全蔓延开时催产，到底给这小女孩抢回一丝生机。芸娘说小儿愁无解，是中毒至深的小儿愁无解，还好，不算太晚。

但她眼下又还太小，不能用猛药，只能好好养着，待慢慢将余毒从体内除去。

裴云姝母女暂且没什么危险了，下人们匆匆清理屋中狼藉，陆疃坐在角落桌前，低头思索解毒方子。

屋中安静，不时有婢女低声询问陆疃煎药的禁忌，银筝先回了医馆。今日事发突然，没人告知杜长卿出了何事，他若脑子转不过弯儿，舍不得高价定下的那桌酒席，和阿城一直在店里等至夜深就不好了。

灯火昏昧，陆曈提笔，在纸上写下几字，又微蹙眉头将方才写的划去。字迹被涂抹，渐渐晕开模糊墨痕，像窗外夜色里乱糟糟的星。

今晚是中秋夜，她恍然记起。

眼前墨字变得更加朦胧，又像是有了生命，发出些笑闹嘈杂声，那些声音盘旋着在她耳边絮絮低语，慢慢勾勒出常武县漆黑的小路。

小路杂石被清理过，又用石板铺得很平，缝隙间覆满绒绿苔藓，一点昏黄灯光从小路尽头的木窗间透了出来，在青石板地映出一道长长的旧时的影子。

她在屋前站定，里面隐隐传来嬉笑，陆曈犹豫一下，推门走了进去。

母亲正在门口准备祭月的香，院子里传来陆柔和陆谦说话声，她顺着廊下走，看见石桌上铺了粗布，粗布上摆满夜市上买来的蜜饯和绒线。陆柔正往石桌上端新鲜瓜果，陆谦则把盛着月团的大瓷盘往上摆。

"奶酥油松仁馅儿，奶酥油枣馅儿，香油果馅儿，奶酥油澄沙馅儿……"陆谦仰头长叹，"都这么甜，娘倒也不必全按小妹的口味做。"

陆柔抿唇一笑："你可以只吃皮，馅儿留给曈曈。"

"还喂她馅儿呢，"少年翻了个白眼，"再多吃点糖，新做的裙子都穿不下了。"

父亲从屋里走出来，展袖抚须道："今夜十五，为父从书院得了幅《月色秋声图》，恰好考考你们，你们三人，各赋诗一首，待祭月结束写下，写不出来的要罚。"

话音刚落，一旁就有不满的声音传来："爹，怎么十五还要作诗？我不作，我要去庙口看河灯！"

这声音清亮骄纵，尚带一丝稚气，却叫陆曈怔了一怔。

从屋里跑出个五六岁的小女孩，穿件半新的葱黄薄袄，下面素裙，

双鬟边各簪一朵乌金纸剪的蝴蝶，她人也像只鲜蝴蝶，一眨眼飞进院子里，一张元宵般的圆团脸因生气生出些红晕，震得鬓边两只金蝴蝶颤巍巍地扇动。

"陆三！"父亲气得脸红，"姑娘家成日乱窜，成何体统！"

"今日十五，我才不管。"小姑娘一扭身，飞地窜到母亲身后，"我要去庙口看河灯。"

"不行！"

小姑娘跺脚："偏要！"

陆曈久久凝视躲在母亲背后有恃无恐的女童，那张鲜嫩小脸上的笑容如此鲜活灵动，让她一时恍惚。

那是从前的她自己，又陌生得像是另一个人。

五六岁的陆曈从她身边跑过，像一缕抓不住的风，她下意识顺着女孩疾跑的影子望去，却见小姑娘站在自己身后，一脸惊疑地望着她："你是谁？"

"我是……谁？"她喃喃重复。

月色渐渐被阴云遮蔽，不复明亮，她往日的家人们站在一处，望着她的目光复杂，如看一个突然闯入的陌生人。

陆柔将小陆曈紧紧搂在怀里，陆谦望着她，惊疑喊道："血！"

陆曈低头。

指间不知何时浸满鲜血，那些黏腻腥稠的血一滴滴从她指尖淌下来，无穷无尽，在地上形成一摊小小的血泊。

她茫然看着眼前。

对了，她杀过人，她双手染血。她不再是陆家那个被保护着的无忧无虑的三姑娘，不再是家人心中宠爱的掌中珠。从她杀人那一刻起，就早已回不去。

有人唤她名字，语调温柔而慈爱。

"小十七。"

她霍然回头，芸娘站在她身后，桃红小袄上柿蒂纹折纸花刻丝艳丽，手里捧着一碗褐色汤药，对她含笑招了招手。

"过来。"

寒风从窗隙吹来，桌上烛火晃了几晃。

陆曈打了个激灵，一下子从梦中醒来。

没有常武县陆家的院子，没有十五院落中的祭月，没有爹娘兄姊，也没有芸娘。

远处是垂下的青色帘帐，屋子热闹而温暖，这里不是常武县，是文郡王妃裴云姝的寝屋。

只是个梦……

昏黄烛色像层浅色的纱，柔柔披在她身上，她呆呆坐着，听见身边有人叫她："陆大夫。"

陆曈茫然抬眸。

裴云暎瞧见她的神情，轻轻一怔。

夜已经很深，裴云姝母女暂时脱离险境，裴云暎打算寻陆曈问裴云姝的情况，一进屋，就见陆曈坐在屋中角落的桌前，低头正在打盹。

她一早来到文郡王府，听说原本只是替孟惜颜送药茶，却误打误撞被留下，整整忙了一日，该是疲乏至极才会坐着睡着。

他绕过小几，打算拿条薄毯给陆曈披上，一眼却瞧见陆曈眉心皱得很紧，还未等他反应，像是察觉有人靠近，陆曈睁开了眼睛。

大概是刚从梦中醒来还不甚清醒，她的目光没有往日冷静与防备，看起来涣散又恍惚，仿佛一尊布满裂痕的瓷瓶，下一刻就会倏然破碎。

裴云暎眸色微动。

顿了顿,他开口:"没事吗?"

闻言,陆曈眼底的恍惚之色迅速褪去,神情重新变得清明,看向他摇了摇头。

"姐姐睡了。"裴云暎看一眼床榻的方向,压低声音,"去外面吃点东西?"

他这么一提醒,陆曈适才觉得自己腹中空空,一日都未曾用饭,遂收好桌上纸笔,随裴云暎一起走出屋门。

已是亥时末,庭院中月色流转,小院桂花树下,石桌上摆了些瓜果。郡王府园林一向花盛,金桂、银桂、丹桂……一阵风来,花粒簌簌落下,满院花气袭人。

就在这桂枝芬芳里,陆曈坐了下来。

裴云暎跟着在她对面坐下,桌上摆了个雕红漆海棠花茶盘,里头盛着六只小巧月团。一罐桂花糖,一碟桂花蒸新栗粉糕,还有几碗元宵,盛在莲纹青花小碗里。

他边提起瓷壶倒茶,边道:"太晚了,茶点潦草,陆大夫凑合一下。"

陆曈道了一声"多谢",伸手将一小碗元宵端到自己跟前,拿银勺送进嘴里。

元宵煮得软糯,里头放了桂花核桃,又香又甜,热食下肚,身子也暖和起来。

他见陆曈吃得香甜,笑了笑,把青花茶盅推往陆曈跟前。

陆曈看了一眼杯中。

裴云暎道:"不是酒,丹桂茶露而已。"

陆曈没喝过,闻言浅浅尝了一口,入口是淡淡的甘甜和茶香。

月朗风清,烛火昏蒙,院落里没有别人,只有墙外远远飘来坊间琴瑟,琴音飘过灯火通明的青楼画阁,飘过罗琦飘香的天街游苑,飘过幽坊小巷,飘过深宅红墙,渐渐飘进这月下的桂花阴里来。

陆瞳凝神听了一会儿,只觉琴音呜咽凄凉,在这团圆佳节中,却生皓月难圆,人生最苦惟聚散之感。

她微微蹙眉,一抬眸,却对上裴云暎若有所思的目光。

见她看来,他便笑了笑:"这是《广寒游》中《折丹桂》一节。"

陆瞳不言。

家里书籍很多,却没有琴,一方好琴是很贵的。陆柔喜欢弹琴,爹娘攒银子给她买了把旧琴。

陆柔琴弹得好,生得又美,总有些暗恋佳人的少年大半夜蹲在陆家门外听佳人抚琴,隔壁卖瓜小哥时常夜里收摊时被围作一堆的少年们吓到,后来那琴就卖掉了——街坊们怨气太深。

"听说陆大夫是苏南人?"说话声打断了她的回忆,裴云暎含笑望着她,"陆大夫从前是怎么过中秋的?"

她收回思绪,回答得很冷淡:"从前不过中秋。"

这话倒并非说谎。至少在落梅峰的那些年,八月十五的月亮和每一日的月亮没什么不同。

听她如此敷衍回答,裴云暎叹了口气,望着她的目光半是真心半是调侃:"陆大夫不必对我如此防备,至少今夜,我们应该不是敌人。"

她刚刚救了他姐姐和外甥女,短时间内,他确实不会对她翻脸。

陆瞳抬眸,注视着眼前人。

夜风静寂,满庭月色给年轻人绯色公服镀上一层银霜,衬得他那张眉骨英气的脸越发俊美夺人。

他声音清洌,笑容明朗,一看就家教良好,极有分寸,待人又客气亲切,哪怕当初怀疑自己杀人咄咄逼人时,也挂着笑意,好似没心

没肺。

但陆瞳却想起不久前,在裴云姝榻前透过云罗帐缝隙,他出鞘的那把银色长刀。那是她第一次看见裴云暎如此冷酷的一面。

一直以来,他高高在上,胸有成竹,像个没有破绽的难题横在人面前,让人无从下手。然而在那一刻,她窥见了这难题藏在深处的破绽,或者说软肋。

裴云姝就是他的软肋。

他的软肋,是家人。

见她一直沉默,裴云暎打量她一眼:"怎么不说话?"

陆瞳淡淡道:"裴大人想说什么?"

裴云暎想了想,放下手中杯盏,看着她。

桂花阴下,石桌上灯色朦胧,他望着她的漆黑眸瞳映了明亮月色,没了试探与傲气,显出几分平日没有的疏朗。

他道:"多谢。"

语气郑重。

陆瞳微微一怔。

虽与裴云暎打交道的时候不多,但她自认对裴云暎也算略有了解。如他们这般簪缨门第的贵公子,亲切不过是显示他们教养的一层面具,所谓的客气是疏离,有礼是傲慢。但这一刻,他的道谢显出几分真心,或许是因为裴云姝母女对他来说果然很重要。

有软肋的人,总是可以对付的。

她心中这般想着,听见裴云暎道:"多谢你今日出手相救,说实话,"他低头看着面前杯盏,笑了一下,"还以为你不会救呢。"

陆瞳心中轻哂。

在裴云暎眼里,她杀人、栽赃、嫁祸、居心叵测,手段歹毒,要他相信自己是治病救人的活菩萨，确实有些强人所难了。

她用银勺搅一搅小碗里的元宵，回道："本来是不打算救的。"

裴云暎挑眉："那又为何改变了主意？"

陆曈微微一笑，抬头直视着他的眼。

"因为，不救的话，就没机会让裴大人欠我一个人情了。"

此话一出，裴云暎一愣。

一阵风吹来，满树桂叶簌簌作响，夜风夹杂着金色花雨纷纷落下，落了人满身芬芳。

似乎也是在某个午后的清河街，典铺前，年轻的指挥使替钱袋窘迫的女大夫付了银子，站在她面前笑得意味不明。

"因为，说了的话，就没机会让陆大夫欠我一个人情了。"

不过几月间，她就将这句原话奉还，不知该说是巧合还是记仇。

年轻人"啧"了一声，提醒道："话不能这么说，算上宝香楼那次，我也算救你两回了。"

"哦？"陆曈毫无感激，"可我今日是因为救王妃才陷入危险。再者，我一介平民。命可不如郡王妃母女值钱，算起来，还是大人欠我的人情更多。"

她说起性命贵贱时，虽语气平静，眸中却掩不住一丝厌憎。

裴云暎眉眼一动，笑着调侃："谁说的，陆大夫是大夫，怎么眼里性命还有高低贵贱之分？"

"有福之人人服侍，无福之人服侍人。郡王妃是被人服侍的，我是服侍人的，这就是贵贱区别。"

他笑意淡了些："这么俗气？"

"穷人一向俗气。"

他点头，身子往前探了一分，黑眸定定盯着陆曈，弯了弯唇。

"从来都是坏人装成好人,怎么陆大夫还反其道而行之?"

陆曈心中一跳。

他明亮黑眸仿佛能看穿她心底一切,唇角梨涡在月色下若隐若现,月色流转间,极是动人。

陆曈垂下眼帘。

他长得真好看,但是没用,长得好看的药物可以用来炼毒,长得好看的男人……也就仅仅是好看而已。

裴云暎也在看陆曈。

夜深花睡,明月可人,女子坐在溶溶灯色里,她生得美丽,比起盛京女子的明艳,更多是江南美人的纤巧,身姿单薄轻盈,好似一阵风就能吹散。

她身上那件半旧的藻纹绣花蓝布裙上沾染了些血渍,那是方才接生时弄上的,袖口有磨损的痕迹。一头乌鸦鸦头发斜梳成辫——大约是为了制药方便,此刻有些蓬乱,鬓边那朵蓝雀绒花还是第一次在宝香楼见面时她戴的那朵,绒花曾浸过血,洗得不怎么干净,但在这月色下模糊得看不清楚,倒显得她独自坐着,格外寂寞似的。

裴云暎眸色微动。

她看起来很俭省,虽然之前他和段小宴说陆曈的衣料花用涨了不少,但不得不承认,大多数时候,她都穿着旧衣,也从不用任何首饰,素净得不像十七八岁的姑娘。

然而仁心医馆这半年分明进项很多。

月光透过参差树影落在石桌上,夜很长,黎明还早。

他喝口茶,笑道:"好吧,陆大夫想要多少诊银?"

陆曈没说话。

裴云暎好整以暇地看着她。

半响，陆曈说话了。

"裴大人，不如我们来做个交易。"

"什么交易？"

"我救了王妃母女，两条命，一条还你宝香楼下救命之恩，另一条，望春山的事，你当没发生过，先前误会一笔勾销。"陆曈神情平静。

短时间里，她不想和殿前司有太多纠葛。此人实在难缠，除掉他恐怕惹人怀疑，不过，看他对裴云姝如此上心，至少在裴云姝这件事上，他总欠她个人情。

似没料到陆曈的条件居然是这个，裴云暎怔了一下，随即轻笑起来，盯着她的目光有些微妙："怎么不提柯大老爷？陆大夫，你想蒙混过关？"

陆曈心中一动，他果然猜到了。

她淡淡一笑："你有证据吗？"

年轻人叹气："没有。"

他摇头笑了笑："成交，你与他有何私怨我不管。这件事我不会再插手，不过下一次，我不会包庇你。"

陆曈有点意外，还以为他会试探一番，没想到他如此爽快就答应了，倒显得她小人之心。

她便从碟子里捡了块月团吃，是她最喜欢的奶酥油松仁馅儿，香甜得发腻。她慢慢吃着，对面裴云暎瞧着她吃，突然问："陆大夫，你师承何人？"

陆曈一顿。

裴云暎低头看着茶盘里剩下的月团："你说我外甥女所中之毒当下难以化解，若尊师出手……"

这话裴云姝也曾问过她，陆曈道："家师已丧逝。"

裴云暎剩下的话便咽了回去。

陆疃想了想:"我会努力为小小姐解毒,裴大人暂时可以放心。"

这话像是认真的承诺。

裴云暎笑了一下。

其实算他多心,医官院那么多医官来来去去,唯有陆疃一人发现裴云姝中毒真相,至少在盛京,她的医术不容小觑。

不觉更阑,墙外笙歌不绝,凄凄笛音里,秋露如珠,秋月如珪,桂树婆娑的长影中,流光照得女子如月宫里不食人间烟火的嫦娥。

嫦娥不食人间烟火,却独独嗜甜。

裴云暎见陆疃又拿起一块桂花蒸栗粉糕,不觉失笑。有风吹来,吹得陆疃鬓发拂动,他目光一顿,忽地凝滞下来。

女子白皙的脸上,耳下有一道极浅血痕,应当是刚才屋中打斗时为刀风所伤,仿佛玉白瓷瓶突兀有了一道裂口,刺眼得很。先前被她耳边碎发遮住,此时才露了出来。

他迟疑一下:"你的伤……"

陆疃随手摸了一下,道:"没关系,回去用药就好了。"

她这么一说,裴云暎便又记起初次相见在宝香楼下,那时她被挟持,颈间受伤流血,他难得好心送她一瓶祛疤药,转手就被她留在胭脂铺,瞧也不瞧一眼。

冷漠得很。

这般想着,他的目光就落在陆疃鬓边那朵蓝雀绒花上。

那朵蓝雀绒花背后三根银针尖锐锋利,胜过寻常暗器。他又想起自己午后赶至裴云姝寝屋里看到的那个护卫尸体,周围花瓶碎了一地,后来芳姿与他说起当时情况,语气里都是不可置信,俨然被这女大夫下手狠绝震得不轻。

裴云暎漫不经心地想着，其实就算当时他没赶到，陆曈也未必会吃亏。她的绒花花针着实锋利，她从来都不是什么坐以待毙之人。

琴音不知什么时候停了，院中月光和着桂香落了满身，陆曈抬起眼，对上的就是裴云暎若有所思的目光。他眸子在灯下漆黑发亮，绯色公服穿在他身上少了一点严肃，多了几分风流气，格外俊美非凡。

长天似水，这样的好景良夜，冷桂、淡茶、琴音、灯烛，月下庭院对饮的两人，乌衣子弟神采英拔，年轻医女柳弱花娇，倒显得他们如一双相识已久的故人。

陆曈道："王妃所中之毒，乃日积长久所致，此毒隐蔽，下毒之人势必藏在府上。大人难道就这么算了？"

他目光微微一动，随即挑眉笑道："陆大夫有何指教？"

陆曈拿起桌上瓷壶，给自己斟了杯茶露，对着裴云暎举杯至眼前。

她淡淡开口："殿帅，我送您一件礼物吧。"

一连十日，陆曈都住在文郡王府中。

初生女婴体内之毒虽未完全驱逐，但因脱离母体，毒性不再蔓延，日后一点点用药养着，未必不能痊愈。

裴云姝也渐渐好了起来。

不知道裴云暎做了什么，这十日里，裴云姝的院子里没有旁人进来，连文郡王都无法入内。

待裴云姝母女二人暂时没什么危险后，陆曈回了一趟西街。

杜长卿自中秋当日就没再见到陆曈，待看到陆曈安然无恙回来，心中大石方才落地。

陆曈换了件干净的素色白罗襦裙，重新梳洗一番，一掀帘子，迎上的就是杜长卿那张拉得老长的脸。

东家在铺子里转着圈数落："我早知道姓裴的晦气，没想到他这么晦气。你说你好端端上门送个药，也能遇到这档子事。你是年轻不懂事，别看他们这种高门大院个个人模狗样，其实烂事一箩筐。"又愁眉苦脸叹气，"别到时候好处没捞一个，惹了一身麻烦。"

陆曈打断他的话，"我不在医馆的日子，可有发生什么事？"

杜长卿一愣，一拍脑袋："对了，差点忘了……"

他话还没说完，冷不丁医馆门口有人叫了一声"陆大夫"。

陆曈抬头看去，就见门口站着个穿旧布直裰，头戴青色方巾的男子，手里提着几条青鱼，正望着她笑得赧然。

居然是吴有才。

杜长卿凑到陆曈耳边低声道："这吴秀才死而复生后，来医馆找你好几次了。前几次你没在，刚才正想和你说这事，他倒赶得巧。"

吴有才走进里铺，有些不好意思地提一提手中青鱼："之前中秋节礼，想送两条鱼给陆大夫，听阿城说陆大夫出门看诊去了，今日才回来。"

银筝忙将青鱼提了，还不忘拉上杜长卿和阿城进门后的小院，只对陆曈道："姑娘，院里晒好的药材还没分拣，我们先去忙，你与吴大哥说话。"

杜长卿扭头狐疑看一眼陆曈二人，最终还是什么话都没说，跟着银筝进了小院。

毡帘落下，里铺只剩下陆曈与吴有才二人。

陆曈站在桌柜前，打量了一下面前人。

吴有才仍是那副谦恭读书人的模样，衣裳破旧但整洁，就如初见时那般拮据，却也要从缝补过多遍的荷包里掏出碎银。

书生落魄，却仍不卑不亢，维持该有的尊严。

吴有才也望着陆瞳。

今日晴好，日光斜斜从对街天边照来，照亮昏暗里铺前的一小块，年轻医女沐浴在一小块金色中，暖洋洋的，少了平日里的清冷淡漠，像行至暗处里陡然出现的一丝光明。

她眉眼平静，看着自己的目光没有半分惊惶——明明这时的他，应当是个"死人"。

"陆大夫是否早知我会死而复生？"良久，吴有才轻声问。

她看见他，如此平静，和旁人惊惧全然不同，好似早就知道会出现眼前这一幕。

陆瞳没回答他的话，只问："你身子可有不适？"

吴有才摇了摇头。

十日前，他从黑棺中苏醒，差点吓疯灵堂一众来为他守灵的读书人。胡员外更是直直厥了过去，为他准备的黑棺险些就要换人。

众人鬼哭狼嚎后，请来西街的何瞎子前来捉鬼降妖，何瞎子远远瞧着他，手中桃木剑比比画画、念念有词一番后，抚须摇头长叹，说吴家良善之家广积阴德，阳寿未尽故而阎王网开一面，令阴私小鬼速速将他带回人间。

以荀老爹为首的诗社众人由衷替他高兴，吴有才站在敲锣打鼓的众人之间，只觉迷惑又荒唐。

他分明已经死了，他还记得自己在号舍里咽下毒药的刹那，剧烈疼痛从心口一点点蔓延开来，像是溺水之人抓不住最后一根浮木，只能一寸寸看着自己沉入黑暗，无边恐惧从四面八方汹然扑来，呼啸着要将他拉入更深的炼狱。

那一瞬间，他有对死亡的畏惧，有对生的渴望。

他在那一刻后悔了。

然而箭已开弓，如何回头？他临死前的最后记忆，是自己发狂般地在贡院地上哭号挣扎，读书人的体面荡然无存，如赤身裸体般被人观瞻垂死的挣扎。

谁知一觉醒来，满眼白幡黄纸，外头是胡员外熟悉的叫声，诗社众人们惊骇大嚷，一片鸡飞狗跳里，他站在黑棺中，身着簇新长衫，茫然望着头顶金色初阳，宛若新生。

他又活了过来。

吴有才看向陆瞳。

女子站在药铺中，低头整理散乱的医书，那时候风雨欲来，她在母亲的灵堂中出现，语含蛊惑，语气森冷，像个不怀好意的新娘鬼。而如今这般暖洋洋的日光下晒着，小药铺宁静干净，她站在这里眉眼温宁，竟生一种岁月静好之感。

吴有才轻声道："陆大夫为何会给我一副假死药……是因为猜到了我会用在自己身上吗？"

那时候，她把毒药交给吴有才，暗示他可以毒死贡举的主考官。然而最后吴有才退缩了，他最终也不愿杀人，于是把药用在自己身上，怀着玉石俱焚的心情。

然而他却没有死。

何瞎子的胡说八道吴有才根本没放在心上，他唯一能想到的，就是陆瞳。

陆瞳在药里动了手脚。

但她为何要这般做？难道她早已猜到自己要自戕？这怎么可能，毕竟自戕的决定，一开始连他自己都没料到。

陆瞳随手翻动手边医书，淡淡道："我不是说了吗？如果是我，我会杀了他。"

"但你不是我。"

吴有才一愣。

陆曈抬头看着他,微微笑了:"但你不是我。"

吴有才不是她。

这个读书人忠厚老实,和世间大多数穷困平民一般,吃了亏咬牙和血往肚里咽。他不像自己睚眦必报,冷心狠毒,一个读圣贤书的人,一个穷困潦倒却不肯多收贫苦老妇一个子儿的卖鱼郎,要他去杀素昧平生之人,岂不是太过残忍?

她没想过吴有才会自戕,无非是觉得若是吴有才真杀了人,且不提官府之后会如何处置,单就这无边的愧疚与道德的痛苦,就足以让这老实人活不下去了。

她利用他,却并不想害死他。

陆曈问:"那你呢,现在还想死吗?今后又有什么打算?"

吴有才默然一刻。

许是之前死亡的情绪太过深刻,吴有才"复活"后,躺在床上想了很多。

他想到了幼时父母对自己的期冀,想到了这些年的寒窗苦读和年年落第,想到了何瞎子对他说"公子将来定然做官",他想了很多很多,最后,他透过窗,看到院子里满地的彩穗余烬,想起荀老爹后来对他提起的,守灵那一夜,诗社众人特意为他点了一出《老秀才八十岁中状元》。

那是个结局圆满的喜剧,明明得偿所愿,却听得荀老爹潸然落泪。

功名啊,不过是个飘浮在空中的金色影子,瞧着光鲜亮丽,不觉却要搭上多少人一生。

吴有才收回思绪,看向眼前女子。

他道:"我不打算再下场了。"

"为何?"

吴有才笑了笑:"其实我今日来,是想和陆大夫告别的。"

陆曈一怔。

"城外有一布庄掌柜想为他六岁女儿聘一西席,托胡老先生寻人。胡老先生便将我名帖给了他。此后,我就去他家教书了。每年约有二十两银子,足我生活。"

他说起这些事时,眉眼舒展了许多,好似一夜间想明白许多事,不再如初见时总是拢着一层郁色,变得洒脱畅快起来。

陆曈沉默许久,才道:"也好。"

礼部经此一事上下震荡,吴有才作为一个无足轻重的小人物,却是造成这一切的源头。虽有关之人都已入狱,并不会有人寻仇到他头上。但日后再度贡举,吴有才却难免被拿出来说事。

此地于他到底神伤。

吴有才看向陆曈:"陆大夫呢?"

陆曈一顿。

吴有才望着眼前人。

其实事已至此,陆曈利用自己的目的究竟是什么,已经不重要了。无论如何,她替他圆满了最后一个心愿。

如今贡举舞弊已被揭穿,所有压迫读书人的权贵都已受到惩罚。他复活后,被刑部几个仵作仔仔细细检查了一番,没发现什么不妥,个个啧啧称奇。于是他便沿用何瞎子那套"阎王放人"的说法,不想给陆曈惹来麻烦。

他感激她,感激她在这浑浑噩噩的世道里将残酷真相撕扯给他看,感激她替自己寻到一条生路,更感激那副假死药,让他在生死关头感受到对生命的眷恋，还有回头机会。

重获新生。

也许西街鲜鱼行那个碌碌功名的吴秀才已经死了，活下来的这个，才是真的、他想做的吴有才。

里铺里久久沉默。

半响，吴有才的声音响起。

"无论陆大夫想做什么，有才都唯愿陆大夫一切顺利，心愿得偿。"

这话说得发自肺腑，真心实意。

这世上各人有各人的路，各人有各人的苦，不必探寻，不必打听，他只要知道，陆曈于他是在绝境中伸出的那只手，是救苦救难的女菩萨，这样就够了。

"承蒙公子吉言。"

陆曈抬起头，微笑着看向他："也祝公子，日后再无困苦，识尽世间好人，读尽世间好书，看尽世间好山水。"

她对他说这句话时，虽是微笑，目光却含淡淡怅惘，像是透过他在看别人的影，总有几分哀伤。

吴有才一愣，随即哈哈大笑起来。他一向温雅内敛，难得有这般由衷大笑之时，又收起笑，对着陆曈郑重其事长长作了一揖。

"多谢你，陆大夫。"

他告辞去了，背影不似平日谦卑微驼，反而疏朗潇洒，洗得发白的袍角在秋风里翻飞，在金阳中热烈得刺眼，竟有几分少年疏狂模样。

陆曈久久凝视着他的背影，直到李树下太阳的碎隙不再浮动，直到她眼角看得发酸，杜长卿的声音从背后窜出来。

他语气古里古怪："怎么这么依依不舍？不知道的还以为这是你亲哥。"

陆瞳收回思绪,他却不依不饶:"你今日看见吴秀才死而复生,半点不惊讶,是不是一早就知道了?"

"嗯,在郡王府听说了。"

杜长卿冷笑:"只是听说?他死而复生难道不是你动了手脚?"

陆瞳不为所动:"他自己不是说过,阳寿未尽,阎王不收好人,我没那个本事。"

"这谁家阎王这么公明?比凡间当官的还懂事?"他难得精明一回,紧随陆瞳不放,"少糊弄本少爷,你俩有什么秘密是我这个东家不能听的?我现在就要知道!"

陆瞳烦不胜烦,银筝和阿城从院里走出来,把晒药的簸箕一放,拽住杜长卿袖子:"东家,你不是说等姑娘回来后就去吃仁和店的酒席吗?什么时候安排?"

闻言,杜长卿身躯一震:"不错,差点忘了正事!"

十五那日他在仁和店定好了酒席,结果陆瞳一去文郡王府就是十日,害得他只能临时撤掉席面,然而订席的银子是不退的,杜长卿磨了许久,店主终于答应等他之后得了空再来,将席面全部排上。

如今陆瞳可算是回来了,这顿来之不易的饭终于能吃上。

他说:"人都齐了,赶紧的,挑个时间把席吃了。明日怎么样?"

陆瞳掀开毡帘:"再等几日吧。"

"还等?"杜长卿无言,没好气道,"爱去不去!"

陆瞳没理他唠叨,径自回了小院。

小院还是走之前那般干净,银筝爱洁,日日都要打扫,陆瞳进屋,走到小佛橱前,从旁取出几根香点上。

缭绕烟雾里,菩萨小像低眉敛目,面目慈悲。

她轻声开口,不知说给自己,还是说给别人。

"快了……"

"再等几日。"

十五的月团总是香甜。

漆黑刑房里,蓬头垢面的囚犯缩在角落,啃着手里半块生霉月团。

范正廉被关进刑牢已近一月,这一月里,他由清名广播、高高在上的青天大老爷沦为人人唾弃的阶下囚,每日吃不好睡不好,与老鼠臭虫为伍,连半块生霉月团都是奢侈。

他每日听那些狱卒闲谈,得知贡举舞弊一案至今,礼部上下震荡,天子怒逾雷霆,朝野里里外外查清一批官员私下卖官鬻爵,事已至此,他这个审刑院详断官多半也凶多吉少。

范家上下连同女眷皆被牵连,往日交往的权贵忙着明哲保身,他在这牢中待了多日,起先还念着有人能搭救一把,可直到浑身上下的金玉都已被搜罗干净,也不见一个人前来。

官场就是人走茶凉。范正廉嚼着嘴里的月团,恨恨地想。

正想着,暗处传来人的脚步声。那个总将眼睛望向天上的狱卒站在牢门处,满脸不耐:"说好了一炷香,快点!"

他身后的人"嗯"了一声,待狱卒走后,才露出一张熟悉的脸。

"祁川?"范正廉惊讶。

"是我,大人。"

灯火下,男子半张脸陷在黑暗里,看不清神情,语气是一如既往的木讷。

然而这木讷在眼下孤立无援的范正廉眼中,立刻便成了亲切。

范正廉一把抓住铁栅栏,几乎要将脸全贴上去,激动道:"你怎么来了?"

他没想到还能再见到祁川,他如今戴罪之身,身边所有奴仆手下理应被牵连,他以为祁川也身陷囹圄,未承想他居然好端端站在眼前。

范正廉迟疑道:"你……没被为难?"

祁川摇头:"小的只是录事,他们没在我身上查出什么。"

他这么一说,范正廉适才记起,自打他回到盛京赴任审刑院,刻意压着祁川官职不让他升迁,一介小小录事,的确不易被人放在眼里。

祁川没说什么,从食篮里端出几碟酒菜,从栏缝中递给范正廉,道:"小的知道大人这些日受苦了,小的无用,帮不上忙,就带了点吃的过来。"

范正廉看了看祁川,又看了看他递来的烧鹅,不知为何,心中突然生出几分感慨。

他在狱中许久,一月间看遍人情冷暖。落井下石的,乘人之危的,趁火打劫的,到最后雪中送炭、愿意冒险来看他的,竟是这个他不怎么看在眼里的奴仆。

原先打压他的那顶录事官帽,眼下倒令他生出几分无地自容之感。

祁川默默倒酒给他,范正廉接过来,苦笑一声,说:"小川,落到这个地步,也只有你愿意来看我了。"

"小川"这个称呼太过久远,祁川愣了一下,过了好半天才低声道:"大人对小的有恩,小人感激不尽。"

范正廉叹了口气。

其实他与祁川自幼长在一起,主仆情谊绝非寻常可比。当初祁川想要进族学念书,祁家家贫,祁父不愿出银,更骂他不知天高地厚,是范正廉说服范母出了祁川那份束脩,带他一起进了书院。

书院中不乏富家子弟,见祁川出身低贱肆意欺辱,范正廉帮忙护着。而祁川也会偷偷帮范正廉抄习功课,那时候感激是真心,袒护也是真心。

只是人与人间，贵贱早已注定，祁川忠心耿耿，聪明伶俐，可惜却是贱奴之子，令人遗憾。

范正廉问："外头现在怎么样？"

"礼部应当没有回旋余地了，御史台对此案十分看重，老夫人和夫人那头小的已打点过，会好过一些。"

范正廉点头，又左右看了一下，忽地招祁川上前，低声对他道："你帮我做件事。"

祁川一怔。

"你偷偷去一趟太师府，想办法给太师传个话，就说我有一样东西要献给太师，还请太师相助。"

祁川迟疑："这……"

范正廉神秘一笑："虽我落到如今田地，全身而退是不可能，但这案子如何判，其中尚有余地。你没身在官场不知道，救我对那些大人物来说，也不过是一句话的事。"

"太师府，是我范正廉最后的靠山。"他往后退了一步，喝一口热酒，一双眼在昏暗囚牢中灼灼发亮。

当初他把姓陆的小子处理干净，送了太师府一个人情，也不忘给自己留一手——那小子的信，他没有呈给太师府，而是自己扣了下来。

这东西用不好是催命符，但用好了，也能救命。

如今他已穷途末路，横竖都是一死，不如先奋力一搏，之后种种，再容细想。

祁川还想说什么，外头传来狱卒催促声："到时间了——"

范正廉看外面一眼，对祁川道："去吧，别忘了我说的话。"

祁川应一声，把空食篮装起来带走，要走时，又被范正廉叫住。

"小川，"范正廉没敢看祁川的眼睛，语气愧疚，"这些年，是我对不住你。"

祁川身子一震，没说什么，快步出去了。

待出了门，他又往狱卒手里塞了一块碎银，狱卒掂了掂，脸色好看了些，看他一眼："你倒是个忠仆，都这田地了还来探监。"

"忠仆"二字，从前听着不觉什么，如今听着倒觉刺耳，祁川闷头出了刑狱司大门，外头刮起大风。

风刮在脸上刀子似的疼，他漫无目的地走着，想到方才范正廉嘱咐他的事，心乱如麻。

范正廉要去请太师府这张最后底牌，试图绝境翻身。然而祁川知道，如今外头情况比范正廉想得更糟。

这几日，无论他走到哪里，几乎都能听到有人谈论贡举舞弊案。上头决定彻查，甚至有消息说要倒查往年下场中人有无作弊过往。

他做贼心虚，便如惊弓之鸟，梦里都是差人拿他的场景。

一旦倒查，查到范正廉头上，就会连带着查出他自己。九几年纪还小，若有这样一个父亲，这辈子也就毁了。

其实自范正廉入狱后，也有其他人找到他，范正廉当官这些年树敌不少，他若投奔他人，便要拿范正廉做投名状。

不知为何，他又想起仁心医馆那个医女说过的话来。

"船快沉了，不赶紧逃吗？"

祁川脚步一顿。

昏暗牢狱中，范正廉不知是幡然醒悟还是怎的，叫他一声"小川"，对他说"对不住"。

如若是从前，他们或许会冰释前嫌，共患难的人感情总要比旁人亲厚。毕竟那些年，他是真切感激过范正廉，发誓要效忠他一生。

偏偏是现在。

可惜是现在。

人情若比初相识，到底终无怨恨心。这句道歉来得太迟，而主仆间嫌隙已生。

船快沉了，聪明的人总是先逃离，他不想跟着这艘船一起沉下去，便要另谋生路，不惜一切代价。

哪怕是拿昔日恩人做垫脚石。

冷风吹来，吹得身上泛冷，祁川定了定神，握紧手中食篮，快步走入熙攘人流中。

盛京的风一日冷过一日，展眼九月，露气寒冷，北地鸿雁开始南飞。

鸿雁掠过盛京贵族家府邸，把市井中闲趣佚事传得满城皆知。

两日前，一则消息悄无声息在市井中流传开来，说是因贡举舞弊案入狱的罪臣范正廉与当今太师府渊源匪浅。如今出事，范正廉在狱中四处收买狱卒请人帮忙给太师府带话，求戚太师出手相助。

这消息无凭无据，且着实荒谬，一开始众人都当是有人胡乱生谣，毕竟一个是审刑院详断官，一个是权倾朝野的当朝太师，平日不见往来，八竿子也打不着一处。

但这消息传得实在有鼻子有眼，还有人说曾在几年前见过太师府马车在范家门口停留，渐渐地，流言越传越甚，说范正廉本就是戚太师手下，勾结礼部舞弊，正是因太师府暗中授意。毕竟科场一旦为人掌控，即是掌握半个朝野。若有求官仕途者，通过范正廉之手以重贿献之，方得荣华富贵。

这流言传过了内外诸司，传过东楼街巷，越过御史台传到皇帝案头，自然也传到了朱雀门头的太师府上。

太师府庭院中，池塘假山处，池中鱼群漫游，金盎、墨眼、锦被、梅花片……一眼望去，水中金霞粼粼，淙淙成韵。

当今朝中文臣最爱养鹤赏鱼，梁朝上下清流雅士纷纷效仿，常在庭斋中豢养此物。然而旁人府中鱼鹤哪有太师府中珍奇，若论起来，还是太师府庭中珍禽更胜一筹。

正是午后，有人穿过池边长廊，一路疾行，低头进了池边不远的茶室。

茶室内，案上砂壶雕花，有人正手捧古卷，临窗小憩。皂色鹤氅松松拢在他身，莲花玉冠下，婆娑白发垂至肩头，只一背影，颇有道骨仙风之态。

来人是个身材矮小的管家，快步进屋后，远远站于黑袍老者身后，轻声开口："老爷，外头流言越传越甚了。"

这几日，范家的事传得沸沸扬扬。

老者未曾作声。

"再传下去，恐对太师府声誉有损……"

"无妨，"老者仍捧卷不放，声音不疾不徐，"范家与我府毫无关联，流言随他去。"

"可是……"管家低头道，"此事与小公子有关。"

老者翻书的手一顿。

"前年二月中，小公子在丰乐楼无意间伤了位良妇。后来良妇归家，纠缠不休，其家人上京找到审刑院，详断官范正廉知晓情理后主动帮忙，将此事处理干净。因事出突然，小公子又惶惑不安，奴才便斗胆瞒下老爷，不想如今惹出大祸，请老爷责罚。"管家说完，伏身跪了下来。

室中一片沉默。

许久，老者淡淡开口："起来，此事不怪你。"

不过死了个良妇，此等小事下人处理了就是，的确犯不着报与主子听。纵然时日倒流，太师府处理的办法也并不会不同。

"此流言甚嚣尘上，只怕是范正廉临死前想拖太师府下水。天家对贡举案正是上心，若被有心之人利用，范正廉一开口，小公子的事公之于众，到底对公子声誉不利。"

黑衣老者默然片刻，温声道："那就让他闭嘴。"

管家神情一凛："是。"

"去吧。"

管家从地上站起，正要退出茶室，又被室内人叫住："等等。"

"老爷有何吩咐？"

手中古卷被搁置案头，黑衣老者拿过桌上砂壶，斟满眼前茶盏，适才慢慢地开口。

"那良妇人家，你再去查查。"

管家一愣："老爷是觉得其中有问题？"

"流言传得蹊跷，范正廉也在官场混了些年，就算找太师府，也不至于如此大张旗鼓，此事非他之手。"他捧茶至唇边，浅浅呷了一口，又掏出帕子擦去嘴角茶汤，才继续道，"盛京盯着戚家的人不少，那良妇之事若被人知晓，多半被人当成手中刀。"

"你去查查那家人目前景况，亲眷何在，找到了，仔细盘问。"

"是。"

又想到什么，老者将茶盏放下："那个孽障畜生，行如此无耻之事，玷污门庭，罚他禁足一月，祠堂面壁思过。"又叹口气，"终是老夫教子无方之过。"

管家忙道："当时公子年少，且早已知错，日日愧疚，老爷对公子

良苦用心,公子终会知晓。"

背对管家,老者摇头:"罢了。你去吧。"

管家站起身,就要退下,忽而又想到什么,犹豫了一下才开口:"老爷,既要查那良妇,那让范正廉闭嘴一事可还要继续……"

案头燃着的香还在继续,青烟里,那道背影越发显得风骨昂藏,宛若高高在上的仙人,谈笑间,将凡人宿命拨弄。

他平静道:"当然。"

秋意渐冷,小院里落叶满阶。

文郡王府郡王妃屋里,窗隙间透出些晕黄。

芳姿将桌上灯芯剪短了些,复又掩门出去。屋子里便只剩下烛色下灰淡的影子。

裴云姝坐在榻边,轻轻摇动手边摇篮,摇篮中女婴睡得香甜,不过半月,皱巴巴的模样长开,白嫩饱满的样子,除了格外瘦小些,丝毫瞧不出未足月便生产。

裴云姝笑道:"你瞧她,睡着了跟小猫似的,是不是鼻子嘴巴像我多一些?"

小几前正往汤婆子里装水的年轻人闻言一噎:"那不太好了?"又侧身低着下巴细细盯一眼摇篮中的婴孩,评论道:"确实与她爹没有半分相似。"

裴云姝嗔他一眼,转头去看熟睡中的婴孩,越看越是欢喜:"当日催产时,我还想着不到时候先天不足可怎么办,如今看来倒是放心了一些。"

这几日医官院的医官来了几位,看过后皆言孩子十分康健,且这孩子能吃能睡,至于小儿愁的毒性,虽未完全驱逐,但依陆瞳所言,如今是没有性命之忧的。

想到陆瞳，裴云姝忽然开口："阿暎，这次多亏了陆大夫，陆大夫是宝珠的救命恩人，我想着宝珠满月那一日，邀陆大夫一道来府上。上次她走得匆匆，我还没来得及感谢她。"

裴云暎笑了一声："好啊。"把灌好的汤婆子递给裴云姝。

裴云姝接过来捂在手里。天气渐冷，夜里寒凉，陆瞳不让里三层外三层给产妇捂被子，府里的奶娘却坚持女子生产后不可着了风寒。僵持许久，最终折中处理。

"姐姐。"

裴云暎突然开口。

"怎么？"

他没立刻说话，只坐在桌前，不知在想些什么，沉默片刻，他道："你想离开郡王府吗？"

裴云姝一愣。

似乎某个心照不宣的禁忌被提起，屋子里陷入沉寂。

这些日子，文郡王穆晟一直没出现。

一开始是裴云暎的禁卫将裴云姝院门堵住了，穆晟在门口暴跳如雷了几日，扬言要进宫面圣，让皇帝给裴云暎嚣张无礼的行径治罪。然而不知裴云暎与皇帝说过什么，穆晟并没有等到圣上对裴云暎的处罚。

回府后，穆晟干脆不来裴云姝院里了。一来，裴云姝生的是个女儿，在穆晟眼中便没那么重要。二来，他也想借此发泄对裴云暎的怒气。

他奈何不了裴云暎，却能冷落裴云姝。穆晟在裴云暎那里受的气，便要用加倍羞辱裴云姝来取回。他一向如此。

窗外风声寒凉，屋子里灯火摇摇，裴云姝笑容散了，目光有些沉寂。

裴云暎坐在小几前，漫不经心拨弄了一下眼前灯芯。

他说:"就算不为了自己,你不打算为宝珠想想?"他目光落在摇篮中,在那猫儿似的小团子上定了片刻,"你要她今后都活在暗箭之中?"

裴云姝浑身一震。

自打她嫁入文郡王府,穆晟对她的冷落羞辱,她都全然不在乎。总归穆晟不敢和裴家撕破脸,昭宁公不会过问她的喜怒冷暖,只要她还在文郡王妃这个位置上就好了。裴云姝自己也是这般想的,把数年活成同一日。

但有了宝珠后就不一样了。

宝珠还未出世便遭受了这世间的恶意,而今漫漫岁月,难道要让宝珠一直这样被恶意窥伺?

何其残忍。

裴云姝低下头,看着摇篮中的婴孩,眼里渐渐荡起涟漪,轻声道:"他不会给我休书。"

穆晟这个人从来死要面子,如今被裴云暎绑走爱妾,又在王府下人面前失了脸面,心中必然憋着火,绝不会轻易放过她。穆晟不会对她打骂,只会冷待,让她在郡王府中漫无目的地消磨生机,渐渐枯寂成一潭死水。

"休书?"他笑了笑,眸色凉如雪水,"他想得美。"

裴云姝一怔。

"我要他,恭恭敬敬送你出门,还不敢说你半分不好。"

裴云姝眉心微蹙,没来由有些不安。

"你想做什么,不要乱来。"她迟疑一下,"况且父亲那边……"

高门家的姻亲,有时候婚姻本身反而是最不重要的了。一旦她离开郡王府,今后裴穆两家的关系便要重新审视。

"你管他做什么，这些交给我。"他起身走到摇篮前，伸手摸了摸女婴团团的脸蛋，女婴似有所觉，发出咿呀细声，他便收回手，望着摇篮中的小猫儿笑。

"你只管拟满月酒的帖子，提醒一句，那位陆大夫可忙得很，又最不喜豪贵，未必会前来赴宴。"

他睫毛微垂，掩住眸中汹涌浪涛，只笑道："要早点下帖子才行。"

刑狱司大牢里，夜里格外安静。

墙上火把静静燃烧，影子落在地上拉成吊诡一条，朦胧月光透过墙上小窗栅栏间泄下，在地上铺了一层冷霜。

草垛中蜷缩着个人，衣衫褴褛，蓬头垢面，两手埋在草垛间，试图用潮湿的干草抵御地牢夜的寒冷。

哒、哒、哒。

有人脚步声响起，在寂静夜里分外清晰。

范正廉翻了个身，没睁眼。这个时辰，当是来巡视的狱卒。

脚步声在牢门前停下，紧接着，耳边响起锁窸窣声，有人打开监牢铁门。

范正廉迷迷瞪瞪坐起身，就着昏暗火光往前一看，面前站着个狱卒，正转身将门关上。

他见这狱卒脸生，不是平日那个眼睛长在天上的混蛋，一时有些疑惑，又见这人看着他，低声唤了一句："范大人？"

范正廉一震，顾不得其他，一骨碌爬起身，试探地回了一句："可是戚家府上？"

狱卒点头。

范正廉登时狂喜。

自打那一日见过祁川以后,他便在这狱中苦苦等候。虽然于太师府而言,陆家一门微若蝼蚁,然而戚太师爱护子女,绝不会允许有损戚公子声誉之事发生,只要他抛出陆家引子,不管太师府会不会出手搭救,至少不会无动于衷。

他是这般想的,谁知一连几日过去,祁川不见踪影,范正廉一面疑心祁川是否并未按他所说找到太师府,一面又担心太师府得知此事并不在意。

等了几日,渐渐心冷,就在范正廉绝望之时,没想到今夜却会有人从天而降。

他赌赢了,老天还是站在他范正廉这边。

"多谢大人相助。"他忙不迭躬身表达感激,同时心中又有些疑惑。

他让祁川给太师府传话,只是个引子,他想过太师府的人动手,但不是现在,更没想到对方会亲自派人前来。

他按捺心中狐疑,问面前人:"大人可有带话给卑职?"

狱卒摇头。

"那这是……"

"嘘——"对方比了个噤声动作。

范正廉不敢开口。

因此案复杂,他被安排在刑狱司监牢最靠里一间,四处都无囚犯。狱卒对他使了个眼色,暗示他往前走。

这是……劫狱?

范正廉愣了一下。

他是想要太师府出手相助,以戚太师的地位,只消在陛下面前动动口舌,此案便有转机。然而对方却直接将他带离刑狱司,虽这样也能保住性命,可日后他便不能光明正大出现于人前,更勿提东山再起。

范正廉不甘心，然而如今势不如人，只能低头。

他只好按下欲说的话，往牢门前走去，月光跟在他身后，在地上投出张牙舞爪的暗影，他走了两步，仍是觉得有些古怪。

不对。

太师府若真心想救他，何至于亲自遣人？此案重大，如今上下多少双眼睛盯着，他今日要是出了这牢门，城中必定大肆搜查，太师府就不怕沾上麻烦？

他心中一紧，还没来得及回头，下一刻，脖颈间传来一道剧痛，拇指粗的麻绳紧紧扼住他咽喉！

"不——"

他的声音消失在昏暗刑狱中，双手拼命去够颈间绳套，疯狂踢蹬双腿，试图摆脱对方禁锢，然而这力量在对方手中弱小得可怜。

他甚至看不到对方的神情，眼泪惊惧从眼眶中涌出，他不明白是哪里出了差错，他拿了陆家的信，太师府纵然不肯出手相助，但信还未出现前，他们怎么会贸然灭口？就不怕那信传得到处都是？

颈间力道越来越大，他渐渐感到窒息，他泪流满面，想要求饶，想要尖叫大喊，叫醒这牢中其余人，哪怕是一个人也好，然而他发不出一点声音，只能感到生机在一点点溜走。

他后悔了，他不该去招惹太师府，他不该去拿那封信。更久远一点，他不该在那个姓陆的小子找到他时，第一时间生了贪欲，与戚家通风报信。更不该在收到举告时，把对方收入牢中，施以极刑。

那个小子，那个姓陆的小子，他叫什么来着？

许是生机慢慢流逝，他视线开始变得模糊，而在混混沌沌的暗色里，他看见那个人。

少年一身旧衫，掩不住的资质丰粹，一双眼亮得灼人，像是含着

怒火。他拦住他的轿子,把那些证据一一指给他看,他从千里之外的小县车马渡水而来,跪在他眼前,请求他说:"求大人,还我姐姐一个公道!"

他那时正忙着赶去应酬酒局,本不耐烦应付,却在听到"太师府"三字时戛然而止。

太师府啊……

那可是求也求不来的人脉。这样一份人情送上去,日后官路何愁不通达?

他盘算着能借此获得多少好处,看不见那少年的眼泪与激愤。

不就被人玷污了清白,不就是死了个女人,不就是个教书先生家……何至于此呢?

平民与官家争,到最后苦的只是自己。他看着少年挺直的脊梁,心中思量,果真是读书读傻了,不知人间疾苦的呆书生。于是他亲切将地上人扶起,怒道:"如此嚣张恶行,放心,本官必还你姐姐一个清白。"

转头他就将此事告知太师府。

然而那少年竟有几分机灵,不知从哪知晓他的打算,竟在他眼皮子底下逃走。他已对戚公子夸下海口,不得已张贴悬赏告示,苍天有眼,竟真叫他等到了人。

少年的叔叔又将他送了回来。

只为了一百两赏银。

他望着昏睡的人,如瞧见失而复得的宝藏,心中得意,看吧,平民就是如此,给他们一点点甜头,兄弟阋墙,至亲反目,他们什么都做得出来。

他把姓陆的带回大牢,他原本已记不清对方的模样。于他而言,那少年是他官路上的垫脚石,是他搭上太师府的投名状,是草芥,是蝼蚁,是微不足道的一切。他从没将这样低贱的人放在眼里。就算他们陆家一门加起来,也不过是几条卑贱生命。

翻不出任何风浪。

只要他想,他就能轻而易举给足对方苦头吃。

然而不知为何,弥留之际,他竟清清楚楚看到了对方的影子。

少年站在自己面前,昏暗囚牢中,破旧衣衫遮不住清隽风骨。

范正廉一向不喜欢读书人,他讨厌读书人的清高,讨厌他们自命不凡,讨厌在这些人的衬托下,浑浊不堪的自己。

那少年即将被套上绳索,死命当前,仍面无惧色,只平静道:"天地无私,果报不爽,久滞之狱,终有明断一日。"

他看向范正廉,眼中轻蔑不掩:"范正廉,你会有报应。"

你会有报应。

他张大嘴巴,双手徒劳在空中抓握几下。

喀——

有轻微的断裂声。

紧接着一声闷响,有什么东西被抛掷在地,激起一小捧灰尘。

有人踩着干草走过,地牢重归寂静。

唯有地上人如死狗般躺倒在地,囚服镣铐,歪着的头正对高墙处小窗,瞳孔睁得很大,映出月亮灰淡的暗影。

月亮从他枯败的眼睛里流出来,流过盛京坊间酒楼间时,便褪了一点死气。

仁和店里,夜里热闹得很。

酒楼里座无虚席,人声鼎沸,杜长卿招呼众人在桌前坐下,望着一桌子酒菜叹气。

八月十五的酒席，九月才得空吃。好在虽无月可赏，菜肴犹在，也不算浪费。

隔壁间食客正谈起近来贡举舞弊案，说起死而复生的传奇儒生，说起最近京中关于太师府莫名传言，最后，说到了那位曾经美誉满身如今锒铛入狱的详断官。

"那范正廉当初在盛京可是春风得意，短短几年做到审刑院详断官，我还以为他仕途还得再往上升一升，谁知道啊——"

"所谓荣枯贵贱如转丸，风云变幻诚多端嘛！"

"可不是，你以为官场就是搭梯子往上升啰，一个不小心，没爬稳当，摔死了也不知道！"

那些沸腾的谈论越过席面，钻进陆曈耳中，她不动声色听着，神情微敛。

她让人在祁川家中附近传言，说朝中近来打算倒查贡举舞弊一案，祁川心虚之下，必会自谋生路。而最好的生路，最稳妥的办法，是让范正廉没法再开口。

她想借祁川的手杀人，未承想祁川也是这般想的，更没想到祁川将太师府的传言散播开去。

这实在很妙。

不管太师府对此事作何感想，被"损害"了声誉的戚家，势必不会放过范正廉。范正廉的下场可想而知。

范正廉以赏银诱惑刘鲲，使得陆谦被亲眷背叛。如今她便以利益诱惑祁川，使得范正廉被部下背叛。

范正廉将陆家一门的性命作投名状攀附太师府，她便诱惑祁川，让祁川将范正廉的性命当作投名状攀附别家。

范正廉让陆谦尝尽牢狱之苦，她就让范正廉也在狱中为囚。

贡举案之前，陆曈见过刘鲲，知晓范正廉对陆家所犯之罪，银筝问她："姑娘准备如何？是打算下毒要了他性命吗？"

那时陆曈回答："他是官员，杀他太麻烦，我有别的安排。"

她不打算直接动手。杀了范正廉，他还是清清白白的青天大老爷，说不准还有百姓为他身死叹息扼腕。

范正廉想要仕途高升，她就让他官星绝现，他想要美誉清名，她就要他声名狼藉，人心散尽，要他苦心孤诣经营的一切皆成泡影，要他所投诚之人亲自送他上路。

范正廉眼中，陆家一门如草芥，她便要他体会在更高位置的人眼中，他也不过一草芥而已。

杜长卿嚷道："好好的中秋宴，现在月亮都不圆了，吃着没滋没味的，真是血亏。"

陆曈转头看向窗外："有吗？"

杜长卿："没有吗！"

已过了十五，月亮不如先前团圆明亮，像把薄而锋利的铡刀，闪着银光悬在天上，要把世间的冤屈斩碎。

四周热闹厅堂里，食客于席间觥筹交错、举盏尽欢，不知恭贺什么好事发生。

陆曈低头，远处天边的月落便落进酒盏，荡起一点涟漪。

"我倒觉得今日的月亮更美。"

她举杯，含笑将杯中酒饮尽。

第十九章 礼物

范正廉于牢中自尽的消息传来时,天上刚刚下起雨。

孙寡妇来裁缝铺买布,被突如其来的急雨拦住脚步,索性在门口棚子下坐下等雨停,边嗑瓜子儿边与西街众人闲聊。

审刑院的那位"范青天"昨夜里自尽了。

许是养尊处优久了熬不住牢中酷刑,又或许是自知罪责深重难逃一死。这位广有清名,曾盛极一时的大老爷在夜里用腰带吊死了自己。狱卒清晨来巡视,瞧见牢里一个长条条的在暗影中晃晃悠悠,走近一看,才发现是个死人。

孙寡妇说得绘声绘色,仿佛亲眼所见:"那舌头吊出来长长一片,吓死人喽。说是死的时候眼珠子都快从眼睛里掉出来了,可怜哟——"

范正廉做"清官"做了一辈子,断了不少悬案,未承想最后却成了囚犯于狱中畏罪自尽,审判与被审判之位一夕颠倒,确实令人唏嘘。

宋嫂"呸"了一声,骂了句"活该"。

"谁叫他装得人模狗样,背地里和那些人勾结一气,咱们这些穷人本来就活得不容易,他们倒好,连考场都要攥在手心,还要不要人活了?死得好,死了便宜了他!"

宋嫂家也有个儿子,再过几年也指望着下场奔个功名,得知贡院这档子乌烟瘴气,自然气得不轻。

这么一说,众人纷纷点头附和:"不错,该!"

有人道:"那鲜鱼行的吴秀才死了进阎王殿都被盘活了,就因为行善之家积有余福。不知道姓范的下了阴司如何判,不会看在他先前功劳上,也给放回来了吧?"

"无上天尊!"何瞎子不知什么时候挤了过来,闭着眼装模作样掐指一算,"那是不能够了!老夫算那范正廉一身冤孽,身负横死男女老幼命祸业债,一入九泉,只怕立刻被阎君打落地狱,永世不得翻身。"

众人一听,登时来了兴趣,围着何瞎子,话头从范正廉渐渐移到选坟风水要术之上。

陆曈看着门前说得热火朝天的众人,从墙边拿出一把伞,就要出门。

杜长卿叫住她:"都下雨了,上哪去?"

陆曈:"去买点山楂。"

银筝解释:"都寒露了,姑娘想做些山楂丸卖,宋嫂说雀儿街有家果子铺里卖的山楂又大又红,我和姑娘去瞧瞧。"

事关做药,杜长卿便不作声了,只叮嘱:"望春山上死了个人,杀人凶手到现在都没找到,别到处瞎跑。"

陆曈应了,和银筝撑伞出了门。

外头在下雨,白蒙蒙一片。一到九月,天彻底凉了下来,已隐隐有了冬的影子。

许是下雨的原因,雀儿街不如往日热闹,拐弯最当口的那间铺子门板拆了一半,几个壮汉正往外搬东西。

陆曈在"刘记面铺"前停下脚步。

细雨如丝,将门匾上"刘记"二字淋得湿润,似乎重被漆过色,红得像血,衬着冷清铺子有种诡异惨淡。

隔壁糕饼铺的掌柜娘子正坐在门口剥核桃,看了陆曈二人一眼,问:"姑娘是要找人?"

银筝指了指面前空荡铺子，道："这里原先不是间面铺吗？鳝鱼面可好吃了，怎么没人了？"

"刘鲲家？"掌柜娘子撇了撇嘴，"关门了呀。"

银筝问："什么时候再回来呢？"

"回不来了，"掌柜娘子拍拍手上核桃皮，"人出事了，还回什么回？"

陆曈没说什么，走进糕饼铺里，在木格选了几块枣糕，掌柜娘子见状，起身进铺拿秤。银筝趁机笑问："刘家出什么事了？我们家姑娘可喜欢吃他家鳝鱼面了。"

掌柜娘子称了枣糕，站在柜前包油纸，闻言道："刘记的男人上月死在山上了，凶手到现在还没找到，两个儿子也进了大牢。"

陆曈递过钱去："怎么父亲出事，儿子反倒被抓了呢？"

"不是一回事。"妇人在衣裳上擦擦手，接过钱收好，适才压低了声音，"先前贡举案听说了吗？"

"听过的。"

"刘家老二今年也下场，找人替考的名单里就有他。这还不算，人家官府一查，查出刘家老大早年考中也是走了暗路。这一查出来，可不就一起下了大牢么。"

掌柜娘子说起此事时，语气十分鄙夷："当初刘老大中了，刘鲲和王春枝可没少在我们这些街坊面前招摇，还说什么'等刘老二做官后就搬去城南做生意'。喊，瞧不起谁呢。我就说还没考就夸口，原来是早就找好了人替考，不要脸！"

看来刘鲲一家在附近的人缘并不好，出了事，都是看热闹的。

陆曈垂目："所以这铺子……"

"卖了呗！俩儿子都下了大牢，可不得砸银子打点，听说买家知道她缺钱,故意把价出得很低……哎,"掌柜娘子突然朝门外一伸脑袋,对陆曈扬扬下巴,"你看,这不就来了?"

陆曈侧首看去。

雀儿街宽敞,细雨中,一行官兵押着囚车而来,囚车上的人套着枷锁,蓬头垢面露在外面。那是在贡举舞弊案中的作弊者。

舞弊者枷号示众三月,这些人不久前还是科场读书人,如今此等,实在斯文扫地。

街道两边渐渐地围拢人群来,对着这些人指指点点。

囚车最后,两个衣衫褴褛的罪民身戴枷锁,其中一人想拿手抹去面上雨水,但因枷锁禁锢,难以达成,只能侧头用眼睛去蹭木车。

那是刘子贤与刘子德。

贡举案倒查,刘子德一入狱,很快就牵连出刘子贤。讽刺的是,穷人获罪,总比富人获罪容易得多,刘家兄弟几乎是在第一时间就被抓了起来。

妇人的笑声隐隐响起。

陆曈目光一凝。

刘子贤与刘子德二人囚车边,跟着个形容狼狈的女人。这女人一身短褐长衣已布满污迹,鞋掉了一只,神情痴痴又有些癫狂,嘻嘻笑着,跟在囚车旁边,边拍手笑道:"我儿中了,我儿中了!我今后就是官家夫人了,日后要做诰命夫人!"

银筝惊讶:"那不是……"

掌柜娘子的声音从耳边传来:"刘家兄弟要被发配充军,王春枝得知后就疯了。天天跟在囚车后游荡,逢人就说儿子中了。"又叹了口气,眼底生出些同情,"真是造孽。"

陆曈望向王春枝。囚车车轮慢慢地滚近了,套着枷锁的囚犯们低

657

着头,或双眼无神形如傀儡。刘子德兄弟呆呆站着,眼底枯涸如一汪死水。

"说好了的,说好了的,大老爷说要给我们官的……大老爷说话算话,我儿马上就中了,嘻嘻……"

王春枝笑着从陆瞳身边走过,看也没看她一眼。

陆瞳半垂下眼。

盛京此次贡举,天家震怒,故刑责很重。涉案考生枷号三月,然后发烟障之地充军,至配所杖一百。

刘家虽家贫,但表婶王春枝一向溺爱儿子,刘子德与刘子贤娇生惯养手不能提肩不能扛,恐怕撑不到流放地。

王春枝恐怕正因如此,才会急火攻心,故而失智癫狂。

失智癫狂……

陆瞳攥紧手中油纸包。

常武县的人说,母亲临死前也是神志全无,日日癫狂,拿着他们三兄妹幼时玩耍的拨浪鼓坐在河边喃喃自语。她无法得知母亲那时心中所痛如何,只记得幼时几乎没见过母亲真正着急发火的模样。母亲总是很豁达爽朗,平和广阔如一条长河,缓缓将世间所有不如意包裹。

但这条长河后来碎裂了。

家破人亡,骨肉离散,这是母亲当时所遭受的。

人财两空,祸不单行,这也是如今王春枝所遭受的。

她无法再见到母亲了。但这世上有人痛母亲所痛,疯母亲所疯,可见冥冥中自有因果。

陆瞳望着囚车一行渐渐远去的影子,眸中一片淡漠。

银筝从她手里接过油纸包提着,把伞往陆瞳手里一塞,挽着她欲往回走。

正在这时，忽听得前面传来一阵急促马蹄声，伴随着车夫高声喝骂。陆曈抬眸，就见长街尽头驰来一辆马车，马车装饰精致，在这小街巷中如一道风直直冲来。

银筝惊了一惊，慌忙和陆曈一齐往街旁避让。马车险险擦着二人身侧飞驰而过，车轮溅得两边行人一身泥浆。

银筝怒道："这……"

陆曈却蓦地看向驰远的马车。

马车华盖精致，宽敞又华丽，许久之前她在宝香楼曾见过一次。

那是太师府的马车。

天色阴沉，秋雨凄凄，街巷人马匆匆，她死死望着驶远的马车，仿佛要透过重重雨幕，透过马车沉沉毡帘，透过这来来又去去的人流看清马车里的样子，将车里人的脸看得清清楚楚。

直到身侧传来一个陌生的男子声音："姑娘？"

陆曈一顿，随即回头。

离她两步远的地方，站着个白袍的年轻男子，衣襟前一大块被雨水湿透，而她手里的伞边支在对方胸前，伞面上那朵漂亮的木槿花上，冰凉雨水顺着花枝沾到对方襟前。

应是她刚刚躲避马车时没注意，手上的伞戳到一边行人了。

陆曈道："抱歉。"

本以为对方会斥喝几句，未料到只等来一句"无事"。

陆曈抬头，看清对方脸时不由怔住。

男子身姿似玉，黑发以玉簪冠整，白袍衬得他若林下居士，云中白鹤，格外清隽修长。他见陆曈收回伞，便自撑好自己的伞，淡淡对她点一点头，错身而过了。

没再多说一句话。

陆瞳站在原地，望着对方背影失神，手中雨伞倾斜着，雨水从伞面上流下来，在地上积起一小团水洼。

银筝看了看走远的男子与小童，又回头看看陆瞳，有些奇怪："姑娘，这人你认识？"

纵然这男子长得俊逸出尘，但也不至于到看对方看出神地步，那位小裴大人长得还招人非常呢，自家姑娘瞧他不还是像块木头。

陆瞳收回视线，摇了摇头，撑好伞道："走吧。"

与此同时，走在人流中的小童看了几眼男子衣上湿痕，忍不住开口："好好一件衣裳弄脏成这样，真是……"又回头看了看，愤愤道："太师府马车真是越发嚣张，也不怕冲撞了行人……"

男子道："好了。"

小童不好再说什么，只问："公子等下还要回翰林医官院，这衣裳……"

"无妨，换一件就是。"

陆瞳回到医馆时，雨几乎已经停了。

门口李子树落叶掉了一地，不再如夏日一般荫茂，光秃秃的，显出几分冬日将来的伶仃。

银筝把买来的山楂和枣糕提到小院里去，杜长卿正趴在铺子里发呆，见陆瞳回来，郁郁扫她一眼，欲言又止的模样。

倒是阿城高兴地唤了一声："陆大夫！"

陆瞳问："怎么了？"

小伙计将一封纸笺捧到陆瞳面前，双眼放光："郡王府给你的帖子！"

郡王府？

陆曈低头，打开帖子看下去，竟是一封请帖。

文郡王妃裴云姝打算于本月十五为出生的小小姐举行满月的"洗儿会"，因之前陆曈替裴云姝接生的关系，郡王府特意送来帖子，邀请陆曈也前去观此盛会。

杜长卿瞄一眼陆曈，给她泼凉水："别高兴得太早，要我说，洗儿会你还是别去了吧。上回你去给人接生，又是解毒又是催产的，指不定得罪了别的什么人。咱们无权无势的，你一个坐馆大夫，上赶着给人做靶子，嫌自己命太硬？"

他又轻咳两声："再说了，人家去的亲朋好友送礼贵重，你又没钱送礼，反正我是不会借钱给你充场面的，趁早死心。"

陆曈思忖片刻，把帖子收好，掀开毡帘往小院里走去。

杜长卿在背后伸长脑袋："喂，还去吗？"

"去啊。"

"……"

杜长卿气急："去什么去，你去凑什么热闹？"

陆曈声音平静："不是凑热闹，是去送礼。"

到了十五那日，早早出了太阳。

已近立冬，太阳照在人身上也泛着一层淡淡的寒，暖不进衣襟。

陆曈到郡王府到得很早，洗儿会还未正式开始。银筝没有跟来，陆曈让她留在医馆里帮忙。

裴云姝的贴身丫鬟芳姿见到陆曈，笑着将她往院子里拉："陆大夫来得正好，小小姐刚醒，您去瞧一瞧。"

陆曈随芳姿进了院，一迈进屋，就听见女婴响亮的啼哭声。

裴云姝正将女婴从摇篮中抱起，见陆曈走近，遂将女婴交给陆曈，

笑道:"陆大夫也抱抱宝珠。"

陆曈接过襁褓,低头一看。甫出生时这小姑娘像只病弱小猫,哭音也是细细的,一月过去,圆润饱满了许多,抱在怀里有了些分量,不似刚出生时孱弱了。

裴云姝为小姑娘取名宝珠,取掌上之珠、心头珍宝之意。这小姑娘来之不易,出生时又十分凶险,此名倒是合衬。

琼影小声道:"陆大夫,小小姐的毒……"

陆曈探过宝珠情状,将宝珠抱回至摇篮,道:"比之前好了许多。"

屋中几人便长松了口气。

这些日子,翰林医官院的医官也来过不少,皆言宝珠康健,越是如此,裴云姝心中越是不安。如今她已不再信任宫中医官,反而对陆曈的话深信不疑,如今亲耳听陆曈说并无大碍,这才稍稍放心。

桌上放着些洗儿会的金果犀玉。

陆曈从袖中摸出一封贺包递到裴云姝手中,道:"王妃,这是民女心意。"

裴云姝愣了愣。

刚刚产子,她思绪不如往日清明,身边人也忘了提醒她,来观洗儿会的人非富即贵,贺包中不乏犀玉珍珠瑰宝,而陆曈在医馆坐馆,以她月银送礼,实在有些强人所难。

她正迟疑着,听见陆曈道:"贺礼寒酸,只是一串彩钱,还望王妃不嫌弃。"

彩钱便是金银线包裹着的铜钱,裴云姝松了口气,遂大大方方接过来,笑道:"我替宝珠谢谢陆大夫一片心意。"

陆曈微微一笑。

因吉时未到,洗儿会开始还要再等一等,来观礼的贵客还没出现,裴云姝便邀陆曈先坐坐，又叫芳姿去泡茶。

陆曈在小几前坐下，见裴云姝一副神采奕奕的模样，换了件玫瑰紫净面妆花褙子，鬓发轻挽，衬得整个人面色红润，神情柔和，比之初见时精神了不少。

想来这一月过得不错。

裴云姝一面逗弄襁褓中的宝珠，一面对陆曈道："之前府中事务冗杂，我又担心宝珠的病，都没来得及好好感谢陆大夫。本想叫阿暎送些谢礼到门上，偏他前日出城还未回，这就耽误了。"

陆曈低头，接过芳姿递来的热茶："医者治病救人是本分，王妃无须道谢。"

裴云姝笑着看向她："你与阿暎是朋友，叫我王妃岂不生分，你可以叫我姐姐。"

陆曈握茶的手一紧，半晌，她道："云姝姐。"

裴云姝也没计较，只好奇地看向她："说起来，从前不知道陆大夫是阿暎的朋友。听阿暎说，陆大夫是半年前从外地来到盛京……陆大夫是哪里人？"

陆曈答："我是苏南人。"

"苏南？"裴云姝默念了一遍，"阿暎几年前也去过苏南，"她看向陆曈，像是发现了什么秘密，"你们是在苏南认识的？"

陆曈微怔，摇头道："不是。"

"那你们……"

"我刚来盛京不久，路遇有人闹事，裴大人帮过我一次。"

她说得轻描淡写，裴云姝却听得笑起来："原来如此有缘。"

陆曈不太明白裴云姝口中的"有缘"是何意，就听裴云姝继续问道："我看陆大夫年纪尚轻医术就已在翰林医官院医官之上……你今年

多大了?"

"翻年就十七了。"

裴云姝眼睛一亮,喃喃道:"小阿暎四岁……"她又看向陆疃,笑问,"不知陆大夫可有许人家?"

陆疃:"……"

她难得有些无言。

默了默,陆疃道:"许了。"

裴云姝笑容一滞。

"我已有了未婚夫。"

裴云姝面上笑容顿时变得讪讪,片刻后,仿佛为了缓和气氛般开口:"也是,陆大夫这般蕙心兰质,提亲的人定然不少。"

她还想再问,陆疃出声打断她的话:"冒昧问一句,王妃可找到了给小小姐下毒之人?"

裴云姝一顿。

陆疃认真望着她。

摩孩罗里的小儿愁使得裴云姝母女中毒已久,不得已陆疃只能想办法临时催产。听当时裴云姝说,摩孩罗是文郡王送与她的。

穆晟就算再不喜自己的王妃,也断没道理加害亲生骨肉。可这些日子以来,郡王府里似乎也没什么大事传出。

裴云姝的面色变得有几分不自在,只苦笑着摇头:"没有。"

陆疃想了想,又问:"侧妃呢?当日我为王妃催产,冲撞侧妃……"

她说得已是婉转,那时候孟惜颜调来王府护卫,是奔着陆疃性命来的,若不是裴云暎赶到,谁也不知后果如何。今日陆疃没在附近看见孟惜颜的影子,而且也不知是不是她错觉,郡王府的下人对裴云姝恭谨了许多。

裴云姝笑容淡下来，道："她啊，被禁足了，你不用担心。"

陆瞳心中一动。

当日裴云暎将孟惜颜押走，如今孟惜颜仍好端端在府上，仅仅只是禁足，看来文郡王还是保下了孟惜颜。

这位侧妃，果真受宠。

裴云姝回过神，摇头道："不说那些了，我看吉时将至，陆大夫，你陪我一起准备准备吧。"

洗儿会总是热闹。

盛京产妇诞子满月后，都要邀请亲朋参加新生儿洗儿会。富贵人家常煎煮调以香料的热水，连同果子、彩、钱、葱、蒜、金银犀玉等一同倒入盆中，盆外以数丈彩帛绕之，名曰"围盆"；又用发钗搅动汤水，谓之"搅盆"；观者纷纷撒钱于水中，谓之"添盆"。

待婴孩沐浴完毕，剃落胎发后，才将胎发装入金银小匣，再以彩色丝线结成绦络。最后抱婴孩谢遍诸亲坐客，抱入姆婶房中，这叫"移窠"。

文郡王妃突然急产，好在最终母女平安。作为文郡王妃的嫡女，此次洗儿会广邀京中贵宦，毕竟除了郡王府，昭宁公的面子也要给的。

宾客笑声穿过庭院，将一向冷清的院落也衬出几分拥挤。热闹声隔着墙，传到了另一方屋檐下。

桌上花瓶里，金桂已完全枯萎，只剩干瘪枝叶苦苦撑着一点鲜意。

孟惜颜坐在榻上，脂粉未施，原本美艳的脸显出几分憔悴。

她看一眼桌上刻漏，低声问："洗儿会开始了？"

身侧婢子小心翼翼答："是。"

孟惜颜冷冷扯下了嘴角。

八月十五那日，裴云暎让禁卫们将她带走，吃了几日苦头，文郡王

将她接了回来。

不知文郡王究竟与裴云暎说了什么,裴云暎终归还是放走了她。想来就算再如何嚣张,没有证据,昭宁公世子也不能随意带走郡王府的侧妃。

只是接回归接回,文郡王待她却不如往日娇怜。

孟惜颜心中清楚,文郡王这是对她生了嫌隙,因她试图加害王府子嗣。

摩孩罗是孟惜颜献给穆晟的,只说偶然获得,见土偶可爱,寓意吉祥,又怕裴云姝不喜她拒绝,才托穆晟以他的名义送去裴云姝院中。而裴云姝诞下女婴后,穆晟得知摩孩罗有毒,虽接回她,看她的目光却变了。

孟惜颜跪在文郡王面前哭得梨花带雨:"郡王明鉴,妾就是有十个胆子也不敢加害王妃。什么小儿愁,妾从未听过。这土偶就是丫鬟在城南街上一处泥偶铺里买的,妾想着王妃即将临产,才留下此物用以祝祷王妃诞下世子。"

采买土偶的丫鬟早在事发当日"畏罪自尽",文郡王也查不出什么,到底念着他们恩爱往昔,没再继续追究,只让她在府中禁足。

至于裴云姝中毒一事,此事并未对外声张,昭宁公府也并不知情,事关郡王府脸面,穆晟保孟惜颜,就是保自己。

孟惜颜原本还担心裴云暎不依不饶,没想到这些日子过去,裴云暎并未有什么动静,渐渐也就放下心来。说到底,郡王府身负圣宠,裴云暎到底还是要顾及着文郡王这个名头。

今日裴云姝为女儿举行洗儿会,广邀贵眷,偏偏她被禁足不得外出。那些贵眷一向长舌,不知会在背后如何编派她。

想到洗儿会,孟惜颜脸色铁青。

她问婢女:"今日来的贵客有哪些?"

婢女低着头小声答:"有太府寺卿府上董夫人,集贤殿大学士府上、三司各使府上……"一连说了许多人,婢子又想起什么,补充道:"当日来为王妃催产的那位陆大夫也来了。"

"陆曈?"

孟惜颜脸色一变。

那一日寻芳园中,她没将这女人看在眼里,谁知偏偏栽在对方手中。

要不是陆曈发现摩孩罗中的小儿愁,要不是陆曈替裴云暎催产,要不是陆曈在众目睽睽之下与裴云暎联手……

她何至于此?

如今自己被禁足院中,颜面全无,更与文郡王离心,都是拜这女人所赐。

孟惜颜冷笑:"一个坐馆大夫,也被当成王府座上宾请来,还真以为自己攀上高枝?"

婢女不敢说话。

外头宴办洗儿会,欢笑声掩不住地刺耳。

孟惜颜走到桌前,桌上枯萎金桂插在花瓶中,显出一种巍巍挣扎的死气。

她伸手抚过枯败花枝。

姓陆的靠着救裴云暎母女向上爬,她却因为姓陆的关在房中哪里也不能去。明明只差一步,偏偏功败垂成,如何甘心?这口恶气淤在孟惜颜心口,怎么也咽不下。

她不能拿裴云暎怎么样,也不能拿裴云姝怎么样,更不可能拿文郡王怎么样。

但陆曈只是个平民医女,无权无势,身份低贱,难道还动不得?

想在大户里蹚这趟水,也得看自己有没有那个命。

啪——

手下桂枝被从中掐为两段。孟惜颜收回手,转身走到屋中重新坐下。

"去,把人给我叫来。"她冷笑,耳边两只红珊瑚艳得滴血,"我有要事吩咐。"

天渐渐晚了。

洗儿会到晌午就已结束,用过午宴后,陆曈留在郡王府,为宝珠和裴云姝重新号脉,又新换了药方,教芳姿煎过新药后,已是傍晚时分。

裴云姝叫马车将她送到医馆门口才走,西街邻坊有认出郡王府马车的,登时看陆曈的目光又是不同。

之前是太府寺卿,现在是郡王府,仁心医馆招来的大人物一个比一个厉害,可见这位女大夫医术确实高明。

杜长卿趴在柜桌前,探头直望到马车出了西街才缩回来,懒洋洋道:"不错嘛,马车都坐上了。"

阿城提着灯笼出来,面上是与有荣焉的得意:"那是自然,陆大夫可是郡王妃的救命恩人!"

"救命恩人,"杜长卿哼笑一声,一指头弹在小伙计脑门上,"真以为救命恩人那么好当,整日见贼吃肉,什么时候你也看看贼挨打。谁知后面会不会有什么麻烦。"

阿城捂着脑袋委屈:"能有什么麻烦?"

"那可就多了……算了,说了你也不懂。"杜长卿接过灯笼提在手上,天晚了,医馆要关门,他走到门前,想到什么,又回头嘱咐陆曈:"望……"

"望春山上死了个人,杀人凶手现在都没找到,你们两个弱女子没有自保之力当心被盯上。"不等杜长卿说完，银筝就接过他话头，微笑道，"知道了杜掌柜，我们会小心注意，不会瞎跑的。"

杜长卿伸手指了指，最后道："知道就好。"带着阿城离开了。

银筝和陆曈把医馆门闩扣好，进了小院。

陆曈从郡王府回来时，还带了一篮洗儿会上分发给众宾客的喜篮，里头装了些象征吉祥的枣桂彩帛。银筝把果脯挑出来，又把彩帛单独整理到一边，用清水洗净，打算挑几条颜色合适的给陆曈做绢花。

"姑娘今日去郡王府可有见着什么大人物？"银筝蹲在石台上边洗彩帛边问。

陆曈拿了张杌子塞到她身后，摇头："没有。"

她知道银筝话里的意思，可今日郡王府宴请的宾客里，没有太师府的人。

她原本参加洗儿会就是想着郡王府广邀贵宾，或许其中就有戚家人，如果能借此接近对方就好了。但眼下看来，郡王府与太师府没多少相干，此路似乎不通。

见陆曈沉默不语，银筝拧一把湿布，笑吟吟宽慰："姑娘放心，现在因为春水生和纤纤，咱们医馆在医行里慢慢有了地位，今日郡王府的马车送您，还有先前的太府寺卿，您的名气只会越来越大。届时那些官家也好，富户也罢，大人物还要拿着帖子求您为他们出诊呢，不急一时。"

陆曈点了点头："嗯。"

彩帛很快被洗好，银筝把布一条条晾在院里的粗线上，仔细捋平上头褶皱。

笃笃笃——

外头响起急促敲门声，在夜里分外清楚。

银筝奇道:"这么晚了,谁在敲门?"

"可能是求诊的病人。"陆曈道,"我去看看。"

西街往前不远就是酒楼,每夜有军铺屋守卫巡视,陆曈走到门口,敲门声安静下来,她一手提灯,拉开医馆木门。

门口一个人也没有。

屋檐下淡红的灯笼被风吹得摇摇晃晃,夜里凉风顺着长街扑面而来,钻进人袖中即刻起了一层鸡皮疙瘩。西街无人,安静得连根针落在地上也听得清。

银筝从背后走过来,边擦手边问:"姑娘,是谁啊?"

陆曈回头,正要说话,冷不防一道白亮刀光从身侧刺来。

银筝瞪大眼睛,吓得尖叫一声。

陆曈站在医馆门口,四周并无他物阻碍,眼看已来不及躲避,就要挨上这一刀——

说时迟那时快,只听砰的一声,另一道剑影从斜刺窜来,挡住刺向陆曈心口的刀尖。

有人从天而降,飞身赶至她身前。

陆曈一把拉住银筝,往后退至医馆门口。

夜色沉黯,浓云遮掩月光。

西街安静长巷中,刀尖相撞声铮铮入耳。

门外两道身影缠斗不绝。躲在门口的偷袭者显然不是另一人对手,不过交手几个回合便败下阵来,被对方一脚踢中心口,长剑横于脖颈之上。

身穿侍卫服的男子转头,露出一张稍显严肃的脸,问陆曈:"陆姑娘,可有伤着?"

陆曈摇了摇头。

银笋愕然:"姑娘……这人你认识?"

陆曈看一眼地上被制伏的凶手,道:"进来说话。"

医馆门关上,黑衣人被侍卫拖到小院中。

银笋满脸狐疑,正欲开口,就见陆曈从袖中摸出个小瓶,走到对方身前,弯腰捏住对方下巴,将瓶中物全灌了进去。

这动作看得侍卫一怔,银笋也呆了呆。

末了,陆曈收回手,将空瓶扔进院中竹篓中。

银笋咽了口唾沫,看着地上人,小声问陆曈:"姑娘,这是要杀了他吗?"

身侧侍卫闻言,震惊地看了银笋一眼。

陆曈道:"只是一点软筋散,怕他自戕而已。"

银笋点了点头,一抬眼瞧见侍卫古怪的目光,忙生硬补充道:"我刚才是说笑的,咱们是医馆,治病救人,怎么可能杀人……不过,这到底是怎么回事?"

陆曈低头瞧去。

黑黢黢的院子里,行凶者也是一身黑衣,是个陌生面孔,瞪着陆曈的眼睛面露凶光。

他的刀掉在地上,陆曈走过去,将那把刀拾起,手指慢慢抚过刀背,语气平静。

"他是来杀我的。"

"私闯民宅,试图行凶……盛京天子脚下,竟出如此贼子狂徒,"她想了想,目光一亮,"啊,望春山那具尸体的凶手到现在也没找到,说不定就是他干的。"

旁边的侍卫欲言又止。

倒是黑衣人冷笑道:"少他娘废话,要杀要剐给个痛快!"

671

陆瞳莞尔，轻轻摇了摇头："私自用刑的事，我们医馆做不出来。危险之人，当然要交由官府处理。"

她把刀收好："报官吧，银筝。"

郡王府院里静悄悄的。

洗儿会已结束，宾客散去，盛宴后的冷清反比平日更添几分萧索。裴云姝坐在屋里，给宝珠掖好小被子，正待让奶娘将小姑娘抱去睡觉，就见芳姿撩开门帘，轻声道："夫人，世子到了。"

裴云姝抬头一看，裴云暎走了进来。

青年衣袍带着秋夜寒气，放下刀走到裴云姝面前，往宝珠面前一看。

宝珠缩在奶娘怀中睡得香甜，才满月的小姑娘，除了吃就是睡，看着也让人唇角上扬。

裴云暎压低声音："睡了？"

裴云姝招了招手，示意奶娘将宝珠带进屋里，适才看向裴云暎，摇头："怎么突然来了？"

裴云暎走到小几前坐下，边倒茶边道："外甥女的满月酒，我这个舅舅当然不能缺席，只是路上耽误了。"

裴云姝望着眼前人，欲言又止。

今日洗儿会，昭宁公裴棣也来了，她不知裴云暎是否因此不来，他从来不耐烦见到裴家那些人。

裴云暎笑问："怎么？"

裴云姝撇开心中思绪，故作埋怨道："今日洗儿会上，不少夫人暗暗同我打听你。我猜真心瞧宝珠的人少，瞧你的人倒多。可惜你不在。对了……"倏尔想到了什么，裴云姝低声问，"我之前听郡王说，太后娘娘有意为你指婚，可有眉目？"

裴云暎低头喝茶,笑道:"哪来捕风捉影的事。"

"太后她老人家要真有这个心思也好,你如今也不小了,是该操心操心这些事。"

他却不甚在意:"你急什么。"

"当然着急!"裴云姝横他一眼,"我今日同陆大夫闲谈,才得知陆大夫也已有婚约在身。你还比人家长四岁,人家有未婚夫,你有什么?连个心上人都没有,就你们殿前司那条狗是雌的,还已经有别的狗觊觎了!"

裴云暎啼笑皆非:"怎么拿我跟狗比?"

"狗都比你懂事!"

裴云暎:"……"

裴云姝望着眼前年轻人,眼中闪过一丝忧色。

其实她倒并非真替裴云暎亲事发急,裴云暎相貌出色,前途有为,这样的才俊,想要攀亲之人数不胜数。而他如今越得圣宠,站得越高,亲事就越是由不得自己。眼下太后有替他指婚的苗头,恐怕再拖几年,就真是再无自己做主的机会了,就如她自己……

她不希望裴云暎走她的老路,更何况,如今的裴云暎像是一把无鞘之刀,过于锋利犹恐自伤,若他有心仪之人,或许做事便会留几分余地,于他自己也好。

裴云姝放缓了语气:"阿暎,你告诉姐姐,你到底喜欢什么样的姑娘?御史中丞府上那位嫡出大姑娘生得国色天香,她娘今日还问我打听起你,我见过那位小姐,天仙似的,真是仪态万端……"

裴云暎掐掐额心,语气无奈:"世上漂亮姑娘那么多,我总不能个个都喜欢?"

"那你喜欢什么样的?"

见裴云姝一副不问出答案誓不罢休的模样，裴云暎想了想："聪明的吧。"

"聪明的？"裴云姝眼睛一亮，"集贤殿大学士府上二小姐才华横溢，五岁就会作诗，聪明得很，你看……"

"我又不喜欢作诗。"

瞧出他心不在焉的模样，裴云姝怒了："你这么晚来这里就是为了气我的？"

"不是啊。"裴云暎正色道，"我是来送礼的，免得宝珠说我小气。"

裴云姝看他空空两手："礼呢？"

裴云暎正要说话，门外响起赤箭的声音："主子，人抓到了。"

裴云姝愣了愣，狐疑望向他。

"看——"裴云暎一笑，"礼这不就来了。"

盛京坊巷门口的军巡铺屋前，几个铺兵叫住门口挑担子的老妪，买了几碗香辣灌肺蹲在门口吃得正欢。

已近初冬，天气一日比一日冷，到了夜里铺兵们饿得又快，香辣灌肺辣劲十足，一碗下腹，腹中就腾腾热起来。

申奉应靠着巡铺屋门口的柱子，正把最后一块辣肺夹到嘴里，就见迎面走来几个人。

为首的是个男人，男人手里押着另一个黑衣人，黑衣人手脚被绑着，被男人半拖半押着往前走，在这二人身后则是个年轻姑娘。这三人从热闹坊巷间走过，一路吸引无数目光。眼见着对方是奔巡铺屋来的，申奉应慌忙咽下嘴里辣肺，冷不防被油呛到，一下子咳嗽起来。

铺兵忙去给他取水袋，申奉应一连灌了小半袋，好容易止住喉间辛辣，一抬头，那三人已经走到面前。

两个男人他都不认识，走在后头的女子倒是有几分面熟，申奉应还没说话，女子先看着他开口："申大人。"

她一开口，申奉应一下子想起来了，指着面前人道："你是那个……山上葱！"

天可怜见，他还记得面前这人。上个月盛京贡举案后，他接到举告说西街一家医馆杀人埋尸，当时他摩拳擦掌打算大干一场，从此增添伟绩走上人生巅峰，谁知到了医馆搜查了大半夜，只搜查出半头死猪。

死猪啊，不是死人！

当时申奉应一腔热血便被浇了个透心凉。

这还不算，也不知说他幸运还是倒霉，他还没弄清楚状况，转头就收到另一桩举告，望春山上发现了具男尸，男尸身上有殿前司禁卫的荷包。

偏偏当时殿前司指挥使裴云暎就在他跟前。

那一刻，申奉应觉得自己的仕途可能就止步于此了。

那位殿帅大人随他一道去了望春山，面对瓜田李下的情状也不知是个什么意思，申奉应试探了几次都摸不清他用意，只得硬着头皮查下去。好在仅凭一只荷包也无法给殿前司禁卫定罪，此案暂且悬置下来。

等他回了巡铺屋，闻讯赶来的上司将他臭骂一顿。也是，瞎折腾一番什么好处也没捞着，别说升迁，得罪了殿前司，上司不迁怒他才怪。

好容易这些日子申奉应渐渐平复了心情，此刻一看到那个女大夫，满腹委屈又涌了出来。

他轻咳一声，拨开众人走到几人跟前："这是干什么？"

"我是仁心医馆的大夫陆瞳。"女大夫道，"今夜有人闯入我医馆，试图行凶，被人制伏，事关人命，特意将行凶者带到大人跟前。"

申奉应心中一动。

地上人被绳索绑缚,一身夜行衣,闻言也没反驳,眼神恶狠狠的,一看就不是什么好东西。

申奉应围着此人走了两圈,狐疑看向陆曈:"他怎么不动?"

"怕此人自戕,我喂了他一点医馆的散药,服下四肢无力,以便大人审问。"

听起来没什么问题,但因先前的猪头事件,申奉应待陆曈说的话总存几分谨慎,不敢贸然评断,思忖了一下,招呼铺兵:"把他带进来。"

铺兵们押着地上人进了巡铺屋。

大晚上的,大部分铺兵出去巡逻了,巡铺屋里没几个人。申奉应进了屋,一回头,看见跟在陆曈身边的男人。男子身材高大,一身灰色侍卫服,气度不似寻常侍卫。

他看了看地上人,又看了看男人,谨慎询问:"就是你将凶手制伏?"

男子点头。

申奉应在屋中央的椅子上坐下,转向陆曈:"你且说说今夜发生何事。"

陆曈道:"今日医馆关门后,我与婢女回屋休息,忽然听见门外有人敲门。等我起身开门后,此人持刀试图对我行凶,多亏这位壮士挺身而出,替我捉住贼人,救我性命……"

"等等,"申奉应皱起眉,打量那侍卫一眼,"都这么晚了,这位壮士怎么这么巧在这里,还刚好救了你?"

说完,又鄙夷看陆曈一眼,大半夜的孤男寡女凑一起,能是什么正经人?

侍卫闻言,道:"在下殿前司指挥裴大人近卫青枫,今日陆大夫前

676

去文郡王府,医箱遗落府上,王妃令在下送回,刚至医馆,正好见歹徒行凶。"

闻言,申奉应屁股着了火般一下蹿起来,话都说不利索了:"郡、郡王府?陆大夫去郡王府干什么?"

陆瞳温声回答:"郡王妃与民女投缘,特意邀请民女参加小小姐洗儿会。"

申奉应仿佛被雷劈了般。

上回见这医女时,她还和裴云暎针锋相对,一脸敌意,怎么不过月余,就已成了郡王府的座上宾?她是怎么攀上郡王府的,比他这个巡铺首领升迁还快?

按下心中酸涩妒意,申奉应走到地上人跟前,抬脚踢了踢,道:"说!你是何人,为什么行刺陆大夫?"

巡铺屋素日里没接过什么大案,申奉应审问的姿态很生疏,看得陆瞳和青枫二人都神情复杂。

身侧铺兵问:"大人,不如交给刑狱司?"

"交什么交,你懂什么!"申奉应嘴上骂道,心中却暗暗忖度,此事怎么看都没那么简单,陆瞳不过是个普通医女,歹徒上来就杀人,不可能是为财,但要说寻仇,她一个大夫能有什么仇怨?

有了前车之鉴,申奉应对每一桩举告都格外谨慎,生怕不小心又成了冤大头。

正沉思着,突然听得门外铺兵们喧哗起来,申奉应不耐烦抬头:"吵什么呢,别打扰我思考。"

下一刻,有人开口:"看来申大人已有了头绪。"

申奉应大吃一惊,连忙转身,就见一年轻人掀帘进来。

"……裴殿帅?"

裴云暎手提银刀,笑着走进屋里,看一眼陆瞳与青枫二人,道:"原来你们早到了。"

"大人,这是……"申奉应心中暗自打鼓,怎么裴云暎也来了。

陆瞳开口:"因此事事关重大,青枫公子便使人将此事告知裴大人。没想到裴大人会亲自前来……"顿了顿,陆瞳继续说道:"或许大人是想到,此人可能是望春山那具男尸的凶手,所以才会如此上心吧。"

裴云暎微微扬眉,并不反驳。

申奉应闻言却紧张起来:"你说这人是望春山悬案凶手?"

好家伙,就是因为这人他被上司迁怒,要真是此人犯案,落他手上,那还不得出口恶气再说。

陆瞳微微颔首:"我也只是猜测。"

申奉应低头看向地上人,无论旁人说什么,此人都缄默不语,一副死猪不怕开水烫的模样,只有在刚刚裴云暎进来时神色紧张了一瞬。

"说啊,为什么行凶?望春山的案子是不是你干的?"申奉应踢他一脚,不甚熟练地恐吓道,"不说实话,大刑伺候!"

地上人不为所动,裴云暎笑了一声。

他说:"申大人,你这样是审不出来的。"

申奉应抹了把汗,将屋中那张椅子让出,从善如流笑道:"请裴大人指教。"

裴云暎在椅子上坐下,想了想,认真开口:"本来此事不应我插手。但望春山一案有关殿前司声誉,我也不好放任不理。"

申奉应:"是是是。"

裴云暎又道:"来之前,我让青枫搜过此人身,寻信物查了下此人底细。申大人不会怨我多事吧?"

"怎么会?"申奉应笑得比花儿还甜,"大人这是帮了巡铺屋大忙，下官感激还来不及。"

他算是看出来了，裴云暎根本是对这案子势在必得嘛，到这里只是为了过一遍巡铺屋的手，显得光明正大一些。

不过，他为什么非要过巡铺屋的手呢？

裴云暎盯着地上人，眉眼含笑，神色亲切又温和，看起来就像是位年轻俊美又好说话的寻常官员，然而目光却叫人觉出几分冷意。

他道："王善，这么晚了，你妻儿应该已经睡下了。"

"王善"二字一出，地上人脸色迅速褪白，身子剧烈颤抖起来。

年轻人望着他，似怜悯，又似更深的冷漠。

他说："不如，现在将他们从槐花街请来？"

"我说，我说！"

下一刻，地上人大叫起来。

申奉应骇然。

这人先前还一副宁死不屈的壮烈模样，裴云暎才说了两句就投降了，也太没骨气。

不过，这么短的时间里，裴云暎就已经查到对方祖宗十八代了？他是妖怪吗？还有，准备如此充足，到底是为了什么啊？

地上人道："望春山的人不是我杀的。"

裴云暎"嗯"了一声："指使你行刺陆大夫的是谁？"

不知为何，申奉应心中暗觉不对，然而想要阻止已来不及。

"是孟侧妃！"那人一咬牙，抬头道，"是文郡王府的孟侧妃！"

申奉应眼前一黑。

所有的困惑与怀疑在这一刻骤然得解，他终于明白为何裴云暎今日非要多此一举来巡铺屋亲自过问这桩案子，原来如此！

指使行凶者的背后之人，竟然是文郡王府的孟侧妃！

孟侧妃啊，申奉应头大如斗。

他自做这个巡铺屋首领以来，有一个专门的小册子，上头记录着盛京各官家之间错综复杂的亲戚关系，就怕无意间得罪了人。因此这贼人说出"文郡王府""孟侧妃"二词时，申奉应立刻就想了起来，文郡王府与昭宁公府间的姻亲关系，裴云暎的姐姐嫁了文郡王做了王妃，而孟惜颜，自然就是侧妃！

裴云暎抓的刺客刚好供出背后之人是孟侧妃，其中没点猫腻，打死他也不相信！

然而戏台子都搭到巡铺屋里了，他这个巡铺首领也只能硬着头皮往下唱。

申奉应一脸麻木地开口："胡说，孟侧妃与陆大夫无冤无仇，为何指使你去行凶？"

地上人道："我不知道。"

裴云暎看向陆曈，陆曈一副若有所思的模样，他便笑问："陆大夫有何见解？"

陆曈面露难色。

"说吧，不用怕。"

陆曈点头："我与孟侧妃不过一面之缘，当日郡王妃急产，我替王妃接生，但其实若按时间，王妃孕期还未至。不过好在王妃与小小姐吉人天相，一切顺利。"

"王妃曾与我说过急产一事事发突然，有些蹊跷……"陆曈蹙眉，"不知与此事有没有关系。"

申奉应很想翻个白眼。

陆曈就差没把"孟侧妃迁怒且杀人灭口"这句话写在脸上了。

他试探地看向裴云暎："大人，这……"

裴云暎叹了口气："事关王妃，也算我半桩家事，如此我便不好插手。"他指尖拂过腰间刀柄镂空的银饰，"还是先将此人交由申大人，背后之人要真是孟侧妃，当然有别的证据。不过……"他笑了笑，"那在之前，麻烦申大人先看着人，别让人死了。"

申奉应："……"

这就把烫手山芋丢给他了？

那孟侧妃听说很受郡王宠爱，这种高门世宦的家事贸然掺和进去绝无好处，他要是讨好了裴云暎，转头得罪了文郡王，岂不是一样落不着好？

申奉应正想找个理由委婉地拒绝，就听陆曈开口："也好，方才我们将此人带到巡铺屋，一路许多人都看见了，想来不久就会传遍城中。说不定此人同伙还会动手，申大人千万小心。"

申奉应："……"

这一路都被人撞见了，说不是故意的他都不信，这就是死活要拉他一道下水呗！

好歹毒的心思！

听这二人一唱一和，申奉应方才的兴奋早已烟消云散。这桩案子无论如何都会得罪人，偏被他撞见了。

申奉应的笑容难掩苦涩。

当年他入盛京巡铺屋，一位前辈告诉他，官场不就那么回事，只要会拍马屁，往上升不是问题。他的名字是"奉应"，奉应，逢迎，申奉应觉得自己很会拍，也靠着逢迎当了巡铺屋首领，本想一鼓作气再往上爬爬，却不知从上月起像是走了什么背运，老遇见这种事。

真就跟那个死而复生的穷秀才说的一样，什么山上葱，什么地上苗。他们这些葱就是没地位，随时都是这些豪绅贵族的牺牲品呗。

官场好难啊!

胃中的香辣灌肺这会儿腾腾发起胀来,申奉应深深吸了口气,勉强开口:"是,大人放心,下官一定秉公办理,死死盯着这人。"

盯个屁。请辞,明日就不干了!

出了巡铺屋,街市亮了起来。

盛京无宵禁,夜里反倒比白日看着还要热闹几分。落月桥下酒坊中常有人家通宵饮酒,杂手艺人群前观者如堵,车马盈市。

陆瞳随裴云暎往巷口走,对岸边游人烟火视若无睹,神情一片平淡。

裴云暎侧首问她:"没受伤吧?"

陆瞳摇头。

自打她从郡王府回到仁心医馆起,裴云暎的侍卫青枫就一直跟着她,等待随时可能出现的危险。一连十几二十日过去,一切风平浪静,就连陆瞳自己都以为危险不会出现时,今夜就遇见了刺客行凶。

看来白日她去郡王府参观洗儿会,终究是刺激到了孟惜颜。

那位孟侧妃,忍气的本事还不到家。

青枫出现得及时,她并未受伤。抓人也很顺利,她以身为饵,抓住此人,也算送了裴云暎一份大礼。

身侧人开口:"时候还早,陆大夫要不要逛逛?"

陆瞳回神,平静道:"不必了,我还要回去制药。"

裴云暎脚步一停。

陆瞳抬眸看去。

年轻人站在盛京夜里,被这街市里流光溢彩的灯火一照,显得异常丰神俊美。

他盯着陆瞳,若有所思地开口:"陆大夫好像总是很忙。"

陆曈沉默。

远处落月桥上栏杆系着风灯，灯色落在桥下河水里，粼粼泛着雪色，像是十五的月亮碎了，被人抛洒在流动的河水里。

十五那日，她替裴云姝催产，深夜与裴云暎在院中桂树下清谈时，月亮比今日圆满。

那一夜，她对裴云暎说："殿帅，我送您一样礼物吧。"

树下的裴云暎笑望着她："什么礼物？"

"王妃所中小儿愁，盛京应当罕有。下毒之人势必藏在府上，但此刻事情败露，对方已有准备。大人想要揪出背后之人，许会费一番周折，最后结局并不一定尽如人意。"

当时，她是这样说的。

裴云暎饶有兴致地开口："陆大夫有何高见？"

"裴大人插手，对方不敢轻易动手。但我替王妃解毒催产，对方势必视我为眼中钉。我又并非千金贵女，一介平民，不足为惧，只要稍加刺激，对方多半会对我出手。大人只要借我几个人暗中保护，或许就能捉住背后之人了。"

裴云暎听完她的建议，并未对她想法置喙，看了她一眼，眼中辨不出喜怒，只问："陆大夫好似对官家心存芥蒂。"

她答："实话实说而已。"

他便身子往后一仰，云淡风轻点头："成交。"

后来回到医馆这十来二十日，她每日照常坐馆，与寻常一般无二，静静等着随时可能出现的危险。然而一切风平浪静，既看不到来行凶之人，也看不到裴云暎安排的暗卫，直到今日。

不知他对孟惜颜做了什么，忍耐许久的孟惜颜，终于还是忍不住在今日对她动手。

而在此之前的这些日子，她与裴云暎并未见面，并无书信往来。今日青枫一抓住人，她前脚将人带往巡铺屋，裴云暎后脚就到。无须私下商量供词，无须了解各自安排，分明前些日子他还与她针锋相对，彼此揭穿和陷害，相互威胁，然而在这件事上，却有一点同为共犯的莫名默契。

简直配合得天衣无缝。

落月桥下的月亮被行驶画舫切割成无数晶莹小片，耳畔传来声音："陆大夫在想什么？"

陆曈回过神，望向街口的马车，青枫站在马车前，正等着他二人。

"我在想，我该回去了。"她往前走去。

裴云暎点头："我送你？"

"不用。太晚了，恐怕惹人误会。"

西街店铺虽都已关门，但保不齐撞见临近的散贩，裴云暎长得一副招人模样，被人瞧见夜里和她待在一处，明日流言就满天飞。

陆曈并不想给自己找麻烦。

闻言，裴云暎莫名笑起来："没想到陆大夫是这样一个矜惜名节之人。"顿了顿，他才继续说道："既然如此，太府寺卿夫人误会你我关系时，你怎么不解释？"

陆曈一怔。

年轻人扬了扬眉，好整以暇等着她回答。

在这样质问的目光下，陆曈难得生出几分心虚。

董夫人误会她与裴云暎间关系暧昧，与她交好，陆曈也有心利用董夫人接近盛京官家，因此顺水推舟，默认了董夫人的说法，甚至还故作娇羞，自己将这舟推得更远了。

但她忽略了，董夫人爱热闹，人缘又好，盛京夫人的宴会佳席都少不了她。传着传着,说不准就会传到文郡王妃裴云姝耳中。毕竟那一日文郡王府中秋佳宴时,董夫人就在场。

裴云姝与裴云暎是姐弟,那么传到裴云暎耳中也是迟早的事。

周围人群来来去去,热闹衬得这头气氛更加凝滞。陆瞳按住心虚,平静开口:"口舌长在别人身上,旁人误会也解释不清,我都不在意,殿帅也不必放在心上。"

"是吗?"

裴云暎含笑点头,唇边梨涡尤为惑人:"可我怎么听说是陆大夫自己暗示与我关系匪浅的。"他语气揶揄,玩笑般看着她,"陆大夫这样四处毁人清白,你未婚夫知道吗?"

这人简直面目可憎!

陆瞳静了静,干脆扬起脸冲他微笑道:"不劳殿帅费心,我未婚夫大度得很。"

他抱胸笑道:"是够大度的。"

陆瞳不欲与他多说,眼见离马车越来越近,开口提醒:"无论如何,今日我都帮殿帅抓住人了。如何发落打算都看殿帅自己,大人只需记得欠我一个人情就好。"

她又不是好心泛滥的活菩萨,犯不着以身冒险替裴云暎抓人,当初之所以提议,无非就是想让裴云暎欠她一个人情。加上裴云姝母女的命,以裴云暎性子,短时间里,只要不涉及他的利益,对她在盛京的所为,这人应该可以做到视而不见。

他只要不添乱就行。

"我当然记得。"裴云暎叹气,低头看着她,"这么大的人情,说吧,下一个想杀谁,我可以帮你。"

这话说得很有诱惑力,陆瞳道:"多谢殿帅,不过我过去没有杀

人，今后也不打算杀人。"

他叹气："陆大夫真是滴水不漏。"

陆曈淡漠："裴大人很会见缝插针。"

"行。"他并不生气，只笑道，"你想要什么报酬？"

陆曈沉默一下，才开口："现在不用殿帅还，等日后想到了，我会向殿帅讨的。"

裴云暎蹙眉："你该不会是想讹我？"

"大人应该会说话算话吧。"

裴云暎点头："看来是真想讹我了。"他盯着陆曈，语气重新变得轻快起来，"但愿陆大夫所托之事不要太惊世骇俗，否则我岂不是赔大了？"

陆曈微微颔首："我尽量。"

说话的工夫，二人已走到了街口，青枫立在马车旁，裴云暎道："去吧，青枫送你。"

陆曈对他点头，朝着马车走去，方走到马车前，听得身后裴云暎叫她："陆大夫。"

陆曈回头看他。

他立在街口，远处熙攘人群从璀璨灯龙中流过，落月桥下桥上一片月色通明，青年锦衣银刀英英玉立的模样，与这锦绣红尘格外相衬。

裴云暎笑着开口："此事已了，但不敢说今后太平，陆大夫，需不需要青枫继续保护你？"

陆曈目光一动。

说实话，有这么一个人在身边，的确更安全。如若她只是仁心医馆一个普通的坐馆医女，自然会毫不客气接纳对方好意。

但她到底不是。

她所行之事，如今除了银筝，不可为外人知晓。

"多谢大人好意，但是不必。"陆曈望着他，语气平淡，"我行医配药，医馆中多有毒虫蛇蚁，若不知事之人贸然闯入，恐怕会出人命。"

裴云暎一怔。

陆曈说完这句话，径自上了马车。马车帘落下，遮蔽了女子面容，也无从看清这近似威胁的话语后，主人是何神情。

青枫朝他看来，裴云暎摆了摆手，马车便驶进盛京繁华的夜里，渐渐没了踪迹。

他摇头笑了一下，再抬头时，已换上一副淡漠神情，转身朝另一个方向离开了。

裴云暎回了趟殿帅府。

殿帅府小院中，栀子藏在树下睡觉，门里透出些明亮灯色，一进门，萧逐风就走了出来。

一向冷峻寡言的人面上难得显出些焦急，问他："怎么样？"

"抓到了。"裴云暎往里走，"进来说。"

桌上放着一盘红橘，沉素的屋子因有这一点红艳点缀，似乎多了点鲜活。

萧逐风转身将门关上，一回头，裴云暎已在椅子上坐下来，随手捡了个橘子拿在手中上下抛玩，道："今夜辛苦了，你动作真快。"

刺杀陆曈的杀手王善，是萧逐风令人排查的。事实上今日陆曈刚离开郡王府，孟惜颜那头就有了动作，萧逐风令人严密监视郡王府外头动静，王善还没动手前，萧逐风就已将他家世查清。

也不知该不该说孟惜颜愚蠢，行凶的死士竟是有家室之人。有软肋的人总是更容易被撬动嘴巴。

萧逐风侧身挨着桌角，也顺手拿起个橘子，红色橘皮泛着微微柑

香，酸涩清爽。他默了片刻，问："为什么非要找军巡铺屋？"

巡铺屋人手不多，平日里多处理着火偷盗，杀人命案确实有些勉强。

"不然送到刑狱司？不到一炷香郡王府就会得到消息，你以为还藏得住？"裴云暎语带讥诮。

萧逐风没说话。这倒是，盛京这些官员间自有一派关系，怕得罪人，一旦出事，先通个气再说。

裴云暎道："放心，这回一定断得干净。"他又睇一眼萧逐风，一个红橘扔过去，被萧逐风接在手里，裴云暎道："真不打算争取做我姐夫？"

萧逐风沉默。

他便嗤道："怂。"

萧逐风正要说话，门外有人敲门，裴云暎应了一声，段小宴抱着军名册走进来，往木架上放。

裴云暎便又继续刚才的话头，鼓励他道："有心上人就该争取。"

萧逐风瞥他一眼："你有心上人吗？"

"现在没有。"

段小宴凑过来："说到心上人这个问题，今日我值守时，浣花庭外的宫女姐姐还问我打听大人，这盘橘子就是她们送我的。"他拿人手短，认真询问答案："哥，你喜欢什么样的姑娘，说来听听呗。"

萧逐风也看向他。

"怎么今日人人都来问我这个问题。"裴云暎好笑。

他想了想，慢慢开口："胆子大点的。"

萧逐风："什么叫胆子大的？"

裴云暎身子往椅背后一靠，悠悠道："做禁卫的，难免刀剑无眼。一定要找的话，我希望她是一个看见我受伤不会害怕，还会给我包扎伤口的人。"

"最好再薄情一点,有一天我死了她也不会太伤心。"

萧逐风评点:"懂了,你想找个收尸的。"

裴云暎笑了一下:"也许吧。"

段小宴瞪大眼睛:"听你说的,陆大夫就很合适啊!她不仅能给你收尸,还能给你报仇呢!"

裴云暎睨他一眼。

段小宴轻咳一声:"我没有诅咒你的意思。"

萧逐风放下手中橘子,默默去台上取了纸笔放到裴云暎面前。

段小宴茫然:"这是干什么?"

裴云暎拿起笔。

"写折子呗,告状。"他说。

第二十章

瞳瞳

贡举案尘埃落定才没多久，盛京又发生了一件大事。

文郡王府中，侧妃给怀有身孕的王妃下毒，试图谋害王嗣。好在王妃母女吉人天相，毒物发作之日正好有医女于府上送药，生死关头救下王妃母女。然而那位歹毒侧妃心中不甘，迁怒医女，竟派人暗中行凶刺杀对方，被郡王府的侍卫偶然救下。

贼子在巡铺屋中将背后之人和盘托出，众人才知这背后这么一桩官司。

因那日侍卫押送歹徒去巡铺屋时途经闹市，许多人目睹，故此消息一经传开，立刻成为大街小巷的谈资。

给有孕女子腹中骨肉下毒，那是损阴德的，平民百姓家都容不得这样的事发生，何况高门？而文郡王在此事发生后明知身边人不对，却并未处置侧妃，只轻罚禁足，试图包庇，有这么一位对妻女无情无义的丈夫，众人对那位苦命的郡王妃越发同情。

仅仅如此便罢了，寻常豪贵家流言，过些日子也就压下去了。但文郡王府的这桩官司，几日过去，非但没平息，反而越传越烈，只因其中牵扯到一味宫中禁药——小儿愁。

文郡王妃所中之毒，是一味宫中禁药，小儿愁。

这本是宫里一桩密辛，多年间早已无人知晓，不知被什么人重新翻了出来。

这小儿愁无色无味,易溶于颜料。有孕产妇服之,起先不会有任何反应,渐渐地,会身体发热,肤色变黑,再过几月,肩颈处逐渐肿胀,等到一定时候,许有腹痛流血之兆。不过即便如此,中毒之人腹中胎相仍然安稳。就算有大夫探看,也只会认为这些症状是寻常孕兆,安胎药喝下去,只会让此毒浸入更深。待满十月,诞下一名死胎,产妇却平安无事。

此药阴毒至极,常人又难以发觉,翰林医官院的医官都未必瞧得出来,一时间人心惶惶。这还不算,盛京宣义郎府上得知此事,年过半百的宣义郎第二日上朝时就跪在大殿上捶胸顿足,要撞柱告状,求皇上彻查此事——

宣义郎怀疑心爱的小妾当初也是中了小儿愁才诞下死胎的。

宣义郎自诩情种,自打小妾郁郁而终后,悲痛难以自持,日日在各处墙上、庙里乱写乱画什么"十年生死两茫茫",如今得知有为小妾沉冤昭雪的机会,简直如一夜间饮了鸡血,亢奋异常。联合一众认为自家人曾中过小儿愁的官员,请求朝廷彻查此事。

毕竟先皇在世时,曾有嫔妃暗使此毒谋害皇嗣被发觉,后来宫中勒令禁止此药,就此绝迹。如今禁药重现,究竟是从哪里得来?

因事关后宫,此事惊动了正在万恩寺礼佛的太后,太后当日回宫,连夜亲自清查后宫。

这一查,还真查出些东西。

宫卫在颜妃殿里查出未用完的小儿愁。

颜妃是郡王府侧妃孟惜颜的表姐。颜妃禁不住宫中拷问,吐露此药从御药院所得,是孟惜颜问她讨要的。

于是连带着御药院一干人纷纷落罪,颜妃与孟惜颜二人也被关进大牢。

私藏禁药，试图谋害皇嗣，哪一个罪名都是要掉脑袋的。

这些纷乱消息隔些时日就从宫里传出，被时人津津乐道。而那旋涡中的男人好像被人忽略了，竟极少有人提起。

文郡王府中。

文郡王站在院落前，面上早已没了从前的意气风发，恶狠狠地盯着眼前人。

"裴云暎，给本王让开！"

在这院落门口，站着数十个禁卫模样的男子，为首的年轻人手提银刀，往里睇一眼，朝他含笑"嘘"了一声，道："安静点，宝珠还在睡觉。"

不提这茬还好，一提宝珠，穆晟脸都青了。

两日前，他还在酒楼中与人宴饮，忽然得知有官差去府上带走了孟惜颜，匆匆赶回府中，才知道军巡铺屋抓着个行凶者，供出是孟惜颜指使杀手去加害仁心医馆的坐馆医女陆曈，只因陆曈救下了突然急产的裴云姝。

这本来只是件小事，穆晟也没放在心上，只震怒巡铺屋的人如此胆大，竟敢动他郡王府的人。谁知这件小事不知怎的一发不可收拾，又牵连上了宫中禁药，惊动了太后，之后颜妃和孟惜颜接连入狱，他这个郡王都有些焦头烂额。

穆晟不信此事与裴云姝无关，可裴云姝的院门外被裴云暎的人守着，连他这个郡王都进不去。不得已，他只能在院门口大声斥喊裴云姝名字，可那个一向懦弱的女人不知何时吃了熊心豹子胆，对他的吼叫视若无睹，从头到尾也不肯来见他一见。

穆晟冷冷盯着裴云暎。裴云姝就是在这个弟弟回京后才开始对他有恃无恐的，这对姐弟！

他道:"裴云暎,你想干什么?"

裴云暎笑了笑,伸手从怀里摸出一张纸,拍到穆晟脸上。

穆晟大怒,扯下纸来,见那纸上密密麻麻写着字:"这是什么?"

"穆晟。"裴云暎的语气甚至称得上客气,"都到了这个地步,不会以为还能若无其事蒙混过关吧。"他笑笑,"和离书都给你写好了,你照着誊抄一份就行。"

和离书?

穆晟低头看着眼前纸,似被刺痛,忽而冷笑一声:"原来你是为这个……"

中秋那日,裴云暎的人将孟惜颜带走了。穆晟明知摩孩罗有问题,却仍令裴云暎交还孟惜颜。

孟惜颜美丽解语,何况裴云暎当众带走孟惜颜是打他文郡王的脸,维护孟惜颜,就是维护他自己。

后来裴云暎将孟惜颜放回府,穆晟等了几日,没见他继续追究,放下心来,同时又有些得意。裴云暎到底还是年轻,不敢与郡王府针锋。

原以为这事就这么算了,未曾料此人心机深沉,先前放回孟惜颜不过是让他放松警惕,后招原来在这里。现在不仅孟惜颜,连宫里的颜妃都一并下狱,从一开始,裴云暎就没想放过孟惜颜,他要对付孟惜颜,也要让裴云姝离开郡王府。

从一开始,他就打着一箭双雕的主意!

惊觉自己中计,穆晟出离愤怒,他怒极反笑,盯着面前人:"休想,别说和离书,休书我都不会给她。"他语气带着恶意的玩弄,"我就是要她耗在我郡王府,死了也要做郡王府的鬼!"

唰——

一道寒光闪过,凛冽刀锋泛着寒意逼至他颈间,森冷杀意从咽喉渐

渐蔓延开来。

"你、你疯了？"穆晟僵在原地。

裴云暎握刀的手很稳，面上在笑，目光却带刺骨冷峭，他说："郡王好威风啊。不知郡王去年包揽欺隐城工水利钱粮时，也这样威风吗？"

此话一出，穆晟面色一变，脱口而出："你怎么知道？"

"我自然知道。"裴云暎淡淡一笑，"我一向很关心郡王。"

穆晟心中发起抖来。

这事除了自己人外无人知晓，不知裴云暎从哪里得来消息，他知道多少，他又有多少证据，他拿着自己致命把柄……一个殿前司指挥使而已，他怎么能做到这种地步！

"你这么做，不怕我告诉你爹？"穆晟仍不死心，试图拿昭宁公来压眼前人。

两姓姻缘，从来都不是个人之事，宗族、两家关系，要考虑诸多。裴云暎的意愿在整个裴家利益跟前，是最微不足道的一环。

裴云暎望着他，像是听到了什么可笑之事，匪夷所思地开口："郡王，难道你不了解昭宁公？他要是知道这些事，只会与你断得更快。"

他又想了想，道："不过也许你挑拨得好，说不定还能见到我们父子相残的画面。"

年轻人韶朗眉眼里，遮不住凉薄与乖戾。

穆晟心中恐惧，裴云暎根本无所畏惧。

裴云暎收回手，仔细将银刀收回刀鞘，似笑非笑地看向他。

"和离书与呈诉，郡王选一个吧。"

文郡王妃与文郡王和离的消息一经传出，所有人都觉意料之外，情理之中。

毕竟身边有这样一个包庇凶手的丈夫，寻常人都很难忍得下去。

文郡王妃与文郡王不仅和离，郡王妃还带走了出生不久的小小姐，因为担心小小姐留在郡王府再遭人暗害。

梁朝嫁娶律法规定，丈夫意图谋害妻子，属违背伦理纲常，理应"义绝"，纵然一方不同意，但只要另一方呈诉，是必须和离的。

梁朝鲜少有女子休夫的事发生，尤其是高门大户家中，然而文郡王府一事，表面瞧着是和离，实则明眼人都瞧得出来，与休夫并无二样。一时间，嘲笑讽刺文郡王之声不绝，提起离开的文郡王妃母女，则是唏嘘同情的更多。

谁想嫁一位这样没人性的畜生呢？

文郡王妃搬离郡王府的第二日，一大早，仁心医馆门口迎来一群敲锣打鼓的人。

一行精壮男子皆着青衣，手中提着一块彩锦织物，一路敲敲打打来到西街。西街摊贩何曾见过这样阵仗，边瞧热闹随着礼队围到仁心医馆门口。

杜长卿正与阿城扫地，冷不防门口堵来黑压压一群人，骇了一跳，嚷道："干什么干什么？闹事啊！"

陆曈抱着晒药的竹匾从里铺里出来，银筝走到门口，望着外头一干众人笑问："这是出什么事？怎么都围在医馆门前？"

为首一个健壮男子转身取来身后彩锦织物，往银筝手上一送，大声开口："仁心医馆陆大夫仁心仁术，救下我家小姐母女，族中感激陆大夫大恩，特令小的们送上谢礼！"说罢又招呼身后众人，一干八尺男儿撩开袖子就对陆曈砰砰磕几个响头，齐声吼道："医术可信，医德可敬！悬壶济世，妙手丹青！"

声浪震天,气势夺人。

"……"

陆曈极少对外界事物有多余反应,但此时此刻,面对一众人群,陆曈竟久违的感到一阵……尴尬。

或许还有一丝羞耻。

为首的壮男全然不觉,只殷切盯着银筝手里的织物:"陆大夫请看!"

陆曈看去。

那块彩锦织物约有一人来高,织得非常精致,像块厚实毯子,下缀彩铃,两边还有吉祥纹的绢带,最中间以金线龙飞凤舞地绣着两行金字。

"良医有情解病,神术无声除疾——"

这一瞬,饶是浮夸如杜长卿也忍不住呛住了。

四周鸦雀无声。

唯有小伙计阿城欢天喜地从银筝手里接过织毯,对着上头金字啧啧称奇了一番,高兴地问:"这是送我们陆大夫的?我们可以挂在医馆的正大门墙上吗?"

"当然。"壮男首领回答得恳切,"陆大夫妙手仁心,理应颂赞。"

杜长卿忍不住抬手遮住脸:"太丢脸了……"

门口看热闹的孙寡妇戳了戳男子结实的胳膊,好奇道:"小哥,你们家小姐是谁啊?"这样的威猛气势,不像是寻常人家养得出来的。

青衣男子抱拳道:"家主是昭宁公府上大小姐,"顿了顿,他又补充,"曾经的文郡王妃。"

说起昭宁公府上大小姐众人还蒙了一瞬,一说到文郡王妃,看热闹的顿时恍然。

哦,原来是前些日子那个倒霉的郡王妃啊!

对街葛裁缝嗑瓜子的动作一停，忍不住多嘴了一句："这么说，救了郡王妃母女的那个医女就是陆大夫啰？"

"正是！"

此话一出，人群又是一片哗然。

文郡王府那档子事，整个盛京无人不晓。至于这桩奇事中那个神秘医女，倒是一直没被人提起过。一来，杜长卿和陆瞳并非炫耀之人，没刻意对人提起。二来，文郡王府一事里，夫妻离心，宠妾灭妻，包庇凶犯，宫中禁药……一桩桩一件件，哪件都比一个小小医女来得震撼。

她就像一株微不足道的杂草，眨眼间被人忽略。此刻听人提起，西街众人这才想到，那个救了文郡王妃母女、又被歹毒侧妃买凶刺杀的医女，其实在这桩故事里才是不可或缺的一员。

西街众人看向陆瞳的目光顿时就变了。

那可是救了文郡王妃的人啊！

他们这条西街，全是做小本生意的，如胡员外那样身份的，在西街都要被奉为上宾。出现个当官的都稀奇极了。仁心医馆倒好，一开始救了太府寺卿的公子，和太府寺卿有了交情，现在又救了文郡王妃母女，那郡王妃是和离了，人家和离后不还是昭宁公府上小姐吗！

仁心医馆这是走了什么运道，浪荡子杜长卿从哪捡来这么个金疙瘩，这陆大夫要是名声打出去，那些贵人们都来瞧病，说不定连带着他们一条街都发达！

此时不巴结更待何时？

思及此，众人哄地一下朝医馆里涌来，嘴里说着"恭喜""贺喜"，差点将杜长卿挤出大门。

银筝笑着招呼众人，阿城拿着那面巨大织毯爬上椅子，左右对比着挂在哪里才最显眼。小小医馆顿时热闹又拥挤，杜长卿气愤的斥骂响彻

西街。

陆曈站在里铺，瞧着眼前吵嚷又滑稽的一幕，看着看着，不知为何，眼里渐渐也溢出一丝笑意。

裴云暎这样大张旗鼓地送来一面彩织，表面上是表达谢意，实则也是为她涨势。今日过后，整个西街，或者说大半个盛京或许都知道是她救了裴云姝母女。

这对文郡王府也是一个警告。

如今谁都知道孟惜颜曾买凶对付她，她不出事则罢，今后一旦她出事，所有人都会怀疑到文郡王府头上。至少在短时间里，穆晟不会对她动手了，就算穆晟不要脸，文郡王府也经不起接二连三的质疑。

她暂时安全。

这样也好，她有更多的心力去做自己的事。

比如……对付太师府。

陆曈抬头，阿城把织毯端端正正挂在对着大门的墙上，织毯厚重巨大，字迹金光闪闪，一挂上去，整个医馆都显出一种粗暴的堂皇，有种格格不入的富贵之感。

杜长卿的怒吼从身后传来："丑死了，摘下来！马上摘下来！"

阿城反驳："东家，我觉得很好嘛，你不要太挑剔。"

外头锣鼓声又响了起来，像是不传遍整个西街誓不罢休。

一片鸡飞狗跳里，陆曈低下头，微微笑了笑。

裴云暎这个谢礼是浮夸了一点，不过，送得很有诚意。

至少现在，他解了自己的燃眉之急。

织毯挂上去后，不知是不是错觉，来仁心医馆抓药瞧病的人更多了。

也不全是为了抓药，大部分新来的病者主要是为了瞧那块毯子。

西街一条街的店主们都慕名前来，央杜长卿同意后人人都来摸一摸毯子上的金字沾沾喜气。何瞎子在门口掐算一番后，只说此地本就风水奇佳，门口李子树长势吉祥，如今补上这一块毯子，运势更如破土之竹节节攀升。

怄得杏林堂掌柜白守义连夜嘴角起了几个大泡。

街坊们羡的羡妒的妒，仁心医馆一片喜气洋洋，只有杜长卿整日拉长个脸，嫌这块金光闪闪的织毯挂在墙上是蚂蚱胸膛黄蜂腰——不伦不类。

银筝陪阿城在小桌前剥做橘灯的橘子，陆曈才送走一位"沾喜气"的街坊，一回头，正对上杜长卿幽怨的目光。

陆曈绕过他，走到药柜前分药。

杜长卿一脸不悦地尾随她身后："陆大夫，你瞧瞧，咱们这是医馆，又不是道观，人人都来拜这块破毯子，还干不干正事？"他试探地看向陆曈，"不如你再做味新药，提醒提醒大家？"

时节越发寒冷，已近冬日，人们身上衣裳一层层叠上去，腰肢几寸便也瞧不太出来，来买纤纤的人少了许多。

来瞧病的邻坊又多是普通百姓，诊费很低，仁心医馆的进项不如往日。杜长卿寻思着让陆曈再做一味类似纤纤或春水生那样的成药，补贴补贴医馆。

陆曈道："没想到方子。"

"蒙人的吧，"杜长卿怀疑，"当初骗我招你进来坐馆，不是说什么'我能做出鼻窒药茶，难道不会做出别的药茶'，怎么现在江郎才尽了？"

阿城实在听不过去，劝道："东家，做新药又不是上茅房，往里一蹲就出来了，那得思考。"

"粗俗！"杜长卿指他一下，又望着墙上织毯叹气，"我看要不在这块毯子下放个盆，写句'十文一摸'，说不准都比咱们开医馆赚得多。"

陆曈分点着手里的牛蒡子，问："杜掌柜，如果我想扬名，扬名到那些高官大户都请我登门施诊，需要做到什么地步？"

杜长卿嗤道："你现在还不算扬名吗？太府寺卿和郡王府这样的高官都不够？"

"不够。"

杜长卿："……"

他没好气道："那请问什么样的高官能入你陆大夫的眼？"

陆曈想了想："如今盛京权势最大的就是太师府，如果是太师府那样的人家呢？"

杜长卿"啧啧啧"了几声，赞叹地看向她："没想到你还有这样的野心。"下一刻，又换上一副生无可恋的神情，"不过别想了，不可能。太师府里的人头疼脑热，那是翰林医官院的院使大人亲自施诊，别说咱们这样的野医馆，就是翰林医官院的医官，也不是人人都有资格施诊的——"

见陆曈不作声，他又继续主动为她解释："这些高官世家惜命如金，有什么疾症也不会让外人知道。咱们这样身份的，顶多给他们家下人看个诊。不对，咱们还没资格进他们府上，他家下人估计也是找相熟的大医馆的大夫。"

陆曈心下微沉。

杜长卿说的和她打听到的一样。

太师府坐落御街以东，府门前后有护卫把守，平常人难以进入。府上家眷生病，请翰林医官院登门施诊。咸太师育有一子一女，小女儿今年十八尚未出阁，至于唯一的嫡子咸玉台如今在户部挂了个虚职盛判尚书省都省事。

这三人都难以接近,撇开戚清不提,戚小姐和戚少爷出行总有大拨护卫跟随,身边人也难以撬动。

事态似乎陷入僵局。

而快活楼那边,事关太师府,精明的曹爷必然不会为了一点银子涉险,说不定还会察觉到什么,反而引来猜疑。

此路不通。

杜长卿还在继续抱怨:"那戚玉台不就是仗着自己有个太师老子,眼睛都要长到天上去了。今年生辰不知又要在遇仙楼摆多大的排场,谁稀罕看?"

陆瞳抓住他话中关键:"生辰?"

"就十月初一嘛,没几天了。"他记戚玉台生辰记得格外清楚,"败家子每年都在遇仙楼庆生,光杯盏茶具都要上千两银子。"

银筝忍不住问:"他这样奢侈,不怕树大招风,引人对太师府不满吗?"

"戚玉台他外祖家早年祖上是皇商,说是家中积财,这谁知道?"杜长卿哼一声,"没证据的事,谁也不能乱说。"

陆瞳沉默不语。

杜长卿叹了一声,语重心长地与她讲道理:"所以陆大夫,人当踏实一点,别一开始就想一步登天。太师府有什么好?除了银子多一点、地位高一点、权势大一点,我看着还不如咱们小医馆舒坦。"

"你说是不是?"

"是。"

杜长卿一愣。

"你说得很对。"

陆曈抬头,神情有些奇怪:"人是该踏实一点,别一开始就想一步登天。"

太师府中,太师戚清正在用膳。

戚太师好养生,年过花甲,食少而精。喜食鱼肉,其中,"金齑玉脍"是他最喜欢的一道菜肴。

所谓"金齑玉脍",是以蒜、姜、盐、白梅、橘皮、熟栗子肉和粳米饭制成调料,选新鲜肥美鲈鱼除骨、去皮、捱干水分,片成薄片,蘸以"金齑"享用。

戚太师吃得很静,慢条斯理夹一片蘸满蘸料的鱼脍放入嘴里细细咀嚼,一边管家为他斟上淡茶,开口道:"老爷,再过几日就是少爷生辰⋯⋯"

戚玉台被罚禁足不能出门,不过一月已快憋坏,再过几日就是十月初一,戚玉台早已按捺不住,想趁此机会出去松快松快,求到管家头上。

"继续禁足。"戚清提袖饮茶。他黑纱长袍宽大,枯骨伶仃,坐在窗下自酌自饮模样,似老道仙风道骨。

管家低头:"是。"又提起另一件事:"对了,老爷,您之前让人查的良妇一事,有眉目了。"

戚清提箸:"说。"

"良妇夫家姓柯,在盛京做窑瓷生意,之前因大少爷的关系,府中过寿所用杯盏皆由柯家供应。不过,柯家已经没了。"

戚清咀嚼的动作一顿:"没了?"

"是。"管家垂首,"今年四月初一,柯家大老爷,良妇丈夫柯承兴被人发现溺死在万恩寺放生池中,仵作结论是酒醉失足溺水。因他被发现身死时曾有祭拜前朝神像之举,此事没有后续。"

"柯承兴死后,夫人回了娘家,他母亲病死,柯家再无后人。"

戚清放下竹筷,默然无语。

管家道:"老爷,此事不对,恐有人背后操纵。"

戚玉台无意致使良妇身死,不过一小事。但现在看来,帮忙处理后续的范正廉出事,柯家出事,范正廉临死前还带出戚家流言。

那流言来得突然,一夜间传到处都是。戚家处理了狱中范正廉,不是没人猜测太师府杀人灭口。是戚太师上朝之时拖着一把老骨头落泪陈情,直说此举岂不是掩耳盗铃,又实在找不到证据,皇帝才将信将疑没再继续追究。

但这并不代表此事就此揭过。

一定有人在背后针对太师府,但此人是谁,背后有何势力,到现在也没蛛丝马迹。

良久,戚清突然开口:"死了的良妇叫什么?"

"回老爷,姓陆。是常武县来的远嫁女。"

那良妇死了许久,一介商户之妻,身份卑贱,连死了都不值得被人记住名字。

戚清道:"你去查查那良妇家里。"又补充道,"出阁前家中人口,现今近况,娘家还剩些什么人。"

"老爷这是怀疑……"管家目光一动。

"意治闺门,深有礼法,处亲族皆有恩意,内外和睦,家道已成。"

老太师重新提箸夹脍,淡淡道:"一家人,难免互相帮衬。"

九月中,气肃而凝,露结于霜。

窗下草木到了夜里结了一层雪白薄霜,银筝把做了一半的橘灯用篮

子收拢，放回屋里。

陆瞳坐在桌前梳理解开的发辫，只穿了件单薄中衣，中衣做得宽大了，衬得整个人越发瘦弱。

银筝看着心疼，道："怎么姑娘近来又瘦了？定是这些日子忙累太多。"又自言自语，"明日叫戴三郎给选几根肉多的骨头炖来吃好了。"

她一向注意陆瞳的衣食起居。

陆瞳抬眸，看向镜中人。

镜中女子修项秀颈，乌发如瀑垂在肩后，整张脸不到巴掌大，纤巧得过分，一双幽冷的眸静静凝视着她。

许是在落梅峰的那些年她很少照镜子，如今与镜中人对视，盯着那张熟悉的脸，竟觉出几分陌生。

银筝还在为她的消瘦苦恼，在身后道："平日吃食明明与我们一样……姑娘小时候是不是不爱吃饭，连带着现在也不肯长了？"

小时候不爱吃饭？

陆瞳摇头："不，我小时候总是吃很多。"

银筝一脸怀疑："真的？"

"真的。"

镜中淑女望着她，那张秀艳美丽的脸被灯火氤氲得模糊，渐渐模糊成另一张白嫩饱满、充满稚气的圆脸。

是张小姑娘的脸。

小姑娘扎着双鬟髻，双髻两边各缀一只乌金蝶，像只白生生的团子般讨喜。陆瞳笑了笑，镜中小姑娘便也冲她笑起来，笑容有几分狡黠的得意。

陆瞳目光渐远。

她没有说谎。

她幼时嘴馋，总是吃很多。离开常武县之前，陆曈都是个胖丫头。

家中三个孩子，陆柔生得窈窕清丽，陆谦俊秀聪颖，许是老天在前两个陆家孩子的外貌上给足了优待，轮到陆曈时，便显得潦草了许多。

她贪吃，家中买点果子蜜糖，总是抓得最多，又饿得快，常常饭还没做好，先嚷着饿了。常武县左邻右舍都相识，小时候见她生得圆润可爱，街坊常抓花生果脯给她，渐渐地，她脸蛋越来越满，像只白白汤团。

汤团固然福相，但小时候福相，长大时看起来便不那么聪明。尤其是在常武县第一美人姐姐的衬托下。

刘鲲的儿子刘子德与刘子贤背后嘲笑她："肥猪，当心以后嫁不出去！"

她听说此话，一路号啕大哭着回家，被下学归家的陆谦撞见，问清来龙去脉后去找刘家兄弟打架。

这架打得很激烈，归家的父亲让陆谦去刘家负荆请罪，还连带着罚陆柔与陆曈一道抄字帖，陆家的传统一向是一人犯错三人受罚。

陆曈本就委屈，经此更委屈了，一边骂刘家兄弟一边抄书，还不忘赌咒发誓一定要在半年内瘦成姐姐般纤细苗条模样，从今日起每天饭量减半。

结果不到半日便饿了。

夜里饿得两眼冒金星，爹娘都睡熟了后，她实在忍不住偷偷从床上爬起来去厨房找剩饭，找了一圈没找到，陆柔和陆谦从外面进来。

陆曈哭丧着脸："怎么没有剩饭啊？"

"谁叫你白日说不吃的，爹都刨给我吃了。"陆谦故意气她。

"你！"

"嘘，小点声。"陆柔拍陆谦一下，"别逗她了。"

陆谦从身后掏出几个番薯:"太晚了,烤几个番薯吃吧,省得吵醒爹娘,爹又要让你多抄几天书。"

一想到抄书陆曈就头大,忙道:"行行行,就番薯吧。"

厨房里炉灶生火麻烦,陆谦把取暖的炭盆找出来,放在门口烧燃,把几个番薯埋在炭灰里。

厨房里渐渐漫出香气来。

陆谦拿铁钳把番薯从火里扒拉出来,陆柔剥好皮递给陆曈,陆曈靠墙坐在地上,咬一口热腾腾的番薯,浑身上下都熨帖起来。

陆柔道:"慢点吃,小心烫着。"

陆谦把其他几个挑出来给她晾着。

等吃了一整个下肚,又要拿第二个时,陆曈一瞥眼看到陆谦那张鼻青脸肿的脸,忽而一顿,莫名沮丧起来。

陆谦莫名其妙:"怎么?"

"你的脸太丑了……"

少年大怒:"陆三,你也不看我这是为了谁!"

陆曈蔫蔫道:"我是在想,我一顿不吃就很饿,是不是注定一辈子只能当只肥猪?"

陆柔蹙眉:"曈曈,你现在正是长身体时,不吃怎么行?别听刘子德刘子贤胡说八道。"

"可他们说我以后嫁不出去……"

"谁要他们操闲心,"陆谦没好气道,"又没吃他家米,管他说什么。"

陆曈悲从中来:"可你们都不像我这样……会不会我不是爹娘亲生的?"

陆谦:"……你是想爹揍你吧?"

陆柔叹口气,伸手也拿起一只番薯来:"那我们也跟你一道吃,一起变小猪好了?"

陆谦乐了:"那陆家就有三只小猪了?行啊,我也吃一个……好香!"

兄姊坐在身边两侧,热腾腾的番薯驱走冬日严寒,厨房中弥漫的甜香里,陆曈抹了把眼泪,不知为何,心中倒也没有那么难过了。

第二日母亲晨起去厨房,发现烧完的炭灰和墙角的番薯皮,哭笑不得,点着陆曈的额头教训:"想得倒多,好好吃你的饭吧,放心,我们陆家都是美人,不会丑的。"

"将来你啊,也会长得和你姐姐一样漂亮的!"

那时陆曈总觉得是母亲安慰她的话语。

后来……

后来她被芸娘带上落梅峰,漫山遍野地采药,试药,许是累的,饿的,又或许是本就到了抽条的年纪,不知过了多久,有一日她在溪边洗衣时,透过溪水看见倒映出的一张陌生少女的脸。

桃腮杏面,韶颜雅容,与那个团团糯糯的胖丫头截然不同。

她趴在溪边看了很久。

原来母亲说的是真的,她真出落得如姐姐一般苗条纤细,是个漂亮的大姑娘了。

原来……不知不觉中,她已经长大了。

一声轻响,银筝关窗的动静打断了陆曈的思绪,秋夜冷寂,镜中那个笑眼弯弯的小姑娘渐渐淡去,变成另一个单薄素妆的女子,淡漠地注视着她。

陆曈眉眼微动。

她长大了,从天真烂漫的小姑娘长成亭亭玉立的窈窕淑女,可惜她

的爹娘兄姊，陆家无一人见到。

他们没能看见她长大的模样。

那些设想过无数遍的、梦里重逢后的拥抱与热泪，欢喜与叮咛就此戛然而止，如多年前小厨房里的那盆炭火，永远熄灭在冬日冷夜里。

不复生机。

可她心里的那把火却腾腾燃起来，愈来愈烈。

窗关上了，深秋的夜很冷。

"我想去遇仙楼。"寂静里，陆曈突然开口。

正走到门口的银筝一愣，下意识回头，愕然看向陆曈。

陆曈伸出手指，轻轻摹过镜中人眉眼。

镜中人目光平淡如水，却有看不见的暗流涌动。

她收回手。

"十月初一，戚玉台生辰那日……"

"我要去遇仙楼。"

又过了十几日，立了冬。

盛京靠北，盛满水的桶放在院里，一夜过去就能结层薄薄的冰。银筝去葛裁缝铺子里挑了几块布，打算为陆曈与自己新做几件冬衣。

因气候一夜骤冷，陆曈也着了风寒，杜长卿看着陆曈病恹恹的模样，大手一挥，决定仁心医馆关门两日，让陆曈在屋里好好养病。

冬日天黑得早，大雨瓢泼下，西街商贩几乎全部关门，檐下一排灯笼在暴雨下晃得厉害，微弱灯色也被冬雨掩盖了。

仁心医馆门口的李子树只剩一尊萧瑟的影，盘绕着小小医馆，在夜里沉默伫立。

吱呀——

黑影有了一丝缝隙，一线昏黄亮光从里透了出来。

有人推开门，走出了仁心医馆大门。

大雨下个不停，冲散了门前说话声。

"走吧。"

雨水哗哗下着，落在河水中，粼粼泛起亮光。

连日风雨，落月桥下河水暴涨，河水越涨，桥栏上系着的风灯反倒越发明亮，从朱楼高处望去，像一片汪洋中的明珠千斛。

遇仙楼总是热闹。

冬雨的寒冷被酒楼拒之门外，艳馆歌楼里，罗绮香风不绝，处处追欢买笑。正堂宾客席前高台，珠灯华美，以描金璎珞长罩，高台正中盛放一树金玉铸造的梅树，梅树花枝料峭，翡翠枝头以红宝石雕刻簇簇红梅，红梅下有一歌伶，碧霞帔，戴仙冠，脸欺腻玉，鬓若浓云，正唱一首《春闺梦》——

"去时陌上花如锦，今日楼头柳又青，可怜侬在深闺等，海棠开日我想到如今……"

语娇声颤，字如贯珠，听得座中宾客无不喝彩。

满场红妆翠袖、笑语宾座之间，又有一宽袖莺黄罗袍的男子揽着一舞姬走过。

近来遇仙楼来了一批年轻舞姬，美艳娇媚，人人皆以面纱遮面，舞衣轻薄，深受公子醉客追捧。

罗袍男子醉意朦胧，大腹便便，侧首时，目光藏着一丝不易察觉的紧张，倒是被他揽在怀中的舞姬一身艳丽孔雀蓝薄纱舞衣，面容以丝罗覆盖，只露出一双美丽眼眸，娇波动人。

宝珠光辉晃得人刺眼，银筝望着满楼的富贵销魂，掩住心中惊叹。

她在苏南燕馆待了多年，自认身在锦城花营，看惯声色繁华，却仍

被盛京的富庶震得不轻。明明是冬日大雨，遇仙楼却如艳阳仙境，管弦欢声像是要永远继续下去。

"怀中人"低声提醒："上楼去。"

银筝回过神，"嗯"了一声。

陆曈双臂收紧，亲昵偎着她，露在面纱外的眸微抬，不露声色地打量周围人。

今日是太师府少爷戚玉台的生辰。

杜长卿闲谈中曾提及，每年十月初一，这位太师府少爷都会在盛京遇仙楼大摆席宴，邀请友人同乐。而他从不在府中设宴，是因为他那位清心寡欲的太师父亲喜静，不爱吵闹。

陆曈接近不了太师府。

别说是太师府，甚至连太师府的下人她都无法接近。正如杜长卿所说，他们这样身份的人，连与太师府下人都隔了一道坎。她可以做出春水生接近柯家，可以做出纤纤接近范正廉，却无法对太师府如法炮制。

因她根本不知太师府中人疾症。

时日一日日过去，想要报仇的人仍好好活在世间。当听杜长卿说起十月初一戚玉台会到遇仙楼时，陆曈几乎立刻就心动了。

她无法得知戚玉台何时出行，去往何地，但十月初一那日，他就在那里。

陆曈想接近戚玉台。

所以她花银子买通遇仙楼的人混迹进去，换上舞姬衣裳，她本打算一人前去，银筝当年患病被鸨母扔进乱山，陆曈不想引她旧事伤怀，银筝却执意要跟往。于是银筝扮作客人，与她一道混入遇仙楼。

两人行事果真比一人要顺利得多，至少旁人见舞姬有主，便不会再拉她作陪。银筝扮起酒客来熟练,眼底乌青使她看上去就如一位真正被酒色掏空了身子的富商。

"美人,我们上、上楼去……"她含糊地开口,一面揽着陆曈往楼上去。

陆曈盈盈扶住银筝手臂,二人跟跟跄跄上了二楼。

戚玉台在遇仙楼厢房设宴,此时夜深,宴近结束。而今日大雨瓢泼,戚玉台今夜多半要留在遇仙楼中了。

楼上几层是暖阁,是给这些王孙公子、贵客豪门过夜用的,价钱不菲。当年杜长卿父亲还在时,杜大少爷都不敢在此地过夜,唯恐被骗了大钱。银筝与陆曈此行出来,将先前文郡王妃送的诊金都搬空了。

银筝拥着陆曈往二楼去,楼口处坐着个饮酒的男人,瞧着是龟公,见状笑嘻嘻凑上来,银筝会意,掏出一张银票拍在他手上,男人便让出路来:"公子请进!请进!"

整个二楼修缮成女儿家绣阁模样,一溜雕花竹窗,从里传出娇语调笑,听得人耳热。

银筝不觉耳热,只心疼刚刚送出的银子,低声地埋怨:"不过在这里宿上一夜,单宿银就要百两。难怪俗话说'船载的金银,填不满的烟花债'。"又怅然,"不过这里这样贵,想来赎身的银子只会更多。"

银筝当年心心念念的就是凑够赎身银归家,只是还未等到那一日便被丢在乱葬岗。如今再入此地,难免怅然。

这楼上雕花窗前,有的门前挂一只花冠,代表有人,没有花冠的,则表示无人。

陆曈回头看了一眼,见那龟公看不见了,才转头,对着面前一扇挂了花冠的门用力推开。

啊——

屋里陡然响起一声惊叫。桌前男女衣衫半褪，正是浓情蜜意时，冷不防被打断，男人怒道："什么人？"

银筝踉跄着步子打了个酒嗝："……到了？"

陆曈搀着她，冲屋中二人歉意开口："公子喝醉走错房了，对不住。"言罢，赶紧扶着银筝退出房去。

门被关上了，隔不断里头骂骂咧咧和女子的劝慰声，陆曈看了门前花冠一眼，目光闪了闪。

"不是这间。"

戚玉台的人消失得很快，遇仙楼堂厅里没有他们的影子。二楼绣阁各屋瞧上去一模一样，没人能分辨戚玉台在哪一间。

她只能用笨办法，一间间寻去。

早在来之前，陆曈就已看过戚玉台的画像，方才那男人不是。

她挽起银筝的胳膊，重新扶好面纱："去下间。"

绣阁比想象中要大。

陆曈与银筝一路挑有花冠的暖屋"无意闯入"，查完最后一间出来时，已过了小半个时辰。

她二人进得快退得也快，银筝又是醉态朦胧，这一路行来，虽打断不少屋中好事，但因屋里人忙着继续，竟也无人追出来纠缠，未曾被人发现。

银筝抓着陆曈的手，低声道："姑娘，怎么都没有？会不会他已经走了？"

绣阁被翻了个遍，没看见戚玉台的人。此时夜已深，再在长廊行走恐惹人注目。

陆曈摇头："不，他一定在这里。"

"可是……"

陆瞳抬眸，望向绣阁更高处。那里翘起屋檐飞出一角，雨夜里如妖魅羽翅，吊诡华美。

"不是还有一层么。"陆瞳道，"我要上去。"

三楼似乎没有人去，至少陆瞳进入遇仙楼后，没见着有人往楼上走。

但若楼上无人，为何又要独独修缮出一层？给那些姑娘歌伶住？看上去也不像。

她挽住银筝："我去试试。"

陆瞳是这般打算的，谁知才走到三楼楼梯一半，方才那个坐着饮酒的龟公不知从何处跑出来，拦着她二人不让她们再往前。

银筝喷着酒气递出一张银票："少爷……少爷有的是银子！"

"唉哟，"龟公紧紧盯着银筝手里的银票，赔笑道："这可不是银子的问题，那上头去不得哇！"

"嗝……有什么去不得？"

龟公往前凑了凑："实话告诉公子，那上头都是官家大人物歇的地方。咱们做小本生意的，也得罪不起呀。公子还是另择一屋吧。"

官家大人物……

陆瞳心中微动，随即笑着攀上银筝同龟公告辞，往另一头去了。

待走了几步，银筝脚步一停，问陆瞳："姑娘，现在怎么办？"

听这人话里的意思，戚玉台十有八九在楼上。只是眼下拿银子也买不到上楼的位置，只能另辟蹊径。

陆瞳想了想："你找个地方藏起来，我偷偷上去。"

银筝一惊："不行！"又道："他守在楼梯处，姑娘怎么混进去……不如，"她眼睛一亮，"我装醉将他引开，你趁机上楼，这样可行？"

陆瞳皱眉："这样你太危险。"

"放心，"银筝拍了拍胸，"您别忘了我是从哪里出来的人，如

何应付他们我最知道了。这一层倒还好，楼上还更危险些，姑娘真的想去？"

陆瞳点头。她没有接近戚玉台的办法，只要接近戚玉台，只要一个机会，她就能动手。

今日就是千载难逢的机会。

银筝转身就走，陆瞳还没来得及拉住她，就见银筝跌跌撞撞往方才龟公那处跑去，嘴里嚷道："贱人！竟然不识好歹，给我换人！"

接着又是杯盏拂地之声，伴随着龟公的惊叫与赔笑，银筝扯着对方衣裳不依不饶，不知二人又说了什么，过了一会儿，龟公领着银筝往楼下去了。

阶梯处无人。

陆瞳趁机上去。

二层与三层的阶梯很少，盘旋着往上。整个遇仙楼的绣阁一面挨着堂厅，屋里可以听到楼下伶人歌唱，另一边则挨着大院，听得见大雨冲刷院落的响声。

陆瞳在三楼口停下脚步。

这一层很安静。

没有男女调笑取乐声，也没有门前悬挂着艳丽的花冠。这一层瞧上去更幽冷，门前寒灯照映昏暗长廊，乍一眼看去清幽，但仔细瞧去，一排朱栏雕刻缡首，屋前悬着红罗销金花灯，雨愈大，愈显玉楼华灯烁烁。

门外长廊无一人，楼下伶人的歌声在这安静里悠远清越，陆瞳穿着艳丽舞衣，长裙拖过长廊地面，发出织物窸窣声响。

因门前没有悬挂花冠，因此这一排屋阁也不知哪一间有人无人。

陆瞳顿了顿，指尖触及袖中一物，倏地脚步一停。

716

只要能接近戚玉台,她就能找机会杀了他。

从门缝中透出一点昏暗灯色,这间屋子有人,却没有声音。

这实在有些奇怪,龟公说三楼是达官贵人眠宿之处,但整处长廊既无侍卫,也无伺候仆人,若无眼前这点灯光,简直像处空楼。

瓢泼大雨不绝,顺着屋檐落到院子里,陆曈犹豫一下,伸手推开门。

屋子里没有人。

地上铺着金丝锦织珊瑚毯,踩上去柔软无声。门前香几上放了一尊华美珠灯,上头描金铺画大朵芍药,罩以冰纱。珠灯灯色昏暗,照得灯罩上芍药烂漫如烟。不远处摆着一架琴,再往后是一大扇楠木樱草色刻丝琉璃屏风,屏风后看不见了。

陆曈目光落在屋中那张乌木边花梨心条案上。

条案上摆着几只青白玉镂空螭纹杯,杯里是空的,一只酒壶,不知有没有人用过。

她又看向那张珊瑚花凳。

凳子上随意搭着一件披风。

陆曈走过去,眼前黑色披风看起来极为华贵,银线勾勒簇簇云团盘压于黑锦缎上,于银烛下流光溢彩。

不是普通人家能用得起的。

她站在屋中,一时间有些犹豫。

此地见不到人,屋里看起来也没动静,她原先预想的计划都无法实施。连戚玉台身在何处都不知。

手边条案上是一只鸳鸯香炉,正燃着香,陆曈拿起那只香炉,倘若能确定戚玉台在这间屋子,她就能在香里动手脚,今日没事,明日没事,等到第三天,太师府就有事了。

她正垂眸想着,冷不防身后突然传来一个声音。

"你在做什么？"

陆曈猝不及防，手上一松，蓦然转身。

砰——

一声闷响，一炉香摔得满地珊瑚织毯蒙上一层灰。

璎珞珠灯下，年轻人站在屏风前，一身乌色织金锦衣，手提一把银刀，那扇琉璃屏风在他身后泛着华彩，却把屏风前的人衬得越发艳色勾人。

陆曈心中一震。

怎么是他？

鲜艳织毯上突兀地映上一层斑驳色彩，伴着窗外雨声，格外刺眼。

陆曈望着眼前青年，一颗心渐渐下沉。

裴云暎为何在遇仙楼中？

今日戚玉台生辰，广邀好友。他那些狐朋狗友身份不低，若按资格，多半都该住在此层。

而裴云暎偏偏在此，莫非他与戚玉台……

年轻人目光掠过地上倾倒的香炉，良久，又抬头看她。

陆曈微微攥紧手心。

她见识过此人的心机多疑，眼下这情状如何解释，何况他若与戚家暗通款曲，复仇一事只会难上加难。

"怎么才上来？"他开口。

陆曈一怔。

裴云暎随手将银刀放在桌上，自己在案几前坐下，边招呼她："把门关上。"

陆曈恍然，裴云暎没认出她来！

也是，银筝装扮手法过人，她在楼下路过铜镜时曾往里看了一眼，胭脂水粉涂得跟个妖魔鬼怪似的，面上还覆了珠纱。裴云暎应当是将她认成了遇仙楼的舞姬，或许他本来叫了人上楼，她误打误撞顶了旁人身份。

"愣着干什么？"他又问。

陆曈便低头，走到门口将门掩上了。

踟蹰下去反而惹人猜疑，只能先将计就计了。

门被关上，窗外的雨声便小了一些。小几上描金珠灯上芍药艳丽夺人，裴云暎在桌前坐下，身后一片琳琅珠翠中，他眼底的漠然反倒显出几分难得的真实。

见陆曈看来，那点漠然便迅速褪去，重新变得明亮起来。裴云暎勾起唇角，随口问："不会说官话？"

陆曈点了点头。

遇仙楼新来的这群舞姬是外族人，一些会说盛京话，一些不会说。会说盛京话的在这里总是更受欢迎些，不会说官话的便要被冷落一点。不过对于楼中的风流醉客来说，也不过都是一时新鲜。

陆曈之所以扮作舞姬，是因为有面纱可以遮容，方便行事。没料到会在此地遇见熟人，但正因如此，不会说话也没有露面的自己，才能在裴云暎面前暂且安然无恙地"扮演"下去。

他又望着陆曈笑，点一下案几杯盏："不倒酒吗？"

陆曈顿了顿，只好走了过去。

她在裴云暎身边停下，尽量使自己显得温顺，提起酒壶为他斟酒。

清冽酒液落入青玉杯，叮铃悦耳，陆曈弯腰时，云雾似的披帛拂过青年的脸，他眉眼微动，微微避开，像是刻意拉开与她之间的距离。

斟完酒，陆曈站直身，乖巧守在裴云暎身侧。许是蒙着面纱的缘故，又或许是这屋里的甜香太熏人，那酒气很淡，她几乎没有闻到酒味。

裴云暎拿起杯盏，低头饮了一口，看向案几前那方沉木琴。

陆曈顺着他目光看去，心中一沉。

果然，下一刻，就听这人含笑的声音响起："会不会弹琴？"

陆曈："……"

常武县家中原先只有一方旧琴，是买来让陆柔练琴的。她吃不了练琴的苦，幼时生得又像只汤团，一向不爱琴棋书画这些。刚买回来时父亲倒是希望她也能练练，陆曈为了躲避练琴，故意将琴弹得乱七八糟。果然没过几日，街上邻坊都跑来劝母亲还是算了，何必让小姑娘吃这个苦——大伙儿夜里都不能好好睡觉了。

就此作罢。

如今裴云暎问她会不会弹琴，陆曈心中忽而有些后悔，早知今日，当年便不该偷懒，咬咬牙将琴学会，也好过眼下这般光景。

沉默一下，陆曈轻轻摇了摇头。

他笑了笑，好像很苦恼似的，想了片刻才开口。

"听闻遇仙楼新来的舞姬翠翠，裾似飞燕，袖如回雪，一舞可酬百斛明珠。我还没见识过。"他手撑着头，看着她无谓地笑，"那你跳支舞吧。"

陆曈："……"

才方逃过弹琴一劫，这人就提出跳舞。她若会跳舞，小时候手脚也不会那般不灵活了。要说起来，或许陆谦都比她跳得更好。

一晃十多年过去，想来她舞姿没有半点长进。不跳还好，一跳只怕立刻会被人发现。

裴云暎好整以暇地等着她。

陆曈忽然觉得，或许眼前这人与她八字不合，天生就是来克她的。

但面对裴云暎饶有兴致的目光，她根本无法说出拒绝的话。一位舞姬可以不会弹琴,但总不能不会跳舞。破绽太明显,何况裴云暎本就是个聪明人。

陆曈无奈,只得往前走了几步,缓慢挪到屋中那块织金珊瑚毯中。有那么一瞬间,她有些想破罐子破摔,且不提日后对戚玉台如何,干脆现在一把毒粉先毒死眼前这个祸害再说。

正当她僵硬地抬起手臂时,身后又传来一声"算了"。

裴云暎道:"香炉灰洒了一地,不便起舞,你来给我揉揉肩。"

陆曈心中松了口气,又暗暗咬牙。

这人几次三番,分明是故意戏耍于她,还是这就是豪门王孙的乐子?她听银筝说过,会做的事偏要旁人做,能够得到的东西偏要隔着一层纱,浓情蜜意中的男女最爱行此举,美其名曰"情趣"。

陆曈不懂情趣,也不懂男女之乐,若非情势不对,简直要对裴云暎杀心顿起。

只是人在屋檐下不得不低头,陆曈走到裴云暎身后,深吸一口气,双手搭在他肩上。

裴云暎背对着她,看不到神情,但看他姿态极为放松。

也是,折腾的是别人,他当然放松了。

陆曈便按下想要一刀结果此人的冲动,替他轻轻揉按起来。

医馆里也曾有肩酸腿痛的病人前来看诊,陆曈也替他们揉按,她揉按的力道不轻不重,大部分时候都令人满意。此刻窗外狂风大雨,暖阁中却温暖如春,楼下银烛佳丽,夜夜痛饮,又有伶人歌声隐隐传来,竟生几分美好之态。

陆曈半垂下眼。

裴云暎的肩很宽,腰身又窄,穿起公服来极漂亮。他看起来很矛盾,殿前司的公服款式裁剪硬朗,却在衣领护腕处绣有华丽刺绣,一如

他给人的感觉。

看似亲切可近，实如泠泠玉雪，藏着冷意。

这屋里没有戚玉台的影子，戚玉台不在这里，而她要找到戚玉台，首先得从裴云暎身边脱身。她身上所带之药要么要人性命，要么不适合用在他身上，他喝了酒却没醉……得想想其他法子。

或者直接将他弄晕？这屋中称手的也只有一个香炉，还洒在地上了。她的针倒是可以，但那样就得见血。而且这附近或许有裴云暎的护卫，一旦出事，想要脱身很难。

她今日是来找戚玉台的，不想另生事端。

心中正思索着，冷不防耳边传来声音："怎么心不在焉？"

还没来得及反应，下一刻，陆瞳的手被人握住，一阵天旋地转，她感到身子被人往前一拽，一下子扑到裴云暎身前。

四目相对。

桌上银烛晃了两晃，墙上影子也晃了两晃，人影渐渐凝在墙上，像一幅昏暗旧梦。

陆瞳心中微动。

自打知道她要混入遇仙楼后，银筝总与她说起这些风月场中的事。什么书生与花魁，王爷与清倌，什么名姬文士，什么状元琴娘，乱七八糟天花乱坠，无非就是男女情事。

那些男女来回地拉扯、追赶、调笑，到最后也就是到榻上滚作一团。她听着总觉不甚真切，而今裴云暎近在跟前，陆瞳忽而就有了实感。

她看向眼前人。

裴云暎生得美貌，骨相眉眼都英挺，一眼看起来俊美又高贵，但因为唇角的梨涡又多了一丝韶朗，这使得他看起来没有那些富贵公子端着的矜持气，反而多了几分清爽。

但再清爽，到了绮罗丛里，他也只是个普通男人。也会逛花楼，找姑娘，对舞姬动手动脚。

陆曈不知道他想干什么，毕竟人一旦下流起来，什么事都做得出来。

裴云暎盯着她，忽然笑了笑。

他说："遇仙楼里的红曼姑娘芳容端丽，冠绝吴姬，不过我看，千花万柳，并不如伊。"

他一手握着陆曈手臂拉近身前，明亮的眸中映出她的影："相交已久，识面何迟，不如让我看看你的脸——"言罢，抬手作势要去扯陆曈的面纱。

陆曈一惊，猛地退后。而他看似强势，实则并未用力，陆曈一下子就挣开了他的手，后退几步，一身珠钗银饰被这动静晃得叮叮当当作响。

珠罗面纱的流苏轻轻拂过他手，如一道幽蓝舞影，从他指尖流走了。

陆曈回过神来，一瞬间明白了什么，蓦地看向屋中人。

窗外大雨倾盆，风声密密。

屋中灯残香暖，朱火照人。

年轻人坐在椅子上，乌衣上簇簇银云作团，笑容在灯色下泛出浅浅暖意，像是有些忍俊不禁。

"香香歌喉清丽，翠翠舞韵绵长，卿卿一笑酬千金。"

他看向陆曈，微微扬眉。

"曈曈，你会什么？"

雨下大了，银烛在案前静静燃烧。

摇曳灯色下，屋中两人对峙。

静了许久，陆曈开口："怎么认出我的？"

她早该想到，裴云暎又是要倒酒又是要看弹琴跳舞，一会儿还要揉肩，分明就是故意戏弄。偏她还以为是裴云暎本性如此，故意与邀来的

舞姬调情。

不过,她既已戴上面纱,妆容繁复,连声音也没发出一句,裴云暎是怎么认出她来的?

年轻人摇头:"别的姑娘眼睛情意绵绵,你那双眼睛方圆十里都能感觉出杀气。"他笑了一声,"能骗得了谁?"

陆曈:"……"

她真想一把灰毒瞎面前这人眼睛。

裴云暎倒茶喝了一口,又含笑打量她一眼,道:"陆大夫今日不太一样。"

她平日里总是素着一张脸,衣裳也多是旧衣,一副对旁人漠不关心的模样。但今日换了艳丽蝉纱舞衣,孔雀蓝的舞衣上簇金绣孔雀,腰肢纤细如柳,蓝面纱也是纤薄轻柔的,流苏摇曳,露出那双漂亮的眼睛。

她眼睛形状生得很漂亮,眼尾微微下垂,看起来很无辜,描过眉黛与眼睑后,眼色加深,衬得一双眼越发乌湛,就显出几分冷艳来。

今日她没有编辫子,满头乌发如瀑,其中点缀细细发辫,那是异族装饰,配合满身叮叮当当银饰,一眼看去,百媚千娇。

裴云暎似笑非笑看着她:"长了这么一双温柔眼睛,偏偏杀气这么重。"他提醒,"陆大夫,你这样动不动就杀人,今后你未婚夫知道了怎么办?"

陆曈已被他方才戏弄引出怒意,闻言反唇相讥:"裴大人这样动不动就逛花楼,日后你夫人知道了怎么办?"

裴云暎扬眉:"日后我有了夫人,就不逛花楼了。"

陆曈讥讽:"那我不如殿帅大度,日后我未婚夫知道了,我就杀了他。"

屋中静了一静。

良久，裴云暎开口："那你今日是来做什么的？"

他瞥一眼陆瞳，身子往椅背上一靠："来杀未婚夫的？"

陆瞳不欲与他多说，她在这里已耽误得太久，戚玉台也不知所在何处。然而眼下被裴云暎撞见，以此人心机，多半会注意她接下来动作，今日算是功败垂成。

"时候不早，就不打扰裴大人好事了。"陆瞳故意绕开他的话，"我先走了。"

"这就走了？"

"怕被人撞见，有玷殿帅芳名。"陆瞳言罢往门口走去。

他没理会陆瞳的讽刺，只在她身后笑道："陆大夫似乎还没弄清楚状况，真以为自己走得了？"

陆瞳脚步一停，回身冷冷望着他。

"不是我。"他抬抬下巴，点一下门外方向，"遇仙楼第三层一般人上不去。这里是西阁还好，那边，"他看一眼门外，"东阁有护卫把守。"

"不知道你想做什么，但你这么稀里糊涂闯进来，多半已经被人发现。我猜外头人正等着你自投罗网。"

"陆大夫，你惊动人了。"

陆瞳心中一震。

第三层看似无人长廊下，实则有护卫把守？

可她从上楼到进屋，除了被银筝引走的龟公未曾受到任何阻拦。

一瞬间，有寒意自心头掠起，像是捕蝉的螳螂回头，惊觉身后逼近的黄雀。

仿佛为了印证裴云暎的说法，紧接着，外头响起杂乱脚步声，伴随着一些男子呵斥。

陆曈霍然看向裴云暎。

他坐在屋中，珠灯烛色柔柔洒落在他身上，眸色看不太真切。

"外面是谁的人？"陆曈问。

"不知道，王孙公子，豪门贵客，无非都是些熟人。"

陆曈往他身前走了两步："殿帅能不能帮我？"

说这话时，她声音软了几分，试图拉起对方与自己的交情。

依照裴云暎所言，外面的人身份贵重，又已察觉有人潜入三楼，一旦被发现，她会被当作可疑目标。如果外面人不是戚玉台还好，倘若是戚家人，她这就算打草惊蛇了。

而裴云暎是昭宁公世子，权贵之间，总是要互相顾忌通融的。

她看向裴云暎。

裴云暎从椅子上站起身，笑着对陆曈摇头。

"不能。"

"我与陆大夫非亲非故，帮了陆大夫就要得罪别人，盛京那些疯狗很难缠，我从来不自找麻烦。"

他越过陆曈身侧，似乎想开门离开。

一只手抓住了他衣袖。

裴云暎低头。

纤细手指拽着黑衣，看上去有种孤注一掷的坚持。陆曈声音平静："大人好像忘了，还欠我一个人情。"

裴云暎一顿。

陆曈扬起脸来看着他："当日军巡铺屋外，我以身作饵，送了裴大人一件礼物。当时我说'现在不用殿帅还，等日后想到了，我会向殿帅讨的'。"

她上前一步，逼近裴云暎："现在我想向大人讨回这个人情。"

他好笑道:"你这是挟恩图报啊。"

"裴大人想出尔反尔?"

他扬了扬眉,正要说话,外头突兀地响起敲门声。

"有人吗?"

陆瞳目光一紧,他们来了。

砰砰砰的敲门声如急鼓,打碎雨夜沉寂。

裴云暎忽地叹了口气,下一刻,一把抓住陆瞳走向屏风后。

银烛被带起的风吹得摇曳,珠灯上芍药花枝烂漫。

一大片丝雾从天而降,将鸳鸯榻上一双人影包裹。

陆瞳微微一惊,下意识想要挣扎,手腕却被按在被衾中,动弹不得。

珠绳翡翠帷,绮幕芙蓉帐。合欢鸳鸯绣被上一双文彩鸳鸯交颈缠绵,瑰丽辉映,而他冷硬的袍角与她柔软的纱裙交缠迤逦,黑锦便掺上一抹艳丽的蓝。

金丝暖帐银屏亚,陆瞳被他按在被衾中,一头银饰在青玉枕上清脆作响,很有几分"玉枕钗声碎"的香艳。

但眼前这人并未为颜色所动,裴云暎松开手,目光并无一丝旖旎,只低声警告:"别动。"

陆瞳眉眼一动。

传言有一人,邻家少妇当垆沽酒,名士常去饮酒,醉了便睡在少妇身侧,隔帘闻其坠钗声而不动念,时人谓之名士。

现在看起来,裴云暎倒是与传言中的名士一般无二——

外头敲门声越发急促,陆瞳已明白他的意思,想了想,便伸手环住他腰,往他身畔又贴近几分。

裴云暎身子一僵,愕然低头看向陆瞳。

陆瞳坦然注视着他。

727

既要做戏蒙混外人,自然得看起来像真的。他那副拒人于千里之外、一副生人勿近的模样,连银筝都骗不过去,能骗得了谁?

陆曈并不觉得这有什么,她在落梅峰待了太久,那些男女大防的羞涩,对她来说太过遥远。

在这一刻,她只是紧紧贴着面前人的身子,拥抱着他,依偎着他,像无数风月锦城中的有情人一般。

楼下隐隐有人在唱。

"趁好天时,山清水旖,月照西湖,散点寒微。与心上人,碧漆红,灯笼底下,弄髻描眉……"

"对品香茗,两情相寄,烟水朦胧,落花菲菲……"

"巫山云雨,思之寤寐只羡鸳鸯,不羡仙姬……"

楼下是妍歌艳舞,窗外是大风大雨,荧荧凤烛流转的光影里,披帛与袍襟暧昧地纠缠,只在红纱帐映上一双朦胧的影。

他与她距离很近,若非隔着面纱,唇间几乎可以触及彼此。

忽然,外头敲门声戛然而止,紧接着,一声闷响,有人闯了进来。

那些杂七杂八的脚步声涌入屏风后,一道毫不客气的声音响起:"出来!"

陆曈看向裴云暎。

裴云暎神情未动,伸手勾起纱帐一角,懒懒开口:"谁啊?"

有人的声音响起,似带几分不确定的犹疑:"裴殿帅?"

裴云暎笑笑,伸手将陆曈揽进怀中,顺手扯过床上锦被将她裹紧,陆曈搂着他的腰将头半埋在他怀里,看起来就如一位被吓得瑟瑟发抖的舞姬。

纱帐被全然揭开,陆曈的视线里出现了一道檀色锦缎袍角,不知是不是裴云暎故意,她被按在裴云暎怀中,闻得见他身上清淡的兰麝香气，却无法抬起头来看到对方的脸，只听到裴云暎笑道："戚公子。"

戚？

陆曈立刻反应过来，这人是戚玉台！

她想要抬头，看清这位害死陆柔的凶手模样。她从常武县过来，筹谋许久就是为了接近此人，接近戚玉台比接近柯承兴和范正廉难得多，很长一段时间过去，她甚至连有关戚玉台的事都打听得寥寥无几。

然而身体被裴云暎禁锢着，陆曈挣扎了两下没挣开，又不好再继续以免引起怀疑，只能作罢，眼睁睁听着这人与裴云暎交谈。

男子有些意外地开口："没想到裴殿帅今日也在这里……"

裴云暎答得客气："今日不值守。戚公子这是做什么？"

"我的侍卫发现这层楼有可疑人混入，在这附近游走。裴殿帅没看见？"

陆曈低着头，看不见戚玉台的神情，但听他说话虽是有礼，语气却带几分怀疑。

裴云暎没说谎，这层楼果然有戚家暗卫。

陆曈感到自己被裴云暎拥紧了一些，头顶传来青年轻佻的声音："没有，我忙得很，什么都没看见。"

屋中又静了静，陆曈感到有审视的目光自头顶传来。

她猜得到自己眼下模样，衣衫不整，娇靥含羞，这样紧紧依偎着裴云暎，满屋子春情荡漾，任谁都以为他们在这里厮混一团。

戚玉台顿了下，再开口时，语气果然多了几分了然："原来如此……"

"还未恭喜戚公子生辰。"裴云暎笑道。

此话一出，戚玉台态度似乎松动了几分，不再如方才那般怀疑，甚至主动招呼裴云暎一道："打搅殿帅兴致是我之过。今天在下生辰，殿帅不如一起坐坐？"

陆瞳心中一沉，指尖威胁般地掐住裴云暎腰间。

裴云暎身子一僵，随即笑着拒绝："算了，良夜匆匆，我就不去凑这个热闹了。"

话已说到这个分儿上，这么大一群人围着人家榻前终究失礼。戚玉台便没再多说什么，招呼身侧人离去，临走时又叮嘱裴云暎今日匆忙，改日一定另聚。

待这群人走后，门外再无动静，裴云暎垂眸，平静开口："陆大夫，可以放开我了。"

陆瞳松手，一下子站起身来。

裴云暎没计较陆瞳的翻脸无情，低头整理革带。陆瞳看了他一眼，明知故问道："刚才是什么人？"

"当今太师府家公子戚玉台。"他答得很爽快。

陆瞳试探："他想拉拢你？"

如果戚玉台拉拢了裴云暎，那裴云暎也将成为她的对手。

"我可没打算答应。"他不甚在意道，一转头，见陆瞳走到窗前，轻轻推开窗缝，外头风雨的寒气立刻冲了进来。

陆瞳问："我什么时候能离开？"

戚玉台的人在这一层，虽然裴云暎三言两语应付了过去，但陆瞳并不确定对方完全放松了警惕。倘若对方也在外头守株待兔，她这一去无异自投罗网。

"现在不行，你我当下还在云雨一夕，做戏做干净。再过一阵，我让人送你出去。"

他说起这些话来很随意，不似方才榻上那般不自然。

陆瞳蹙眉："你们这些王孙公子，出门在外一向都有这么多暗卫守着？"

"分人。"裴云暎在桌前坐下,"他是,我不是。"

陆曈没说话,有什么东西飞快从她心头掠过,快得让她抓不住,但却本能地感觉不对劲。

见她站着没动,裴云暎从茶盘中拿出一只玉杯:"时候还早,喝茶吗?"

"茶?"陆曈愣住,"不是酒吗?"

"喝酒误事。"他说得理所当然,"我让人换成茶了。"

陆曈有一瞬间无言。

难怪先前倒酒时没闻着酒气,还以为是屋里的香太熏人。原来根本就不是酒。还好自己没想出什么将裴云暎灌醉的馊主意,否则今夜裴云暎看她与坊市间戏耍的猴戏有何区别?

左右现在是不能出去,陆曈干脆走到裴云暎对面坐下。

"差点被你连累。"裴云暎递给她茶盏,"陆大夫,今日算你欠我一个人情。"

这人真会恶人先告状,陆曈提醒:"若不是被你牵绊住脚步,我根本不会留在这里。"

又更甚者,她早已见到戚玉台,做成自己要做之事,而不是像眼下这般,眼睁睁看着机会溜走。

他没再继续追问,略过这个话头,转而笑道:"上房一夜百两银子,便宜你了,陆大夫好好休息片刻。"

淅沥雨声和着楼下歌声,屋中烧了暖炉,屋中二人都没说话,静静听着窗外的雨。

又不知过了多久,雨声渐小。

外头有人敲门,裴云暎道:"进来。"

从门外走进一个侍卫,陆曈见过此人,是裴云暎的护卫,之前同她

一起将王善送到军巡铺屋的青枫。

青枫对裴云暎道:"大人,戚玉台歇下了。"

裴云暎点头:"你叫红曼上来。"

陆曈一怔,红曼?

她听过红曼的名字,遇仙楼有名的花魁,她……是裴云暎的人?

"裴大人,我的丫鬟银筝尚在楼内。"陆曈开口。

裴云暎看着她,叹了口气:"陆大夫,你胆子真大。"

他对青枫道:"你找一下,注意不要惊动其他人。"

青枫颔首离去。

不多时,又有人在外敲门,一个红衣女子推门走了进来,声音娇媚:"裴大人——"

是个极美的女子,语气虽调笑,神情却带几分恭敬,进门后,她称呼便变了,轻声开口:"世子……"

裴云暎:"带她出去吧。"

"是。"女子没多问一句,也并不好奇,只走到陆曈身侧,微微笑道:"走吧,姑娘。"

陆曈起身。

冷雨夜的风随着打开屋门猛地灌进,屋中太暖,外面太冷,陆曈忍不住打了个冷战。

那些艳丽薄纱裹着她纤细的身体,却把她身影衬得更加单薄。好似她成了一只被淋湿的灯,要在这雨夜中被浇散一般。

裴云暎看她一眼,顿了顿,起身拿起椅子上的黑锦蹙金披风,一转头,却见陆曈已经跟着红曼径自走了出去,一点都没停留,连谢字也没说一个。

他低头,看着手中披风,摇头笑了笑,随手将披风扔在一边,走到窗前将窗户打开了些。

冷风夹杂细雨扑在人脸上，却让人更清醒了。

青枫从门外走了进来，关上门，低声对他道："大人，银筝姑娘已找到，等下红曼小姐将她与陆姑娘一同送回医馆。"

裴云暎点了点头。

屋中重新寂静起来。

他站在窗前，目光落在不远处的珊瑚织毯上，那里，半炉倾倒的香灰泼在毯子精致的绣纹上，模糊出一片混沌暗色。

裴云暎目光顿了顿。

忽然间，他道："你查一下，今夜遇仙楼三层都有哪些贵客。"

青枫一愣："大人是怀疑……"

他垂下眼，声音很淡。

"她从不白费力气。"

图书在版编目（CIP）数据

灯花笑·花时恨：全二册 / 千山茶客著. -- 南京：江苏凤凰文艺出版社, 2024.11.（2025.5重印）--
ISBN 978-7-5594-9079-7

Ⅰ.I247.5

中国国家版本馆CIP数据核字第2024WS9732号

灯花笑·花时恨：全二册
千山茶客　著

责任编辑	白　涵
策划编辑	李　娟
特约编辑	王　萌
封面设计	Laberay淮
责任印制	杨　丹
出版发行	江苏凤凰文艺出版社
	南京市中央路165号，邮编：210009
网　　址	http://www.jswenyi.com
印　　刷	三河市中晟雅豪印务有限公司
开　　本	870毫米×1280毫米　32开
印　　张	23.5
字　　数	600千字
版　　次	2024年11月第1版
印　　次	2025年5月第2次印刷
标准书号	ISBN 978-7-5594-9079-7
定　　价	69.80元

江苏凤凰文艺版图书凡印刷、装订错误，可向出版社调换，联系电话025-83280257